本书为河北省教育厅2014年人文社科项目（SD141080）结项成果
本书为廊坊师范学院出版基金资助项目（LSCB201503）

北宋仁宗词坛研究

BEISONG RENZONG CITAN YANJIU

魏玮 / 著

知识产权出版社
全国百佳图书出版单位

图书在版编目（CIP）数据

北宋仁宗词坛研究/魏玮著. —北京：知识产权出版社，2016.6
ISBN 978-7-5130-4138-6

Ⅰ.①北… Ⅱ.①魏… Ⅲ.①宋词—诗词研究—北宋 Ⅳ.①I207.23

中国版本图书馆 CIP 数据核字（2016）第 069338 号

内容提要

纵观宋词发展史，其繁荣肇端于北宋仁宗朝。本书作为断代史，详细研究了仁宗年间的词坛情况，勾勒出仁宗朝的创作背景，指出当时社会上存在着文人雅会式与市民狂欢式两种文化娱乐模式，这两种不同的模式深刻影响了词人的创作。本书勾画出仁宗词坛的创作格局，梳理了庆历党争对词人创作的影响，详细探讨了仁宗词坛的词学观，从主题取向、体式结构意象选取及组合等方面深入分析仁宗词坛的创作特色，描绘了仁宗词坛发展过程，并给予仁宗词坛恰当的定位，认为仁宗词坛在唐宋词的发展史中起着承上启下的作用。

责任编辑：兰　涛　　**责任校对：**谷　洋
封面设计：春天书装　　**责任出版：**刘译文

北宋仁宗词坛研究

魏　玮　著

出版发行：知识产权出版社有限责任公司　**网　　址：**http://www.ipph.cn
社　　址：北京市海淀区西外太平庄 55 号　**邮　　编：**100081
责编电话：010-82000860 转 8325　**责编邮箱：**lantao@cnipr.com
发行电话：010-82000860 转 8101/8102　**发行传真：**010-82000893/82005070/82000270
印　　刷：三河市国英印务有限公司　**经　　销：**各大网上书店、新华书店及相关专业书店
开　　本：787mm×1092mm　1/16　**印　　张：**15
版　　次：2016 年 6 月第 1 版　**印　　次：**2016 年 6 月第 1 次印刷
字　　数：238 千字　**定　　价：**45.00 元

ISBN 978-7-5130-4138-6

前　言

一代有一代之文学，宋词的独特魅力向来与唐诗并举，各极其美，各臻其盛，宋词已经成为宋代这一历史时期文学上最有成就的代表。纵观宋词发展历史，其繁荣肇端于北宋仁宗朝。在北宋开国初五十年左右的一段时期内，词经历了五代时期南唐、西蜀二地的地域性繁盛之后，出现了短暂的沉寂，表现为流传下来的词作数量少，艺术水平不高。南宋王灼曾不无感慨地说："国初平一宇内，法度礼乐，寖复全盛，而士大夫乐章顿衰于前日。"笔者根据唐圭璋先生的《全宋词》❶ 对这一时期的词进行过统计：和岘三首，王禹偁一首，苏易简一首，寇准四首，钱惟演三首，陈尧佐一首，潘阆十首，丁谓二首，林逋三首，杨亿一首，陈亚四首，总共是十一人（其中钱惟演、陈尧佐、丁谓曾仕仁宗朝），存词仅三十三首，不及南唐冯延巳存词的一半之多。其中除了潘阆一人存词十首外（十首都是描写忆钱塘这一内容），其余的多为三四首，少者仅一二首。并且，宋初五十年间的词作几乎承袭了五代的词风而较少突破，杰出的词作也很少。作品在体制、内容、艺术风格上都与五代时期的作品较为类似，没有独特的时代风貌，缺乏开拓性与独创性。可以说，宋初的五十年间，不但传世的作品数量少，而且没有特别优秀的词人和词作，对词体的发展几乎没有任何贡献。本书选择仁宗词坛为研究对象，理由如下：

（1）宋词出现第一次大繁荣是在仁宗时期。在这一时期，词作数量激增，词史上先后出现了柳永、晏殊、张先、欧阳修四大词人，他们四人的存词量均在百首以上，柳、欧二人更是超过二百首。在词艺方面，也比前代有了较大的提高：首先，长调慢词在这一时期进入文人的视野，柳永大量创作长调慢词，增加了单首词作的表现内容，改变了小令一统天下的词

❶ 唐圭璋：《全宋词》，北京：中华书局，1965 年。

坛风貌。其次，以花间词为代表的五代词，其风格多雷同。与前代不同的是仁宗时期的词作者展现出比较明显的个人风格。最后，声律精严。尤其是柳词，柳永本人精通音律，其词和乐可歌，在社会各个阶层中广泛传播。在词作内容方面，词不仅是供花间尊前享乐的工具，而是更多的融入日常生活，表现词人日常生活的所思所想。羁旅行役词、抒情咏物词、咏史怀古词等题材在这一时期数量比前代都有增加。在功能方面，词体功用也有所扩大，更广泛地被应用于社会交际，酬唱应答、干谒求仕，都以词作为媒介。可以说，宋词的真正繁荣起始于仁宗朝。

（2）仁宗词坛在词史上的地位非常重要，因为它是词史上必不可少的一个环节。判断词这种文学体裁是否成熟至少要满足以下几个标准：①从词作的表现内容与功能来看，词表现的内容是否充分？其功能是否有局限性？②从词作艺术表现形式来看，词是否有区别于其他文体的独特表现手法与表现形式？③从词学观念来看，词是否作为一种独特的文学样式被文人阶层所认同？词这种文体的成熟虽然并未在仁宗词坛得以完成，但仁宗词坛的繁盛至少对后世词坛词体的成熟产生了三大重要影响：首先，从词作的表现内容来看，如果没有仁宗词坛的繁盛，词成为一种独特的文学形式与诗分庭抗礼的时间将向后推迟，在创作中，柳永、张先等词人率先走上了自我抒情化的道路，以词这种形式抒发个人情感与抒写人生际遇，他们的出现为之后苏轼步入词坛奠定了基础，如果没有他们对词作内容的扩展，词停留在男女情爱、悲春伤秋、闺中念远等狭窄题材之上的时间将会延长，词很难在短时期内以独特的姿态立于文学史上；其次，从词作的表现手法来看，如果没有仁宗词坛柳永的出现，使长调慢词进入文人词的创作视野，恐怕之后的苏轼、周邦彦等人还困于小令之中，词不可能表现出与诗歌抒情方式完全不同的独特魅力；最后，从词学观念来看，词在仁宗朝的繁盛，数量的激增，说明有更多的文人认同这一新兴体裁与形式，并主动参与创作，为之后词地位的提升奠定了坚实的基础。

（3）宋词的具体断代研究向来成果不多。“法国‘新史学派’注重历史‘时段’的划分和研究，强调‘时段’研究是把握和认识历史的关键。”[1] 立足于时段研究，尽可能地还原历史，勾画出某个具体时段的清晰

[1] 诸葛忆兵：《徽宗词坛研究》，北京：北京出版社，2001年，第1页。

面貌，并寻找历史演变的轨迹，解读其之所以如此的原因是断代研究的重要意义。一种文体的发展决不是孤立的。它一定与当时的社会环境发生关联或受其影响，同时各种文学体式以及文学思潮等因素也会对它的发展或有所制约，或提供帮助。总之，研究一种文体的发展不能将其与当时社会环境及文学环境割裂开来。然而在宋词的研究史上，时段性的研究并不受重视。仁宗词坛的研究也如此，在很多相关的文学史或词史之中，学者多忽略仁宗词坛的独立价值，将其作为由唐五代词向苏轼代表的元祐词坛过渡的一个环节，或对这一时期的创作情况简略概述；或对仁宗时期出现的四位词人柳永、晏殊、张先、欧阳修做孤立的割裂式的个案研究。仁宗词坛的其他词人与作品多被忽视，无法客观地描述仁宗词坛的状况，仁宗词坛的整体风貌难以还原。本书力图对仁宗词坛做一综合性的描述，并结合仁宗词坛的政治、经济、文化等多方面因素还原仁宗词坛的真实面貌。

（4）仁宗词坛中的一些具体问题在学术界讨论较少，或未达成共识。如仁宗词坛的格局应该如何认识？仁宗词坛的四大词人的派别应该如何划分？仁宗时期，大规模的政治运动“庆历党争”对仁宗词坛产生了何种影响？仁宗词坛的词学观应如何总结？仁宗词坛该如何正确定位，公允评价？等等，这些问题都需要进一步探讨和梳理。

一、宋词断代史研究

新中国成立以来，关于宋词断代史的研究，主要成果有三本专著：诸葛忆兵《徽宗词坛研究》，这本书是对词史进行断代研究的首项成果，在词史断代史研究方面有填补空白的意义。作者认为徽宗年间词坛可划分为“宫廷御用词人”与“废居罢官词人”两大群体，从创作实际看，则是“雅化”“俗化”与“诗化”三种倾向并存。全书从这三个角度切入，分三章研究北宋末年词坛的创作状况，为我们“勾画出北宋词史上被人们忽略的文学现象，描绘了北宋词向南宋词转移的动态过程”。

彭国忠《元祐词坛研究》，考察了元祐词坛的状态，着重描述这一时期社会政治环境对元祐词坛的影响，运用语言学、历史学、社会学、文化学的研究方法，通过对元祐时期“作品群体”的描述与分类把握，揭示了宋代词史上这一繁荣时期词坛的风貌及其审美特质，并结合“元祐更化”“元祐党争”“元祐学术”等历史、文化现象，进一步阐释元祐词的生成以及它的深层蕴涵。书中对元祐词坛“以诗为词”的突出现象作出了非常细致的分析，关于元祐词人词学生活的阐述，更是以往研究者较少涉及的内容。

金国正《南宋孝宗词坛研究》，此书对形成宋词高峰之一的孝宗词坛作出了历史的、文化的、文学的解释和描述。孝宗时期词人在词体观、创作观与功能观等方面都存在一定程度的矛盾心理，但它不仅无妨于词人的创作，反而使整个词坛具有一种不可羁勒的活力。南宋孝宗词坛群星璀璨，堪与北宋元祐词坛相媲美。作者将词人们具体的生活方式抽象为若干具有普遍意义的模式，借以考察其词创作的内在逻辑联系，从而在熟滥的流派研究之外拓展研究思路。

二、仁宗词坛研究

新中国成立以来关于仁宗词坛的专门研究非常少，主要集中在硕博论文中，郑州大学杨晓燕的硕士论文《仁宗时期词之研究》是唯一一篇关于仁宗时期词的综合研究性论文。文章以数据统计为基础，主要探讨了仁宗时期词作题材的新变、慢词的勃兴与仁宗时期词作风格的多样化等问题。其他涉及仁宗词坛的论文还有廖泓泉博士的《北宋前期词研究》，其研究对象是宋代开国到苏轼之前的词坛，主要分析了宋初六十年词坛沉寂的原因以及北宋前期词勃兴的原因，探讨了北宋前期的词学观，总结了以柳永、晏殊、张先、欧阳修为代表的词人在题材选取、结构模式方面的特点及对后世的影响。

三、仁宗词坛四大词人研究

关于仁宗词坛的整体研究成果虽然不多，但是对于仁宗词坛四大词人的研究成果颇丰，可以说，对柳永、晏殊、张先、欧阳修的研究已经非常深入。

（一）柳永研究

柳永是仁宗词坛最有代表性的词人，他的词作风格也对后世词坛产生了极为重要的影响。所以，新中国成立以来有关柳永的研究成果非常丰富，略述如下。

首先，柳永其人其词的综合性研究，主要研究成果是专著及论文。专著又可以分为两类：一类是专门研究柳永的专著；另一类是研究词史的专著中涉及柳永及其词的研究。前一类如薛瑞生《乐章集校注》，姚学贤、龙建国《柳永词详注及集评》，曾大兴《柳永及他的词》，日本学者宇野直人《柳永论稿》，杜若鸿《柳永及其词之论衡》，等等。后一类如杨海明《唐宋词史》，刘扬忠《唐宋词流派史》，陶尔夫、诸葛忆兵《北宋词史》等著作。论文有唐圭璋、金启华《论柳永的词》《再论柳永的词》，唐圭璋、潘君昭《论柳永词》，罗忼烈《话柳永》等，这些专著和论文或详细校注每首柳词，收集后人对柳词的评价；或全面研究柳词的思想内容及艺术特色，从不同角度出发，全面观照柳永及其词。

其次，柳永其人其词的专题性研究，主要研究成果是大量的相关论文，可分为以下几类：

1. 生平研究。主要代表作有高熙曾《柳永遗事考辨》、唐圭璋《柳永事迹新证》《〈小畜集〉中关于柳永家世的记载》、李思永《柳永家世生平新考》、李廷国《柳永生年及行踪考辨》、曾大兴《柳永的创作道路与分期》、吴熊和《从宋代官制考证柳永生平仕履》、谢桃坊《柳永事迹补考二题》、薛瑞生《柳永生卒年与交游宦踪新考》《柳永杂考》等文章。由于柳永的生平在宋代文献中记载非常少，所以考证其生平就成为历代研究柳永的学者的必修课，他们从历代文献的零星记载中，结合柳永的词作和宋代官制，考订柳永的生平履历，直至今日，关于柳永的生卒年与生平仕履，在学术界仍有争议，并未达成统一认识。

2. 词作研究。相对于柳永生平的研究，关于其词作的研究成果更为丰富，可以说涉及柳永词的各个方面。

（1）思想内容的研究。新中国成立以后，对柳永词思想内容的评价，基本上是贬斥者多，称誉者少，这一现象在20世纪80年代后才有所变化，尤其是对柳永历来受到非议较多的俗词给予了比较充分的肯定，对柳永词的思想内容作出了较高的评价。代表性的论文有：何丽《试论柳永俗词的社会意义》提出歌妓词是柳永俗词最高成就的体现，并对其真实而深刻地描写下层市民生活给予高度肯定；曾大兴《柳永的创作道路与分期》也提出柳词深刻细致地反映了歌妓的悲剧命运；章尚正《柳永情词平议》、苏者聪《应当重新评价柳永的咏妓词》、赵谦《柳永歌妓词三题》等研究论文都认为柳永对歌妓的描写是以一种平等理解、怜悯同情的心态，给予歌妓应有的尊重；丰家骅《柳永慢词与宋代都市》肯定了柳词中的都市词，认为它们是北宋新型都市生活的真实反映；龙建国《论柳永词的社会美学意义》也高度评价了柳永的都市词。

（2）艺术特征研究。对柳永词艺术特征的研究一直都是柳永词研究的重中之重，成果颇丰。尤其在改革开放之后，柳永词艺术特征的研究不再拘泥于比较笼统的叙述，而是对具体的艺术技巧、艺术效果做了更为细致的阐释，对柳词的艺术进行更为全面的观照。叶嘉莹先生的《灵溪词说——论柳永词》结合柳永身世、遭际、个性，指出柳词以真正男子的口吻来书写，在章法、句法等方面都有独特之处；龙建国《论柳永词的表现手法》通过对柳词某些长调及小令作品的分析，认为柳词运用自言式、外现式和赋笔等手法大胆表现自我，拓宽了填词的途径；崔海正、刘培《论柳永词作与宋初赋风的内在联系》，龙建国《论六朝小赋对柳永词的影响》等文分析了柳词与赋体的关系；邱世友《柳永词的声律美》，田玉琪《柳永用调究竟有多少》，张承凤、李文莉《柳永词律斟议》从音律的角度探讨了柳词的特点；还有如赵晓兰《抒情角度与温庭筠和柳永的词境》，陈水生《柳永周邦彦慢词之比较》，韩经太《柳词三题》，周子瑜《杜诗柳词“只是实说”论初探》，叶帮义《风流之外的儒雅情怀——柳永词之另一面》，王辉斌《柳永〈乐章集〉用典说略》，李静《柳永词的视野和视角论略》，贺根民《瘦冷：柳永词的一个文化侧面》，等等，都从不同的角度论述了柳永词的艺术价值，可谓众说纷纭，成果显著。

3. 词史评价及接受的研究

由于近些年来接受史研究的大热，很多研究者开始比较多的注意到柳词的词史评价以及后人对柳词的接受，并力求客观地作出自己的分析与描述。相关成果也比较多，陈福升博士论文《柳永、周邦彦接受史》讨论了柳永与周邦彦从北宋直到清代的接受状况；朱崇才《从柳词的评价看雅俗观念的转化》非常详尽地考察了柳词在历代流传过程中受到的不同评论，并得出雅俗观念是相对的，随着时代的变迁，雅俗是可以相互转换的，流行之俗在一定时期内就有可能变为经典之雅；还有欧明俊《柳永评价“热点”“盲点”透视》，王金寿《关于柳永批评之批评》，余敏先、米学华《试论柳永词在宋代的传播与接受》，邓建、刘尊明《宋代柳永词接受论析》，邓建《论金、元二代柳永词的传播与接受》《论柳词在明代的传播与接受》，等等，都从不同的角度，或探讨了柳词的词史评价问题，或探讨了柳词在后世的被接受情况，各具一定的学术价值。

4. 其他研究

除了以上三类研究外，对柳永的研究还有从个性的角度出发，对柳永的人格及心理进行研究；从文化的角度出发，对柳词的风格进行探讨；从意象的角度出发，对柳词的意象进行研究；从比较的角度出发，将柳词与其他词人的内容风格进行比较，等等，均有不少出色的研究成果。

综上，学术界对柳永的研究可谓面面俱到，研究成果极为丰硕，对柳永其人其词也做了非常深入的探讨。

（二）晏殊、欧阳修研究

晏殊、欧阳修是仁宗时期的重要词人，学术界对二人的研究成果也十分丰富。其主要集中在两个方面：一是对二人词作思想内容的探讨；二是对二人词作艺术特征的评价。尤其以第二个方面的研究成果颇多。

（1）思想内容研究。

晏殊词在新中国成立初期的三十年内评价不高，很多研究者认为晏殊词只是花间词的延续，题材不够广阔，词境偏狭。直到20世纪80年代，学者对晏殊词的认识才有所改变，出现了比较多的研究成果。如耿百鸣《论晏殊词的感伤及其他》，认为晏殊词在内容上超越了五代词的范围；谢桃坊《北宋倚声家之初祖晏殊》认为晏殊词间接地反映和歌颂了北宋的太平盛世，表现了优美高尚的情操和对现实人生的眷恋，反映了贵族士大夫的审美趣味；叶嘉莹《论晏殊词》认为晏殊仕宦并非平顺，其部分作品应是有寄托之作，具有一定的思想深度；李华《简论晏殊词的积极因素》提出晏殊词作内容丰富，表现了作者对社会及人生的多方面关注。

学者对欧阳修词思想内容的研究主要集中在两大方面：一是对欧阳修艳情词的研究；一是对欧阳修反映自己性情抱负词的研究。前者学者给予的肯定评价主要认为欧阳修的艳词反映了词人对特定时代女性生活的理性观照，表现出对女性评价的平等性，如吴大顺《论欧阳修词中的女性意识》、郭纪金《欧阳修俗艳词的人文意蕴》等。后者代表性论文有诸葛忆兵《个性的张扬与题材的开拓——论欧阳修词》、曹艳春《略论欧阳修词的乐观精神》，等等，认为欧词对前代题材有所开拓，并开始以词来书写个人的性情抱负。

（2）艺术特征研究。

学者对于晏殊词艺术特征的研究注意到晏殊的词富有理性色彩，李春丽《晏殊词的理性》、陈志斌《论晏殊词的客观理性色彩》都提到了这一点。除了理性色彩之外，研究者也注意到晏殊词在艺术上的其他特色，如陈节《论晏殊词的“俊”》认为晏殊词化诗境为词境，达到了“俊”的效果；章军华《晏殊词的音乐意义》指出了晏殊词声律的特点；高国藩《论晏殊词的意象》从意象角度入手，解读晏殊词；再如房日晰《张先与晏殊词比较》、陈俐《试谈晏殊〈珠玉词〉的修辞手法》、单芳《晏殊词的抒情视阈及审美意趣》、吴功正《晏殊：富贵气象和清婉心态》、王丽洁《试论晏殊词的空幻情结》，等等，也都从不同方面阐释了晏殊词的艺术价值，对后代研究者很有启发。

对欧阳修词艺术特征的研究同样成果丰富，如龙建国、杜道群《欧阳修词的创作分期及风格嬗变》对欧词的风格做了分期研究；张静《欧阳修豪放词探悉》认为欧词中有不少豪放明快的篇章，为苏轼豪放词的发展开辟了道路；蔡厚示《豪放中有沉着之致——说欧阳修的〈玉楼春〉》点明欧词在豪放之中蕴含沉着之气；房日晰《欧阳修柳永之艳词比较》、吴小英《欧阳修词审美特色新论》、孙维城《欧阳修词：词的特质 诗的渊源》、张兆勇《论苏是对欧阳修词的超越》等也从不同侧面论述了欧词独特的艺术特征。

（3）其他研究。

除了以上两类研究外，对晏殊、欧阳修的研究还有从接受的角度出发，研究晏、欧词的接受史；从词学思想的角度出发，研究晏、欧词的词学观，还有对晏、欧词的校注、集评，对晏、欧二人生平的考订，等等。以上这些方面的研究也成果丰硕。

（三）张先研究

学术界对张先词的研究主要是对其词艺术特征的研究，也取得了颇为丰硕的研究成果。如杨保国《张先词艺术特征论析》、周玲《清丽：张先词的艺术特质》两篇文章。前者从思想内容与艺术特色上总结了张先词的特征，后者从华美艳丽的语言及清新绝俗的词境两个方面分析了张先词的艺术特质。赵晓兰《论张先词的“雅化”》指出了张先词雅化的诸多表现。

孙维城《论张先“以小令手法写慢词”》提到了张先对词句的锤炼。邵贤《传承与创新——从〈醉垂鞭〉看张先词的艺术特色》，谢雪清《张先词题材的诗性特点》，周玲《论张先词的创新》《论张先词对词境的拓展》，谢永芳、曾广开《张先主盟吴越词坛影响“东坡范式”考论》，等等，皆从不同方面研究张先词的艺术特色及对后世的影响，这里不再一一赘述。

综上，学术界对仁宗朝四大词人的个案研究可谓成果显著，基本上很难再有进一步开拓的余地。

四、对于研究现状的反思

从以上研究现状的分析可以看出，仁宗词坛的研究在单个词人的研究上已经很少有拓展的余地，对仁宗朝四大词人的研究已经相当深入，想在这方面有所突破是比较困难的。但是，值得注意的是以上众多研究成果都是针对词作者个人的，也就是说将词作者个人作为研究对象的成果非常多，而对仁宗词坛整体观照的研究成果比较少，四大词人一直都被割裂研究，没有将其作为一个整体，放在特定的背景下进行研究，这就造成了虽然学术界对各个词人的研究十分深入，但无法还原一个时期词史的风貌。本书期望将仁宗朝四大词人和主要生活在仁宗朝的词作者作为一个整体进行研究，结合仁宗朝社会生活与文化生活的各个方面，力求还原仁宗词坛的真实风貌。

目　录

第一章　仁宗词坛的历史背景 …… 1

第一节　仁宗词坛的政治背景 …… 1

一、仁宗皇帝治国有方 …… 2

二、军事局势稳定 …… 7

三、百姓安居乐业 …… 8

第二节　仁宗词坛的经济背景 …… 8

一、仁宗时期经济的发展与大都市的兴起 …… 9

二、仁宗时期城市经济的发展与词繁荣的关系 …… 13

第三节　文化背景与仁宗词坛 …… 18

一、崇文尊儒的文化传统 …… 19

二、崇尚娱乐文化 …… 26

第二章　仁宗词坛创作格局 …… 42

第一节　仁宗词坛词作者的身份及四大词人的凸显 …… 42

一、词作者身份呈现“多样化”与“集中化” …… 43

二、四大词人的凸显 …… 45

第二节　仁宗词坛创作中心的形成 …… 49

一、首都汴京创作中心 …… 49

二、地方性词作中心的形成 …… 54

第三节　两大词人群体的形成——以四大词人为例 …… 61

一、两大词人群体的审美趣味及创作倾向 …… 62

二、崇雅一派的拟俗词创作 …… 70

三、尚俗一派的雅致型词作 …… 75

第三章　庆历党争与仁宗词坛 …… 79
第一节　庆历党争之始末与词作者的个人命运 …… 81
一、庆历党争始末 …… 81
二、庆历党争中词作者的命运 …… 88
第二节　庆历党争对词人影响的个案分析 …… 92
一、晏殊 …… 92
二、欧阳修 …… 100
三、范仲淹 …… 105
四、柳永 …… 109
第四章　仁宗词坛词学观 …… 114
第一节　两大阶层对词的认同及其对词娱乐功能的不同需求 …… 114
一、市民阶层对词的认同 …… 115
二、士大夫阶层对词的认同 …… 117
三、两大阶层对词的娱乐需求不同 …… 120
第二节　士大夫阶层对词体功能的扩展 …… 124
一、仁宗朝诗文理念与词言志功能的初显 …… 124
二、词体社交功能的体现 …… 127
第三节　晏、柳论词与词体雅俗之辨的肇端 …… 129
第五章　仁宗词坛特色论 …… 138
第一节　主题的取向 …… 138
一、传统题材的新变 …… 139
二、前代较少出现题材的新变及其意义 …… 147
三、新兴题材的创作 …… 156
第二节　体式与结构 …… 158
一、仁宗词坛词作体式的特点 …… 159
二、词体抒情结构的新变 …… 170
第三节　意象的选取与组合 …… 177
一、仁宗词坛意象特点总论 …… 178
二、意象描述的共性化与意象组合的个性化 …… 184
三、晏、欧词意象运用个案分析 …… 186

第六章 仁宗词坛的定位与评价 …………………………………… 194
第一节 仁宗词坛的定位 ………………………………………………… 194
一、仁宗词坛的"承前"作用 ………………………………………… 195
二、仁宗词坛的"启后"作用 ………………………………………… 197
第二节 后世词坛对仁宗词坛的评价 ……………………………… 208
一、后世词坛对晏欧词的评价 ……………………………………… 209
二、后世词坛对柳永的评价 ………………………………………… 210

参考文献 ………………………………………………………………… 218

后 记 ……………………………………………………………………… 222

第一章　仁宗词坛的历史背景

仁宗词坛的繁盛与仁宗时期政治、经济、文化的发展有着密不可分的关系，如果脱离了仁宗朝的社会大背景，那么其繁盛也就无从谈起。虽然文学有其自身的发展规律，政治稳定、经济繁荣未必意味着文学也会取得相对应的辉煌成就，反之，在积贫积弱的时代，文学未必不能成就辉煌。但对特定的文学体裁而论，情况又有所不同，词这种文学体裁，在产生之初，是作为娱乐工具进入士大夫视野的，词的发展和繁盛与其所处时代的社会背景有着非常紧密的关系。北宋仁宗时期，词坛之所以会出现繁盛之貌，是由仁宗朝政治、经济、文化背景决定的。

第一节　仁宗词坛的政治背景

仁宗朝的政治背景，一言以蔽之，曰稳定。仁宗朝的政治大环境以稳定为主，间或有小规模的动乱。宋仁宗是宋朝在位时间最长的皇帝，共在位42年。《宋史·仁宗本纪》对他的评价是“恭俭仁恕，出于天性”，对仁宗朝四十二年的政绩的总体评价为：“在位四十二年之间，吏治若偷惰，而任事蔑残刻之人；刑法似纵弛，而决狱多平允之士。国未尝无弊幸，而不足以累治世之体；朝未尝无小人，而不足以胜善类之气。君臣上下恻怛之心，忠厚之政，有以培壅宋三百余年之基。”❶ 仁宗朝虽然仍存在种种内政和外患上的问题，但与前代相比，相对太平，政治上开始显露出承平气象。

---

❶ ［元］脱脱：《宋史》卷十二，北京：中华书局，1985年，第250~251页。

一、仁宗皇帝治国有方

宋仁宗虽谈不上是千古明君，但其治国亦有不少可取之处。他自身的一些优秀品质也保证了政治的承平与稳定。

（一）宋仁宗任人唯贤，善于纳谏。仁宗朝出现了很多名臣，人才之多，在宋代历史上首屈一指，如出现了被南宋吕中称为本朝第一人物、[1]被金人元好问称为“求之千百年间，盖不一二见”[2]的名臣范仲淹；出现了卓厉风发、刚正不阿、“岂知身愈危，唯恐职不称”[3]的欧阳修；出现了屡次出使辽朝，被司马光称赞为“温良宽厚，泛与人语，若无所异同者；及其临大节，正色慷慨，莫之能屈”[4]的大臣富弼；出现了屡立战功的良将狄青；出现了立朝刚毅、清正廉洁的清官包拯等大批政治上的贤臣，而之后活跃于神宗朝的一批人才，如王安石、司马光、吕大防等人也都是在仁宗朝初露锋芒的。

宋仁宗善于纳谏，是北宋一位较为贤德的皇帝。宋真宗天禧元年，朝廷颁布诏书，别置谏官、御史各六人，此为宋朝台谏制度的开端，纵观北宋台谏史，又以宋仁宗时期最为兴盛，主要表现为以下几个方面。

首先，从北宋仁宗朝台谏制度来看，御史弹举的范围比前代有所扩大。石介《上孔中丞书》中说到御史责任之重，云：

> 君有佚豫失德、悖乱亡道、荒政咈谏、废忠漫贤，御史府得以谏责之；相有依违顺旨、弊上罔下、贪宠忘谏、专福作威，御史府得以纠绳之；将有骄悍不顺、恃武肆害、玩兵弄战、暴刑毒民，御史得以举劾之。君至尊也，相与将至贵也，且得谏责纠绳之，余可知也。御史府之尊严也，如轩陛之下，庙堂之上，进退百官，行政教，出号令，明制度，纪赏罚，有不如法者，御史得言之。御史府视中书、枢密虽若卑，中书、枢密亦不敢与御史府抗威争礼，而反畏慄而尊事之。御史府之重，其无与比。[5]

---

[1] ［元］佚名：《宋史全文》卷九上，“本朝人物以仲淹为第一”。
[2] ［金］元好问：《遗山集》卷第三十八，四部丛刊景明弘治本。
[3] ［宋］欧阳修：《欧阳修全集》居士集卷第五，北京：中华书局，2001 年，第 89 页。
[4] ［宋］司马光：《涑水记闻》卷十五，清武英殿聚珍版从书本。
[5] ［宋］石介：《徂徕石先生全集》卷一三，清康熙五十六年刻本。

从这段话中可以看出，仁宗朝御史权力远超出前代，可以谏责君主、举劾将军、纠绳丞相、百官之不法者。中书、枢密二府虽比御史位高，但亦不敢与之抗威争礼。如果不是仁宗善于纳谏，就不会赋予御史府如此之重的权责。而对于此举，南宋人颇为赞誉，吕中言：

> 国初三院领外任而不任风宪，兴国中风宪而不领言事，则台官之权亦未重也，端拱初，以补阙为司谏，以拾遗为正言，所以举谏官之职。天禧初，置言事御史，所以举台官之职，然当时台谏之官虽重，而台谏之职未振也。自仁祖即位，刘中丞令台属各举纠弹之职，而后台臣之职始振。[1]

其中“刘中丞令台属各据纠弹之职”指的是宋仁宗天圣元年（1023年），“自刘子仪为中丞，始牓台中：‘今后御史有所言，不须先白中丞、杂端’”。[2] 虽然宋朝在真宗天禧年间就正式确立了台谏制度，但直到仁宗即位之后，这种制度才更为完备，台谏之风始振。《宋史·曹修古传》记载的两件事能看出仁宗朝御史的权力较大，地位较为尊贵，其一：

> 修古尝偕三院御史十二人晨朝，将至朝堂，黄门二人行马不避，呵者止之，反为所詈。修古奏：“前史称，御史台尊则天子尊。故事，三院同行与知杂事同，今黄门侮慢若此，请付所司劾治。”帝闻，立命笞之。

其二：

> 晏殊以笏击人折齿。修古奏：“殊身任辅弼，百僚所法，而忿躁亡大臣体。古者，三公不按吏，先朝陈恕于中书榜人，即时罢黜。请正典刑，以允公议。[3]

曹修古是御史，从以上两则记载可见，御史的地位较高，纠绳、弹举官员的范围也很广。无论亲近贵贱，品阶高低，皆可纠察弹劾，而御史权责的扩大化，也与宋仁宗本人善于纳谏有很大关系。

其次，从北宋仁宗朝谏官构成来看，仁宗朝的谏官多为宋代名宦。根

---

[1] ［元］佚名：《宋史全文》卷七下，清文渊阁四库全书本。
[2] ［宋］欧阳修：《归田录》卷一，北京：中华书局，1981年，第11页。
[3] ［元］脱脱：《宋史》卷二百九十七，北京：中华书局，1985年，第9890页。

据《宋十朝纲要》记载，仁宗朝共有谏官63人，御史166人，❶ 其中的很多人都是宋代名臣。以谏官为例，当中最著名的有孔道辅、范仲淹、韩琦、富弼、欧阳修、蔡襄、包拯、司马光，等等，这些人几乎都是名垂千古的贤良之辈。而在做谏官之时，这些贤臣大多直言进谏、刚正不阿、疾恶如仇，体现了谏官品质无私、善恶分明的优良品格。如北宋名臣蔡襄，庆历三年（1043年），晏殊为相，着力改造中枢机构，擢欧阳修、余靖、王素知谏院，蔡襄得知此事，欣然写下《喜欧阳永叔余安道王仲仪除谏官》一诗："御笔新除三谏官，喧然朝野尽相欢。昔时流落丹心在，自古忠贤得路难。好竭谋猷居帝右，直须风采动朝端。"❷ 之后，"仁宗慨然思治，增置谏官四员，君谟（蔡襄）在选中"。❸ 蔡襄入谏院，当时，宰相吕夷简居中书二十年，其在朝中的势力不可小觑。但其"执政从来只务固宠，不肯施设""谋身忘公，养成天下今日之患，遂致二边连构，百姓困穷，万手所指，无敢言也"。不少忠臣言及吕夷简之弊，皆"或谪千里，或抑数年"，❹ 而当时正值吕夷简称病在家，两府大臣三次诣吕夷简家议事。在这样的情况下，蔡襄仍直言进谏，上疏"乞罢吕夷简商量军国事"，弹劾吕夷简，历数其"绝忠谠之嘉谟，成本朝之阙政""废廉耻之节，成奔竞之风""使天下之人迷大公之论，有朋党之议"等七大过失。最后称其"出入中书且二十年，不为陛下兴利除害，苟且姑息，以致事事隳坏如此"。其文义正词严、务实恳切、感情激烈。宋仁宗在接到这一弹举之文后，采纳了其中的部分内容，并在同年九月下诏："执政大臣非假休，不许私第接见宾客，从知谏院蔡襄之言也。"❺ 类似蔡襄这样的谏官，在仁宗朝尚有多人，如耿介正直、卓厉风发、疾恶如仇的欧阳修，就曾被仁宗赞誉为"如欧阳修，何处得来？盖欲大用而不果也"。❻ 再如孔道辅，仁宗废郭皇后之时，"道辅率谏官孙祖德、范仲淹、宋郊、刘涣，御史蒋堂、郭

---

❶ ［宋］李埴：《宋十朝纲要》卷四，清钞本。

❷ ［宋］蔡襄：《蔡襄全集》，福州：福建人民出版社，1999年，第123页。

❸ ［宋］晁公武：《郡斋读书志》昭德先生卷第四下，四部丛刊三编宋淳祐本。

❹ ［宋］蔡襄：《蔡襄全集》，福州：福建人民出版社，1999年，第372～373页。

❺ ［宋］李焘：《续资治通鉴长编》卷一百四十三，上海：上海古籍出版社，影印本，第1319页。

❻ ［宋］朱熹：《三朝名臣言行录》卷第二，四部丛刊景宋本。

劝、杨偕、马绛、段少连十人”[1] 到垂拱殿奏皇后不可轻易废绌，并执礼秉公，与宰相吕夷简争论，使吕夷简无言以对。虽然孔道辅的建议最终未被仁宗采纳，但仍掩盖不了其正直无私、崇礼务道的品质。仁宗朝的谏官多具备这样的品质，在这样一群直言政事、刚正不阿、善恶分明的谏官围绕下，仁宗虽非千古明君，但绝不至于昏聩无能，以至朝纲废弛、政治腐败。

（二）仁宗本性仁厚宽容、克己复礼、不纵私欲、生活俭朴。《宋稗类钞》中记载了仁宗很多逸闻趣事，都可看出其仁厚的本性，如卷一载：“（仁宗）一日晨兴语近臣曰：‘昨夜因不寐而甚饥，思食烧羊。’侍臣曰；‘何不降旨取索?’仁宗曰：‘比闻禁中每有取索，外面遂以为例。诚恐自此逐夜宰杀以备非时供应，则岁月之久，害物多矣。岂可不忍一夕之馁，而启无穷之杀也。’”又“（仁宗）又尝春日步苑中，屡回顾，皆莫测圣意。及还宫中，顾嫔御曰：‘渴甚，可速进热水。’嫔御进水。且曰：‘大家何不外面取水，而致久渴耶?’仁宗曰：‘吾屡顾不见镣子，苟问之，即有抵罪者。故忍渴而归。”[2] 宋仁宗的仁爱之心，由此可见一斑。又《宋史·食货志》载：

> 仁宗在位，哀病者乏方药，为颁庆历善救方。……尝因京师大疫，命太医和药，内出犀角二本，析而视之。其一通天犀，内侍李舜举请留供帝服御。帝曰：“吾岂贵异物而贱百姓?”竟碎之。[3]

宋仁宗将珍贵的通天犀为百姓做药，而不留给自己服用，可见其爱民如子，以百姓为重，自身为轻。

仁宗生活也十分俭朴，欧阳修在《归田录》中记载：“仁宗圣性恭俭。至和二年春，不豫，两府大臣日至寝阁问圣体，见上器服简质，用素漆唾壶盂子，素瓷盏进药，御榻上衾褥皆黄絁，色已故暗，宫人遽取新衾覆其上，亦黄絁也。然外人无知之者，惟两府侍疾，因见之尔。”[4] 宋仁宗不用

---

[1] ［元］脱脱：《宋史》卷二百九十七，北京：中华书局，1985 年，第 9884 页。
[2] ［清］潘永因：《宋稗类钞》卷一，北京：书目文献出版社，1985 年，第 8 页。
[3] ［元］脱脱：《宋史》卷一百七十八，北京：中华书局，1985 年，第 4338 页。
[4] ［宋］欧阳修：《归田录》卷一，北京：中华书局，1981 年，第 9 页。

绫罗绸缎，不使金银器皿，其恭俭朴素由此可见。

仁宗本人性情宽厚，宋代无文字狱之弊，谏官倘若所言不合皇帝之心意，最多被贬谪，不至于招来杀身之祸。所以，宋代出现了许多敢于言事的名宦。《宋稗类钞》载："蜀中一举子献诗太守云：'把断剑门烧栈道，成都别是一乾坤'，守械其人奏之。仁宗曰：'此乃老秀才急于仕宦而为之，不足治也。可授以司户参军。'其人到任不一年，惭恧而死。"❶ 宋仁宗看到一首反诗，不但不治写作之人的谋反罪，反而为其加官晋爵，可见其胸怀之宽广。宋仁宗为人较为宽厚，善于听取他人的意见。如《宋稗类钞》君范篇第十八则载：

> 王素为谏官，论王德用所进女口，仁宗初诘之曰："此宫禁事，卿何从知？"素曰："臣职在风闻，有之则陛下当改，无之则为妄传。何必诘其从来也？"仁宗笑曰："朕真宗子，卿王旦子，与他人不同，自有世契，德用所进女口，实有之，在朕左右，亦甚亲近，且留之如何？"素曰："若在疏远，虽留可也，臣之所论，正恐亲近。"仁宗色动，呼近珰曰："王德用所进女口，各支钱三百贯，即今令出内东门了急来。"遂涕下。素曰："陛下既以臣奏为然，亦不须如此之遽，且入禁中徐遣之。"上曰："朕虽为帝王，然人情同耳。苟见其涕泣不忍出，则恐朕亦不能出之。卿且留此以待报。"素曰："陛下从谏，古哲王所未有。天下社稷幸甚。"久之，中使奏宫女已出门矣，上复动容而起。❷

这段描写非常有趣。仁宗虽有私欲，但为了远离女色诱惑之祸、绮靡腐朽之患，听取谏官之语，将自己所爱之人逐出宫门。这体现其善于纳谏、崇礼务道、清明自律的政治追求。同时，当亲近之人离开时，仁宗有所不忍，又体现了仁宗虽为帝王，但极尽人情、心怀善念、性情仁厚。仁宗虽然称不上是一代英主，但他宽厚仁爱，克己复礼，体恤民情，他自身品格中的优点保证了仁宗朝政治的稳定。

综合以上两点，宋仁宗虽无唐太宗之政绩，但其也并非完全无所作为，仁宗朝是宋朝从建国之初，立国未稳到逐步稳定的一个关键时期。宋

---

❶ ［清］潘永因：《宋稗类钞》卷一，北京：书目文献出版社，1985 年，第 10 页。
❷ ［清］潘永因：《宋稗类钞》卷一，北京：书目文献出版社，1985 年，第 9 页。

仁宗为宋朝政治的稳定做出了非常突出的贡献。并且，政治稳定也是词这一文体得以繁荣的重要条件之一。

二、军事局势稳定

960年，宋太祖赵匡胤建立北宋帝国，结束了中华大地长达百年的割据局面。但是当时宋朝面临的形式是北有契丹，西南有后蜀，江陵有南平，东南有吴越，金陵有南唐，岭南有南汉这样复杂的政治割据局面。宋太祖建国初年，先是平定了李筠、李重进之乱，接着又历时十余年，兴兵平定了南方的后蜀、南唐、吴越、南汉等割据政权。太宗赵光义为了稳固北宋政权，又兴兵征伐北汉，最终于太平兴国四年（978年）平定之。随后，宋太宗为收复被后唐石敬瑭割让于辽朝的“幽云十六州”，发动了对辽的战争，史称雍熙北伐，但此次北伐最终无功而返。真宗朝，辽兵大举犯境，宋真宗听取寇准的建议，御驾亲征。在战争取得胜利的条件下，宋真宗仍在景德元年（1004年）十二月与辽朝订立“澶渊之盟”，规定宋廷每年要向辽国进献大量的钱币与物品，虽然是奇耻大辱，但这一协议暂时结束了北宋对外战事，维持了宋朝境内的安定。宰相王旦云：“国家纳契丹和好已来，河朔生灵，方获安堵。”[1] 北宋之承平肇端于真宗朝，之后的仁宗朝，军事上基本趋于稳定。北宋社会真正进入了政治稳定的承平期，《邵氏闻见录》云：“本朝唯真宗咸平、景德间为盛，时北虏通和，兵革不用，家给人足。以洛中言之，民以车载酒食声乐，游于通衢，谓之棚车鼓笛。仁宗天圣、明道初尚如此，至宝元、康定间，元昊叛，西方用兵，天下稍多事，无复有此风矣。元昊既称臣，帝绝口不言兵。庆历以后，天下虽复太平，终不若天圣、明道之前也。”仁宗朝虽然与夏、辽都发生过军事冲突，但最后都以和解的方式平息了战争。北宋初年，宋太祖、宋太宗为统一全国四处征战，而仁宗朝征战较少，百姓基本上安居乐业，有人这样赞颂仁宗朝的太平：“宋仁宗在位四十二年，民安俗阜，天下称治，葬昭陵，有题诗道旁者曰‘农桑不扰岁常登，边将无功吏不能。四十二年如

[1] ［宋］李焘：《续资治通鉴长编》卷七十，上海：上海古籍出版社，影印本，第611页。

梦过，春风吹泪洒昭陵’。”❶

三、百姓安居乐业

从生活在仁宗朝的百姓评价上看，仁宗朝是稳定且太平的。柳永曾以一首《玉楼春》词赞颂当时政治承平之景象：

> 星闱上笏金章贵。重委外台疏近侍。百常天阁日通班，九岁国储新上计。　太仓日富中邦最。宣室夜思前席对。归心怡悦酒肠宽，不泛千钟应不醉。

此词虽有讨好皇帝之嫌，但也反映出仁宗时期的政治形式是比较稳定的。柳永在其词中还多次称颂“太平”，如“太平时、朝野多欢民康阜”（《迎新春》）；“恣幕天席地，陶陶尽醉太平”（《抛球乐》）；“端门清昼，觚棱照日，双阙中天。太平时、朝野多欢”（《透碧霄》）；“太平世。少年时，忍把韶光轻弃”（《长寿乐》）。柳永多年混迹娼楼妓馆之中，沉沦下层，比起上层官僚，他更了解百姓的生活。所以，其所言的“太平”应该是可信的。由此可见，北宋在仁宗朝政治上已经趋于稳定，中原息兵，百姓安居乐业，稳定的社会政治环境，为词的勃兴提供了极好的条件，所以在北宋仁宗年间出现了歌台舞席，竞赌新声的繁盛景象，也出现了一大批优秀的词人。

第二节　仁宗词坛的经济背景

宋仁宗时期，宋代立国已稳，在经过宋初的休养生息之后，仁宗时期，经济已经开始呈现较为繁盛的局面，一些大都市，如汴京、杭州等地非常繁荣，这些都为词的兴盛提供了良好的物质条件。

---

❶ ［明］瞿佑：《归田诗话》卷上，［清］何文焕、丁福保：《历代诗话统编》，北京：北京图书馆出版社，2003年，第717页。

一、仁宗时期经济的发展与大都市的兴起

（一）农业、手工业的发展

北宋的经济在真宗、仁宗朝已经初步呈现出繁盛的景象。从农业生产来看，北宋仁宗时期中原早已息兵，人民可以安定地从事农业生产，于是“自景德以来，四方无事，百姓康乐，户口蕃庶，田野日辟。仁宗继之，益务约己爱人”。[1] 仁宗也很重视农业生产，“帝敦本务农，屡诏劝劭，观稼于郊，岁一再出；又躬耕籍田，以先天下”，[2] 仁宗不但亲自进行农业生产，他还下达了非常优惠的政策，让流民开垦土地，遍植农桑，“帝闻天下废田尚多，民罕土著，或弃田流徙为闲民。天圣初，诏民流积十年者，其田听人耕，三年而后收赋，减旧额之半；后又诏流民能自复者，赋亦如之”。[3] 他还封赏鼓励人民修缮沟渠，广泛开垦荒地的地方官员：“诏诸州长吏、令佐能劝民修陂池、沟洫之久废者，及垦辟荒田、增税二十万以上，议赏；监司能督责部吏经画，赏亦如之。”[4] 此举使天下“生齿益藩，辟田益广”。[5] 仁宗朝重视农业生产，使农业得到较快的发展，人民的温饱得到解决。王夫之在其《宋论》中称赞仁宗买旱稻耕种之功：“其大德于天下者，航海买早稻万石于占城，分授民种，是也。其种之也早，正与江南梅雨而相当，可以及时而毕树艺之功；其熟也早，与深秋霜燥而相违，可弗费水而避亢旱之害；其种之也，田不必腴而获不赀，可以多种而无瘠荒之田；皆其施德之普也。”[6] 仁宗时期，不仅农业发展较快，生产技术也有一定的进步，主要表现在采矿业。煤是与人们生活息息相关的资源，在宋仁宗庆历年间，《宋史》和《续资治通鉴长编》都记载了府州州东焦山有石炭穴。石炭穴就是采掘煤炭的矿井。不仅煤矿有了可观的规模，铜矿在当时也同样初具规模，岑水场就是宋仁宗皇祐元年发展起来的，当时集合了十万的采冶者。农业的发展，生产力的进步，使百姓的物质生活得到

---

[1] ［元］脱脱：《宋史》卷一百七十三，北京：中华书局，1985 年，第 4163 页。
[2] ［元］脱脱：《宋史》卷一百七十三，北京：中华书局，1985 年，第 4164 页。
[3] ［元］脱脱：《宋史》卷一百七十三，北京：中华书局，1985 年，第 4165 页。
[4] ［元］脱脱：《宋史》卷一百七十三，北京：中华书局，1985 年，第 4165 页。
[5] ［元］脱脱：《宋史》卷一百七十三，北京：中华书局，1985 年，第 4165 页。
[6] ［清］王夫之：《宋论》卷四，北京：中华书局，2008 年，第 37 页。

满足，人口开始增加。“与前代户口相比，两汉人口最高5000多万，唐代开元之际的人口6000万上下，这些人创造了汉唐盛世，宋代自宋仁宗时候，户数即超过了1200万，按照每户5口人计算，其人口已经与唐相等，并超过了汉代。”仁宗朝不仅农业、手工业有所发展，商业经济发展也很快，城市经济有了突飞猛进的发展。

（二）商业经济的发展

首先，市坊界限的打破促使新的城市格局形成，促进了城市经济的发展。宋代的城市与前代最大的区别就是市、坊界限的打破。秦以来，我国城市的模式，是一种十分封闭的结构，以唐代的长安城为例，在城市之中，皇宫首先被完全隔绝起来，封闭得严严实实。接着，再于外城筑起高耸牢固的城墙封闭整个城市，如今日的西安就仍然保存着古城墙的遗址。当时的居民区和商业区是隔离的，居民区称为“坊”，商业区称为“市”，市和坊分别用墙封闭起来，白天开放，傍晚关闭。坊与坊之间，有很多街道，但街道上没有商店，走在这些大街上，听不到商户的叫卖，也看不到商店。所以唐代之前的城市，除了一些浪子之外，大多数居民的生活是十分寂寞的，商业的繁荣程度也是极其有限的。而在北宋时期，这种局面开始得以改善，宋真宗咸平五年，因“京城衢巷狭隘”，[1] 加以开广，“天禧三年（1019年）十二月，宋廷派官首先从京西地区及河南府（西京洛阳）均定‘坊郭居民等’，并逐步全国推广。坊郭户又按照财产多少分成不同等级。此举表明城市户口在国家户口中已与农村户口区别对待。其结果就是坊市制的崩溃，坊市合一的新型城市格局的形成”。[2] 市坊界限的打破促进了城市商品经济的发展。城市中新的行市和街市取代了旧有的封闭式的“市”，居民区与商业区连成一片，大街小巷的畅通结构取代了旧有封闭式的市坊结构，当街开铺成为可能，北宋城市中的行业开始增多，东京市场上愿意交纳免行钱的有一百七十多行，服务业兴盛，以最为繁盛的食品业为例，南北食品汇集京城，京城的食物不仅种类繁多，而且十分讲究，奇珍异品，花样百出，市民百姓可以享受到各地各种风味的美食。欧阳修在《京师初食车螯》一诗中写自己第一次吃从南方运到京城的蛤蜊时的美妙

---

[1] ［元］脱脱：《宋史》卷三百九，北京：中华书局，1985年，第10164页。

[2] 杨万里：《宋词与宋代的城市生活》，上海：华东师范大学出版社，2006年，第6页。

感受："自从圣人出，天下为一家。南产错交广，西珍富邛巴。水载每连舳，陆输动盈车……共食唯恐后，争先屡成哗。"[1] 可见，在宋朝统一繁盛之时，人们能更多地享受到商业经济发展给生活带来的益处。

其次，商业受到比前代更多的重视，经商成为一时之风气。封建社会历来"重农抑商"，这一观念在宋仁宗朝有了初步的改变。商品经济的发展，使"农本商末"的观念受到极大的冲击，使一向以谈"利市"、标榜财富为耻的士大夫的本末观发生了质的转变。他们开始重视商业，对商业的社会价值给予充分的肯定，对商人开始敬重，甚至自己也开始从事商业活动。如宋仁宗的母亲刘太后在未进宫前，被一位叫龚美的锻银者收养，随他来到京师，刘太后可以算是出身于商人之家，而在宋朝，仍能贵为皇后。又如在仁宗朝，郭后被废后，更有"京师富民陈子诚者，因保庆杨太后，纳女入宫，太后许以为后也"。[2] 虽然最终仁宗并未纳商人之女为后，但可见宋朝对商人的看法与前代相比，已经有所改变，商人的地位有了很大提高。在仁宗朝，不但商贩很多，连皇亲贵族与朝廷官吏也从事商业活动。赵氏宗室经商始自北宋真宗朝，到仁宗时期"诸王邸多殖产市井，日取其资"，[3] 朝廷要员也参与到经商的行列之中。仁宗名臣蔡襄认为官吏经商之行为不耻，写道："臣自少时入仕，于今三十年矣，当时仕宦之人粗有节行者，皆以营利为耻，虽有逐锥刀之资者，莫不避人而为之，犹可耻也。今乃不然，纡朱怀金，专为商旅之业有之。兴贩禁物茶盐香草之类，动以舟车懋迁往来，日取富足。"[4] 要员经商成了常见的现象，如仁宗朝晏殊为相之时"唯务私家营置资产。见于蔡河岸上，射占官地，盖屋僦赁"。[5] 曾任宰相的夏竦"邸店最广"。[6] 商品经济的发展，使得人们的价值观念发生了很大的转变，人们崇尚奢华的生活，极尽享乐之能事。社会价值取向也发生了转变，由崇高化趋向于世俗化。商业的兴盛也使人们感到拥有金钱的重要性，拜金之风日盛。宋以前的文人关注国家政治统治，

---

[1] ［宋］欧阳修：《欧阳修全集》居士集卷第六，四部丛刊景元本。

[2] ［宋］司马光：《涑水记闻》卷九，清武英殿聚珍版从书本。

[3] ［宋］李焘：《续资治通鉴长编》卷一百八十七，上海：上海古籍出版社，影印本，第1726页。

[4] ［宋］蔡襄：《蔡襄全集》，福州：福建人民出版社，1999年，第429页。

[5] ［宋］蔡襄：《蔡襄全集》，福州：福建人民出版社，1999年，第381页。

[6] ［元］脱脱：《宋史》卷三百，北京：中华书局，1985年，第9967页。

希望入仕为国家和人民做一些贡献，宋代的文人除了有这样的想法之外，他们也关注自身的生活与享乐。而这一现象便给词的繁盛提供了基础。

最后，大都市的兴起、人口的增加使得城市发展进程加快。宋词中有很多描绘北宋大都市繁华风貌的作品，如汴京风光，就频频出现在柳永的词中，他的《迎新春》描写了人们欢度元宵节的情景：“嶰管变青律，帝里阳和新布。晴景回轻煦。庆嘉节、当三五。列华灯、千门万户。遍九陌、罗绮香风微度。十里然绛树。鳌山耸、喧天箫鼓。渐天如水，素月当午。香径里、绝缨掷果无数。更阑烛影花荫下，少年人、往往奇遇。太平时、朝野多欢民康阜。随分良聚。堪对此景，争忍独醒归去。”在“太平时、朝野多欢民康阜”的年代，元宵节异常热闹，彩灯如山，箫鼓喧天，人们在美丽的夜景中狂欢。同样写元宵佳节《倾杯乐》（禁漏花深）则描绘了帝王出巡的盛况：“龙凤烛、交光星汉。对咫尺鳌山开羽扇。会乐府两籍神仙，梨园四部弦管。向晓色、都人未散。”龙凤烛的光辉和天上的星光交相辉映，梨园乐声宏大而动听，人们彻夜游玩，尽情狂欢。除元宵节外，汴京商品经济发达，人民生活富庶。即使是平日里的娱乐生活也同样精彩，《满朝欢》上阕的描写：“花隔铜壶，露晞金掌，都门十二清晓。帝里风光烂漫，偏爱春杪。烟轻昼永，引莺啭上林，鱼游灵沼。巷陌乍晴，香尘染惹，垂杨芳草。”柳永采用铺叙手法，勾勒出一幅“风光烂漫”的春日京城画。又如“帝城当日，兰堂夜烛，百万呼卢，画阁春风，十千沽酒”（柳永《笛家弄》）。“朝野多欢。九衢三市风光丽，正万家，急管繁弦……笑筵歌席连昏昼，任旗亭、斗酒十千”（柳永《看花回》）。可见当时城市娱乐业的繁荣及百姓享乐之风的盛行。除了都城汴京之外，杭州同样是一个非常繁华的都市，柳永的《望海潮》就是赞颂杭州之美丽繁华的：“东南形胜，三吴都会，钱塘自古繁华。烟柳画桥，风帘翠幕，参差十万人家。云树绕堤沙，怒涛卷霜雪，天堑无涯。市列珠玑，户盈罗绮，竞豪奢。重湖叠巘清嘉，有三秋桂子，十里荷花。羌管弄晴，菱歌泛夜，嬉嬉钓叟莲娃。千骑拥高牙，乘醉听箫鼓，吟赏烟霞。异日图将好景，归去凤池夸。”这首词勾画了杭州城美丽的风景和人烟的繁茂，垂柳、画桥、风帘、翠幕相互掩映，“十万人家”错落其间。钱塘江潮气势险峻宏伟，波涛卷雪，一望无际，杭州城富庶繁华，集市上多罗列“珠玑”之类贵重商品，家家户户多有“绮罗”之类的奢侈享受，彼此之间比阔摆富。西湖周边，有连绵重叠、造型各异的翠绿山峰环绕，妩媚中别具峻峭。桂子飘香，荷花清雅，采莲的小娃可爱至极，游人欢乐闲适，心情舒畅，歌舞娱乐，尽享其欢。张先也有一首《破阵乐》同样写杭州的繁盛之景，词曰："四堂互映，双门并丽，龙阁开府。郡美东南第一，望故苑、楼台霏雾。垂柳池塘，流泉巷陌，吴歌处处。近黄昏，渐更宜良夜，簇簇繁星灯烛，长衢如昼，瞑色韶光，几许粉面，飞甍朱户。和煦。雁齿桥红，裙腰草绿，云际寺、林下路。酒熟梨花宾客醉，但觉满山箫鼓。尽朋游，同民乐，芳菲有主。自此归从泥诏，去指沙堤。南屏水石，西湖风月，好作千骑行春，画图写取。"这首词描摹杭州城"郡美东南第一"的繁华盛丽，词中一一描绘了杭州城的亭台楼阁、池塘流泉、巷陌街衢、吴歌粉面、西湖风月、宾客游乐的繁盛风貌。结尾"西湖风月，好作千骑行春，画图写取"，与柳永《望海潮》"千骑拥高牙。异日图将好景，归去凤池夸"，都赞颂了当地官员的政绩，二者有异曲同工之妙。北宋仁宗时期的大都市正如孟元老在《东京梦华录》中描绘的那样："太平日久，人物繁阜。垂髫之童，但习鼓舞；斑白之老，不识干戈。时节相次，各有观赏。灯宵月夕，雪际花时，乞巧登高，教池游苑。举目则青楼画阁，绣户珠帘，雕车竞争驻于天街，宝马争驰于御路，金翠耀目，罗绮飘香。新声巧笑于柳陌花衢，按管调弦于茶坊酒肆。八荒争凑，万国咸通。集四海之珍奇，皆归市易，会寰区之异味，悉在庖厨。花光满路，何限春游，箫鼓喧空，几家夜宴。伎巧则惊人耳目，侈奢则长人精神。"❶ 在经济繁荣的带动下，大都市呈现出异常繁华的风貌，也滋长了都市人们的享乐之风，于是，词这一音乐文体，也便随之兴盛："中原息兵，汴京繁庶，歌台舞席，竞赌新声。"❷

二、仁宗时期城市经济的发展与词繁荣的关系

由于仁宗朝经济的迅速发展，城市娱乐业空前繁荣，娼楼妓馆、酒肆茶坊在城中遍布，词可以作为商品被买卖，唱词作为供人们尊前花间遣宾娱性的一种方式极为兴盛。

---

❶［宋］孟元老：《东京梦华录》自序，北京：中华书局，1982 年，第 4 页。

❷［清］宋翔凤：《乐府余论》，唐圭璋：《词话丛编》，北京：中华书局，1986 年，第 2499 页。

（一）娱乐业的繁盛与词的繁荣

首先，娼妓业的繁盛与词的繁荣。

由于城市经济的发展，人们有了更多的娱乐需求，于是，娱乐业在宋代空前繁荣。北宋仁宗时期，城市内的娼楼妓馆已经十分发达。陈师道《后山诗话》中载："柳三变游京都南北巷，作新声乐府。"可见，当时京都的南北巷应是娼楼妓馆汇集之处，类似于唐朝的平康里。柳永一生沉沦下僚，颠沛流离，多与秦楼楚馆之歌妓相熟，为她们写下了无数相思怨别的动人词篇。柳永以词的形式记录下了这些歌妓的姓名与才艺："秀香家住桃花径。算神仙、才堪并。层波席间明眸，腻玉圆搓素颈。爱把歌喉当筵逞。遏天边，乱云愁凝。"（《昼夜乐》），"英英妙舞腰肢软。章台柳、昭阳燕"（《柳腰轻》），"心娘自小能歌舞，举意动容皆济楚"（《木兰花》），还有"唱出新声群艳伏"的佳娘、"举止皆温润"的虫娘、"星眸顾指精神峭"的酥娘、"能染翰"善写诗书的瑶卿，等等。柳词中出现的歌妓，有姓名者有十人之多，而这些歌妓大多都是在娼楼妓馆之中的市井妓。当时，市井妓的人数也是较多的。王书奴先生在《中国娼妓史》一书中认为"营妓""官妓"均始于宋朝，官妓多来源于市井妓，营妓多由市井妓轮值。邓之诚《骨董琐记》中载：

> 宋太宗灭北韩，夺其妇女随营。是为"营妓"之始。后复设"官妓"，以给事州郡官幕不携眷者。"官妓"有身价五千，五年期满。妇原寮，本官携去者，再给二千，盖亦其之勾栏也。"营妓"以勾栏妓轮值一月，许以资替，遂及罪人之孥，及良家系狱候理者。甚或掠夺，诬以盗属以充之，最为政。南宋建国始革其制。

《宋史·仁宗本纪》载："天圣元年……诏裁造院女工及营妇配南北作坊者，并释之。"[1] 仁宗朝将营妓放逐，若其嫁娶，便可开释。可见，当时并不缺少娼妓，其资源是很丰富的。这说明仁宗朝娼妓业是十分繁盛的。北宋时期，娼妓由专门的机构管辖，名曰"教坊"。教坊机构设置完备。《宋史·乐志》："教坊本隶宣徽院，有使、副使、判官、都色长、色长、

[1] ［元］脱脱：《宋史》卷九，北京：中华书局，1985年，第178页。

高班、大小都知。天圣间，以内侍二人为钤辖。嘉祐中，诏乐工每色额止二人，教头止三人，有缺即填。”❶ 娼妓业的繁盛促使词坛繁盛，同时，也对词的创作产生了较大的影响。

其一，娼妓是词的演唱者与传播者。仁宗时期，词在市井之中，多是作为娱乐消费品而存在的。人们乐于在娼楼妓馆之中，花钱去聆听那些意态娴雅、花容月貌、冰肌玉骨、粉雕玉琢的歌妓轻启绛唇，响遏行云的演唱，从而得到身心的双重满足。词作为这一娱乐消费中的重要部分，自然与娼妓业的繁荣有密不可分的关系。城市娼妓业的发达，带动了词这一娱乐形式的消费。词作为音乐文学，多是提供给歌妓演唱的文本。娱乐功能也是词最重要的功能之一。文人作词的根本原因是为了满足自身欢娱性的需要。而词作为静态文本，最终转化为可供尊前花间消遣的表演形式，歌妓在当中发挥着重要的媒介作用。对歌妓而言，唱词是她们最重要的谋生手段之一。她们的主要经济来源是消费者在听词的演唱，得到精神的满足后给予她们的报酬。而唱词是否会被消费者喜爱，演唱的技巧是否高超，就成了她们赖以生存的根本。词作为演唱的文本，自然也受到歌妓重视。

其二，娼妓赋予词以动态的活力与生气。仁宗时期，词的传播方式并非仅限于文本的静态传播，还有通过歌妓演唱的动态传播。词作为静态文本，缺少活力，而当词付诸那些锦心绣口、貌美如花的歌妓之喉时，表现力被大大增强了，可以说歌妓的演唱赋予词别样的生命力。在酒宴之上，招来歌妓唱词，侑觞待客，在北宋生活中极为普遍。良辰美景，高朋满座，妙妓献歌，宾客欢愉，此情此景是多么舒心和惬意！在宴席之上听歌妓声遏行云的演唱，观歌妓娇嗔万种之姿态，品尝美酒佳肴，是北宋人最理想的娱乐项目。而歌妓的演唱环节是其中最重要的娱乐环节，人们在酒宴上听歌妓唱词比看静态的词能获得更多的满足感，他们听词时的愉悦之态，在词作中就有体现：有的欣赏歌者字正腔圆的演唱：“银塘玉宇空旷。冰齿映轻唇，蕊红新放。声宛转，疑随烟香悠扬。对暮林静，寥寥振清响。”（张先《庆春泽》）有的一边听词一边饮酒，“萧娘劝我金卮。殷勤更唱新词”。（晏殊《清平乐》）有的被歌曲打动，似乎要醉倒在温柔乡中：“渐遏遥天，不放行云散。坐上少年听不惯。玉山未倒肠先断。”

❶ ［元］脱脱：《宋史》卷一百四十二，北京：中华书局，1985 年，第 3358 页。

（柳永《凤栖梧》）正因为歌妓的演唱，才带给词别样的魅力，使听者沉醉其中，不能自拔。娼妓业的繁盛，使得词的动态传播有了最好的媒介，促使了词的繁盛。

其次，瓦舍勾栏的繁盛与词的繁荣。

北宋时期的瓦舍是市民大众娱乐的场所，又称瓦子，瓦子到底何时兴起，没有明确的记载，“瓦者，谓其‘来时瓦合，去瓦解之义’，易聚易散也。不知起于何时。顷者京师甚为士庶放荡不羁之所，亦为子弟流连破坏之门。”❶ 瓦舍是公共场所，游人进出全无障碍。根据《东京梦华录》的记载，北宋汴京的瓦舍至少有九座：朱雀门外的新瓦子，潘楼街附近的桑家瓦子、中瓦子和里瓦子，旧曹门外的朱家桥瓦子，梁门外的州西瓦子，保康门大街的保康门瓦子，旧封丘门外的州北瓦子以及宋门外瓦子。瓦舍中有很多商业娱乐活动，“瓦中多有货药、卖卦、喝故衣、探搏饮食、剃剪纸画令曲之类”❷ 等多种经营活动，瓦舍内最重要的成分是勾栏。勾栏，又叫作勾肆，或叫棚、邀棚、游棚。它是市井中固定的演出场所。大城市的瓦子，内部一般都有好几座，甚至是十多座勾栏，据《东京梦华录》卷二“东角楼街巷”条载：“街南桑家瓦子，近北则中瓦，次里瓦。其中大小勾栏五十余座。内中瓦子莲花棚、牡丹棚，里瓦子夜叉棚、象棚最大，可容数千人。”很多名角常在勾栏固定演出，演出的种类丰富多样，有小唱、嘌唱、唱赚、诸宫调、杂剧、小说、杂技、讲史、舞旋、相扑、说诨话、叫果子，等等，勾栏内的设施也较为齐备，据李春棠先生考证：“勾栏内，最要紧的设置是一个木结构的小舞台，它的两侧有低矮的栏杆勾栏遮挡。舞台下，观众活动区一般都安置了座位，与露天演出的观看情景大不一样。”❸ 勾栏的经营者也很重视商业宣传，勾栏门口贴出招子、纸榜等宣传广告，书写节目单、演出的时间和名角姓名，以吸引观众。观众并不是免费观看，通常在观众入场时，会有人在勾栏门口收钱。但剧场常常是座无虚席，观众流连忘返，“不以风雨寒暑，诸棚看人日日如是”“终日居

---

❶ ［宋］吴自牧：《梦粱录》卷十九，西安：三秦出版社，2004 年，第 294 页。

❷ ［宋］孟元老：《东京梦华录》卷二，北京：中华书局，1982 年，第 66 页。

❸ 李春棠：《坊墙倒塌以后——宋代城市生活长卷》，长沙：湖南人民出版社，1996 年，第 171 页。

此，不觉抵暮”。[1] 而和词相关的表演有小唱、嘌唱等形式，所谓小唱，“唱叫小唱，谓执板唱慢曲、曲破、大率重起轻杀，故曰浅斟低唱”。[2] 歌妓唱词多以小唱为主，宋代人多用“浅斟低唱”来描述词的演唱，如柳永《鹤冲天》中有句：“忍把浮名，换了浅斟低唱”，北宋的瓦舍是历史记载的最早出现在城市中的商业性剧场，剧场中的商业性演出，完全是为了满足城市居民的消遣和娱乐，和今日城市中的歌舞剧院等演出场所十分相似。

最后，酒肆茶坊与词的繁荣。

仁宗时期，除了瓦舍勾栏是供市民大众消闲娱乐的场所之外，酒肆茶坊也是通俗文艺演出的重要场所。仁宗时期的酒肆不少，柳永词中便有“望中酒旆闪闪”（《夜半乐》）、“闪闪酒旗摇举”（《洞仙歌》）之句。可知，当时酒肆随处可见。宋人嗜好饮酒，李春棠先生曾做过这样的统计：“从仁宗到神宗时，曲院每年生产的酒曲在 200 万斤左右，按每斤曲可酿酒 40 斤计算，京城每年可酿酒 8000 万斤。即使按东京人口高峰时 150 万人平均，每人达 50 余斤。”酒的消费量之大令人咂舌。宋代酒店林立，酒店数量之多，规模之大，设施之豪华，即使放在今天来看，也是令人称奇的。其中有一些大酒店，官府给予他们酿酒的权力，这些酒店被称为正店。没有酿酒权力的酒店称为脚店。北宋东京城内的大小酒店非常多，“在京正店有七十二户，此外不能遍数”，[3] 而酒肆茶坊之中，也是市井文人饮酒作词之处，如柳词中写其饮酒作乐的篇章就很多。如《笛家弄》：“别久。帝城当日，兰堂夜烛，百万呼卢，画阁春风，十千沽酒。”《看花回》：“雅俗熙熙物态妍。忍负芳年。笑筵歌席连昏昼，任旗亭、斗酒十千。赏心何处好，唯有尊前。”百万呼卢、斗酒十千，柳永的词中记录下了当时酒肆茶坊的繁盛。词人在尊前品赏美酒的同时，也写下了大量的词篇。

（二）词作本身的商业化

词作本身的商业化，并非始于仁宗朝。五代时期，就有词人出售自己

---

[1] ［宋］孟元老：《东京梦华录》卷五，北京：中华书局，1982 年，第 133 页。
[2] ［宋］耐得翁：《都城纪胜》，四库全书文渊阁本。
[3] ［宋］孟元老：《东京梦华录》卷二，北京：中华书局，1982 年，第 71 页。

的作品，“李梦符与布衣饮酒，狂吟放逸。尝以钓竿悬一鱼向市肆蹈《渔父引》卖其词，好事者争买，得钱便入酒家。其词有千余首传于江表”。[1]这位李梦符不但作品的数量很多，而且他在集市上载歌载舞，来为自己的作品做宣传，因此他的词销量还很不错。仁宗时期，以卖词为营生的词人中，最著名的当属柳永，因为他的作品在民间受到欢迎，所以歌妓们都争先恐后地购买他的词作：“耆卿居京华，暇日遍游妓馆。所至，妓者爱其词名，能移宫换羽；一经品题，声价十倍。妓者多以金物资给之。”[2]在《清平山堂话本》和《古今小说》中均载有妓女供养柳永的故事：“他（柳永）在京师，与三个上行首打暖，……这三个顶老，赔钱争养那柳七官人”，“东京多少名妓，无不敬慕他，以得见为荣。若有不认得柳七者，众人都笑他为下品，不列姊妹之数，……那柳七官人，真是个朝朝楚馆，夜夜秦楼，内中有三个上等的行首，往来最密，一个唤做陈师师，一个唤做赵香香，一个唤做徐冬冬。这三个行首，陪着自己钱财，争养柳七官人。”小说中记载是否属实，已经无从考证，但从中可以看出，仁宗时期，城市经济的发展促进了商品经济的繁荣，词作为消费品，可以换回财物，甚至是佳人名妓的供养，说明词本身已经具有商品的性质。

第三节　文化背景与仁宗词坛

宋朝统治者从建国初期，就采取了崇文尊儒的文化政策，在平稳发展经济的同时，对文化建设给予相当的重视。宋代文化是中国封建文化的繁盛期，陈寅恪先生曾指出：“华夏民族之文化，历数千载之演进，造极于赵宋之世。”[3]仁宗朝在经历了太祖朝、太宗朝、真宗朝六十余年的发展后，文化建设已取得相当大的成就。苏轼评价说：“宋兴七十馀年，民不知兵，富而教之，至天圣、景祐极也。”[4]仁宗朝的文化背景可以概括为两

[1] ［宋］阮阅：《诗话总龟》前集，卷四十六，北京：人民文学出版社，1987年，第447页。

[2] ［宋］罗烨：《醉翁谈录》丙集卷二，沈阳：辽宁教育出版社，1998年，第23页。

[3] 陈寅恪：《邓广铭〈宋史职官志考证〉序》，《金明馆丛稿二编》，上海：上海古籍出版社，1980年，第245页。

[4] ［宋］苏轼：《苏文忠公全集》东坡集卷二十四，明成化本。

大方面：一是崇文尊儒的文化传统；二是崇尚娱乐文化，整个仁宗词坛的风貌也与这两种文化有着密不可分的关系。

一、崇文尊儒的文化传统

仁宗时期，国家政治趋于稳定，社会经济得以发展，人民生活水平逐步提高，在这样的背景下，仁宗秉承宋朝开国初期崇文尊儒的文化传统，以儒学治国，注重文治教化，务本向道，留意儒雅，重视人才的培养与选拔。

（一）崇文抑武、善待文士的文化传统

仁宗朝继承了北宋初期崇文抑武的文化传统。宋太祖赵匡胤出身武将，以兵变的形式建立宋帝国。在五代时期，这是很常见的军事暴动形式。宋太祖为了保证宋王朝的长治久安，在削弱武将权力的同时，重用文臣。宋太祖制定了两项基本国策：一是上演了一场“杯酒释兵权”的好戏，解除武将对军队的绝对统治地位，削弱地方的军事力量；二是善待文士，立下“不杀士大夫及上书言事者”的祖训。这两项政策的确立影响极为深远，几乎影响了整个北宋的政治统治与文化政策。

宋太祖建国之初便意识到，唐代末年之所以造成五代时期地方政权割据的局面是由于唐代节度使拥兵过重，宋太祖得天下之后，曾与宰相赵普有过这样一段对话：“太祖既得天下，诛李筠、李重进，召赵普曰：‘天下自唐季以来，数十年间，帝王凡易十姓，兵革不息，苍生涂地，其故何也？吾欲息天下之兵，为国家建长久之计，其道何如？’普曰：‘陛下之言及此，天地人神之福也。唐季以来，战斗不息，国家不安者，其故非他，节镇太重，君弱臣强而已矣。今所以治之，无他奇巧也，惟稍夺其权，制其钱谷，收其精兵，则天下自安矣。’语未毕，上曰：‘卿勿复言，吾已喻矣’。”❶ 宋太祖为了巩固宋朝的统治，“鉴五代藩镇之弊，遂尽夺藩镇之权”。《宋史》卷二百五十《石守信传》记载：

> 乾德初，帝因晚朝与守信等饮酒，酒酣，帝曰：“我非尔曹不及此，然吾为天子，殊不若为节度使之乐，吾终夕未尝安枕而

❶［宋］司马光：《涑水记闻》卷一，清武英殿聚珍版从书本。

卧。”守信等顿首曰：“今天命已定，谁复敢有异心，陛下何为出此言耶?”帝曰：“人孰不欲富贵，一旦有以黄袍加汝之身，虽欲不为，其可得乎。”守信等谢曰：“臣愚不及此，唯陛下哀矜之。”帝曰：“人生驹过隙尔，不如多积金、市田宅以遗子孙，歌儿舞女以终天年。君臣之间无所猜嫌，不亦善乎。”守信谢曰：“陛下念及此，所谓生死而肉骨也。”明日，皆称病，乞解兵权，帝从之，皆以散官就第，赏赉甚厚。

太祖为了巩固中央集权，使武将不起造反之念，削弱武将兵权的同时优待臣僚，公开鼓励和提倡臣僚在生活上的享乐。南宋陈亮曾指出，宋朝是以儒立国的。宋代以儒立国的内涵很丰富，其中最重要的就是重文轻武，把文臣放在第一位，武将放在第二位。文官的提拔非常快，宋太宗对考中进士的“大则数年，便居富贵；小则数月，亟预官常”，宋仁宗秉承祖训，大力擢用文臣。仁宗朝，在中央及地方的政府机构做官的几乎都是文人，如大臣蔡襄所说：“今世用人，大率以文辞进。大臣，文士也；近侍之臣，文士也；钱谷之司，文士也；边防大帅，文士也；天下转运使，文士也；知州郡，文士也。虽有武臣，盖仅有之。”❶ 可见当时崇文抑武政策加强，文官受到朝廷的优待。在北宋朝，不但没有针对文人的大规模杀戮和戕害，并且文人有更多的机会入仕，享受更为优越的生活。北宋前期，由于经济萎靡，官僚的俸禄比较低。而到真宗时期，官僚的俸禄有所增加，《宋史》载：“大中祥符五年，诏文武官并增奉。三师、三公、东宫三师、仆射各增二十千。三司、御史大夫、六尚书中丞、郎、两省侍郎、太常宗正卿、内客省使、上将军各增十千。横班诸司各增五千。朝官五品正、中郎将已上、诸司使、副各增三千。京官、内殿承制、崇班、合门祗候各增二千。供奉官各增一千五百。奉职、借职增一千。余如旧。”❷ 北宋的上层文官们的收入是很高的。“于奉钱、职钱之外，复增供食料等钱。”❸ 并且他们除去应得的俸禄之外，若遇皇帝登基、生辰及郊祀、明堂大礼，还有大量的赏赐可得，另外，还有各种名目的恩例，如生前有赆礼，死后

---

❶ ［宋］蔡襄：《蔡襄全集》，福州：福建人民出版社，1999 年，第 432 页。

❷ ［元］脱脱：《宋史》卷一百七十一，北京：中华书局，1985 年，第 4117 页。

❸ ［元］脱脱：《宋史》卷一百七十一，北京：中华书局，1985 年，第 4117 页。

有赙赠，等等。如此优厚的待遇，为文人的生活及文学创作都提供了一个优越的环境。清代赵翼在《宋制禄之厚》中羡慕地写道：“（宋朝）恩逮与百官者唯恐其不已”。可见，宋代的文臣是很受优待的。

此外，仁宗朝政治比较开明，善待文士，不以言论治罪，不大兴文字狱，这一传统也是由宋太祖传下来的。宋代开国之初，太祖立碑明志，立誓绝不轻易杀戮文臣。陆游《避暑漫抄》中记载：

> 艺祖（宋太祖）受命之三年，密镌一碑，立于太庙寝殿之夹室，谓之誓碑。用销金黄幔蔽之，门钥封闭甚严。因敕有司，自后时享及新天子即位，谒庙礼毕，奏请恭读誓词。…群臣及近侍皆不知所誓何事。自后列圣相承，皆踵故事，岁时伏谒，恭读如仪，不敢泄漏。虽腹心大臣……亦不知也。靖康之变，兵人入庙，悉取礼乐祭祀诸法物而去，门皆洞开，人得纵观。碑止高七八尺，阔四尺余，誓词三行：一云，柴氏子孙有罪不得加刑；…一云，不得杀士大夫及上书言事人；一云，子孙有渝此誓者天必殛之。[1]

北宋历代皇帝都严格执行这一祖训，仁宗也不例外。庆历党争之中，虽然两党之间的斗争十分激烈，但触怒皇帝之人，也仅仅遭受了贬谪之苦。如晏殊为相之时，因“尝被诏志宸妃墓，没而不言”与“役官兵治僦舍以规利”二事被谏官蔡襄弹劾，晏殊罢相，坐降工部尚书，知颍州。欧阳修因支持范仲淹变法，而被贬至滁州。尹洙在范仲淹被贬后，上疏自言与范仲淹亦师亦友，理应同罪，被贬出朝，等等，这些文士虽有流离之苦，但无杀身之祸。这也从侧面说明，北宋统治者善待文士，对待士大夫及上书言事之人是比较宽容的。

（二）科举制度的完备与发展

首先，宋代的科举制度在仁宗朝逐渐完备。科举制度始创于隋朝，初备于唐朝，完善于北宋仁宗时期。唐代的科举，在考试的同时兼重考生的门第和出身，考生在考试之前，为赢得社会声誉，纳“行卷”，干谒名宦是常例。宋代科举取士则更多地为身在寒门的知识分子提供了进入仕途的

[1] ［明］陶宗仪：《说郛三种》（四），上海：上海古籍出版社，1988年，第1784页。

机会，统治者为了达到社会各个阶层的人才都为已所用的目的，在科举制度上实行了一系列的改革措施。第一，在太祖朝将殿试列为常制，殿试由唐代女皇武则天创制，天授二年，武则天于洛阳殿前亲自考察贡举人。但是，在唐代，这一制度尚未成为定制。宋代开国之初，虽一统天下，但“刑政德业，世用不变于唐”，❶ 开宝六年（973 年），进士徐世廉上疏建议朝廷推行殿试：

> 请太祖廷试之曰：“方今中外兵百万，提强黜弱，日决自上，前出无敢悖者。惟岁取儒为吏，官下百数，常常赘戾，以其受于人而不自决致也。为国家天下，止文与武二柄取士耳，无为其下鬻恩也。”❷

宋太祖接受了这一建议，开宝八年（975 年），太祖开始亲自考察合格的举人，并且根据其表现，颁布名次，从此之后，殿试成为常制。太祖曾赞殿试云：“向者登科名级，多为势家所取，致塞孤寒之路，甚无谓也。今朕躬亲临试，以可否进退，尽革畴昔之弊矣。”❸ 第二，实行封弥、誊录制度。为了保证科举考试的公正公平，宋代创立推行封弥、誊录制度。封弥就是指将考生的姓名糊住，使评卷人看不到所评之卷是何人之考卷，避免作弊。宋代科举糊名制度应始于宋太宗淳化三年（992 年），《续资治通鉴长编》载：

> 三月戊戌，上御崇政殿，覆试合格奏名进士。先是，胡旦、苏易简、王世则、梁颢、陈尧叟皆以所试先进，擢上第，由是，士争习浮华，尚敏速，或一刻数诗，或一日十赋。将作监丞莆田陈靖上疏，请糊名考校，以革其弊，上嘉纳之。于是，召两省、三馆文学之士，始令糊名考校，第其优劣，以分等级。❹

宋代科举在实行封弥制度之后，仍然不能尽除考试之中的作弊情况，考官能分辨出自己熟悉考生的字迹，为了避免这一情况的发生，宋代统治者又创制了誊录制度。吴曾《能改斋漫录》载：

---

❶ ［宋］柳开：《河东集》卷八，四部丛刊景旧钞本。
❷ ［宋］柳开：《河东集》卷八，四部丛刊景旧钞本。
❸ ［宋］李焘：《续资治通鉴长编》卷十六。
❹ ［宋］李焘：《续资治通鉴长编》卷三十三。

取士至仁宗始有糊名考校之律，虽号至公，然尚未绝其弊。其后袁州人李夷宾上言，请别加誊录。因著为令，尔后识字画之弊始绝。[1]

由此看来，誊录制度应始于仁宗朝，但实则在仁宗朝之前，宋代科举就已经在评卷过程中实行誊录了。《宋会要辑稿·选举》载：

（景德二年）五月十三日，帝御崇政殿，试礼部奏名河北举人，内出题“建用皇极赋”“昭德塞违诗”“汉文宣二帝政理孰优论”。帝召王钦若等一十一人于内阁糊名考校，分为六等。别录本，去其姓名，召两制、尚书、丞郎、两省、给谏、馆阁官凡三十人，分处殿东、西阁覆考之。帝遣中使宣谕，令尽公平，无得压降等第，令钦若总详之。是夕，内阁十人于殿后及试诸科举人，糊名考定如例。得进士范昭已下一百四十六人，第为三等，并赐及第、同出身、同学究出身。[2]

其中“别录本”，即为誊录。由这段记载可见，宋朝科举誊录制度始于真宗景德二年（1005 年）殿试。之后在省试中推行。直至仁宗中期，誊录制度才开始在解试中实行。这说明，宋代科举的封弥誊录制度，从制定到完备经历了一个比较长的时期，由太祖朝始，到仁宗朝逐步完备。这一制度的实行，保证了宋代科举的公平性，欧阳修曾赞曰：“糊名、誊录而考之，使主司未知为何方之人，谁氏之子，不得有所憎爱薄厚于其间。故议者谓国家科场之制，虽未复古法而便于今世，其无情如造化，至公如权衡，祖宗以来不可易之制也。”[3] 宋代统治者注重人才，崇文尚儒。科举制度的完备与公平，为广大的读书人，尤其是一些出身寒门的文人，提供了入仕的途径和改变自己命运的机会。所以，仁宗朝晏殊、欧阳修、范仲淹等人出身虽不高，但都通过自己的努力，跻身上层社会，宋代士人政治热情也空前高涨，一旦受挫，便在词中发悲凉之音，这也是为何仁宗朝为北宋繁盛之时，而词作仍多悲音的缘故之一。

其次，仁宗朝科举录取比例较大，且颁布了诸多的优待政策。宋代科

---

[1] ［宋］吴曾：《能改斋漫录》卷一事始，清文渊阁四库全书本。

[2] ［清］徐松：《宋会要辑稿》选举七，稿本。

[3] ［宋］欧阳修：《欧阳修全集》卷一百一十三，北京：中华书局，2001 年，第 1716 页。

举的名额比唐代大增。宋代由皇帝亲临主持的考试，选拔文臣的录取名额不断增加，北宋文人有了更多进入仕途的机会。原来进士最多的一次是31人，诸科最多的一次是96人。到了宋太祖时，录取名额大增，有时一年就录取五百多人，宋真宗时，一年录取人数竟多达1638人，由于没有那么多的官职，宋仁宗时又规定每次400人的录取名额，即使如此，与前相比也是为数可观。文官的提拔也非常快，宋仁宗"天圣初，宋兴六十有二载，天下又安，时取才唯进士诸科为最广，名卿巨公皆系此选，而仁宗亦向用之，登上第者不数年，辄赫然显贵矣"。❶ 宋朝对一些参加过数次省试的年老试生，也予以录取优待。宋仁宗景祐初曾下诏：

> 乡学之士益蕃，而取人路狭，使孤寒栖迟或老而不得进，朕甚闵之。其令南省：就试进士、诸科，十取其二。进士五举，年五十，诸科六举，年六十，尝经殿试进士三举，诸科五举，及尝预先朝御试，虽试文不合格，毋辄黜。皆以名闻，宇词率以为常。❷

仁宗下诏，优待一些屡试不第的老年举子。仁宗嘉祐二年开始，殿试不再实行淘汰制度，一般省试上来的进士皆有及第的机会，只是在名次先后上有所变化。这些优待，使得更多的读书人有了走向仕途、改变自身生活及命运的机会。科举制度的完备化、法律化，科举取士的扩大化，都是仁宗朝重视文士的表现。

（三）统治者自身重视知识文化

仁宗对知识文化是十分重视的。他本人喜好读书。"仁宗退朝，尝命侍臣讲读于尔英阁，贾侍中昌朝时为侍讲，讲春秋左氏传，每至诸侯淫乱事，则略而不说。上问其故，贾以实对。上曰：'六经载此，所以为后王鉴戒，何必讳。'"❸ 在退朝之后，仍请侍中为自己讲经，可见仁宗对知识的注重与渴求。在科举取士录取率连年递增，且有优待举子政策出台后，仁宗怕天下读书人因科举的难度降低而不专心读书，于天圣二年（1024年）特地颁布《劝学诏》："学犹殖也，不殖将落，逊志务时敏，厥修乃

---

❶ ［元］脱脱：《宋史》卷一百五十五，北京：中华书局，1985年，第3603页。
❷ ［元］脱脱：《宋史》卷一百五十五，北京：中华书局，1985年，第3603页。
❸ ［宋］江少虞：《宋朝事实类苑》卷四，上海：上海古籍出版社，1981年，第42页。

来。朕虑天下之士或存遗也，既已临轩较得失，而忧其屡不中科，则衰迈而无所成，退不能返其里闾，而进不得预于禄仕。故常数之外，特为之甄采。而狃于宽恩，遂隳素业，颓弛苟简，寖以成风，甚可耻也。自今宜笃进厥学，无习侥幸焉。”[1] 可见仁宗对知识的重视。

欧阳修在《仁宗御飞白记》一文中赞颂仁宗：

> 清明天子向学，乐育天下之材，而不遗一介之贱，使得与群贤并游于儒学之馆，而天下无事。岁时丰登，民物安乐，天子优游清闲，不迩声色，方与群臣从容于翰墨之娱……仁宗之德泽，涵濡于万物者四十余年。虽田夫野老之无知，犹能悲歌，思慕于陇亩之间，而况儒臣学士，得望清光、蒙恩宠、登金门而上玉堂者乎？于是相与泫然流涕而书之，夫玉韫石而珠藏渊，其光气常见于外也。

由此可见，仁宗朝崇文尊儒，秉承祖训，善待文士，对知识、文化、文人都十分重视，大开科举之路，育天下之材，不遗一介之贱。这一文化氛围为文学创作提供了良好且宽松的环境。仁宗朝文人对知识也十分重视，朱弁《曲洧旧闻》载：“（宋敏求）居春明坊，昭陵（仁宗）时，士大夫喜读书者多居其侧，以便于借置故也。当时春明宅子比他处僦直常高一倍。”[2] 在重视知识、文人多喜好读书的良好环境下，文学创作有了蓬勃发展。诗、词、文等文体在仁宗朝，都出现了宋代开国之后的首次大规模繁荣。

（四）文化在市民阶层的普及

仁宗朝教育普及程度比前代要高，教育的重心已经慢慢开始由上层贵族阶层向普通市民阶层转移。在中国封建社会前期，统治阶层掌握着文化教育的垄断权与支配权，文化主流只掌握在上层统治者的手中，而与底层市民绝缘。在北宋时期，这一现象有了初步的变化。仁宗时期，各地办学之风极盛，“明道景祐间，累诏州郡立学，赐田给书，学校相继而兴，近制惟藩镇立学，颖为支郡，齐以为而特许之，故有是命。又蔡齐请立学

[1] ［元］脱脱：《宋史》卷一百五十五，北京：中华书局，1985 年，第 3603 页。
[2] ［宋］朱弁：《曲洧旧闻》卷第四，北京：中华书局，2002 年，第 141 页。

时，大郡始有学，而小郡犹未置也。庆历，诏诸路州府军监各令立学。学者二百人以上，许更置县学，于是州郡不置学者鲜矣”。而且将入学的门槛放低，“本乡人或寄居已久，无不孝、不悌、逾滥之行，及不鲁（曾）犯刑责，或曾经罚赎而情理不重者”，均可入学。对学生只有对其道德品质的要求，而没有对其身份地位的苛求，这就使得更多的市民有了受教育的机会，掌握了一定的文化知识的市民阶层，开始有了文化诉求。文化生活社会化、市民化的局面开始构建，并形成了市民文化体系。随着这一体系的建构与实践活动的开展，也使得市民阶层形成了共同的、反传统士大夫雅文化的群体文化认同。

二、崇尚娱乐文化

仁宗朝，由于政治稳定、城市经济的发展，人民安居乐业。“宋兴，除叛而讨之，及仁宗之朝而天下打定，兵戈不试，休养生息，日趋于富盛之域。”在这一背景之下，仁宗朝整体的社会风气崇尚娱乐，“士大夫之游于其时者，谈笑佚乐，无夫向者幽忧不平之气”。[1]

（一）统治者的公开提倡与个人追求

宋初，太祖东征西战。一方面，太祖平定四方诸侯之时，不仅收敛其财务、俘虏其国主，同时也为了自身娱乐的需求，将大部分技艺高超的乐工、歌妓也纳入帐下；另一方面，太祖为了巩固宋朝的统治，实行高度的中央集权制度。解除武将的兵权，中央拥有地方武装力量的统兵权，并在此基础之上优待文臣，其中很重要的一点就是恩待百官、提倡娱乐。宋太祖对娱乐的提倡实则是加强中央集权的一种方式。而这种方式，与恩待百官的政策作为一种传统被保留了下来，这一传统也确实使得整个宋朝的统治阶层皆崇尚娱乐，娱乐成了宋代社会惯有的风气。

宋仁宗本人虽然务本向道、留意儒雅，但对娱乐并不排斥。继承其父宋真宗东封西祀的奢侈之风，“经费浸广”[2]，但仁宗的爱好与真宗大不相同。

首先，仁宗爱好音乐。他本人精通音律，重视朝廷雅乐的构建与完

---

[1] ［宋］佚名：《宋文选》卷二十八，清文渊阁四库全书本。

[2] ［元］脱脱：《宋史》卷一百九十七，北京：中华书局，1985 年，第 4909 页。

善。“每禁中度曲，以赐教坊，或命教坊使撰进，凡五十四曲，朝廷系用之。”[1] 仁宗著有《明堂新曲谱》一卷，又有《景祐乐髓新经》。他也十分喜爱今乐，《宋史·乐志》载：

> 仁宗洞晓音律，每禁中度曲，以赐教坊，或命教坊使撰进，凡五十四曲，朝廷多用之。天圣中，帝尝问辅臣以古今乐之异同，王曾对曰：“古乐祀天地、宗庙、社稷、山川、鬼神，而听者莫不和悦。今乐则不然，徒虞人耳目而荡人心志。自昔人君流连荒亡者，莫不繇此。”帝曰：“朕于声技固未尝留意，内外宴游皆勉强耳。”[2]

“今乐”就是指当时社会上的流行曲调。仁宗内心喜欢今乐，但由于王曾的劝诫，仁宗才很尴尬地说，自己并不喜欢流行音乐，更不留意现在社会上流行什么样的曲调，宴游之时，只是勉强作乐而已。但实则仁宗对今乐十分了解。他曾说：“孟子可谓知乐矣，今乐犹古乐。”又说：“自排遍以前，音声不相侵乱，乐之正也。自入破后，始侵乱矣，至此则郑卫也。”[3] 可见其对今乐的关注。陈师道《后山诗话》称宋仁宗“颇好其（柳永）词，每对酒，必使侍妓歌之再三”，[4]“歌之再三”一语，可见仁宗对柳词喜好程度之深。柳永整日在娼楼妓馆之中与歌妓厮混，为歌妓填词，其词多用民间的流行曲调，仁宗私下里对此十分喜爱。由于对今乐的喜爱，宋仁宗对和乐而歌的词也十分偏爱，如《墨客挥犀》载：

> 仁庙朝，皇族中太尉夫人，一日，入内再拜，告帝曰：“臣妾有夫，不幸为婢妾所惑。”帝怒，流婢于千里。夫人亦得罪，居于瑶华宫。太尉罚俸而不得朝。经岁，方春暮，夫人为词曲，名《极相思令》云：“柳烟霁色方春。花露逼金茎。秋千院落，海棠渐老，才过清明。嫩玉腕托香脂脸，相傅粉，更与谁情。秋波绽处，相思泪迸，天阻深诚。”[5]

---

[1] ［元］脱脱：《宋史》卷一百四十二，北京：中华书局，1985 年，第 3356 页。

[2] ［元］脱脱：《宋史》卷一百四十二，北京：中华书局，1985 年，第 3356 页。

[3] ［清］王奕清：《历代词话》，唐圭璋：《词话丛编》，北京：中华书局，1986 年，第 1141 页。

[4] ［宋］陈师道：《后山诗话》，邓子勉：《宋金元词话全编》，南京：凤凰出版社，2008 年，第 213 页。

[5] ［宋］彭乘：《墨客挥犀》卷八，北京：中华书局，2002 年，第 376～377 页。

这首小词不再是尊前花间娱乐的工具，而是起到了实际作用，太尉夫人以这种方式向仁宗皇帝陈述自己内心的愁闷与对丈夫的想念。“词闻，帝命释之。”其词写闺怨相思，风格秉承花间，艳丽绮靡，却深深打动了仁宗皇帝，起到了上疏言事所起不到的良好效果。

不但如此，仁宗本人也有词的创作，司马光《涑水记闻》载：郭后被废居瑶华宫，“久之，上游后园，见郭后故肩舆，凄然伤之，作《庆金枝》词遣小黄门赐之，且曰：‘当复召汝’”。❶ 此词虽不传，但可看出宋仁宗本人在表达怀旧感伤的情怀之时，也会运用词这种在当时被广泛用于娱乐的新兴文体。

虽然宋仁宗并不公开提倡今乐，但他对音乐的喜爱，促使上行下效，对社会的影响是很明显的，使得社会上出现“中外言乐者不可胜记，置局而修制亦屡焉，其废不赀”❷ 的现象。由于仁宗的提倡，全社会普遍对音乐及歌词重视且喜爱，这一点非常有利于词的发展。

其次，仁宗对声色、狩猎、宴游等娱乐活动乐此不疲。《宋史》载：“杨、尚二美人益宠专夕，仁宗体为之弊，或累日不进食，中外忧惧。杨太后亟以为言，仁宗未能去。”❸ 谏官对仁宗专宠后宫多加谏责，后宫张美人产女，在冬季苦寒大雪之时，仁宗命取百千匹绫罗染色，欧阳修上《论美人张氏恩宠宜加减损札子》，言：“陛下近年所宠尚氏、杨氏、余氏、苗氏之类，当其被宠之时，骄奢自恣，不早裁损，及至满盈。今皆何在？况闻张氏本良家子，昨自修媛退为美人，中外皆闻，以谓与杨尚等不同，故能保宠最久，今一旦宫中取索顿多，恩泽日广，渐为奢侈之事，以招外人之言。”❹ 又仁宗乐于田猎。《宋史》载：“猎日五鼓，帝御内东门，赐从官酒三行，奏钧容乐，幸琼林苑门，赐从官食。遂猎于杨村，宴于幄殿，奏教坊乐。遣使以所获驰荐太庙。”❺ 并在大臣的鼓动之下，多次出猎。仁宗还乐于参与宴游等活动，王世贞《弇州四部稿》载：“宋王岐公珪为学士，尝月夜上召入禁中，对舍一塌赐坐，王谢不敢。上曰：‘所以夜相命

❶ ［宋］司马光：《涑水记闻》卷五，清武英殿聚珍版从书本。
❷ ［宋］范镇：《东斋记事》卷一，北京：中华书局，1997 年，第 8 页。
❸ ［元］脱脱：《宋史》卷四百六十八，北京：中华书局，1985 年，第 13655 页。
❹ ［宋］欧阳修：《欧阳修全集》，北京：中华书局，2001 年，第 1572 页。
❺ ［元］脱脱：《宋史》卷一百二十一，北京：中华书局，1985 年，第 2841 页。

者，正欲略去苛礼，领略风月耳。’既宴，水陆奇珍，仙《韶》《霓羽》，酒行无算。左右姬嫔，悉以领巾纨扇索诗，王一一为之，咸以珠花一枝润笔，衣袖皆满。五夜，乃令以金莲归院。翌日，都下盛传天子请客。”❶ 可见，宋仁宗对娱乐并不持排斥的态度，反而自身在闲暇之时也会投入娱乐活动中去。宋仁宗的这些爱好，对社会风气影响很大，社会上的娱乐之风逐渐风行。词在当时的主要功能是娱乐功能，统治者对娱乐的公开提倡，为词的发展提供了肥沃的土壤。

（二）宋代士人对自身生存状态的关注与其娱乐追求

宋代是中国封建文化的转型阶段。在宋以前，由于入仕途径的单一化与封闭化，封建士人多是在寻求社会价值认同的基础上，再寻求自身发展的。从先秦到唐代这一漫长的历史阶段中，为士人提供发挥社会价值空间的政治结构尚未形成固定的标准与坚不可摧、确定无疑的独特方式。士人或靠家族的门第势力，或凭借自己的努力，通过各种交际途径，展现自己的才能，获得统治者的赏识，参与到国家政治生活中去，步入仕途，从而获得扬名立万的机会，实现自己的政治抱负与社会价值。在这样的情况下，大部分士人所要展示的是自己“致君尧舜上，更使风俗淳”的政治理想和个人为国家所用的才能、抱负等社会价值。个人的生活需求当然也有，但由于脱离开社会价值，对自身的关注，并不作为士人关注的主要对象。而当士人仕途不顺之时，与儒家入仕精神相对的是道家的出世精神，但是道家的出世精神更多的是建立在对人生终极归宿的思索之上，高雅的心灵追求与纯净的隐士心态构建了出世的精神境界，满足个人生活上的享乐欲望同样不是其关注的对象。

到了宋代，科举制度的规范与完备，科举录取名额的大增，统治者对文士的优待，都为士人入仕提供了更为便捷的途径。士人不必表现自己为君、为国的政治抱负与才华等社会价值，只要通过科举这一固定的官吏选拔制度，便可以进入国家政治领域，个人的社会价值被看重的同时，之前被士人广泛忽视的个人生活也被更多的关注。北宋士人精神领域有两方面表现：一方面，传承了前代儒家知识分子的传统精神，注重儒家所提倡的忠君报国、救世爱民、齐家治国的传统；另一方面，他们也开始关注自身

---

❶ ［明］王世贞：《弇州四部稿》卷一百五十一说部，明万历刻本。

的生存状态，注重生活中的个人享乐，满足个人的声色之欲。于是，词作为满足其生活享乐的娱乐产品，自然在这一阶段走向了繁盛。

北宋仁宗朝，由于商品经济的迅速发展，个人生活的享乐被提升到非常重要的地位。宋代士人满足自身声色欲望，沉溺于酒色之中的人很多。《宋稗类钞》中的一条记载，可以窥见仁宗时期士人的追求与心态：

> 大宋（宋庠）居政府，上元夜在书院读《周易》，闻小宋（宋祁）点花灯，拥歌妓醉饮。翌日谕所亲令诮让云："相公寄语学士，闻昨夜烧灯夜宴，穷极奢侈，不知记得某年上元同在某州州学内吃齑饭时否？"学士笑曰："却须寄语相公，不知某年齑饭是为甚底？"❶

宋庠、宋祁二人同时及第，是仁宗朝有名的文士。宋祁这一番赤裸裸地表白，表明了大部分宋代士人的心态：士人读书做官，其目的就是追求生活上的享乐。宋祁自己有诸多家妓。《宋稗类钞》载："宋子京多内宠，后庭曳绮罗者甚众，尝宴于锦江，偶微寒，命取半臂，诸婢各送一枚，凡十余枚俱至，子京视之茫然。恐有厚薄之嫌，竟不敢服，忍冻而归。"❷ 不仅宋氏兄弟二人如此，仁宗朝的很多名宦亦有同样的娱乐追求。

仁宗时期的宰相"韩魏公（韩琦）家不食蔬，以脯醢当蔬盘，度亦始于近时耳"。又"韩魏公在相府时，家有女乐二十余辈"，❸ 韩琦家从不吃蔬菜，而将肉菜当作蔬菜来吃，有家妓二十余人，足见其生活之奢华。官员蓄妓成风，仁宗时期，"两府、两制家中各有歌舞，官稍如意，往往增置不已"。❹ 两府指的是中书省与枢密院，两制为翰林学士与知制诰，皆为上层官僚。可见仁宗朝士大夫蓄妓之风气。仁宗时期的著名词人几乎都有与歌妓交往的记载。柳永"失意无俚，流连坊曲"，❺ 日日混迹于娼楼妓馆之中，好为"淫冶讴歌之曲"，❻ 自不必论。而身为高官的晏殊、欧阳修、范仲淹等人也多与歌妓交往。晏殊最喜欢举办诗酒会。叶梦得在《避暑录

---

❶ ［清］潘永因：《宋稗类钞》卷之二，北京：书目文献出版社，第152页。
❷ ［清］潘永因：《宋稗类钞》卷之四，北京：书目文献出版社，第339页。
❸ ［宋］朱熹：《三朝名臣言行录》卷第一，四部丛刊景宋本。
❹ ［宋］朱弁：《曲洧旧闻》卷一，北京：中华书局，2002年，第89页。
❺ ［清］宋翔凤：《乐府余论》，唐圭璋：《词话丛编》，北京：中华书局，1986年，第2499页。
❻ ［宋］吴曾：《能改斋漫录》，唐圭璋：《词话丛编》，北京：中华书局，1986年，第135页。

话》卷二中记载晏殊“未尝一日不饮宴”，每宴“必以歌乐相佐”，且有歌妓参与。欧阳修家中亦有家妓，梅尧臣《次韵和酬永叔》一诗中称：“公家八九姝，鬓发如盘鸦。朱唇白玉肤，三年始破瓜。”[1]欧阳修家有歌妓“八九姝”，皆是朱唇皓齿的年轻女子。又《避暑录话》载：

> 欧阳文忠在扬州，作平山堂，壮丽为淮南第一。堂据蜀岗，下临江南，数百里真、润、金陵三州，隐隐若可见。公每暑时，辄凌晨携客往游，遣人走邵伯取荷花千余朵，以画盆分插百许盆，与客相间。遇酒行即遣妓一花传客，以次摘其叶，尽处则饮酒，往往侵夜载月而归。[2]

欧阳修在身遭贬谪之时，开绮筵，携妓侑酒、彻夜寻欢，以声色之娱来平复身遭贬谪之苦闷。

范仲淹也与歌妓有交往。《宋稗类钞》载：

> 范文正公守鄱阳郡，创庆朔堂，而妓籍中有小鬟妓尚幼，公颇属意。既去，以诗寄魏介云：“庆朔堂前花日栽，便携官去未曾开。年年长有别离恨，已托东风干当来。”介因鬻以赠公。[3]

北宋也有官员生活俭朴，不蓄养声妓，但这是非常少见的事情，也因此常常受到赞颂，如《青箱杂记》卷一记载：“王文正公旦，相真宗仅二十年……世传真宗任旦为相，常倚决事……故旦虽位及一品，而饮啖全少，不蓄声伎。”

除此之外，文人士大夫还经常开宴作乐，饮酒欢愉，这从他们的词作中就可以看出，以晏殊词为例，晏殊词中“酒”字出现的次数很多，共52次，并且筵、尊、盏、宴、卮等字在他的词中也频频出现。这与晏殊官至宰相，每日过着“酒筵歌席莫辞频”的生活有关。如“美酒一杯新熟，高歌数阕堪听”（《破阵子》），“劝君绿酒金杯，莫嫌丝管声催”（《清平乐》），“萧娘劝我金卮，殷勤更唱新词”（《清平乐》），“前欢往事，当歌对酒，无限到心中”（《少年游》），“当歌对酒莫沉吟，人生有限情无限”

---

[1] ［宋］梅尧臣：《宛陵集》卷十九，清文渊阁四库全书本。

[2] ［宋］叶梦得：《避暑录话》卷上，《全宋笔记·第二编·十》，郑州：大象出版社，2006年，第225页。

[3] ［清］潘永因：《宋稗类钞》卷之四，北京：书目文献出版社，第341页。

(《踏莎行》)。可见当时士大夫宴饮之风的盛行。

宋代士人对政治十分热情，对自身的生存状态也极为关注，表现出人格分裂化的特征，忠君爱国、敢于直谏，保持强烈的政治使命感与责任感是他们的追求，同时，纵情声色、宴饮作乐是他们日常生活的常态。在这样的情况下，仁宗朝形成整个官僚阶层皆崇尚娱乐的氛围，这一氛围也为词的繁荣奠定基础。

（三）两种娱乐文化形态的并存

仁宗时期，社会风气崇尚娱乐，在“太平也，且欢娱”的时代，新兴的市民阶层需要娱乐，士大夫文化圈中太过雅致的娱乐文化无法满足他们的文化诉求，俗文化则更适合市民阶层的文化品位，民间词在这种条件下，大规模地创作与流传。《宋史》中载：“（真宗时）民间作新声者甚众。”市民阶层的俗文化圈日益壮大，这一文化圈与尚雅的士大夫文化圈同时存在。所以，在仁宗朝，实则并存两种不同类型的娱乐文化：一是士大夫阶层崇尚的“文人雅会式”的娱乐；一是市民阶层推崇的“市民狂欢式”的娱乐。这两种娱乐文化的并存，也促使仁宗词坛出现了两种不同的审美追求。

其一，文人雅会式的娱乐文化。

文人雅会式的娱乐主要形式是文人聚会与宴饮，其隶属的文化为士大夫宴饮文化。早在西周之时，贵族阶层就有频繁的宴饮活动。《诗经》就有表现贵族君子与朋友聚会的宴饮之诗，如《诗经·小雅》中的《鹿鸣》《南山有台》《南有嘉鱼》《湛露》《蓼萧》《彤弓》等篇所歌咏的都是贵族宴会。在这类聚会之中，主人彬彬有礼，举起酒杯，为宾客祝酒，“嘉宾式燕以乐”(《南有嘉鱼》)，并伴有动人的音乐，“吹笙鼓簧”“鼓瑟鼓琴”(《鹿鸣》)，使得在座的“君子”在席间欢快宴饮，形成“和乐且湛”的愉悦和谐的氛围。贵族君子是这类宴会的主角，诗歌赞美他们拥有美好的品德，合乎礼仪规范的行为风度，表达对君子的赞美与倾慕。宴会并非狂欢型的纵酒之宴，人们在席间可以毫无保留地纵情享乐，而欢乐、和谐且有所节制的，其中的娱乐成分所占的比重较小。这一时期的宴饮文化主要体现的是礼乐文化影响下的君子社交之仪与礼乐文化氛围下宴饮活动崇礼化、程序化、规范化的特点。

唐宋时期，宴饮的形式有所变化。从中晚唐时期开始，贵族宴饮中娱乐成分的比重开始增加。席间杂有优伶、妓女，以备调笑玩乐之用。士大夫酒宴之上多以此为乐。唐穆宗朝，丁公著曾言当时贵族之宴饮，称："前代名士，良辰宴聚，或清谈赋诗，投壶雅歌，以杯酌献酬，不至于乱。国家自天宝以后，风俗奢靡，宴席以喧哗沉湎为乐。而居重位、秉大权者，优杂倨肆于公吏之间，曾无愧耻。公私相效，渐以成俗。"❶ 宋代崇尚娱乐，宋代的士大夫更喜宴饮，且在宴饮之中，仍兼用歌妓为乐，娱乐成分大为增加。但宋代的士大夫皆为崇尚儒学的知识分子，尤其是仁宗朝诸名臣，他们皆尚儒学，以国家社稷为重。前代的礼乐文化传统在宋代士大夫宴饮的过程中仍有所保留。在宴饮之中，娱乐是第一位的，但娱乐内容多符合君子的礼仪规范，有崇雅的趋向。而他们与歌妓的交往，第一位的欲求也不是单纯身体上的欲求，而是以情感交流与赞美称赏为主。总的来说，文人雅会式的娱乐文化具有以下三个特点。

首先，崇尚雅致性与文学性。

文人雅会式的娱乐文化崇尚雅致性与文学性，士大夫宴饮聚会，在席间虽有歌妓的演唱，但多不歌俚俗之曲，且士大夫在席间多有清谈高论、诗词唱和，以助雅兴。如晏殊诗词中几乎无一俚俗之语，其诗词中的很大一部分就是在士大夫宴会中所作。叶梦得《避暑录话》载：

> 晏元献公……惟喜宾客，未尝一日不宴饮，而盘馔皆不预办，客至旋营之，顷有苏丞相子容硕尝在公幕府，见每有嘉客必留，但人设一空案一杯，既命酒，果实蔬茹渐至。亦必以歌乐相佐，谈笑杂出。数行之后，案上已灿然矣，稍阑即罢。遣歌伎曰："汝曹呈艺已遍，吾当呈艺。"乃具笔札相与赋诗，率以为常。

在晏殊为主人的筵席之中，虽然主要的内容是享受美食佳肴，饮酒作乐，但席间仍会有诗词之作，并且，宴中赋诗、作词也成了士大夫间特有的娱乐形式。

又《宋稗类钞》中载：

> 颍妓曹苏奇，往岁与悦己者密约相从，而其母禁之至苦，不

❶ ［五代］刘昫：《旧唐书》卷十六，北京：中华书局，1975年，第485～486页。

胜抑悒。以盛春美景邀同约者连骑出城，登高冢，相对恸哭，既而酣饮。诸客闻之，赏其旷绝于流辈。晏元献闻之，为戏题绝句曰："苏奇风味逼天真，恐是文君向上人，何日九原芳草绿，大家携酒哭青春。"❶

从这段记载中，可以看出，在宴席间，士大夫会讲一些逸闻趣事，而这些事情就成了文人创作的题材来源。所以，文人雅会式的宴饮不仅是单纯的娱乐，同时也具有文学性。

欧阳修早年在西京钱惟演幕府为幕僚，当时，梅尧臣、谢绛、尹洙等人皆一时文士，同为钱惟演之幕僚，他们在一处多喜游宴吟咏。欧阳修《抒怀感事寄梅圣谕》一诗中，欣喜地回忆当时文人雅会的盛况，他写道：

自兹惬所适，便若投山猿，幕府足文士，相公放好贤。希深好风骨，迥出风尘间；师鲁心磊落，高谈义与轩；自渐口若讷，诵书坐千言；彦国善饮酒，百盏颜未丹；几道事闲远，风流如谢安；子聪坐参军，常夸破虎鞯；子野乃秃翁，戏弄时脱冠；次公才旷奇，王霸驰笔端；圣谕善吟哦，共嘲为阆仙；惟予号达老，醉必如张颠。

这些文士或高谈阔论，或百盏不醉，或风流俊逸，或才情旷奇，或善讴吟，或善作文。总之，在文人雅会之时，娱乐项目都带有明显的雅致性与文学性。

士大夫文人也重视宴饮的环境与氛围。这与文人雅趣是分不开的，如晏殊做枢密史之时，一日，天降大雪，雪景甚美，晏殊大喜，曰："雪中诗人见过，不可不饮也。"乃招欧阳修、陆经二人，"置酒共赏，即席赋诗"。❷ 欧阳修在扬州之时，建平山堂，并在暑热之时，傍晚取荷花千余朵，插成百盆，装饰其堂，并邀客人做传花饮酒的游戏，可见其极富雅趣。

其次，调笑之语的含蓄性与隐喻性。

文人之间调笑作乐一般很注意分寸的把握。大部分情况下，不会用通

---

❶ ［清］潘永因：《宋稗类钞》卷之四，北京：书目文献出版社，1985 年，第 339 页。
❷ ［宋］胡仔：《苕溪渔隐丛话前集》卷二十六，北京：人民文学出版社，1962 年，第 176 页。

俗、直露的语言直接说明所言之事，而是用比较含蓄的语言或富有隐喻性的话语来间接阐述自己所要表达的中心意思。含蓄性与隐喻性的语言是文人娱乐方式中最为常用的。

词人张先“能为诗及乐府，至老不衰。居钱塘，苏子瞻作倅时，先年已八十余，视听尚精强，犹有声妓，子瞻尝赠以诗云：‘诗人老去莺莺在，公子归来燕燕忙’。全用张氏故事戏之”。[1] 张先年已八十尚有声妓，苏轼作诗取乐于他。取乐的方式雅致且含蓄，却也让人忍俊不禁。

又《道山诗话》载：

> 晏文献公为京兆，辟张先为通判，新纳侍儿，公甚属意。先字子野，能为诗词，公雅重之，每张来，即令侍儿出侑觞，往往歌子野所为之词。其后王夫人寖不容。公即出之，一日子野至，公与之饮，子野作《碧牡丹》词，令营妓歌之，有云：“望极蓝桥，但暮云千里，几重山，几重水”之句，公闻之，怃然曰：“人生行乐耳，何自苦如此？”亟命于宅库支钱若干，复取前所出侍儿。既来，夫人亦不复谁何也。[2]

晏殊在席上令侍儿歌张先词以达到愉悦客人的目的。当晏殊因夫人不容而无奈出姬之时，张先并不明言可惜，而是作词劝之，晏殊因词而感动，复招侍儿。张先的方式是十分含蓄的。

文人之间的交往调笑注重含蓄性，即使是参与文人聚会的伶人、歌妓等也会遵循此原则。《中山诗话》载：

> 祥符、天禧中，杨大年、钱文僖、晏元献、刘子仪以文章立朝，为诗皆宗尚李义山，号西昆体，后进多窃义山语句。赐宴，优人有为义山者，衣服败敝，告人曰：“我为诸馆职挦扯至此。”闻者欢笑。[3]

伶人此语隐喻地讽刺馆职文臣多窃用李商隐的诗句，以至于由伶人扮

---

[1] ［宋］叶梦得：《石林诗话》卷上，邓子勉：《宋金元词话全编》，南京：凤凰出版社，2008 年，第 271 页。

[2] ［宋］王暐：《道山清话》，邓子勉：《宋金元词话全编》，南京：凤凰出版社，2008 年，第 435 页。

[3] ［宋］刘攽：《中山诗话》，明津逮秘书本。

演的李商隐衣不蔽体。优伶循序了文人之间调笑的原则，调笑的手段很高明，又与当时的事实情况紧密结合，遂引人发笑。

从以上诸例中可以看出，文人雅会式的娱乐，即使有调笑之语，也多注重以巧妙的、含蓄的、隐喻的方式言明事实，逗人发笑，摒弃直白粗鄙之语。

最后，明显的阶层性与孤立性。

文人雅会式的娱乐方式有明显的阶层性与孤立性，能在这种娱乐方式中得到愉悦与欢乐之感的人，只是部分掌握大量的知识文化、跻身社会上层的官僚知识分子。

士大夫文人自觉地区别文人雅会式的娱乐与市民狂欢型的娱乐，这两种娱乐形式在士大夫心目中有十分明显的界限。比如，晏殊嘲弄柳永，言自己虽作词，但从不曾作“针线闲拈伴伊坐”这样失掉士大夫品格的言语。柳永平生过着暮宴朝欢、对酒流连的生活。他常与狂朋怪侣，在绮陌红楼之中开宴，常在席间作词。晏殊也喜开宴，也常在宴席之中作词。但这两种宴会形式却有明显的不同，在晏殊心目中，他将自己宴饮娱乐的方式与柳永的娱乐划清了界限。在他眼中，柳永的娱乐方式卑下低俗，登不了大雅之堂，与文人雅会式的娱乐形式更是格格不入。

文人雅会式的宴饮，即使有歌妓的参与，形成的歌妓文化也与市井之青楼文化有着十分明显的区别。文人雅会式的宴饮所形成的歌妓文化带有士大夫阶层特有的雅致与含蓄，虽然歌妓在宴饮之中也唱词作乐，但她们所唱之词大部分都是士大夫所作之词，其中虽有艳语，但终不乏品格。而市井之青楼文化多是直指肉欲本身的性文化，少雅致而多媚俗，少含蓄而多直露。

文人雅会式的娱乐形式可以说是仅仅属于士大夫这一阶层的娱乐形式。虽然士大夫的娱乐形式与市民阶层并无很大区别，但由于教育程度的不同、追求理想的不同，士大夫崇尚的美学意趣与市民阶层有明显的不同，这就使得士大夫的娱乐文化在形式上与市井娱乐形式虽未完全隔离，但精神内涵上有极大的区别，带有天然的阶层性与孤立性。

其二，市民狂欢式的娱乐文化。

宋代商品经济高度发展，市民人口不断增多，市民阶层日益壮大，随之而来的，便是市民娱乐文化的不断繁荣。由于市民阶层与士大夫阶层在阶级地位、教育程度、文化认同、审美旨趣等方面有着明显的区别，所以，市民娱乐文化不同于文人雅会式的娱乐文化，它隶属于市民俗文化圈，是俗文化的产物。俗文化即中世纪城市文化，是在中世纪封建社会后期特定的历史文化条件下兴起的。它适应新兴市民阶层对文化的需求，以通俗的形式表达市民的审美理想与审美趣味。俗文化的发展也影响着传统文化的发展，使得中国封建社会后期文化呈现出多元化的趋势。对比文人雅会式的娱乐文化，市民狂欢式的娱乐文化有其自身的特点。

首先，娱乐的世俗性与流行性。

市民的娱乐有着丰富多彩的内容，注重物质与精神的双重娱乐，但主要是追求感官的刺激，满足身体官能享受的文化娱乐形式。宋仁宗朝，北宋城市空前繁荣，市坊的打通与节庆日宵禁制度的废除，使得市民享乐需求日益增多。城市娱乐业的繁荣，造就了与文人雅会、歌舞宴席所不同的另一种繁荣，即市井娱乐生活中青楼狎妓与纵酒听曲消费的兴盛。

市民娱乐文化首先带有世俗性，必须满足市民阶层的身心需求。在市井多彩的娱乐生活中，狎妓的享受是市民阶层非常推崇的一种娱乐形式，为了满足市民阶层赏玩女子、放纵个人情欲、满足灵肉享乐的需求，北宋娼妓业迅速发展。仅京师一地，便“燕馆歌楼，举之万数”，[1] 青楼妓馆、酒肆茶楼遍布各个大都市，街头巷陌繁华之处皆可见婷婷袅袅歌妓们的身影。而市井浪子、下层文士狎妓娱乐之人甚多。以柳永为例，罗烨在《醉翁谈录》中就记载了柳永讥讽张生恋妓的故事：

> 耆卿尝与友人张生者，游金陵妓宝宝家，得累日。张慕宝宝之姿色，尤为婘婘。又岂知宝宝中心自属意于豪家一子弟，有薄张生之意，柳知之，不欲语张。张不之觉。一日，再同宴于宝宝之家，值豪家子在焉，宝宝密藏于私事，同张饮。酒数行，宝宝佯醉而就寝焉，候往，则媚豪家之子。柳戏谓张曰：“昔闻何仙姑独居于仙机岩。曹国舅一日来访，谈仑玄妙。方款间，吕洞宾自岩飞剑驾云而上。国舅遥见之，谓仙姑曰：‘洞宾将至矣，吾与仙姑同坐于此，恐见疑。今欲避之而不可得。’仙姑笑谓曰：‘吾变汝为丹吞之。’及洞宾至，坐话未几，而钟离与蓝采和跨鹤

[1] ［宋］孟元老：《东京梦华录》卷五，北京：中华书局，1982 年，第 132 页。

冉冉从空中而来。仙姑笑谓洞宾曰：'当速化我为丹吞之，无为师长所见。'洞宾变仙姑而吞之。方毕，钟离皆已至。采和问吕洞宾曰：'何为独坐于此?'洞宾曰：'吾适走尘寰，方就此憩息。'采和曰：'无戏我也。你独憩于此，肚中自有仙姑，何不使出见我?'顷之，仙姑果出。钟离笑谓采和曰：'你道洞宾肚中有仙姑，你不知仙姑肚里更有一人。'" 张生悟柳之咨，携柳而出。❶

柳永讲的这则笑话非常俚俗，他因这件事情又写下了《红窗迥》一词，嘲讽张生，也甚为俚俗："小园东，花共柳，红紫又，一齐开了，引将蜂蝶燕和莺，成阵价，忙忙走。花儿偏向蜂儿，有莺共燕，吃他驼逗；蜂儿却入花里藏身，蝴蝶儿，你且退后。"小说家的记载不可全信，但从以上述记载可见，当时的风流浪子、下层文人遍游妓馆，即使写词，语言风格也粗鄙浅俗，其娱乐形式带有市民娱乐的世俗化倾向，与士大夫文人雅会式的娱乐形式完全相悖。

市民娱乐文化也有流行性的追求，以词为例。词作为当时娱乐消费的一种产品，士大夫在宴饮之中所写之词就不具备流行性的要求，不符合市民的审美情趣。而一些通俗化、口语化的词，则在市民中广为流传，符合市民娱乐文化对流行性的要求。如柳词，虽然被士大夫阶层批判为"骫骳从俗"，但"天下咏之"❷，"不知书"的市民阶层"尤好之"。柳永词散播四方，好之者以为无以复加，到了"凡有井水处皆能歌柳词"的地步，可见，市民娱乐文化所追求的效果就是满足世俗化的感官需求，具有世俗性、流行性的特点。

其次，娱乐的狂欢性与纵情性。

市民阶层的娱乐文化是一种狂欢的、纵情的、无节制的娱乐文化。如节庆之日，街市喧腾，万民狂欢。宋代以正月十五为上元节，当此日，汴京城张灯五天，城门弛禁，市民得以通宵纵情欢悦。街市之上一派热闹繁华之景象。如柳词中描绘："皇都今夕知何夕。特地风光盈绮陌。金丝玉管咽春空，蜡炬蓝灯晓夜色。凤楼十二神仙宅。珠履三千鹓鹭客。金吾不

---

❶ ［宋］罗烨：《醉翁谈录》丙集卷二，沈阳：辽宁教育出版社，1998 年，第 22 ~ 23 页。

❷ ［宋］陈师道：《后山诗话》，邓子勉：《宋金元词话全编》，南京：凤凰出版社，2008 年，第 213 页。

禁六街游，狂杀云踪并雨迹。”金吾不禁夜，游人尽欢愉。市民彻夜狂欢的胜景于词中可见。

又如一些供市民参观、游乐的著名景点，也常常是人满为患。北宋的金明池是皇家名园，“在府城西郑门外，西北周回九里余，周世宗显德四年欲伐南唐始凿，内习水战，宋太平兴国七年，太宗尝幸其池，阅习水战”。❶ 金明池为城中“四园”之一，❷ 于每年定期开放，允许士庶进入游览参观。仁宗时期，梅尧臣《金明池游》描写金明池之胜景：“三月天池上，都人袨服多。水明摇碧玉，岸响集灵鼍。画舸龙延尾。长桥霓饮波，苑花光粲粲，女齿笑瑳瑳。行袂相朋接，游肩与贱摩。”❸ 市民在金明池开放之时，都一窝蜂地涌向金明池，纵情游赏，以至游览之人过多，拥堵踩踏，酿成惨剧。仁宗天圣三年三月二十二日就曾无奈下诏：“金明池教习船，有司列水嬉，士民观者甚多，有蹴踏而死者。令本地分巡防人员止约，令勿奔凑。”❹ 可见，市民的娱乐形式并无节制，以纵情狂欢为主。

市民阶层在纵情娱乐之时，并无传统礼乐文化之牵绊。表现出的娱乐场面热闹繁华，柳永在其词中描写市民狂欢宴饮之场面，云：“念掷果朋侪，绝缨宴会，当时曾痛饮。命舞燕翩翻，歌珠贯串，向玳筵前，尽是神仙流品。至更阑、疏狂转甚。更相将、凤帏鸳寝。玉钗乱横，任散尽高阳，这欢娱、甚时重恁”（《宣清》）。毫无禁忌，肆意纵情。在这些娱乐活动中如果有文学的参与，那么表现出也是非理性的激情，内容无传统文学之含蓄蕴藉之境，语言也多以直露浅白为主。如柳词中一些描写床笫之欢的篇章——。《菊花新》：“欲掩香帏论缱绻。先敛双蛾愁夜短。催促少年郎，先去睡、鸳衾图暖。须臾放了残针线。脱罗裳、恣情无限。留取帐前灯，时时待、看伊娇面。”清代李调元谓此词：“柳永淫词莫逾于《菊花新》一阕。”❺ 柳词表现的是市民阶层的审美观，脱离了礼乐文化的规范，内容大胆，语言直露浅俗，反映出市民娱乐文化毫无禁忌的纵情。

---

❶ ［清］王士俊修：（雍正）《河南通志》卷七，清文澜阁四库全书本。

❷ ［宋］叶梦得：《石林燕语》卷一：“琼林苑、金明池、宜春苑、玉津园，谓之四园。”西安：三秦出版社，2004 年，第 6 页。

❸ ［宋］梅尧臣：《宛陵集》卷第三十二，清文渊阁四库全书本。

❹ ［清］徐松：《宋会要辑稿》刑法二，稿本。

❺ ［清］李调元：《雨村词话》卷一，唐圭璋：《词话丛编》，北京：中华书局，1986 年，第 1391 页。

最后，大众性与消费性。

文人雅会式的娱乐文化是贵族阶层所特有的娱乐形式，从中能获得身心愉悦之感的人群十分单一。市民狂欢式的娱乐形式则不同，它具有大众性，这种娱乐形式服务于大众，广大市民都可以从中得到身心的愉悦。所以，在仁宗朝，晏词的传播范围只囿于大夫阶层，而柳词则传播最广，“凡有井水处皆能歌柳词”。这是由于晏词具有明显的阶层性，只符合士大夫的享乐需求，而柳词具有大众性，它符合大众的审美情调，使“不知书”者也能从中获得愉悦的感受。

另外，市民狂欢式的娱乐具有消费性，由于市民文化是建立在商品经济飞速发展的基础上，所以，大众的娱乐消费是组成市民娱乐形式的重要部分。如文学作品中的词，在文人雅会式的娱乐中，只作为娱乐的副产品而存在，属于文人的精神享乐，是他们席间呈才、娱乐的一种方式，不具备任何的商品性。但词在市民狂欢式的娱乐形式中，则是一种娱乐消费品，具备明显的商业性质。比如，柳词在当时就是作为一种商品存在的。柳永本人应是靠卖词讨润笔为生。柳永生于仕宦之家，少时在娼楼妓馆中游荡，其经济来源是家庭。但当柳永浪子之名渐盛且屡试不第之时，家中还是否愿意供养他呢？这一点在宋代文献中虽未记载，但从其他的文献资料中，可以做一推断。晚唐温庭筠与柳永有诸多相似之处，关于温庭筠的一条记载可以作为佐证，从中能够看出传统士人对这等臭名昭著、整日游弋于娼楼妓馆之浪荡子的态度：“温庭筠有辞赋盛名，初从乡里举，客游江淮间。杨子留后姚勖厚遗之。庭筠少年，其所得钱帛，多为狭邪所费。勖大怒，笞且逐之。”❶ 姚勖看重温庭筠之才，才资助于他，见他把钱全花在狭邪之上，勃然大怒。柳永的钱也大多花在娼楼妓馆之中，当他词名大胜，恶名亦大胜之时，柳家肯定不会再供养他这样一个被士大夫阶层鄙视的浪子。柳永中第的时间学术界虽有争论，但可以肯定是在中老年时期，当柳永的家庭不再向其提供资助，且柳永不享受朝廷俸禄这段时间内，他的经济来源在哪里呢？他曾游宦多处，他靠什么生活呢？他很可能靠卖词为生。歌妓也非常喜欢柳词，歌妓只要演唱柳词就会“声价十倍”，歌妓也会频繁向他索要词作，“珊瑚筵上，亲持犀管，旋叠香笺。要索新词，

❶［唐］佚名：《玉泉子》，明稗海本。

殢人含笑立尊前”（《玉蝴蝶》）。在当时，柳词的价值一定很高。小说戏曲中，柳永被写成被歌妓供养的浪荡才子，是有事实依据的。

综上，在仁宗朝，已经有两种不同的娱乐文化并存，而这两种娱乐文化都对词的繁荣与发展有着很大的影响，使仁宗词坛呈现出两种不同的词作格调与风貌。

第二章　仁宗词坛创作格局

仁宗词坛的词人，指创作活动主要集中于仁宗朝的词人。具体而言，据唐圭璋先生《全宋词》统计，自夏竦始至滕甫止（加上曾仕仁宗朝的钱惟演、陈尧佐、丁谓三人），期间共有词作者57位，存词986首（不计断句与存目词）。这一时期，词作者众多，身份地位呈现出多样化的倾向。存词数量空前提高，并且个别词作者的存词量非常大。在地域上，出现了相对集中的创作中心。以词著名的大词人开始出现，并以大词人为核心形成词人群体与不同派别。在雅俗两种不同文化的作用与影响下，词作呈现出崇雅与趋俗的两大审美趋向，使得词坛雅俗之争由此肇端。总之，仁宗词坛出现了新的风貌，其格局也影响着宋代词坛的发展与走向。

第一节　仁宗词坛词作者的身份及四大词人的凸显

仁宗朝词作者众多，与前代相比，词作者的身份呈现出多样化的格局。宋代开国约50年内，有词作者共11人，存词33首。根据日本学者村上哲见先生的统计，上述词人，大多数是身居高位的官僚，如王禹偁曾为翰林学士、知制诰，苏易简曾为翰林学士、参知政事，寇准曾为宰相、枢密使、三司使，钱惟演曾为翰林学士、知制诰、枢密使、使相，陈尧左曾为翰林学士、知制诰、宰相、使相，丁谓曾为宰相、枢密使、三司使，陈亚曾为太常少卿，其中只有林逋为处士，没有任何官衔。这说明，宋初开国约50年内，词作者的身份相对集中。在仁宗朝，这种格局有所变化。

一、词作者身份呈现“多样化”与“集中化”

首先，仁宗词坛的词作者身份呈现出多样化的趋势，这57位词作者分布于社会的各个阶层，主要由以下四类人构成。

其一，官僚阶层。仁宗朝，官僚仍是词创作的主要成员，隶属于官僚阶层的词作者共有42人，其中官至宰辅者11人，还有宋仁宗本人存词一首。由于词在仁宗朝仍被视为“聊以佐欢”的娱乐工具，所以，大部分官僚词作者都不能称为“词人”，而多数都应该是业余创作者。他们在宴饮之时偶作一首，为花间樽前的娱乐而已。如贾朝昌、蔡襄、苏舜钦等人仅存词一首。还有一些词人在当时虽有词的创作，但是由于词集的散佚，其词不传。如王琪的《谪仙长短句》、石延年的《扪虱庵长短句》等。在这些官僚里，柳永、晏殊、欧阳修、张先四人存词较多，都超过了百首，柳永、欧阳修二人的存词量更是超过二百首。在官僚阶层中，柳永的地位比较特殊，在很长一段时间内，他都是社会底层的文士，长期仕途受阻，宦游各地，及第已老，虽有官位在身，但品级较低，又富有才情、心性浪漫，具有较高的文学修养和音乐才华，他将词作为自己的“职业”。柳永存词219首，仅次于欧阳修，名列仁宗朝第二。其词风格极为鲜明，有很大一部分词作有悖于传统士大夫审美趣味，表现出与市民阶层相似的审美观。

其二，道士与隐士。早在唐代，词中就出现了表现道家隐逸思想的词作。比较出名的是唐代张志和的五首《渔父》词，借描写渔夫闲适自由的生活来表现自己对隐逸与出世的渴望。西蜀《花间集》中也有歌颂隐逸的词篇，如和凝的《渔父》（白芷汀寒立鹭鸶）一词，用细腻、纤柔的情调，歌咏隐逸生活，李珣的四首《渔歌子》，也通过刻画江南水乡特有的秀美景色和渔父超尘脱俗的娴雅情致，表达对寄身水云之间的向往，对隐逸生涯高洁与神秘的赞美。之前的道士词与隐士词的创作者都是文士，他们所表现的是对隐逸情怀的渴望。到了北宋仁宗时期，隐士、道士开始致力于词的创作。杨适，字安道，曾隐居大隐山，以行义闻于乡里，人称大隐先生，存词一首，为驿馆中的题壁词。除此之外，仁宗朝今存陈朴、张伯端词共36首，作者均为职业道士，其词内容多为道家精神与炼丹修身的诀窍。艺术性、思想性均不高，但扩展了词作题材，开金元道士词之先河。

其三，女性与内官。唐代五代时期，就有女性作词，如著名的韩翃与柳氏互相答和之词。说明早在中唐时期，就有女性词作者出现。到了宋仁宗时期，涌现出大量女性词作者。这些女性主要有两种身份：一是出身较高，通晓文辞的贵族妇女；一是色艺双全的歌妓。《全宋词》中今存女性词作者共四人，词作共七首（其中一首仅存半阕），其中乐妓二人，分别为成都乐妓陈凤仪与韩缜家妓。贵族妇女二人，分别为卢氏，其父为汉州县令；苏氏，苏颂之妹，世称延安夫人。唐五代时期的女性词作者联系自身命运的沉浮，多创作伤春悲秋的闺怨之作。仁宗时期，女性词作者的视角有所拓宽。卢氏的《凤栖梧·题泥溪驿》一词，为一首题壁词，内容写羁旅行役之思，词前作有小序："登山临水，不费讴吟；易羽移商，聊舒于羁思。因成凤栖梧曲子一阕，聊书于壁。后之君子览之者，毋以妇人窃弄翰墨为罪。"说明女性词作者所作之词的内容题材有所拓展，具有较高的价值。苏氏的四首词也非常有特点，词牌之下的小序标明其词都是寄闺中姊妹之作，这说明当时作词在贵族女性当中不是偶一为之的行为，而是具有普遍性，闺中女性以词为社交之媒介，互相唱和应答。另外，仁宗时期的歌妓虽存词较少，但是民间歌妓有不少人都善于作词。她们当中的一些人识文断字，舞文弄墨、写诗填词，颇有才气，柳永在《凤衔杯》中就赞美一妓，道："有美瑶卿能染翰。千里寄、小诗长简。想初襞苔笺，旋挥翠管红窗畔。渐玉箸、银钩满。"可以说，歌妓是宋代民间词的一大创作群体，是极为活跃的文艺工作者。当时，柳词在民间广泛流传、声名极盛，歌妓们都很喜欢柳永的词作，在歌妓中就有和柳词之人，柳永在《惜春郎》一词下阕赞美这个富有才学的歌妓道："属和新词多俊格。敢共我勍敌。恨少年、枉费疏狂，不早与伊相识。"词中的这位富有才情的歌妓，和韵柳词，格调俊雅，高迈过人，甚至可以和柳永本人一争高下，令柳永发出未能"早与伊相识"的感叹。得到才子词人的如此赞美，可见这位歌妓才情颇高。

除了女性词人之外，仁宗时期内侍也参与词的创作。这很可能与宋仁宗本人爱好音乐，并喜爱词作有关。《全宋词》今存仁宗内侍裴湘词二首：一为咏景怀古之作，境界阔大，感情沉郁；一为歌咏汴京繁华之作，极写神京繁盛之貌，很有可能是为愉悦皇帝而作。

其四，以文学著名的其他文士。仁宗朝还有一些文士，生平不详，或只知其在当时以文知名，这些人也有大量的词作。比较有代表性的是杜安世与李冠。杜安世存词84首，仅次于欧阳修、柳永、晏殊、张先四人。其词内容多写相思怨别、羁旅之思、咏物等，其风格与上层官僚之词作风格较为类似，较少有创新之处。李冠以文学著称，与王樵、贾同齐名，存词三首，其中两首《六州歌头》均为长调，内容为怀古咏史词，抒情与议论相结合，开后世咏史词之先河。

其次，词作者身份的“集中化”。宋初约50年内，有词作流传下来的词作者几乎都是上层官僚，尽管存词量十分有限，但是说明宋初的官僚承袭了五代官僚填词的风尚。仁宗朝，官僚阶层仍是词坛的主力军，共42人，所占比例为73.6%，其存词量也非常巨大，共存词839首，占仁宗朝存词总量的85.1%。这说明，虽然仁宗朝词人身份出现了多样化的倾向，所处阶层也比较复杂，但是大部分词作者身份仍相对集中，官僚仍是词坛的主导，他们的创作引导了词坛的主要审美情趣与发展方向。

二、四大词人的凸显

仁宗朝之所以成为宋词繁盛的肇端，是由于其时出现了四位在词坛上影响较大的词人：柳永、晏殊、张先与欧阳修。

首先，从词作数量来看。对比前代，四位词人的存词量巨大，均超过百首，其中欧阳修、柳永二人更是超过了二百首。

其次，四位词人都表现出明显的个人风格。代表仁宗词坛的最高成就，同时也代表着词坛的发展趋势，既有因袭继承唐五代词风的一面，也有开拓革新的一面。

词体在晚唐五代时期，逐步走入文人创作的视野，经过文士的加工、改造而渐趋成熟，确立了以小令为主的体式，以男女相思怨别为主的题材取向、以婉丽柔美为主的审美特质。晏殊、欧阳修、张先三人之词一方面继承了晚唐五代柔丽软媚的词风，另一方面在继承中又有求变的一面，凸显出自身独特的风格特征。

晏殊词在表现形式上主要以小令为主，在题材选择上，仍以恋情、闲情为主。但晏殊词无花间之轻佻艳冶之杂质，也无艳丽绮靡之风韵，情感基调上，晏词娴雅平淡，雍容和缓。在淡淡的忧愁中时时透出自我解脱的气度。在语言上，一洗“花间鼻祖”温庭筠之浓艳绮丽，变得温润秀洁、淡雅清丽。在境界上，追求含蓄蕴藉，言语平易而意旨深曲。晏殊对男女之情的描写，绝不涉及艳冶直露，而是归于雅致纯净，所表现的境界也较为开阔。如“昨夜西风凋碧树，独上高楼，望尽天涯路。欲寄彩笺兼尺素，山长水阔知何处!”（《蝶恋花》）于深婉情致之中表现出一般令词少见的高远寥廓之境界。又如“斜阳独倚西楼，遥山恰对帘钩。人面不知何处，绿波依旧东流”（《清平乐》）。在内容上写的是一般的离愁别恨，但抒情细腻婉曲，用语平淡雅致、蕴意深挚。尾句化用崔护诗“人面不知何处去，桃花依旧笑东风”之意，略加变化，给人言有尽，而意无穷之感。写艳情下笔却不艳，写哀愁却十分有节制，娴雅从容，却又蕴藏深挚的情感。

欧阳修词主要也是走晚唐五代词人的老路，但其新变的成分比晏殊要多一些。这种新变主要体现在两个方面：其一，欧阳修的部分词作有明显的自我抒情性，不再延续花间词“男子作闺音”的传统，而是用词来抒发自我的人生感受。欧阳修一生仕途远没有晏殊顺利，其人孤介耿直、疾恶如仇，敢言人之所不敢言，无晏殊之圆滑世故，所以其一生屡遭贬谪，宦海沉浮，对人生命运的不定与官场的黑暗艰险有着较为深刻的体验。这种经历也影响到欧阳修的文学创作，虽然词体在他看来是“薄技，聊佐清欢”的娱乐工具，但是其词中也时不时流露出“如今薄宦老天涯。十年歧路，空负曲江花”（《临江仙》），“世路风波险，十年一别须臾”（《圣无忧》）的人生慨叹；其二，欧阳修的部分词作表现出通俗化的特征，积极向民间词学习。欧阳修的词作大部分都是雅词，但也有数量不少的俗词。他的雅词缠绵委婉、清俊疏朗，被人称道，他的俗词轻快活泼、秀美生动。在艺术风格上，他的俗词多用白描手法，语言通俗，描写生动，富有浓郁的生活气息，体现出与花间词追求语言华美富丽的贵族化审美倾向相异的旨趣，与柳永词相呼应，比较接近市民的审美情趣。在形式上，他也向民间词学习，主动借鉴民歌的“定格联章”的表现手法，创作了分咏十二节气的两组《渔家傲》“鼓子词”，以全新的形式改变了小令词单一的模式，并且吸收民间词清新疏朗、活泼明畅的艺术风格特征，成为仁宗词坛的新变化的代表。

张先词在题材的选择上没有超越前代传统，也多集中于男女恋情，相思恨别的范围。但在艺术特色的提高、辞境的开拓上，张先词都表现出与前代不同的特征。在艺术特色上，张先词对细节的把握与描写堪称绝妙。他因为善写物影而著称，“尚书郎张先善著词，有云：‘云破月来花弄影’，‘帘压卷花影’，‘堕轻絮无影。’世称颂之，号‘张三影’”。[1] 这些词句通过对影子的描写来表现景物的动态美与朦胧美，十分精妙。在辞境的开拓上，张先词从两个方向改变了词的发展方向：其一，大量使用题序。张先存词165首，其中有七十多首词都是用了题序。[2] 题序主要交代了词的创作缘起、背景等情况，如《定风波令》：“霅溪席上，同会者六人，杨元素侍读、刘孝叔吏部、苏子瞻、李公择二学士、陈令举贤良”。其交代了著名的六客词创作的地点、参与的人物。有些较长的题序具有叙事性。如《木兰花》：“去春自湖归杭，忆南园花已开，有‘当时犹有蕊如梅’之句。今岁还乡，南园花正盛，复为此词寄意。”晚唐五代词未见使用题序，宋初一些词人虽使用题序，如王禹偁《点绛唇》词题为“感兴”、聂冠卿《多丽》题为“李良定公席上赋”，沈邈《剔银灯》题为“途次南京忆营妓张温卿”，等等，这些题序数量较少，属于偶然为之，更像是词题，与张先词散文式的题序不同，另外，张先题序所记载的内容真实详尽，与普通的词题也有一定区别。通过题序的写作，改变了词作有调而无题的传统格局，增强了词的现实感与纪实性，使词的题材真正贴近词作者的日常生活。其二，张先词扩大了词的社交功能，其词中酬唱应答的作品比较多。在宋初，词体的地位较低，被视为“薄技”“小道”，无法与诗文媲美，不能登大雅之堂，只写给歌妓演唱，聊以佐欢。士大夫酬唱应答多借用诗歌这一形式。而张先在文士社交场合也常常用词来酬唱应答，如以下一则记载：

> 张子野郎中以乐章擅名一时。宋子京尚书奇其才，先往见之。遣将命者谓曰：“尚书欲见‘云破月来花弄影’郎中乎？”子野屏后呼曰：“得非‘红杏枝头春意闹’尚书耶？”遂出置酒甚欢。盖二人所举皆其警策也。[3]

---

[1] ［宋］陈师道：《后山诗话》，邓子勉：《宋金元词话全编》，南京：凤凰出版社，2008年，第213页。

[2] 袁行霈：《中国文学史·第三卷》，北京：高等教育出版社，1999年，第38页。

[3] ［宋］胡仔：《苕溪渔隐丛话前集》，北京：人民文学出版社，1981年，第252页。

在张先和宋祁的交往中，彼此说的都是对方词中颇为得意的句子，以词为媒介进行交流，颇得雅趣。张先词中有不少词题明确标注是酬唱赠别之作，如《玉联欢》题为“送临淄相公”、《山亭宴慢》题为“有美堂赠彦猷主人”、《好事近》题为“和毅夫内翰梅花”、《御街行》题为“送蜀客”，等等。张先词的开拓创新对元祐词坛苏轼等人的创作影响较大。

以上三位词人皆沿袭着晚唐五代词的发展道路，虽有创新之处，但并未使词展现出崭新的面貌。仁宗词坛的柳永，却使词这种文体在其手中发生了重大的变化。

柳永是仁宗词坛最为独特的词人。在词的体制、题材、表现方式、艺术审美规范等方面都对词体的构建有着很大的贡献。首先，在体制方面，柳永大力创作慢词。柳永共存词219首，其中长调125首，占存词总量的一半以上。柳词从根本上改变了晚唐五代以来小令一统词坛的格局，使长调进入文人的创作视野，与小令平分秋色。小令的体制短小，多则五十至六十字，少则仅有二三十个字，这就决定了小令的容量十分有限，而长调字数均在八十字以上，长调体制的扩大，相应地扩充了词的容量，丰富了词的表现内容，提升了词的表现力。词至柳永手中，体制完备。形式的完备，也为后世词人在内容上的开拓提供了条件。在题材上，柳词朝着自我抒情化的方向发展，表现自己独特的人生体验与心态，其科考屡次失败，一生为了谋求仕宦，到处游宦干谒，他的六十多首羁旅行役词，展现了其一生浪迹江湖、宦海沉浮的切肤感受，写出了他一生中的追求、苦闷、矛盾、辛酸等复杂的心态。在表现方式上，柳词善于铺叙，将赋法移植于词，描绘铺陈事情发生、发展的时间、场面与经过，以站在不同时空场景中人物心态、情感的变化，创造出独特的时空结构方式。在审美规范上，部分柳词改变了晚唐五代以来词的审美规范和审美趣味，不以雅致蕴藉为美，而是变雅为俗，以十分通俗化的口语俚语入词，运用白描的手法，表现世俗化的审美趣味与市民阶层的生活情调。仁宗词坛，柳永作为第一位对宋词进行较为全面改革的词人，对后来的词人影响很大。“北宋中后期，苏轼与周邦彦各开一派，而追根溯源，都是从柳词分化而出，犹如一水中分，分流并进。”[1]

---

[1] 袁行霈：《中国文学史·第三卷》，北京：高等教育出版社，1999年，第46页。

综上，仁宗词坛词作者呈现出身份多样化与复杂化的趋势，但官僚阶层仍是词坛的主力军，他们的审美趣味也决定着整个词坛的审美取向与发展趋势。仁宗词坛四大词人的凸显，他们对词体的求变与革新，代表着仁宗词坛的最高成就，也对后世词坛产生了很大的影响。

第二节　仁宗词坛创作中心的形成

宋仁宗朝，与诗文相比，词体的地位相对较低，词最主要的功能仍是娱乐功能，作为娱乐文学的词，其繁盛需要稳定的政治环境、繁盛的经济条件和良好娱乐氛围。而仁宗朝满足这些条件的地域是相对比较集中的。北宋仁宗朝形成了京畿地区创作中心及其他地方性创作中心。

一、首都汴京创作中心

京畿地区是政治、经济、文化的中心，具有得天独厚的优势。在以汴京为中心的京畿地区，词学活动比较活跃。

首先，汴京作为宋朝的首都，政治形势稳定。它也是仁宗朝经济最为发达的城市，仁宗朝词作者有众多描绘汴京繁盛的词篇，如仁宗内臣裴湘《浪淘沙·汴州》中赞美汴京道："万国仰神京。礼乐纵横。葱葱佳期锁龙城。日御明堂天子圣，朝会簪缨。九陌六街平。万国充盈。青楼弦管酒如渑。别有隋堤烟柳暮，千古含情。"柳永词中也有很多写汴京繁盛的词句，如"神京风物如锦"（《宣清》），"帝城当日，兰堂夜烛，百万呼卢，画阁春风，十千沽酒"（《笛家弄》），"名园芳树，烂漫莺花好"（《古倾杯》），"恋帝里，金谷园林，平康巷陌，触处繁华"（《凤归云》）等。在节庆之日，京都更是十分热闹繁华，欧阳修描写帝都元夕之景："青春何处风光好，帝里偏爱元夕。万重缯彩，构一屏峰岭，半空金碧。宝檠银釭，耀绛幕、龙虎腾掷。沙堤远，雕轮绣毂，争走五王宅。雍容熙熙昼，会乐府神姬，海洞仙客。拽香摇翠，称执手行歌，锦街天陌。月淡寒轻，渐向晓、漏声寂寂。当年少，狂心未已，不醉怎归得"（《御带花》）。词中描绘了元夕之夜京师的美丽与兴盛。经济的发展自然带动了娱乐业的繁盛，汴京可谓歌楼妓馆遍布，酒肆茶坊满目。柳永就曾狂游九陌，"帝里疏散，数载酒萦花系，九陌狂游”（《如鱼水》），足迹身影遍布京都南北各巷。且在京师从事娱乐业的人数非常多，陶谷在《清异录》卷上载：“四方指南海为烟月作坊，以言风俗尚淫。今京师鬻色户将及万计，至于男子举体自货，进退恬然，遂成蜂窠巷陌，又不止烟月作坊也。”❶ 从这段记载中可见，在京师从事“鬻色”之行的人数众多，甚至连男子也以出卖色相为谋生手段。乐工也多集中在汴京一地，“宋朝循旧制，教坊凡四部，其平荆南得乐工三十二人，平西川得一百三十九人，平江南得一十九人，平太原得一十九人，余藩臣所贡者八十三人。由是，四方执艺之精者皆在籍中”。❷ 可见，当时京师之地的娱乐业十分发达。政治的稳定、经济的发展、娱乐业的繁盛都为词的兴盛提供了很好的条件。

其次，文人雅会及市民宴饮活动多集中于京畿地区。

北宋时期，文士的社会政治地位逐步提高，北宋世风重视娱乐，文人之间注重交游，文人雅会是其交游娱乐的主要形式，且仁宗朝词作者多为官僚阶层，其中很多人有在京为官，或在京师游宦的经历。所以，文人雅会自然多集中于京畿地区，在宴会之上，这些文士又常伴有诗词的创作。所以，京畿地区形成了词的创作中心。

在“举世重交游”的宋朝，宴饮多集中在汴京一地。李遵勖在《滴滴金》一词上阕中就写道：“帝城五夜宴游歇。残灯外、看残月。都人犹在醉乡中，听更漏初彻。”汴京作为北宋的首都，是北宋经济最为发达的城市之一，有良好的娱乐设施和浓郁的娱乐文化氛围，市民阶层的宴饮狂欢也多集中在此处。“新声巧笑于柳陌花衢，按管调弦于茶坊酒肆。”❸ 宴饮与词的创作有着密不可分的关系，有宴饮之处就极有可能有词的创作。所以，北宋首都汴京作为词作中心有着得天独厚的优势。

文人雅会式的宴饮形式在汴京十分普遍，联系词的创作，文人雅会式的宴饮形成了以晏殊为核心的上层官僚宴饮及作词的模式。晏殊之所以能成为核心人物有以下两大原因：

一方面，仁宗朝有词流传至今的词作者多与晏殊有着密不可分的关系。晏殊年辈较高，政治地位又十分显赫，仁宗朝多数词作者或受其保

---

❶ ［宋］陶谷：《清异录》卷上，民国景明宝颜堂秘笈本。
❷ ［元］脱脱：《宋史》卷一百四十二，北京：中华书局，1985 年，第 3347 页。
❸ ［宋］孟元老：《东京梦华录》自序，北京：中华书局，1982 年，第 4 页。

荐、或出自其门。欧阳修称：“晏元献公文章擅天下，尤善为诗，而多称引后进，一时名士往往出其门。”❶ 在《晏元献公挽词》中称其“谋猷存二府，台阁遍诸生”，欧阳修本人就曾受其恩惠，欧阳修在天圣五年礼部考试落第，天圣八年（1030 年），晏殊知礼部贡举，举欧阳修为第一。之后，庆历三年，晏殊入相，为谏院择贤，便推举了欧阳修等人：“殊初入相，擢欧阳修等为谏官。”❷ 范仲淹也曾受过晏殊的举荐，天圣六年（1078 年）晏殊推荐范仲淹为秘阁校理，“范文正公以晏元献荐入馆，终身以门生事之。后虽名位相亚，亦不敢少变”。❸ 蔡襄年幼之时，受到凌景阳的知遇之恩：“仙游县尉（凌景阳）尝出郊，有道士挟二童子至，景阳见其眉目疎秀，问为谁？曰：‘农家子蔡襄蔡高也。’景阳令其至官廨，躬教以经秩，满携至郡，嘱太守置于郡学，后襄高擢第通显，实自景阳启之。”后蔡襄能在开封府试中名列第一，也是通过凌景阳向晏殊举荐。宋庠、宋祁二兄弟，在当时名动一时，二人皆“为晏殊门下士，兄弟虽显贵，为文必手抄寄公，恳求雕润”。❹ 宋祁的诗集请晏殊作序，宋庠在《因览子京西州诗稿》中注云：“子京出麾小集，甚为元献晏公所重，序以冠篇行于世。”宋庠极为佩服晏殊的诗作，将其诗句亲自题于自家墙上。“公之佳句，宋莒公皆题于斋壁，若‘无可奈何花落去，似曾相识燕归来’‘静寻啄木藏身处，闲见游丝到地时’‘楼台冷落收灯夜，门巷萧条扫雪天’‘已定复摇春水色，似红如白野棠花’之类，莒公常谓此数联，使后之诗人无复措辞也。”❺ 宋氏两兄弟又与王琪同在晏殊门下，王琪被晏殊赏识，并留在身边：“晏元献公留守南郡，王君玉时已为馆阁校勘，公特请于朝，以为府签判，朝廷不得已，使带馆职从公。外官带馆职，自君玉始。”❻ 张先也被晏殊赏识，皇祐二年，张先受晏殊辟，为永兴军通判。由上述例证可见，仁宗朝存词的上层官僚多数都与晏殊交往颇深，且晏殊年辈高，地位重，自然成为当时的词坛领袖。

---

❶ ［宋］欧阳修：《欧阳修全集》诗话，北京：中华书局，2001 年，第 1952 页。

❷ ［宋］李焘：《续资治通鉴长编》卷一百五十二，上海：上海古籍出版社，影印本，第 1412 页。

❸ ［宋］叶梦得：《石林燕语》卷第九，西安：三秦出版社，2004 年，第 191 页。

❹ ［宋］胡仔：《苕溪渔隐丛话前集》卷二十六，北京：人民文学出版社，1962 年，第 178 页。

❺ ［宋］吴处厚：《青箱杂记》卷五，北京：中华书局，1985 年，第 47 页。

❻ ［宋］叶梦得：《石林诗话》卷上，宋百川学海本。

另一方面，晏殊本人特别喜欢宴饮，并经常在宴饮之中以赋诗作词为乐。这一点在宋代笔记中记载极多，兹列几条如下：

晏元献公虽早富贵，而奉养极约，惟喜宾客，未尝一日不宴饮。而盘馔皆不预办，客至旋营之。顷见苏丞相子容尝在公幕府，见每有嘉宾必留，但人设一空案一杯。既命酒，果实蔬茹渐至。亦必以歌乐相佐，谈笑杂出。数行之后，案上已粲然矣。稍阑即罢遣歌乐，曰："汝曹呈艺已遍，吾当呈艺。"乃具笔札，相与赋诗，率以为常。前辈风流，未之有比也。❶

（晏殊与王琪）宾主相得，日以赋诗饮酒为乐，佳时胜日，未尝辄废也。尝遇中秋阴晦，斋厨夙为备，公适无命，既至夜，君玉密使人伺公，曰："已寝矣。"君玉亟为诗以入，曰："只在浮云最深处，试凭弦管一吹开。"公枕上得诗，大喜，即索衣起，径召客治具，大合乐。至夜分，果月出，遂乐饮达旦，前辈风流固不凡，然幕府有佳客，风月亦自如人意也。❷

晏（晏殊）爱宋（宋祁）之才，雅欲旦夕相见，遂税一第于旁近，延居之，其亲密如此，遇中秋，晏公启宴，召宋，出妓，饮酒赋诗，达旦方罢。❸

晏元献公为京兆，辟张先为通判，新纳侍儿，公甚属意。先字子野，能为诗词，公雅重之，每张来，即令侍儿出侑觞，往往歌子野所为之词。❹

晏元献殊作枢密使。一日雪中退朝，客次有二客，乃欧阳学士修、陆学士经。元献喜曰："雪中诗人见过，不可不饮也。"因置酒共赏，即席赋诗。❺

从以上几则记载中可见，晏殊喜爱宴饮，且在这些宴饮过程中，晏殊

---

❶ ［宋］叶梦得：《避暑录话》卷上，《全宋笔记·第二编·十》，郑州：大象出版社，2006年，第267页。

❷ ［宋］叶梦得：《石林诗话》卷上，宋百川学海本。

❸ ［宋］魏泰：《东轩笔录》卷十，北京：中华书局，1983年，第111页。

❹ ［宋］王暐：《道山清话》，邓子勉：《宋金元词话全编》，南京：凤凰出版社，2008年，第435页。

❺ ［宋］胡仔：《苕溪渔隐丛话前集》卷二十六，北京：人民文学出版社，1962年，第176页。

常与宾客饮酒赋诗自娱，其中“歌乐相佐”“出妓”“大合乐”等现象表明在宴饮中是有歌妓相伴，且有音乐演奏的，这就为词的创作提供了条件。晏殊的诸多词作都是写在酒宴之上的。《珠玉词》中有很多描绘酒宴的场面，如“为别莫辞金盏酒，入朝须近玉炉烟”（《浣溪沙》），“新酒熟，绮筵开，不辞红玉杯”（《更漏子》），“斟美酒，祝芳筵，奉觥船”（《诉衷情》），等等。同样，这样的酒宴也为其他词作者即席赋词提供了机会。“相国不自贵重其文，凡门下客及属官解声韵者，悉与之酬和。”❶ 文士们经常在宴饮雅会之时即席填词，同调步韵，互相唱和：

> 庆历癸未十二月十九日立春，甲申元日，丞相晏元献公会两禁于私第。丞相席上自作《木兰花》以侑觞曰：“东风昨夜回梁苑。日脚依稀添一线。旋开杨柳绿蛾眉，暗折海棠红粉面。　无情一去云中雁。有意归来梁上燕。有情无意且休论，莫向酒杯容易散。”于是坐客皆和，亦不敢改首句“东风昨夜”四字，今的三阕，皆失姓名。❷

从这一则记载中能够看出文人雅会之上歌词创作唱和的盛况，并且同题唱和，“比而观之，可以知其才力之强弱与意旨之异同”❸，而晏殊作为当时的词坛盟主，宴席之上，坐中之人皆惧宰相之权威，遂不敢改动晏殊原词的首句。可见，当时晏殊词对和词者产生了较大的影响。

由以上两点可见，晏殊在宋仁宗朝是当之无愧的词坛盟主。北宋上层官僚阶层形成了以晏殊为核心的文人雅会模式，并在宴会之上填词呈艺，步韵唱和。这种模式在仁宗朝士大夫间蔚然成风，遂促使了汴京这一词学中心的形成。

汴京为北宋首都，城市经济发展速度极快，市民阶层同样崇尚娱乐。除上层官僚聚会外，市民阶层也喜爱宴饮聚会。柳永初入京师之时，应该在他弱冠之年，他来到汴京准备参加科举考试，这时的柳永还是个尚未通过科举考试的举子，虽出身官宦世家，但绝没有步入上层官僚这一阶层。年轻的柳永一到汴京，便被首都“举目则青楼画阁，棱户珠帘，雕车竞争

❶ ［宋］江少虞：《新雕皇朝类苑》卷第三十五，日本元和七年活字印本。
❷ ［宋］杨湜：《古今词话》，唐圭璋：《词话丛编》，北京：中华书局，1986年，第21页。
❸ ［清］永瑢：《四库全书总目》卷一百八十七集部，清乾隆武英殿刻本。

驻于天街，宝马争驰于御路，金翠耀目，罗绮飘香。新声巧笑于柳陌花衢，按管调弦于茶坊酒肆"[1] 的兴盛之景吸引。心性浪漫，并有着突出的文学才华与音乐才能的柳永，便长期流连于舞榭歌台、娼楼妓馆之中，与歌妓厮混，为娼女填词，无复检约，一时间成了汴京最有名气的专业词人。柳永填词也多在宴席之上，由于柳永当时的身份、地位不高，柳永参与的宴席更接近于市民阶层的宴席。在这类宴席之上，参与者未必皆通文墨。他们的审美趣味也与上层官僚阶层有着较大的区别，表现出更为世俗化的审美旨趣。所以，柳永在这类宴席之上即兴填词，其词自然多俚俗之风，而少含蓄蕴藉之态。柳永在汴京停留的时间较长，后因屡次科考的失败，开始了他的游宦生活，在他的羁旅行役词中，还经常回忆起自己青年时代在汴京的宴饮生活。"帝里风光好，当年少日，暮宴朝欢。况有狂朋怪侣，遇当歌、对酒竞流连。"（《戚氏》），"永漏频传，前欢已去，离愁一枕。暗寻思、旧追游，神京风物如锦。念掷果朋侪，绝缨宴会，当时曾痛饮。命舞燕翩翻，歌珠贯串，向玳筵前，尽是神仙流品。"（《宣清》），"帝里疏散，数载酒萦花系，九陌狂游。良景对珍筵恼，佳人自有风流。劝琼瓯。绛唇启、歌发清幽。"（《如鱼水》），"追念少年时，正恁凤帏，倚香偎暖。嬉游惯。又岂知、前欢云雨分散。此际空劳回首，望帝里、难收泪眼。"（《阳台路》），从以上的描写中可见，市民阶层的酒宴活动中有歌妓的参与，有词的演唱，自然也带动了词的创作。另外，与上层官僚非"酒肉狂人"的宴饮活动相比，民间宴饮活动明显带有肆意享乐的纵情之态。而这类宴饮活动也多集中在北宋首都汴京。这说明，在仁宗朝，汴京地区词的创作活动十分兴盛。

二、地方性词作中心的形成

仁宗朝，由于词作者的身份具有多样性，又由于在京师为官的上层官僚阶层也多有游宦贬谪的经历，所以，除京畿地区外，北宋仁宗朝也形成了地方性的词作中心。

首先，西京钱惟演幕府文人雅会与词作中心的形成。

宋太祖建立宋朝之后，定都开封，称东京。除此之外，宋初统治者为

[1] ［宋］孟元老：《东京梦华录》自序，北京：中华书局，1982 年，第 4 页。

了维护其统治，还建立了三个陪都：西京河南府（今河南洛阳市）、南京应天府（河南商丘市）、北京大名府（今河北大名县）。其中西京洛阳，是著名古都，历代世家大族多居于此，在唐代，洛阳就在政治、军事上发挥着极为重要的作用。宋王朝将其设为陪都，许多政治性的活动都在此举行。洛阳自唐代开始，文士辈出，有着良好的文化传统和文化氛围，是北宋除汴京以外的又一个文化中心。仁宗天圣九年（1031 年），曾任宰相的钱惟演落职，留守西京。之后的数年间，钱惟演幕府中云集了日后在文坛享有盛名的众多文士。这些文士常在一起交游唱和，饮酒赋诗，形成了以钱惟演为核心的文人集团。《闻见前录》载：

天圣、明道中，钱文僖公自枢密留守西都，谢希深为通判，欧阳永叔为推官，尹师鲁为掌书记，梅圣俞为主薄，皆天下之士，钱相遇之甚厚。……一时幕府之盛，天下称之。……当朝廷无事，府事多暇，钱相与诸公行乐无虚日。❶

又《东轩笔录》中载：

钱文僖惟演生贵家，而文雅乐善出天性。晚年以使相留守西京，时通判谢绛、掌书记尹洙、留守推官欧阳修、皆一时文士，游宴吟咏，未尝不同。❷

从以上两段记载中可见：一方面，钱惟演幕府一时文士云集，在当时已经极负盛名；另一方面，这些文士在闲暇之时多以行乐为主。宋朝宴饮交游蔚然成风，生活在西京洛阳的文士们自然不脱此习。再加之“主人乐士喜文学，幕府最盛多交朋”，钱惟演爱好文学、优遇文士，使这些钱幕中的文士们过着“日相往来，饮酒歌呼，上下角逐，争相先后以为笑乐”❸的生活。而在饮酒歌呼，宴饮酬酢之际，文士们自然不忘记自己的身份与修养，在席间多有文学创作。梅尧臣在《新秋普明院竹林小饮诗序》中言：

---

❶ ［宋］邵伯温：《闻见前录》卷八，《全宋笔记・第二编・七》，郑州：大象出版社，2006 年，第 160 页。

❷ ［宋］魏泰：《东轩笔录》卷三，北京：中华书局，1983 年，第 29 页。

❸ ［宋］欧阳修：《张子野墓志铭》居士集卷二十七，北京：中华书局，2001 年，第 51 页。

余将北归，河阳友人欧阳永叔与二三君具觞豆，选胜绝，欲极一日之欢以为别。于是得普明精庐，酾酒竹林间，少长环席，去献酬之礼，而上不失容，下不及乱，和然啸歌趣逸天外。酒既酣，永叔曰："今日之乐无愧于古昔，乘美景，远尘俗，开口道心胸间，达则达矣。于文则未也。"命取纸写昔贤佳句，置坐上，各探一句，字字为韵。以志兹会之美。咸曰："永叔言是。不尔，后人将以吾辈为酒肉狂人乎！"顷刻，众诗皆就，乃索大白，尽醉而去。明日第其篇请余为叙云。[1]

从这则记载中能够看出，文士在宴席之中为避免"酒肉狂人"的恶俗，席间多以文学创作助兴。在这些宴饮雅会之中，为了达到更好的娱乐效果，很多时候在宴席之中都有歌妓相伴。《宋稗类钞》载：

钱文僖惟演守西都，梅圣俞、谢希深、尹师鲁、欧阳永叔、杨子德、张太素、张尧夫、王几道同在幕下，号为八友。以文章道义相切劘，率常赋诗饮酒，间以谈戏，相得尤乐。洛中山水园庭塔庙佳处，莫不游览。一日游嵩山，自颍阳归。暮抵龙门香山，俄而雪作，登石楼望都城，各有所怀。忽于烟霭中，有车马渡伊水来。既至，则文僖遣厨传歌妓至。公语曰："山行良佳，少留龙门赏雪，毋遽归也。"其高旷爱才如此。[2]

有歌妓相伴，自然就少不了词的创作，钱愐《钱氏私志》载：

欧阳文忠任河南推官，亲一妓。时先文僖罢政，为西京留守，梅圣俞、谢希深、尹师鲁同在幕下。惜欧有才而无行……一日宴于后园，客集，而欧与妓俱不至，移时方来，在座相视以目。公责妓曰："末至何也?"妓云："中暑在凉堂睡着，觉失金钗，犹未见。"公曰："若得欧推官一词，当为赏汝。"欧即席云："柳外轻雷池上雨，雨声滴破荷声。小楼西角断虹明，阑干倚遍，待得月华生。燕子飞来栖画栋，玉钩垂下帘旌，凉波不动簟纹平。水晶双枕，旁有堕钗横"坐皆称善，遂命妓满酌赏欧，而令

---

[1] ［宋］梅尧臣：《宛陵集》卷第二，清文渊阁四库全书本。

[2] ［清］潘永因：《宋稗类钞》卷之一，北京：书目文献出版社，1985年，第75页。

公库偿钗。[1]

此为欧阳修《临江仙》（柳外轻雷池上雨）的本事，笔记小说记载本不足信，但联系欧阳修在钱惟演幕府中“朝行绿槐听流水，夜饮翠幕张红灯”“嗜酒歌呼”的生活状态，这则记载还是有一定可信性的。欧阳修在词中屡次写到“洛阳”，如《玉楼春》上阕：“洛阳正值芳菲节。秾艳清香相间发。游丝有意苦相萦，垂柳无端争赠别。”应是写于洛阳时期的赠别之作，再如《少年游》下阕：“洛阳城阙中天起，高下遍楼台。絮乱风轻，拂鞍沾袖，归路似章衔。”描绘了洛阳城中的游冶生活。这些词也是文士在洛阳宴饮酬唱中创作词的例证。

除欧阳修之外，钱惟演幕府中其他文士也有词作留存。见下表：

姓名	身份	到任时间	离去时间	存词数
钱惟演	西京留守	天圣九年	明道二年九月	2
谢绛	河南府通判		明道二年三月	3
梅尧臣	河南县主薄	天圣九年	明道元年秋	3
尹洙	河南府伊阳县	天圣八年		1

虽然其他文士存词较少，也没有足够的证据能够证明，这些文士留存的词作中哪些是在西京洛阳之时所作。但是从上文《钱氏私志》这则记载中能够看出，当时钱惟演幕府文士宴饮酬唱之时，除了写作诗文外，在席间作词也是常态。所以，从天圣九年至明道二年这段时期，西京洛阳无疑是当时的一个词作中心。

其次，京东路词人群体。据宋代行政区域的划分，京东路应包括今江苏、安徽北部、河南东部及山东大部地区。宋仁宗天圣至庆历年间，在这一地区活跃着一批文士，包括石介、孙复、范仲淹、范讽、石曼卿、刘潜、李冠等，这些人虽然不像钱惟演幕府之中的欧、谢、尹等人有着相近的风气、习性与审美旨趣，是一个比较松散的士人群体，但是他们共同在一个地域之内，就很可能形成一个地域性文学创作的群体。

[1] ［宋］钱世昭：《钱氏私志》，《全宋笔记·第二编·七》，郑州：大象出版社，2006 年，第 65 ~66 页。

在这一士人群体中，有词流传至今的有范仲淹、石延年、刘潜与李冠。除范仲淹外，其他三人都是以狂狷著称之士，号为“东洲逸党”。“《宋史·文苑》传山东人范讽、石延年、刘潜之徒，豪放剧饮，不循礼法，后进多慕之。”[1] 颜太初作《东州逸党诗》云：“尔来历千年，炎宋运重熙。东州有逸党，尊大自相推。号曰方外交，荡然绝四维。六籍被诋诃，三皇遭毁訾……或为童牧饮，垂髽以相嬉。或作概量歌，无非市井辞。或作薤露唱，发声令人悲。或称重气义，金帛不为赀。或曰外形骸，顶踵了无私。麕聚复犹杂，何者为尊卑？遥闻风波民，未见如调饥。偶逢绅带士，相对如拘縻。不知二纪来，此风肇自谁？都缘极显地，多用宁馨儿。斯人之一唱，翕然天下随。斯人之一趋，靡然天下驰。乡老为品状，不以逸为嗤。宗伯主计偕，不以逸为非。私庭训子弟，多以逸为宜。公朝论人物，翻以逸为奇。家国尽为逸，礼法从何施。”虽有些夸张，但大体上概括了东州逸党不拘礼法、豪放不羁的风气。这些文士幕魏晋风流，尚狂饮纵游。他们在宴饮纵游之时很可能歌词的创作，如刘潜、李冠同用《六州歌头》词牌所做的咏秦末刘项之争的作品互见于二人的词作中。石曼卿本身就长于歌诗的创作，《渑水燕谈录》称其：“天圣、宝元间，以歌诗豪于一时。”[2] 说明其有极高的音乐才能与文学才华，只可惜石曼卿的《扪虱长短句》今已不传，但从其题目上就可以看出，石曼卿颇有魏晋之风，不顾小节、跌宕任气，其中很可能有部分词作于京东一地。虽然没有足够的例证可以证实京东士人群确有词的创作，但从以上情况来看，填词活动很可能存在于这群京东士人之中。

最后，安徽、浙江二地词人汇集。皖浙二地词人汇集情况与之前所提到的词作中心有所区别，皖浙二地并没有大规模的词人群体的存在，在皖浙二地的大部分词作者是由于游宦、贬谪至此，促使当地词的创作活动出现。

安徽之地先后有晏殊、张先、欧阳修等词作者或贬谪至此，或在此为官。晏殊两次被贬至安徽。明道二年（1033 年）四月，晏殊因在李宸妃墓志铭中未明言仁宗是李宸妃亲生，得罪宋仁宗被贬，罢参知政事，以礼部

---

[1] ［元］脱脱：《宋史》卷四百四十二，北京：中华书局，1985 年，第 3071 页。

[2] ［宋］王辟之：《渑水燕谈录》卷七，北京：中华书局，1981 年，第 88 页。

尚书知亳州（今安徽亳县），景祐二年（1035 年）二月自亳州移至陈州。之后又于庆历四年（1044 年）九月，被孙甫、蔡襄弹劾，罢相，以工部尚书知颍州（安徽阜阳），至庆历八年（1048 年）自颍州移陈州。张先曾在安徽为官，明道元年（1032 年）张先为宿州（今安徽宿县）掾。欧阳修曾三次被贬至安徽，第一次是庆历五年（1045 年）十月，欧阳修因范仲淹等人被贬，上疏言朋党之事，被贬至安徽滁州，至庆历八年（1048 年）二月至扬州。第二次是在皇祐元年（1049 年）二月，由扬州移至颍州，转年（1050 年）二月知应天府，并约梅尧臣一同在颍州买田。第三次是在皇祐四年（1052 年），丁母忧，归颍州，转年（1053 年）自颍州护母归葬吉州泷冈，是岁冬，仍复归颍州。直至至和元年（1054 年）起复京官，离开颍州。另外，曾被欧阳修推荐修《起居注》的韩维也曾到过颍州，并在其词作中有题为颍州西湖的作品。

浙江之地前后也有不少词作者停留于此。如仁宗朝四大词人之一张先，就是浙江湖州人。他一生中的大部分时间都在浙江境内为官。天宝元年（1039 年）六月，滕宗谅知湖州（今浙江湖州市），张先曾会滕宗谅于湖州宴席之上。转年，张先以秘书丞知吴江县（今江苏吴江）。后又以秘书丞签判秀洲（今浙江嘉兴）。之后张先又辗转陕西、四川等地为官，在嘉祐四年致仕之后，长期居住在浙江杭州。柳永曾游宦于杭州，干谒过杭州太守孙沔。《望海潮》（东南形胜）一词为柳永至杭州的明证。之后柳永及第后，也曾在浙江境内为官。另外，庆历三年（1043 年），宋祁以龙图阁学士知杭州，到过浙江，吴感曾任湖州归安县主簿，沈邈曾为湖州狱掾，等等，很多词人在浙江都有为官或宦游的经历。

士人在游宦、贬谪、为官之地多举酒开宴，觥筹交错之中也多有词的演唱与创作。如柳永借楚楚唱《望海潮》一词得见杭州太守孙沔，又如张先在宿州时，“宿州营妓张玉姐，字温卿，本蕲泽人，色技冠一时，见者皆属意。沈子山为狱掾，最所钟爱。既罢，途次南京，念之不忘，为《剔银灯》二阕……其二云：‘江上秋高霜早。云静月华如扫。候雁初飞，啼蛩正苦，又是黄花衰草。等闲临照。潘郎鬓、星星易老。那堪更、酒醒孤棹。望千里、长安西笑。臂上妆痕，胸前泪粉，暗惹离愁多少。此情谁表。除非是、重相见了。’其后明道中，张子野先，黄子思孝先，相继为缘，尤赏之”❶。这个名为张玉姐的歌妓十九岁夭折，张先曾作词寄沈邈。夏承焘先生在《唐宋词人年谱》中道：“近人赵万里子野词补遗，于永乐大典一四三八一辑得塞垣春寄子山一首有云；‘欢樊川风流减，旧欢难得重见’正谓温卿。”❷ 之后张先在嘉兴为官时，创作了著名的《天仙子》（水调数声持酒听）一词，词中小序曰：“时为嘉禾小倅，以病眠不赴府会。”皇祐元年，唐询罢湖州，张先有为唐询送别之词。嘉祐五年，张先在杭州，又作《山亭宴》一词为唐询送别。再如，晏殊外任之时，也多喜宴饮。张耒《张右史文集》载：“晏元献镇亳，外祖李公以著作佐郎实为谯令，元献虽以故相守藩，位尊贵，而与外祖友，赋诗饮酒，朝夕不舍，忘其位之有尊卑也。”❸ 又《阜阳县志》载：“同叔谪居颍州，饮酒赋诗自若，曾于西湖建清涟阁。”《西清诗话》载：“晏元献庆历中罢相守颍，以惠山泉烹，日注置酒赋诗。”❹ 以宴饮之欢娱来消解贬谪之苦闷，在宴饮之中，不仅赋诗取乐，也常伴随词的创作。景祐二年（1035 年），晏殊自亳州移至陈州，《能改斋漫录》中就有这样一则记载：“晏元献早入政府，迨出镇，皆近畿名藩，未尝远去王室。自南都移陈，离席，官奴有歌‘千里伤行客’之词，公怒曰：‘予平生守官，未尝去王畿五百里，是何‘千里伤行客’耶。”❺ 可见，在送别宴上，有歌词的演唱，而歌妓在这次演唱中不恰当的选择，还触怒了被贬谪的晏殊。欧阳修在扬州之时，建平山堂，暑时与客饮酒，至夜间方罢。欧阳修谪居颍州之时，创作了十首《采桑子》组诗，在《西湖念语》小序中云：“昔者王子猷之爱竹，造门不问于主人；陶渊明之卧舆，遇酒便留于道上。况西湖之胜概，擅东颍之佳名。虽美景良辰，固多于高会；而清风明月，幸属于闲人。并游结于良朋，乘兴有时而独往。鸣蛙暂听，安问属官而属私；曲水临流，自可一觞而一咏。”由此可知，十首首句末尾皆为“西湖好”的《采桑子》都是咏颍州西湖之作。

---

❶ ［宋］吴曾：《能改斋漫录》卷十七，唐圭璋：《词话丛编》，北京：中华书局，1986 年，第 151 页。

❷ 夏承焘：《唐宋词人年谱》，上海：上海古典文学出版社，1955 年，第 175 页。

❸ ［宋］张耒：《张右史文集》卷四十七，四部丛刊景旧钞本。

❹ ［宋］祝穆：《事文类聚》别集卷二十性行部，清文渊阁四库全书本。

❺ ［宋］吴曾：《能改斋漫录》卷十七，唐圭璋：《词话丛编》，北京：中华书局，1986 年，第 131 页。

安徽、浙江二地虽没有规模较大的词人群体存在，词作者在此二地的创作没有形成集团化的规模，但词作者由于各种不同的原因，多云集于皖浙二地，也使得皖浙二地在仁宗朝成了创作活动相对集中的地域。

综上，仁宗朝词作创作分布情况主要以京畿地区为主，其他地方性的词作中心也有相对集中的、小规模的创作活动。仁宗词坛词作创作形成了以首都为中心，在全国范围分布较广的态势。

第三节　两大词人群体的形成
——以四大词人为例

对于宋初词坛的词人群体构成问题，前代学者多有论及。主要观点有以下几种：王兆鹏先生定义，北宋初期到东坡体之前为第一代词人群，“可分为两个创作阵营：柳永、张先为一阵营，晏殊、欧阳修、范仲淹、宋祁等为一个阵营”❶。刘扬忠先生认为，晏殊是台阁体词人的代表，而柳永属于尚俗一派的代表。❷木斋先生认为“北宋中期前期到东坡体出现之前，不是‘一代词人群’‘两个创作阵营’，而是两代词人群，三大派别。两大词人群体以张先为分水岭，张先之前为第一代词人群体，即宋初体；张先瘦硬体代表的士大夫词体为第二代；柳永作为士大夫一员而代市民立言，是士大夫阵营的叛逆，单是一派”❸。之所以会出现以上三种不同的观点，是因为三种观点的出发点各不相同。王兆鹏先生的分派依据应为词人对词体发展的贡献，柳永、张先阵营对词体发展的贡献较大，不仅从词的体制上发展了长调慢词，在内容上，也逐渐使词的创作走上了自我抒情的道路。而晏殊、欧阳修一派则重在继承，完备了小令的体制，基本上是继续沿袭花间词一路的内容风格。刘扬忠先生的依据应是词作风格结合词人身份地位。晏殊一派是上层官僚，台阁体的代表，而柳永一派虽属于士大夫阶层，但身份较低，为市民代言。木斋先生的分派依据是词作的风格特

---

❶ 王兆鹏：《唐宋词史论》，北京：人民文学出版社，2000年，第99页。

❷ 刘扬忠：《唐宋词流派史》，北京：中国社会科学出版社，2007年，第134～139页。

❸ 木斋：《论张先词古今一大转变及“始创瘦硬之体”》，山西大学学报（哲学社会科学版），2005年第1期。

征。他将张先单论，认为其风格与晏欧及柳永都不相同。以上诸观点从不同的依据出发，得出了不同的结论。笔者认为，仁宗词坛主要有两大词人群体，依据是两大词人群体所受的文化影响不同。笔者在本书的第一章曾论及，仁宗朝的娱乐文化应分为两类文化：一是文人雅会式的娱乐文化；一是市民狂欢式的娱乐文化。晏殊、欧阳修、张先等人他们的词主要受到文人雅会式的娱乐文化影响，所以他们属于同一阵营。而柳永作为下层文人，其人生的大部分时间都流落民间，受到市民狂欢式娱乐文化影响较大，所以，他单属于一个阵营。

一、两大词人群体的审美趣味及创作倾向

由于两大词人群体受到不同文化的影响，所以，二者的审美趣味及创作倾向也不相同。

（一）主要受文人雅会式娱乐文化影响的士大夫创作群体，他们的审美趣味主要是士大夫阶层的审美趣味：崇尚雅致之感，排斥过于俚俗的词作内容以及过于华艳绮靡的词作风格。主张含蓄蕴藉之美，在创作上以诗的创作手法入词，四大词人中的晏殊、欧阳修、张先都可以归于此阵营。

其一，崇尚雅致之感。文人雅会式的娱乐文化本身崇尚雅致，承袭前代礼乐文化的传统，雅致性与文学性是其内在要求。仁宗朝士大夫皆以儒立身，他们中的大多数人都以君子的规范要求自己，有着强烈的社会责任感。所以，即使在娱乐之中，他们也符合儒家礼乐文化的要求，礼乐文化本身要求“雅”，王曾在劝诫宋仁宗时，论及古乐与今乐的区别，云：“古乐祀天地、宗庙、社稷、山川、鬼神，而听者莫不和悦。今乐则不然，徒虞人耳目而荡人心志。自昔人君流连荒亡者，莫不繇此。”古乐尚雅，和谐自然，可使听者和悦。今乐尚俗，激荡淫靡，只虞人耳目。而文人雅会式的娱乐文化，虽自唐代开始内容开始有所变化，但其始终保持着礼制化、节制化、规范化的士大夫传统娱乐模式，其中若有文学参与，过于浅白直露的文学内容和过于华艳绮靡的文学风格显然与礼乐文化内涵相悖，尚雅的文学风格则显然与礼乐文化“崇雅”的内涵相吻合。

词人对“雅”的追求，主要表现在对过于俚俗内容的排斥和对过于绮靡华艳风格的摒弃。晏殊、欧阳修、张先的大部分词作都表现出这种审美追求。在内容上，三人的大部分词作，虽写男女之情，表现相思怨别的传

统题材，但是，基本上不触及女性身体，较少直接描写床笫之欢的作品，无卑近浅俗、绮靡华艳之感。其中，晏殊更是在主观上表现出对俚俗与华艳的排斥，吴处厚《青箱杂记》载：

公风骨清羸，不喜肉食，尤嫌肥膻。每读韦应物诗，爱之曰："全没些脂腻气"故公于文章尤负赏识，集《梁文选》以后，迄于唐别为集，选五卷，而诗之选尤精，凡格调猥俗而脂腻者皆不载也。

晏殊之所以喜欢韦应物的诗作，是因其全无脂粉之气和肥腻之感。他主观对猥亵俗鄙之作与脂粉肥腻之感过甚的文学作品都加以排斥，体现了其崇尚雅致的文学观。晏殊自身的创作也与自己崇雅的观念相一致。如他的代表作《清平乐》：

金风细细，叶叶梧桐坠。绿酒初尝人易醉，一枕小窗浓睡。紫薇朱槿花残，斜阳却照阑干。双燕欲归时节，银屏昨夜微寒。

秋风细细，梧桐叶片片坠落，词人当午小饮，绿酒初尝，醉卧小窗之下，醒来之时，已是黄昏，但见斜阳映阑，花儿凋残，想到燕子成双欲归，自己却是形影相吊，孤寂无依。风、叶、酒、枕、窗、花、阑干等意象的组合，景中含情，给人一种娴雅优美、自然温婉之感。词中细风斜阳意象与叶落花残意象相呼应，又与昨夜微寒的银屏意象相映衬。"细细""叶叶""初""一""小""微"与"金风""梧桐""绿酒""枕""窗""寒"意象复合，看似随意，却极具匠心，这样的复合意象组合在一起，于静寂清凉的境界中透出一丝因时节变换而产生的淡淡的哀愁，细细的，柔柔的，淡淡的，舒徐平缓地流淌出来，使得意境十分和婉。前代词人写艳情词，多选取绮丽的意象，喜欢用粉面、双眉、香袖、玉钗、舞裙等有关女性身体、衣着的意象和玉楼、香闺、香帏等有关女性居处的词语。而晏殊即使是写相思怨别的艳情词，意象选取也多高雅清丽。如《玉楼春》：

绿杨芳草长亭路，年少抛人容易去。楼头残梦五更钟，花底离情三月雨。无情不似多情苦，一寸还成千万缕。天涯地角有穷时，只有相思无尽处。

这样的作品，“既不露雕炼的痕迹，也不着浓艳的字眼，而情景逼真，含蕴无穷”。

晏殊的审美情趣也代表了受到雅文化影响的士大夫们的审美情趣。在当时，填词只是一种娱乐形式，但是，士大夫长期以来形成的审美共识影响到词的审美追求与创作倾向。

词人对“雅”的追求还表现在追求雅致的语言风格，词人一般会选取被前代公认为雅致的词语与意象入词，少俚语、俗语。欧阳修的部分词作自然意象组合特别崇尚雅趣。如“月明正在梨花上”（《阮郎归》），月光如水，一泻而下，皎洁的月光在洁白的梨花上流淌，月意象和梨花意象的组合渲染了一种纯美、洁净、空灵、雅致的氛围。“细雨轻烟笼草树，斜桥曲水绕楼台。”（《浣溪沙》）青草绿树在细细雨丝、蒙蒙轻烟的笼罩下显得飘忽朦胧，斜桥、曲水环绕楼台，相映成趣，细雨、轻烟、草树、斜桥、曲水、楼台的意象组合尽显文人雅趣。“画船红日晚风清，柳色溪光晴照暖。”（《玉楼春》）晚风习习，在青青柳色和潋滟溪光的映衬下，在一轮西下的红日温暖的余光中，画船中人尽享人间乐事。画船、红日、晚风、柳色、溪光的意象组合也是美丽且雅致的。这样的例子在欧词中不胜枚举，这类意象组合平和自然，使得欧词表现出一种温纯雅正的美感。另外，词人比较注重对词句本身的锤炼，常因一字、一句而提升了词作的品格与境界。如：“庭院深深深几许。”（《蝶恋花》）连用三个“深”字来描述“庭院”这一个意象，庭院为词中女主人公的居所，前两个“深”为叠字，形容从庭院外面到庭院里面的距离很长，后一个“深”字表示的是深度，以问句的形式表达深度之不可测。前两个“深”字从空间上拉长了读者与女主人公的距离，后一个“深”字从程度上又一次加深了这种距离感和隔绝感。三个“深”字连用，立刻使人感到女主人公是生活在内外隔绝的阴森、幽邃环境中，饱受囚居之苦，不但暗示了女主人公孤身独处的寂寞和悲凉，也写出了其心事尘封，幽怨难诉的凄凉感。又如《踏莎行》（候馆梅残）一词结句“平芜尽处是春山，行人更在春山外”，一“外”字境界全出。春山横亘在平芜尽头，阻挡了女主人公的视线，也阻挡了她与她的爱人。在春山之外的行人与在楼头久久眺望的女主人公，被一道青山阻隔开来。女主人公倚阑远望，望至“平芜尽处”，绵绵青山阻隔了她的视线，而她所爱之人，更在青山之外，写出了女主人公凭栏远眺时间之长，目送着自己的爱人渐渐走远，直至消失在她目光所及的范围之外，她仍痴痴凝望，久久不曾离去。凝望之久、情感之痴、离愁之深，表现得淋漓尽致。明代的陈大声想模仿此句之意，其《蝶恋花》落句云："千里青山劳望远，行人更比青山远。"陈霆《渚山堂词话》中评："虽面稍更，而意句仍昔。然则偷句之钝，何可避也。"❶ 模仿之作显然不如原词精妙。再如《浣溪沙》（堤上游人逐画船）中一句"绿杨楼外出秋千"，晁补之《评本朝乐章》中云："只一'出'字，是后人着意道不到处。"❷ 王国维《人间词话》卷上云："余谓此本于正中《上行杯》词'柳外秋千出画墙'，但欧语尤工耳。""出"字在这句中起到了画龙点睛的作用，突出了秋千和玩秋千的人，仿佛使读者看到荡漾在秋千之上的娇媚身影，感受到绿杨成荫的美丽景色中一派盎然的生机。

其二，主张含蓄蕴藉之美，将诗的创作手法移植入词。含蓄蕴藉是诗的审美标准，要求"文已尽而意有余"，诗人将自己的情感体验隐蔽地寄寓形象的描写之中，需要读者去体会、去联想，并用自己的生活经验去丰富补充它，从而感到无穷的余味。宋代严羽《沧浪集》中云："工诗有别材，非关书也；诗有别趣，非关理也；然非多读书，多穷理，则不能极。其至所谓不涉理路，不落言筌者，上也。诗者，吟咏情性也。盛唐诸人，唯在兴趣。羚羊挂角，无迹可求。故其妙处透彻玲珑，不可凑泊。如空中之音，相中之色，水中之月，镜中之像，言有尽而意无穷。"❸ 多引典故、注重理趣，并非是诗歌的最高境界。诗歌多是吟咏性情之作，追求的是内在的韵味，而这种韵味是不容易用言语表述清楚的，一首诗能在言语之外引起人们无尽的思索与回味，便可以称之为一首好诗。而这一标准移至词，同样要求词作含蓄蕴藉，言有尽而意无穷。晏殊、欧阳修、张先虽然没有相关的词学理论，没有明确的主张移诗法入词，但是从创作实际来看，他们的大部分词作都符合含蓄蕴藉的审美标准。首先，融情入景，言情不直露，多景语而少情语。如晏殊的《浣溪沙》："小阁重帘有燕过，晚花红片落庭莎。曲阑干影入凉波。一霎好风生翠幕，几回疏雨滴圆荷。酒

---

❶ ［明］陈霆：《渚山堂词话》卷一，北京：唐圭璋：《词话丛编》，北京：中华书局，1986年，第353页。

❷ ［宋］赵令畤：《侯鲭录》卷八，北京：中华书局，2002年，第205页。

❸ ［宋］严羽：《严羽集》，郑州：中州古籍出版社，1997年，第4页。

醒人散得愁多。”这首词的主题在最后一句点明，抒发的是酒醒人散的失落感。但除了最后一句之外，整首词描绘的是初夏庭院池阁之景，词人选用了阁、帘、燕、花、阑干、风、雨等意象，小阁之上，双燕飞过重重帘幕，而词人却形单影只，孤独寂寞，词人步入庭院之中，见花落于庭，红衰翠减，水波中倒映着阑干的影子，傍晚时分，感到凉意顿生。风生翠幕，天空中飘着点点细雨，滴落在圆荷之上，园中景物虽然清雅，却不免萧疏。这一景致又在酒醒人散之后所见，清凉萧疏的园中之景与热闹喧哗的酒宴形成了鲜明的对比，借用此景写出了词人内心之中的失落与忧愁。其次，尾句多以景语作结，含不尽之意。如欧阳修《玉楼春》（洛阳正值芳菲节）写离愁，尾句“今宵谁肯远相随，唯有寂寥孤馆月”，不言人离散之苦，而言月之孤寂相随，以景结情，将离情之苦融入景中，情深意长。又如晏殊《破阵子》（忆得去年今日）为怀人之作，尾句以“风飘露冷时”作结，不言对去年旧人思念之深挚，而言今年此日风飘露冷，再不似去年相依相伴之情景。将浓郁的思念之情融入景中，言虽有尽，而深意无穷。张先《相思令》（苹满溪）是一首送别词，尾句“寒鸥相对飞”，所送之人已经远去，天地间唯有那含烟之中飞来飞去的寒鸥，与孤寂的送者相对而已，然而，寒鸥不解人意，不通人情，人与鸥相对，只是一片静默而已，而这种静默之中，又包含着无尽的凄凉与悲哀。以景语结体，融情入景，增添了意境的凄迷朦胧之感，让读者感受到无穷的言外之意。

（二）主要受到市民狂欢式文化影响的词人，审美趣味接近于市民大众的审美趣味，表现为：从俗的创作思想与艺术手法，在思想内容上，表现市民的喜怒哀乐与他们的心声；在创作手法上，吸收民间词的表达方式，对词作的语言及结构，进行大胆的革新。仁宗时期，柳永因其仕途失意，流落于市井之中，对生活在社会底层的市民大众的生活、心态、观念十分了解。他的词作迎合、满足了市民的审美需求，代表着市民狂欢式的文化，可以归于这一派。

其一，尚俗的思想内容及观念。由于北宋仁宗时期，天下太平，社会稳定，经济发展迅速，都市呈现出繁华之景，市民阶层迅速崛起，他们在文化寻求上，不同于崇尚雅文化的士大夫阶层，而是期待更为直接、更为浅俗的文化娱乐方式。柳永长期混迹于娼楼妓馆之中，应歌妓之请而作词，他的词作主要供歌妓在酒肆茶坊、瓦肆勾栏之中为市民阶层演唱，符合市民阶层的审美趣味。

柳永词思想内容尚俗，首先表现在对词作主人公形象的塑造上，表现了世俗女性的喜怒哀乐。由于一度生活在娼楼妓馆之中，柳永创作了大量的赠妓词，其中有赞美女性歌妓的容貌、体态、歌喉、舞姿的作品，“英英妙舞腰肢软”（《柳腰轻》），“心娘自小能歌舞”“虫娘举措皆温润”“佳娘捧板花钿簇”（《木兰花》），等等，“英英”“心娘”“虫娘”“佳娘”都是歌妓的名字。也有描写与歌妓欢会、相爱、离别的作品，如《征部乐》写与歌妓虫虫的缱绻爱情，“但愿我，虫虫心下，把人看待，长似初相识”，许下郑重而深情的承诺：“待这回，好好怜伊，更不轻离拆。”还有直露的表现男女床笫之好的作品，如《斗百花》词写少女洞房中的渴望与羞涩，“长是夜深，不肯便入鸳被。与解罗裳，盈盈背立银釭，却道你但先睡”。这些作品以白描的手法、直露的笔调，歌咏了生活在仁宗时期的世俗歌女。在崇尚雅的词人同类题材的词作中，主人公形象主要是贵族妇女形象，内容主要是表现她们爱情缺失后的痛苦与失意，笔调集中于女主人公所处环境的描写，以景致的描写代替情感的宣泄，将女主人公的凄凉寂寞之情融入景中，含而不露。如晏殊的《鹊踏枝》一词：“槛菊愁烟兰泣露，罗幕轻寒，燕子双飞去。明月不谙离恨苦，斜光到晓穿朱户。昨夜西风凋碧树，独上高楼，望尽天涯路。欲寄彩笺兼尺素，山长水阔知何处！”这首词虽是女主人公伤离怀远之作，但整首词皆借助景物的描写来抒写心情、渲染气氛，塑造女主人公的形象，情感表达的非常委婉含蓄。而柳词则不同，写景在柳词中占的比重较小，笔调重在对女主人公内心的描写，如《锦堂春》一词：“坠髻慵梳，愁蛾懒画，心绪是事阑珊。觉新来憔悴，金缕衣宽。认得这疏狂意下，向人诮譬如闲。把芳容整顿，恁地轻孤，争忍心安。依前过了旧约，甚当初赚我，偷剪云鬟。几时得归来，香阁深关。待伊要、尤云殢雨，缠绣衾、不与同欢。尽更深、款款问伊，今后敢更无端。”这首词无一句景语，借助代言体的方式，表现了市井妇女的内心活动，写出了她热烈追求情欲、毫无顾忌、注重自身实际生活、藐视封建礼法的市民意识，成功地刻画了她泼辣大胆、不甘示弱、富于心机、又调皮可爱的性格特征，具有强烈的自我意识。与士大夫文人诗词中温柔敦厚、自怨自艾的妇女形象完全不同。可以想象，当歌妓绘声绘色仿效市井妇女的语气、模仿其动作来演唱这首词时，市民阶层肯定会从中得到愉悦，得到共鸣，故柳词“不知书者尤好之”。

柳永词思想内容尚俗还表现在词作中所体现出的观念上。柳永注重享乐，崇尚的是才子佳人相依相恋的爱情模式，这种观念符合市民阶层的审美要求。而传统的文人词中很少有这种观念的体现，他们多数认为文人应以入仕为重，以天下为己任，应有强烈的社会责任感，追求治国安邦的政治理想。而女性则是作为政治附属品而存在的，她们是士大夫文人追求政治理想的后盾，是给予士大夫文人生活上支持的工具，所以在传统文化上要求女性贤良淑德，遵循三从四德，为自己的丈夫提供良好的生活环境，保证他能够顺利地完成自己的政治理想。在某种意义上，她们仅仅是士大夫追求政治理想的附属品，在精神层面上，只有女性对自己所支持的男性提供情感的抚慰与生活上的照顾，在男性离开女性而去、追求其政治理想与远大目标之时，女性只能独守空闺，守身如玉，久久地思念远行的男性。加之，传统婚恋中的父母之命、媒妁之言，妾与家妓更是可以利用金钱而买到。爱情对于诸多文士来说，并不是一种强烈的情感体验。才子佳人式的爱情也不被他们看得有多重。所以，在士大夫文人的词作中，写相思怨别，多以代言体的形式，以女性的口吻来写自己思念的男性，多为念远怀人之作，多有寄托。而且，在这些作品中，词人几乎从不表现主人公对爱情的理解与其期待的情感模式。而柳永与下层歌妓有着很深厚的交情，在长期与歌妓的交往过程中，他融入了她们的世界中，感受了她们的喜怒哀乐。他自身有着诸多的情感体验。加之，柳永的观念受到了市民狂欢式娱乐文化的影响，柳词中就更多地表现出市民意识与市民的审美情趣，所以，其词体现出市民阶层的爱情观，即才子佳人模式的爱情。在柳永的观念中，希望才子永远与佳人相依相随，永不分离。如其在《玉女摇仙佩》词中写道：“自古及今，佳人才子，少得当年双美。”在《玉蝴蝶》一词中又写道：“美人才子，合是相知”。柳永以才子自居，“才子词人，自是白衣卿相”（《鹤冲天》），“风流才子占词场，真是白衣卿相”（《西江月》），在其羁旅宦游之时，无数词句都表现了对佳人的想念，“想佳人，妆楼颙望，误几回、天际识归舟”（《八声甘州》），“佳人应怪我，别后寡信轻诺”（《尾犯》），“嗟因循、久作天涯客。负佳人、几许盟言，便忍把、从前欢会，陡顿翻成忧戚”（《浪淘沙》）。只有才子佳人能得以相伴，才是柳永最终追求的爱情理想与终极目标，也是其爱情观念，而这种观念在士大夫词作中是毫无体现的，完全是市民审美趣味的呈现。并且这一观念也影响了后代戏曲小说等作品中的爱情观。

其二，创作手法上的革新。士大夫词多追求雅趣，以含蓄蕴藉之美为其最高追求，而柳词尚俗，以俗为美。在创作手法上，多吸取民间词的创作手法。语言表达上多选取为大众所习见的市井方言和俚语。吴梅在《词学通论》中指出："（柳词）时时有俚俗语，如《昼夜乐》云：'早知恁地难拚，悔不当初留住。其奈风流端正外，更别有，系人心处。一日不思量，也攒眉千度。'《梦还京》云：'追悔当初，绣阁话别太容易。'《鹤冲天》云：'假使重相见，还得似、旧时么？悔恨无计那。迢迢良夜，自家只恁摧挫。'《两同心》云：'那人人，昨夜分明，许伊偕老。'《征部乐》云：'待这回，好好怜伊，更不轻离拆。'皆率笔无咀嚼处。"[1] 柳永词中的这些语句都是纯粹的口语，这些被文人称为毫无味道的语句恰恰是柳词与大众市井沟通的媒介。柳永词中有大量的俚语俗语，据梁丽芳《柳永及其词之研究》统计："柳永所用的白话，内容非常广泛，其中他最喜欢用的副词'恁'，共出现58次，还有'争'，出现36次，'处'20多次，'怎'10多次，语尾'得'字共出现49次，'成'字20多次，'了'字10多次。"这些语言的使用，为柳词的俗又添上了重重的一笔。同时也使得柳词自然活泼，像直接与人对话，使广大市民群众感到贴近自己的生活，亲切有味，易于理解。所以，柳词能传播广泛，俗子易悦。在表现手法上，柳永学习民间词，较少运用比兴手法，言情叙事，直抒胸臆，不加烘托渲染。如《忆帝京》一词："薄衾小枕凉天气，乍觉别离滋味。展转数寒更，起了还重睡。毕竟不成眠，一夜长如岁。也拟待、却回征辔；又争奈、已成行计。万种思量，多方开解，只恁寂寞厌厌地。系我一生心，负你千行泪。"以白描的手法，将别离之苦的九曲回肠表现得淋漓尽致。"细密而妥溜，明白而家常，"[2] 不加任何雕饰，不借助任何景语，将主人公曲折的心理过程生动地刻画了出来。

以晏殊为首的词人群体，主要受到文人雅会式的文化影响，在创作过

[1] 吴梅：《词学通论》，上海：复旦大学出版社，2006年，第53页。

[2] ［清］刘熙载：《艺概》，唐圭璋《词话丛编》，北京：中华书局，1986年，第3689页。

程中秉承着崇雅的传统理念，并以诗的审美标准来要求词，将写诗的手法移入词中，体现的是士大夫阶层的审美情趣。而柳永一派则主要受到市民狂欢式文化的影响，在创作上，相对于崇雅的文人词，表现出从俗的倾向，更贴近于广大市民的审美情趣，符合市民审美需求。

二、崇雅一派的拟俗词创作

崇雅一派的词人多为上层官僚，他们主要受到文人雅会式娱乐文化的影响，但这些人入仕之前，或官位较低之时，也曾一度有过年少放浪的生活，在这种生活的影响下，市民狂欢式文化也会或多或少渗透到他们的生活中，潜移默化地影响他们的创作，所以，在崇雅一派词人中，有不少词人都有拟俗词的创作。晏殊，年七岁能属文，以神童知名朝野，十四岁就被真宗赐同进士出身。之后，其仕途比较平顺，官至宰辅，虽曾被贬外任，但时间较短，且离京畿之地未有百里。晏殊一生很少接触下层市民，所以很少受到市民俗文化的影响，在他的词作中，拟俗词作非常少，仅有一二言语，吴梅《词学通论》第七章云："（晏殊词）如《浣溪沙》之'淡淡梳妆薄薄衣，天仙模样好容仪'，《诉衷情》之'东城南陌花下，逢着意中人'，又'心心念念，说尽无凭，只是相思'诸语，庸劣可鄙，已开山谷、三变俳语之体。"[1] 而欧阳修、张先二人则不同，欧阳修在洛阳之时，官位较低，曾经有过一段放浪形骸的生活。出任京官之后，又因其性情耿直、不善圆滑而多次被贬，比较容易接触到下层市民，更多受到了市民俗文化的影响。张先一生官位不高且心态较好，过着闲散自适的生活，且为人风流倜傥，留意声妓，也很可能受到市民俗文化的影响。所以他们的词集中皆有少量的拟俗之作。

欧阳修词中的拟俗词是否出自其手，自宋代开始就有争论。南宋王灼在《碧鸡漫志》中首先提出这些艳词非欧阳修所作："欧阳永叔所集歌词，自作者三之一耳。其间他人数章，群小因指为永叔，起暧昧之谤。"曾慥《乐府雅词序》中云："欧公一代儒宗，风流自命，辞章窈眇，世所矜式，乃小人或作艳曲，谬为公词。"南宋陈振孙《直斋书录解题》中云："（欧阳修词）其间多有与《花间》《阳春》相混者，亦有鄙亵之语一二厕其

---

[1] 吴梅：《词学通论》，上海：复旦大学出版社，2006年，第51页。

中，当是仇人无名子所为也。”❶ 蔡绦更是在《西清诗话》中明确地指出：“欧阳词之浅近者，谓是刘辉伪作。”❷《莲子居词话》亦谓：“修知贡举，为下第举子刘辉等所忌，以《辞（醉）蓬莱》《望江南》词诬之，则修辞中以（已）杂他人之作。”❸《宋稗类钞》中云欧阳修《望江南》（江南柳）一词及其本事载《钱氏私志》，“当是钱世昭因公《五代史》中多毁吴越，故假作以污之耳”❹。这些学者之所以认为欧词中的诸多艳词非欧阳修所作，原因应为欧阳修为人正直、性情耿介、风节凛然、崇儒尚礼，且博学多才，是宋初一代诗文领袖。而欧词中的部分艳词，其艳丽程度，绝对不亚于柳永词中描写床第之欢的作品。历代学者不肯相信秉性正直的一代文宗欧阳修能创作出这样的词来。于是，这些学者为了将欧阳修与这些艳词撇清关系，认为是欧阳修的仇人特意创作了这些词，杂于欧阳修的词集中，目的是诋毁欧阳修的名节。他们指责的第一人是刘辉。那么，刘辉和欧阳修有什么样的积怨呢？据《梦溪笔谈》载：

> 嘉祐中，士人刘几累为国学第一人，骤为怪险之语，学者翕然效之，遂成风俗。欧阳公深恶之，会公主文，决意痛惩，凡为新文者一切弃黜，时体为之一变，欧阳之功也。有一举人论曰：“天地轧，万物茁，圣人发。”公曰：“此必刘几也。”戏续之曰：“秀才剌，试官刷。”乃以大朱笔横抹之，自首至尾，谓之“红勒帛”判大“纰缪”字榜之，既而果几也。复数年，公为御试考官，而几在庭。公曰：“除恶务力，今必痛斥轻薄子，以除文章之害。”有一士人论曰：“主上收精藏明于冕旒之下。”公曰：“吾已得刘几矣。”既黜，乃吴人萧稷也。是时试《尧舜性仁赋》。有曰：“故得静而延年，独高五帝之寿；动而有勇，形为四罪之诛。”公大称赏，擢为第一人，及唱名，乃刘辉。人有识之者曰：

---

❶［清］徐釚：《词苑丛谈》，朱崇才：《词话丛编续编》，北京：人民文学出版社，2010年，第538页。

❷［清］沈雄：《古今词话·词评卷上》，唐圭璋：《词话丛编》，北京：中华书局，1986年，第976页。

❸［清］吴衡照：《莲子居词话》卷一，唐圭璋：《词话丛编》北京：中华书局，1986年，第2415页。

❹［清］潘永因：《宋稗类钞》卷十七，北京：书目文献出版社，1985年，第340页。

“此刘几也，易名矣。”公愕然久之。❶

欧阳修之所以不喜欢刘辉，是因为厌恶其险怪艰涩的文风。但之后，刘辉改变其文风，并嘉祐四年得中状元，是欧阳修亲擢。这样看来，欧、刘二人并没有很深的积怨，刘辉完全没必要刻意创作一些淫词艳曲来诋毁欧阳修的名节。而且，历代学者说欧词中的部分艳词为刘辉所作，也没有提出更有力的证据，实际上多为妄加猜测。在这种情况下，并不能为了保全欧阳修之人格，而将这些艳词全部从其词集中剔除出去。

另外，虽然在笔记小说中记载的欧阳修词所涉及的本事并不可信，但并不能因本事不可信，从而认为词也非出自欧阳修之手。如《钱氏私志》中载《望江南》（江南柳）一词，记其本事曰：“欧后为人言其盗甥，表云：‘丧厥夫而无托，携孤女以来归。张氏此时，年方七岁’。内翰笑曰；‘七岁正是簸钱时也’。欧词云：‘江南柳，叶小未成荫。人为丝轻那忍折，莺嫌枝嫩不胜吟。留待到春深。十四五，闲抱琵琶寻。阶上簸钱阶下走，恁时相见早留心。何况到如今？’欧知贡举，题目出‘通其变使民不倦’，乃云《通其变而使民不倦》。贤良伯云：‘试官偏爱外生儿’。”❷ 这则本事显然不足信。欧阳修盗甥之事是庆历党争之时，保守派贾朝昌等人为置欧阳修于死地，刻意捏造出来的，后已查明真相。而退一万步说，欧阳修即使真有盗甥之事，他绝不会将这样有悖人伦的丑事写成词，传之天下，《钱氏私志》显然是附会之说。但诸多学者因其本事不可信，就认为这首《望江南》也非欧阳修所作，却没有切实的证据。宋翔凤《乐府余论》说：“缘情绮靡之作，必欲附会秽事，则凡在词人，皆无全行。”❸ 所以，本事虽不可信，但这首词还是应归于欧阳修的名下的。

对于欧词中的艳词是否出自欧阳修之手，陈廷焯《词坛丛话》中的记载是比较可信的：“（欧阳修）香艳之作，大率皆年少时笔墨。亦非尽后人伪作也。”❶ “曾是洛阳花下客”的欧阳修，在年轻之时生活是比较放浪的。

---

❶ ［宋］沈括：《梦溪笔谈》卷九，《全宋笔记·第二编·三》，郑州：大象出版社，2006年，第72页。

❷ ［宋］钱世昭：《钱氏私志》，《全宋笔记·第二编·七》，郑州：大象出版社，2006年，第66页。

❸ ［清］宋翔凤：《乐府余论》，唐圭璋：《词话丛编》，北京：中华书局，1985年，第2497页。

❶ ［清］陈廷焯：《词坛丛话》，唐圭璋：《词话丛编》，北京：中华书局，1986年，第3721页。

欧阳修在《答孙正之第二书》中云："三十年前尚好文章，嗜酒歌呼，知以为乐不知其非也；及后少识圣人之道，而悔其往咎，则已布出而不可追矣。"❶又《宋史·王曙传》载："初，钱惟演留守西京。欧阳修、尹洙为官属。修等颇游宴，曙后至，尝厉色戒修等曰：'诸君纵酒过度，独不知寇莱公晚年之祸邪？'修起对曰；'以修闻之，莱公正坐老而不知止尔。'曙默然，终不怒，及为枢密使，首荐修等置之馆阁。"❷欧阳修在词中也常写到洛阳的美景，那时，他整日过着纵酒狂歌的生活，如"常忆洛阳风景媚。烟暖风和添酒味。莺啼宴席似留人，花出墙头如有意"（《玉楼春》），"洛阳城阙中天起，高下遍楼台。絮乱风轻，拂鞍沾袖，归路似章街"（《少年游》）。而且，欧阳修在年少之时，官职不高、身份较低，频繁接触下层市民，并熟悉他们的娱乐形式。谢绛《游嵩山寄梅殿丞》诗云："马上粗若疲厌，则有师鲁语怪。永叔、子聪歌俚调，几道吹洞箫。往往一笑绝倒，岂知道路之短长也。"这说明在当时，欧阳修对俚调是非常熟悉的。以上的例子足以表明，欧词中的艳词、俗词都是出自年少时的欧阳修之手。欧词中的俗词带有浓郁的世俗风味，如《宴瑶池》："恋眼哝心终未改。向意间长在。都缘为、颜色殊常，见馀花、尽无心爱。都为是风流。至他人、强来厮坏。从今后、若得相逢，绣帏里、痛惜娇态。"《南乡子》："好个人人，深点唇儿淡抹腮。花下相逢、忙走怕人猜。遗下弓弓小绣鞋。划袜重来。半亸乌云金凤钗。行笑行行连抱得，相挨。一向娇痴不下怀。"这些词融俚语入词、通俗浅白、直抒胸臆，其中主人公对爱情的追求更是热烈且大胆，完全符合市民阶层的审美趋向。

欧词中的拟俗词明显的带有向民间词学习的痕迹。如欧词中的两组《渔家傲》鼓子词，就学习了民间词的创作形式。欧词中出现的诸多意象也体现出欧词主动学习借鉴了民间词：在意象选取方面，欧词中经常出现"莲"和"丝"两个意象，这两个意象常作为谐音双关语运用，如："莲（怜）子心中，自有深深意"（《蝶恋花》），"莲（怜）子深深隐翠房。意在莲（怜）心无问处"（《南乡子》），"折得莲茎丝（思）未放。莲（怜）断丝（思）牵"（《蝶恋花》），"游丝（思）有意苦相萦"（《玉楼春》），

❶［宋］欧阳修：《欧阳修全集》居士外集卷十九，北京：中华书局，2001年，第1009页。

❷［元］脱脱：《宋史》卷二百八十六，北京：中华书局，1985年，第9632页。

等等，“莲”与“怜”同音，“丝”与“思”同音，写莲写丝，其意不在莲与丝，而是表达心中的爱怜与思念，这一手法在南朝民歌中十分常见，如“采莲南塘秋，莲花过人头；低头弄莲子，莲子青如水”，“莲子”实为“怜子”，“青”实为“情”，表面上写采莲的过程，实则语意双关，采用谐音双关的修辞，表达的是女子对所爱男子深长的思念。欧词显然是学习了民间歌谣这一技巧。另外，欧词中一些修饰性的实体意象也有意识的向民间词学习。比如，在文人词中没有出现过的“肉”意象，在欧词中作为修饰性的实体意象出现，“肉红圆样浅心黄”（《少年游》），以肉的红色来形容花的红色，这一浅俗的意象在其他文人词作中是没有的，但在敦煌曲子词中可以找到几例，其中“肉红衫子石榴裙”（《柳青娘》）以肉的红色来形容衣衫的颜色，和欧词十分相似。这从一个侧面说明欧词在意象的选取上有意学习了民间词。在意象组合方面，表现为同一词作中同一意象的反复出现。如：“深花枝。浅花枝。深浅花枝相并时。花枝难似伊”（《长相思》）。花枝意象反复出现，没有任何文人词的技巧可言，类似的例子：“花似伊。柳似伊。花柳青春人别离。低头双泪垂。长江东。长江西。两岸鸳鸯两处飞。相逢知几时。”（《长相思》）花、柳、长江意象反复出现。这种情况在文人词中比较少见，而在带有民间风味的词中比较常见。如刘禹锡的《竹枝词》：“山桃红花满上头。蜀江春水拍山流。花红易衰似郎意，水流无限似侬愁。”花、水意象反复出现，再如《敦煌曲子词》：“春来春去春复春。寒暑来频。月生月尽月还新。又被老催人。”（《杨柳枝》）春和月两个意象反复出现，这说明欧词在意象的组合方式上借鉴了民间词，虽然这类词不重技巧，没有文人词细致精工的雕琢，也没有文人词雅致的风韵，但表现出一种简单、轻快、活泼的美感。另外，还有一种情况，词的上下两片或上下两句中的中心意象不变，而通过时间意象的改变，达到今昔对比的效果，如“去年元夜时，花市灯如昼。月到柳梢头，人约黄昏后。今年元夜时，月与灯依旧。不见去年人，泪满春衫袖”（《生查子》）。在上下两片中，元夜、灯、月、人这几个中心意象都没有改变，而时间意象上片为“去年”、下片为“今年”，发生了改变。通过今昔对比，世事变迁，物是人非，表达了词人深切的思恋和怀念。再如“今年花胜去年红。可惜明年花更好，知与谁同?”（《浪淘沙》）在上下两句中这一中心意象不变，而通过时间意象改变，表达了词人的忧愁和遗憾。这一手法非常简单，没有任何复杂技巧的运用，却传达出深刻且动人的情感。民间词，如敦煌曲子词中也有这样的用法，“去年春日长相对，今年春日千山外”（《山花子》），这也说明欧词借鉴了民间词意象组合的方式。

张先也有少量的拟俗词作，如《生查子》：“当初相见时，彼此心萧洒。近日见人来，却恁相谩唬。休休休便休，美底教他且。匹似没伊时，更不思量也。”全词皆用俚语俗语、直白浅近、贴近生活，表现了市民大众的审美倾向。

三、尚俗一派的雅致型词作

柳永词有雅俗之分，关于这一点近人夏敬观早有定论：“耆卿词当分雅、俚二类。雅词用六朝小品文赋作法，层层铺叙，情景兼融，一笔到底，始终不懈。俚词袭五代谣诀之风气，开金、元曲子之先声。”[1] 柳永本人虽长期混迹于娼楼妓馆之中，无复检约，所做的大量词作都代表着市民阶层的审美情趣。但他出身于秉承儒家礼教的传统家庭，其父、其兄皆有功名，柳永一生也在不断参加科举考试，以求得入仕的机会。从本质上讲，柳永仍属于士大夫阶层中的一员。他虽然长期流落民间，市民阶层的审美意识与审美情趣渗透到他的创作中去，但其骨子里仍然秉承着士大夫的传统意识。雅与俗的概念是相对的，与民间词相比，柳词中的一部分词呈现出明显的尚雅倾向。

柳词雅致的倾向首先表现在部分羁旅词中铺叙手法的运用。铺叙是柳永长调慢词中的惯用手法。他可以十分巧妙地运用时空的转换来铺陈叙事，以过去、现在、未来三重结构进行时空重构，使其词呈现出回环往复之态，从而使其叙事具有层次感。而多数民间词的长度虽然与柳词相似，铺叙手法却比较少见。举以下两首词：

> 红尘紫陌，斜阳暮草长安道，是离人。断肠处，迢迢匹马西征。新晴。韶光明媚，轻烟淡薄和风暖，望花村，路隐映，摇鞭时过长亭。愁生。伤凤城仙子，别来千里重行行。又记得临歧，泪眼湿、莲脸盈盈。　消凝。花朝日夕，最苦冷落银屏。想媚

[1] 夏敬观：《吷庵词评》，《词学》第五辑，上海：华东师范大学出版社，1986年，第199页。

容、耿耿无眠，屈指已算回程。相萦。空万般思忆，争如归去睹倾城。向绣帏、深处并枕，说如此牵情。（柳永《引驾行》）

两眼如刀，浑身似玉，风流第一佳人。及时衣着，梳头京样。素质艳孋情春。善别宫商，能调丝竹，歌令尖新。任从说洛浦阳台，谩将比并无因。　半含娇态，逶迤缓步出闺门。搔头重慵憁不插，只把同心，千遍捻弄，来往中庭。应是降王母仙宫，凡间略现容真。（《云谣集杂曲子·内家娇》）

以上所举两首词同为长调慢词，在语言风格上也很类似，皆浅近直白，唯一不同的是柳词运用铺叙的手法使其词富有层次感，柳词的铺叙，构成了“现在——过去——未来”三重时空并置。现实中，夕阳西下，古道征马，淡烟风暖，前路花村隐映，引起了游子对恋情的怀念，相思之苦涌上心头，昔日之情景浮现在脑海中，时空霎时转到过去，游子与佳人临歧分手，泪眼相看。接着，时间又转回现在，此时游子望前路茫茫，无限惆怅，而闺中佳人长夜无眠，痛苦难耐。在同一时间中，展现了不同时空之景，而后，时空转向未来，与佳人并枕倾诉，成了主人公求得心里安慰的美好向往。词人的思维在三个维度的时空中不断跳跃激荡，使得词作富有层次感。吴世昌先生点评这首词说：“作者的手法，先是平铺直叙，后来追忆从前，幻想现在，假设以后。一层层推进，却同时一层层收紧，最后四字镇住了全篇。而在这追忆、幻想、假设之中，有时指作者自己，有时指对方，这更使章法复杂，但层次始终分明。”足见其铺叙之功力。敦煌词重在描述女子仪态之美，才艺之高，与柳词相比，少了多重时空构筑的层次感。对于柳词长于铺叙这一点，前代文士在评论柳词之时，给予了诸多的肯定。如李之仪在《跋吴师道小词》中写道：“唐末，遂因其声之长短句，而以意填之，始一变以成音律，大抵以《花间集》中所载为宗，然多小阕。至柳耆卿始铺叙展衍，备足无余。”这段评论，首先肯定了柳永大量创作长调慢词，改变了《花间集》以来小令一统词坛之貌，将长调慢词引入文人词创作中。其次肯定了柳永在慢词中所运用的艺术手法。词的体式的变化，要求表现手法也要做相应的变革，柳永运用铺叙展衍之法，达到了“备足无余”的良好效果。

柳词崇雅的创作还表现在柳词景语工致，富有立体感与画面感，起到渲染烘托的作用。而民间词较少景语，小部分虽有景语，但相比柳词，无其风雅工致。

柳词景语如画，对景致的描写精细工致。如“拆桐花烂漫，乍疏雨、洗清明。正艳杏烧林，缃桃绣野，芳景如屏。倾城。尽寻胜去，骤雕鞍绀幰出郊坰。风暖繁弦脆管，万家竞奏新声”（《木兰花慢》）。桐树的花朵开得美丽而热烈，清明时节突然而来的一阵细雨，使万物如洗过一般洁净明亮。艳丽的杏花开得正繁，如树林被红色的火焰覆盖，缃桃颗颗点缀在一片原野之上，如精美的绣花在绿毯之上开放，描绘出一幅春意盎然的艳丽图画。一“拆”字，极富动感，似乎能看到桐花在眼前绽放，一“洗”字，赋予了疏雨以灵性，“烧”字、“绣”字皆为动词，雕饰工巧，极富动感。又如：“露花倒影，烟芜蘸碧，灵沼波暖。金柳摇风树树，系彩舫龙舟遥岸。”（《破阵乐》）词的开头，以三个四字句“露花倒影，烟芜蘸碧，灵沼波暖”，真切地描写了金明池优美景色——带着露水的花儿在池中玩赏自己娇柔的倒影，轻烟笼罩的小草地将身体靠近碧绿的池水，池水泛起一道道的轻波，在春城和煦的阳光照耀下暖意十足。“露花”“烟芜”“波暖”三景，点出春晨，而“倒影”“蘸碧”“灵沼”则点出了池水的明净与清澈，这三句不仅写景如画，而且充满了美感与灵气。苏轼曾赞：“山抹微云秦学士，露花倒影柳屯田。”相比之下，民间词则较少用景语，多直抒胸臆，不借助景致来表达情感。即使写景，也没有柳词用字工稳，且少风雅之致。如：“春光催绽后花园，莺啼燕语撩乱”（《临江仙》）、“一阵风去吹黑云”（《浣溪沙》）、“浪打轻船雨打篷，遥看篷下有渔翁”（《浣溪沙》），等等，虽有自然之貌，明白如家常话，却无风雅之志趣，且这类景语，在敦煌词中出现的频率也比较低。

柳词中的部分词作所展现的词境，被尚雅的士大夫阶层所称赏。如赵令畤《侯鲭录》卷七载：“东坡云：‘世言柳耆卿曲俗，非也。如《八声甘州》之‘霜风凄紧，关河冷落，残照当楼’，此语于诗句不减唐人高处。”苏轼对柳词的这一评价，并非适用于全部柳词，在这里特指《八声甘州》（对潇潇）一词。原词如下：

> 对潇潇、暮雨洒江天，一番洗清秋。渐霜风凄紧，关河冷落，残照当楼。是处红衰翠减，苒苒物华休。唯有长江水，无语东流。　不忍登高临远，望故乡渺邈，归思难收。叹年来踪迹，何事苦淹留？想佳人，妆楼颙望，误几回、天际识归舟。争知

我，倚阑干处，正恁凝愁。

词的上片，写雨后登楼望江天辽阔之貌，清秋时节，傍晚时分，雨后江天，澄净如洗，在阵阵凄紧的霜风之中，词人登楼远眺，见关河冷落、万物凋残，叹年华如水，无语东流。下片通过萧瑟衰飒秋景的描绘与渲染，抒发游子之悲凉心绪。哀叹自己漂蓬断梗般踪迹不定，离家万里，心头苦闷，推己及人，设想闺中佳人定倚楼远望，痴痴地等待自己归去。上片写景高远开阔。东坡所赞赏的“渐霜风凄紧”一句，气象阔大、笔力苍劲，唐人之佳处，亦不过如此。柳永屡试不第、仕途坎坷，宦游漂泊之悲感在他的羁旅词中多有表现，词境虽无高远之状，但其格局与气度，与艳情词相比，仍显得阔大得多。如清代邓廷桢赞其“远岸收残雨一阕，亦通体清旷，涤尽铅华”（《安公子》），再如他的《戚氏》一词上阕开头部分：“晚秋天，一霎微雨洒庭轩。槛菊萧疏，井梧零乱惹残烟。凄然。望江关。飞云黯淡夕阳间。当时宋玉悲感，向此临水与登山。”在寥廓之秋天，雨后菊花已经萧疏凋残、疏落的梧桐树被迷蒙的残烟笼罩，枝叶零乱。词人登高望远，面对飞云昏黯、夕阳惨淡之景，顿起宋玉悲秋之慨叹。词人面对天地之间一片萧索之貌时，越发觉得自己微不足道，本想登高而找寻心灵之依托，却越发困滞在痛苦之中无法逃遁，遂发悲秋之音。怀才不遇之怨，单栖无依之悲，皆表露无遗。在《乐章集》中这类登高兴怀之作甚多。而这类词作所表现出来的词境，在北宋时期，得到了崇雅的士大夫阶层的认可。清代周济《介存宅论词杂着》云：“耆卿为世訾瓦久矣，然其铺叙委婉，言近意远，森秀幽淡之趣在骨。耆卿乐府多，故恶滥可笑者多，使能珍重下笔，则北宋高手也。”

综上，崇雅一派的词人有拟俗词的创作，而尚俗一派的词人也有雅致的词作。这是由于文人雅会式的娱乐文化与市民狂欢式的娱乐文化虽然界限分明，但两种文化在同一时期内并存，由于家庭出身、身份的变化等原因，多数词人都受到两种文化的影响。其中一种文化为影响其创作的主导文化，另一种文化则为从属的异质文化。一位词人所受到的主导文化的影响决定了其大部分词作的风格特征，如欧阳修、张先的崇雅之风与柳永的尚俗之风。而从属文化又使词人的小部分词作语言风格有所变化，反映出异质文化的影响与渗透。这就是为何欧词、张词中有拟俗之作，而柳词中有雅致之作的原因。

第三章　庆历党争与仁宗词坛

宋仁宗时期的政治生活中，曾出现过一次不可忽视的大规模政治运动，史称“庆历党争”。这次党争的波及面较广、影响较大，仁宗时期的诸多词作者都与这次党争有关，或参与其中，而身遭贬谪；或明哲保身，在两党的夹缝中生存；或个人的求仕之路与党争有着密切的关系。总之，这次政治运动对仁宗朝词人的心态及其创作都产生了很大的影响。

对于庆历党争是否可算作党争，学术界尚没有形成一致的认同。萧庆伟先生认为庆历党争并非北宋党争之始，应被称为庆历党议，他在《北宋新旧党争与文学》一书中提出：“在庆历革新之际，范仲淹、欧阳修等人尚且具有一种‘君子有党’的党派意识。但是作为其队里的一面即因政见不同而形成的反对派在那时却未能产生。”[1] 而沈松勤先生的《北宋文人与党争》一书持不同的观点，认为庆历党争应为北宋党争之始。并列专章讨论庆历党争对文人政治生涯及命运所带来的负面影响。

笔者同意沈松勤先生的观点，认为仁宗朝的庆历党争应为一次规模较大的党争运动。原因如下：

庆历党争形成了呈对立状态的两大党派。在仁宗朝有以吕夷简为首的吕夷简集团及以范仲淹为首的范仲淹集团。吕夷简出身仕宦家族，在仁宗朝官至宰相，其伯父吕蒙正一直担任要职，并曾三次入相，吕夷简受到家庭的熏陶，在长期的宦海沉浮中，他积累了大量的经验，并在官僚政治生活中积极培养党羽、拉帮结派、聚集同流。并在关键时刻，以朋党之罪名打击政敌、排除异己。王曾瑜先生云：“中国成语有‘结党营私’一词，确实具备了科学的内涵，大凡活动于政治舞台，而欲以权谋私者，往往必

---

[1] 萧庆伟：《北宋新旧党争与文学》，北京：人民文学出版社，2001 年，第 2 页。

须结党，不‘结党’，便不能‘营私’。”❶ 吕夷简多利用姻亲、科举中师生、同年等多种关系拉拢聚结与其政治利益相同的上层官僚，在仁宗朝，形成了一个关系复杂，人脉很广的庞大政治集团，这一政治集团代表着封建大官僚大地主的阶级利益，政治观念上趋于保守。对此，宋人早有认识，范仲淹曾在景祐三年（1036 年）上《百官图》，《宋史·范仲淹传》载：“时吕夷简执政，进用者多出其门。仲淹上《百官图》指其次第曰：‘如此为序迁，如此为不次。如此则公，如此则私。况进退近臣，凡超格者不宜全委之。’宰相夷简不悦。”❷ 范仲淹指斥吕夷简迁除不公，任人惟私。蔡襄为谏官之时，上疏仁宗“乞罢吕夷简商量军国事”，当时正值吕夷简称病在家，两府大臣三次诣吕夷简家议事。蔡襄历数吕夷简之罪责，在文中直接指出吕夷简“废廉耻之节，成奔竞之风”“使天下之人迷大公之论，有朋党之议”。庆历二年（1042 年），王拱辰在仁宗面前进谗言，诬陷出使契丹有功的富弼。宋人邵伯温《邵氏闻见录》中指其“盖吕丞相之党云”❸，王称《东都事略》中也指出“拱辰党吕夷简以撼富弼。固正士之所不与也”❹，可见，仁宗时期，吕夷简处心积虑，最终聚集形成了一个以他为核心的政治党派。而与之对立的是代表着中小地主阶级利益的，以范仲淹为首的政治集团。这一集团包括范仲淹、欧阳修、蔡襄、杜衍、苏舜钦、孙沔、富弼、余靖、石介等人，其成员多数出身寒微，如范仲淹“二岁而孤，母更适长山朱氏”❺，欧阳修“四岁而孤，母郑守节，自誓亲诲之学。家贫，至以荻画地学书。幼敏悟过人，读书辄成诵”❻。这些人多有积极的参政意识、蹈厉奋发、以天下为己任、先忧而后乐。在政治上比较激进，主张兴利除弊，讥指时政、改革积习。自然就与保守派贪恋权利、明哲保身、平庸为官的思想相悖。吕夷简以“朋党”指摘范仲淹，将其贬出京城。仁宗朝，吕、范之争，是很典型的党派纷争，在吕、范二人的周围聚结着诸多官僚。两党代表不同阶层的政治利益，形成了对立的两

---

❶ 王曾瑜《荒淫无道宋高宗》，石家庄：河北人民出版社，1999 年，第 107 页。

❷ ［元］脱脱：《宋史》卷三百十四，北京：中华书局，1985 年，第 10269 页。

❸ ［宋］邵伯温：《闻见前录》卷九，《全宋笔记·第二编·七》，郑州：大象出版社，2006 年，第 164 页。

❹ ［宋］王称：《东都事略》卷七十四，清文渊阁四库全书本。

❺ ［元］脱脱：《宋史》卷三百十四，北京：中华书局，1985 年，第 10267 页。

❻ ［元］脱脱：《宋史》卷三百十九，北京：中华书局，1985 年，第 10375 页。

大政治集团。所以说范仲淹与欧阳修以君子结党，而无对立之派，是不能够成立的。

由于仁宗朝词作者的身份多为上层官僚，他们多是庆历党争的亲历者，所以，党争对他们的心态产生了比较明显的影响，从而也影响到了他们的创作。

第一节 庆历党争之始末与词作者的个人命运

庆历党争主要是围绕着庆历新政的提出与实施而展开的争斗，期间由于吕夷简集团的政治势力大，人数众多，为了维护大官僚大地主阶级的利益，他们反对新政，利用各种方式诋毁、诬陷新党成员，最终导致了庆历新政的失败，范仲淹一党中的成员多数惨遭贬谪，命运多舛。这一事件对于处于庆历党争之中的诸多文士而言，是一次政治上的惨痛打击，并且影响到了他们的心态与创作。

一、庆历党争始末

追溯吕、范两党的政治斗争，其斗争的高潮在庆历年间，但早在仁宗朝前期，吕、范二党在仁宗废郭后、选用人才等诸多事件中就意见相左。

（一）吕、范集团的首次交锋——废后事件

仁宗所立郭皇后出身不高，她是应州金城人，已故平卢军节度使郭崇的孙女。她被立为皇后并非宋仁宗本意，而是其母，即当时执政的刘太后之意。宋仁宗喜欢与郭皇后同时入宫的、骁骑卫上将军张美的曾孙女，希望立她为后，但此举遭到了其母的坚决反对，刘太后认为："自古外戚之家，鲜能以富贵自保。故兹选于衰旧之门，庶免他日或挠圣政也。"[1] 为了避免外戚干涉朝政，刘太后立郭氏为后，而当时年仅十五岁的宋仁宗尚未亲政，只得服从母命。这场选后之事，看似是深宫皇帝的家事，实则带有明显的政治意味。刘太后为了保证自己独掌朝政而排斥有势力的外戚家

[1] ［宋］李焘：《续资治通鉴长编》卷一百二，上海：上海古籍出版社，影印本，第909页。

族。而郭氏被立为皇后之后，更是仗着刘太后为自己撑腰，恃宠而骄，“后挟章献势，颇骄，后宫为章献所禁遏，希得进”❶。宋仁宗看着母亲的面子，也要让她三分。但宋仁宗根本不喜欢郭氏，明道二年，章献太后寿终正寝，仁宗独掌朝政，在后宫始得自由纵意，“章献崩，上稍自纵”❷，但很久以来，郭氏依仗刘太后在后宫中专横跋扈，在刘太后去世之后，她根本没有意识到自己已经失去了依仗，皇后的地位极有可能会在瞬间土崩瓦解。在宋仁宗宠幸杨、尚二美人之时，郭氏心生嫉妒，无容人之雅量。以至于后妃纷争起于内宫，郭氏最终为自己招致了废后之祸，这一经过《宋史》记载的很清楚：

> 天圣二年，立为皇后。初，帝宠张美人，欲以为后，章献太后难之，后既立，而颇见疏。其后，尚美人、杨美人俱幸，数与后忿争。一日，尚氏于上前有侵后语，后不胜忿，批其颊。上自起救之。误批上颈，上大怒，入内都知阎文应因与上谋废后，且劝帝以爪痕示执政，上以示吕夷简，且告之。故夷简亦以前罢相怨后，乃曰：“古亦有之”，后遂废。❸

仁宗废后，表面上看似是郭皇后因心怀嫉妒，与其他妃嫔争宠，导致她误伤了龙体，实则潜藏着深层政治原因。郭氏之所以为后，完全是刘太后一手操纵，仁宗实则心怀不满，但由于大权掌握在母亲手里而不能反抗。在刘太后执政的时期内，仁宗在政治与个人生活上皆备受压制，不得自由。当仁宗亲政之时，其废后之举实则是对刘太后专政的一种主观排斥，是宋仁宗与刘太后矛盾的表现。废后之事，起于仁宗，而内侍阎文应与吕夷简起到了推波助澜的作用。吕夷简曾因郭氏一言而罢相，对其怀恨在心。仁宗起废后之意，吕夷简借助此事报复郭皇后，极力赞成废后之事。“范讽方与夷简相结，讽乘间言‘后立九年无子当废’。”❹ 但此次废后之举遭到了一批士大夫的坚决反对。为了不使废后之事引起轩然大波，“夷简先敕有司无得受台谏章疏，乙卯诏称皇后以无子愿入道，特封为净

---

❶ ［宋］李焘：《续资治通鉴长编》卷一百二，上海：上海古籍出版社，影印本，第909页。
❷ ［宋］李焘：《续资治通鉴长编》卷一百十三，上海：上海古籍出版社，影印本，第1016页。
❸ ［元］脱脱：《宋史》卷二百四十二，北京：中华书局，1985年，第8619页。
❹ ［宋］李焘：《续资治通鉴长编》卷一百十三，上海：上海古籍出版社，第1016页。

妃玉京冲妙仙师，赐名清悟，别居长宁宫。台谏章疏果不得入”❶，即使如此，个性耿直、恪守礼教的范仲淹等人仍极力反对此事。《续资治通鉴长编》载：

> 仲淹即与权御史中丞孔道辅率知谏院孙祖德、侍御史蒋堂、郭劝、杨偕、马绛，殿中侍御史段少连、左正言宋郊、右正言刘涣，诣垂拱殿门伏奏，愿赐对以尽其言。获殿门者合扉不为通。道辅抚铜环大呼，寻有诏。宰相召台谏，谕以皇后当废状。道辅等悉诣中书，语夷简曰：‘人臣之于帝后，犹子事父母也，父母不和，固宜谏止，奈何顺父出母乎?’众哗然争致其说。夷简不能答，拱立曰：‘诸君更自见上，力陈之。’道辅与仲淹等退，将以明日留百官揖宰相廷争。而夷简即奏，台谏伏阁请对非太平美事。❷

之后，由于此次殿门伏奏之举，范仲淹被贬出知睦州，孔道辅出知泰州，孙祖德等各罚铜二十斤。并规定“谏官御史，自今并须密具章疏，毋得相率请对，骇动中外”❸，其后，富弼、段少连上疏，皆不报。在此次废后事件中，吕夷简取得了暂时的胜利，他凭借着宋仁宗的支持而驱逐了与他政见相左的谏官。这场废后的争斗，表面上只涉及废后问题，但实则是吕、范两大政治集团的首次直接交锋。

（二）庆历党争的开端——范仲淹上《百官图》

仁宗景祐元年（1034 年）冬十月，因谏废后事被贬至睦州的范仲淹复召入京，除礼部员外郎、天章阁待制、判国子监寻权知开封府。景祐三年（1036 年），“范仲淹以吕夷简执政，进用多出其门，上《百官图》指其次第曰：‘如此为序迁，如此为不次，如此则公，如此则私。况进退近臣凡超格者。不宜全委之。’宰相夷简不悦。他日，论建都之事，仲淹进曰：‘洛阳险固，而汴为四战之地，太平宜居汴，即有事必居洛阳。当渐广储蓄、缮宫室。’帝以问夷简。夷简对曰：‘仲淹迂阔，务名无实’”❹。吕夷

---

❶ ［宋］李焘：《续资治通鉴长编》卷一百十三，上海：上海古籍出版社，影印本，第 1016 页。

❷ ［宋］李焘：《续资治通鉴长编》卷一百十三，上海：上海古籍出版社，影印本，第 1016 页。

❸ ［宋］李焘：《续资治通鉴长编》卷一百十三，上海：上海古籍出版社，影印本，第 1016 页。

❹ ［元］脱脱：《宋史》卷三百一十四，北京：中华书局，1985 年，第 10268 页。

简因范仲淹指责其用人唯亲而不悦，在论建都之事时，斥责范仲淹迂阔。范仲淹则引汉成帝宠信张禹而导致新莽之祸的旧事，暗示吕夷简就是破坏仁宗家法的佞臣。吕夷简大怒，“诉仲淹越职言事，离间君臣，引用朋党”❶，范仲淹被贬至饶州。这次范仲淹的被贬，立即引来了范仲淹集团成员的集体上疏，“集贤校理余靖上言，仲淹以讥刺大臣，重加谴谪，倘其言未合圣虑，在陛下听与不听耳，安可以为罪乎？……自新政以来，屡逐言事者，恐钳天下口，请改前命”❷。疏入，落职监筠州酒税。“馆阁校勘尹洙上疏曰：‘仲淹忠谅有素，臣与之谊兼师友，则是仲淹之党也。今仲淹以朋党被罪，臣不可苟免。”❸ 夷简怒，斥监郢州酒税，寻改唐州。“馆阁校勘欧阳修，贻书责司谏高若讷曰：‘仲淹以非辜逐，君不能辨，犹以面目见士大夫出入朝中，是不复知人间有羞耻事。’若讷怒上其书。”❹ 欧阳修被贬为夷陵令。范仲淹集团中的成员悉数被贬。“馆阁校勘蔡襄作《四贤一不肖》诗以誉仲淹、靖、洙、修而讥若讷。都人士相传写鬻书者，市之得厚利。契丹使适至买以归，张于幽州馆。”❺ 目的是为范仲淹集团成员开罪，然而，吕夷简集团成员立刻反扑，“御史韩缜希夷简旨，请以仲淹朋党谤朝堂，戒百官越职言事者”❻，范仲淹集团也不示弱，苏舜钦上书言：“近日诏书戒越职言事，播告四方，无不惊惑。……陛下即位以来，屡诏群下，勤求直言，…设直言极谏科，今诏书顿异，……进贤宰相之事，蔽君自任，未或不亡。今谏官、御史，悉出其门。但希旨意，即获美官，多士盈庭，噤不得语。陛下拱默，何由尽闻天下之事乎？前孔道辅、范仲淹刚直不挠，致位台谏，虽改他官，不忘献纳。二臣者非不知缄口数年，坐得卿辅，盖不敢负陛下委注之意，皆罹中伤，窜谪而去，使正臣夺气、鲠士咋舌，目睹时弊，口不敢论。”❼ 苏舜钦所言“今谏官、御史，悉出其门”指的就是吕夷简。但苏舜钦的此次上疏并未能使范仲淹立刻回到朝中来，范仲淹被贬外任，至景祐四年（1037年）开始，这种局面才有所

❶ ［元］脱脱：《宋史》卷三百一十四，北京：中华书局，1985年，第10268页。
❷ ［明］陈邦瞻：《宋史纪事本末》卷二十九，北京：中华书局，1977年，第232页。
❸ ［明］陈邦瞻：《宋史纪事本末》卷二十九，北京：中华书局，1977年，第232页。
❹ ［明］陈邦瞻：《宋史纪事本末》卷二十九，北京：中华书局，1977年，第232页。
❺ ［明］陈邦瞻：《宋史纪事本末》卷二十九，北京：中华书局，1977年，第232页。
❻ ［明］陈邦瞻：《宋史纪事本末》卷二十九，北京：中华书局，1977年，第232页。
❼ ［明］陈邦瞻：《宋史纪事本末》卷二十九，北京：中华书局，1977年，第232～233页。

缓解。景祐四年十二月，发生地震，叶清臣上奏言："范仲淹余靖以言事被黜，天下之人咂舌，不敢议朝政者二年，愿陛下深自咎责详。延忠直敢言之士。"❶ 宝元（1038年）元年，苏舜钦又上疏，认为现任御史谏官多为平庸无能之辈，皆出自辅臣引拔，建议仁宗"亲择之，不令出执政门下"❷，仁宗皇帝采纳了他的建议，并在同年十月"诏戒百官朋党"❸，范仲淹徙润州，然而，吕夷简集团的成员惧怕范仲淹恢复官职，又在仁宗面前进谗言，诋毁范仲淹曾密请立皇太弟，仁宗大怒，欲将范仲淹贬至岭南，而朝中为范仲淹开释者甚众，仁宗以此为"朋党"之患，下诏戒之，程琳、李若谷等人皆言范仲淹被小人诬陷，仁宗之怒才稍加平复，然而，程琳等人之举惹怒了吕夷简集团的成员，张士逊故意设计陷害孔道辅，将其与程琳等人一并贬黜出京。直至康定（1040年）元年春正月，惊现日食，仁宗惶恐，加之此时，仁宗也迫切需要重新启用范仲淹主持西北边事。富弼适时上言，"应天变莫若通下情"，于是"帝然之，于是尽除越职言事之禁诏，中外臣庶，极言朝政阙失"❹。此时，范仲淹才得以平反。通过以上事实的陈述，可见，从景祐元年（1034年）至康定元年（1040年）这一段时期内，吕、范两大政治集团的交锋已经非常明显。

（三）范仲淹集团的短暂胜利——庆历新政的提出

康定元年（1040年）正月，西夏元昊对宋朝发动了大规模的军事行动。宋军在三川口（今陕西延安市）大败，主将被俘。二月，韩琦临危受命，官拜陕西安抚使。上任后，就向朝廷推荐范仲淹到前线主持战事。三月，宋仁宗恢复范仲淹天章阁待制之职，知永兴军，未等到任，改任陕西都转运使，到达西北前线指挥与西夏的战争。范仲淹主持边事，深得宋仁宗的信赖，庆历元年（1041年）十一月，范仲淹上疏论《攻守二议》，对自己的军事思想详加阐述。仁宗基本采纳了范仲淹的主张，西北防御之势也大为改观。由于范仲淹在西北战事中接连取得胜利，形势大好，仁宗对其也信任有加，至此，范仲淹集团的成员又重新得到了仁宗的重用。庆历三年（1043年）三月，"增置谏官以欧阳修、王素、蔡襄知谏院，余靖为

---

❶ ［明］陈邦瞻：《宋史纪事本末》卷二十九，北京：中华书局，1977年，第233～234页。
❷ ［明］陈邦瞻：《宋史纪事本末》卷二十九，北京：中华书局，1977年，第235页。
❸ ［明］陈邦瞻：《宋史纪事本末》卷二十九，北京：中华书局，1977年，第235页。
❹ ［明］陈邦瞻：《宋史纪事本末》卷二十九，北京：中华书局，1977年，第236页。

右正言”[1]。欧阳修上《朋党论》言“小人无朋，而君子有之”，提出“君子之党”存在的合理性，并为之正名，说明两大集团内部已有“朋党”之概念。四月，仁宗以夏竦为枢密使，并召范仲淹回京，与韩琦同任枢密副使。夏竦为人奸险，是吕夷简集团的核心人物之一，他出任枢密使一职，范仲淹集团成员皆认为不妥，“谏官欧阳修、蔡襄等交章，论竦在陕西，畏懦不肯尽力，兼之挟诈任数奸邪倾险。陛下孜孜政事，首用怀诈不忠之臣，何以求治？”“竦经略西师，无功而归，今置诸二府何以厉世？”[2] 因此，夏竦至京被罢，贬至亳州，仁宗任用杜衍为枢密使。对于此举蔡襄赞曰：“陛下罢竦而用琦、仲淹。士大夫贺于朝，庶民歌于路，至饮酒叫号以为欢，且退一邪进一贤，岂能关天下轻重哉？盖一邪退则其类退，一贤进则其类进，众邪并退，众贤并进，海内有不泰乎？”[3] 石介也欣喜地写诗赞美范仲淹集团成员皆被重用。这一点说明在范仲淹集团内部有君子之党的概念，并希望仁宗任用群贤，屏退群佞。继夏竦之后，吕夷简也被范仲淹集团成员举劾，庆历四年（1044 年）三月，叶清臣言：“陛下欲息奔竞，此系中书，若宰相裁抑奔竞之流，则风俗惇厚，人知止足，宰相用憸佞之士，则贪荣冒进……台谏官为天子耳目，今则不然，尽为宰相肘腋。宰相所恶，则掊以微瑕，公行击搏。宰相所善，则从而倡和，为之先容。中书政令不平，赏罚不当，则箝口结舌，未尝敢言。”[4] 五月，孙沔言：“自夷简当国，黜忠言，废直道。及以使相出镇许昌，乃荐王随、陈尧叟代己，才庸负重，谋议不协，忿争中堂，取笑多士，政事寝废。又以张士逊冠台席，士逊本乏远识，致隳国事。盖夷简不进贤为社稷远图，但引不若己者为自固之计，欲使陛下知辅相之位非己不可。”[5] 吕夷简罢陕西转运使。本年八月，仁宗任命范仲淹为参知政事，此职位在宋朝相当于副宰相，辅佐宰相治国。仁宗此时也期待范仲淹能在中央有所作为。《九朝编年备要》载：“上既擢范仲淹、韩琦、富弼等，每进见，必以太平责之，数令条奏当世之务。仲淹语人曰：‘上用我至矣，然事有后先，且革弊于

[1] ［明］陈邦瞻：《宋史纪事本末》卷二十九，北京：中华书局，1977 年，第 236 页。
[2] ［明］陈邦瞻：《宋史纪事本末》卷二十九，北京：中华书局，1977 年，第 238 页。
[3] ［明］陈邦瞻：《宋史纪事本末》卷二十九，北京：中华书局，1977 年，第 239 页。
[4] ［明］陈邦瞻：《宋史纪事本末》卷二十九，北京：中华书局，1977 年，第 238 页。
[5] ［明］陈邦瞻：《宋史纪事本末》卷二十九，北京：中华书局，1977 年，第 241 页。

久安，非朝夕可能也。’上再赐手诏复曰：‘比以中外人望，不次用卿等，今琦暂往陕西，仲淹、弼宜与宰臣章得象尽心事国，毋或有所顾避。其当世急务有可建明者，悉为朕陈之。’既又开天章阁，召对赐坐，给笔札使疏于前。”仁宗求变心切，对范仲淹等人寄予厚望，庆历三年（1043年）九月，范仲淹上《答手诏条陈十事》，富弼上当世之务十余条及安边十三策。庆历新政也由此拉开大幕。至此，范仲淹集团在党争之中取得了短暂的胜利。

（四）吕夷简集团的反扑与庆历新政的失败

范仲淹在庆历新政之中提出的仁宗朝需要变革的“十事”，前五条为“明黜陟”“抑侥幸”“精贡举”“择官长”“均公田”，属于澄清吏治，建立一支廉洁、高效的官僚干部队伍。中间三条“厚农桑”“修武备”“推恩信”属于富国强兵的问题，最后两项“重命令”“减徭役”则是实施各项措施的保证。新政针对仁宗时期出现的冗员、冗兵、冗费等问题，主张除弊，改革积习，达到富国强兵的最终目的。这一改革触动了大地主、大官僚阶级的利益，尤其是对吕夷简集团的成员触动很大，他们反扑而来，在皇帝面前诋毁范仲淹集团的成员。范仲淹等人虽“日夜谋虑”安邦富民之策，然而“更张无渐，规模阔大。论者籍籍以为难行，及按察使出多所举劾，众心不悦，任子之恩薄，磨勘之法密，侥幸者不便，由是谤毁寖盛，而朋党之论滋不可解”❶。曾被范仲淹集团举劾的夏竦，“怨介（石介）斥己，又欲因以倾弼等，乃使女奴阴习介书，久之，习成，遂改伊周为伊霍，且伪作介为弼撰废立诏草，飞语上闻，帝虽不信，而弼与仲淹恐惧不自安”❷，反对派诋毁范仲淹集团成员的手段十分阴险毒辣。庆历四年（1044年）六月，范仲淹以参知政事出任陕西河东宣抚使。之后，御史中丞王拱辰制造“进奏案”举劾范仲淹集团中的苏舜钦、王益柔等人，苏舜钦在这一案件中被贬为庶民，王益柔则险些丢掉性命。而反对派制造这一案件的初衷是“盖欲因益柔以累仲淹也”。范仲淹因此事“奏乞罢政事”，章得象却借此事向宋仁宗进谗言：“仲淹素有虚名，仅一请遽罢，恐天下谓陛下轻黜贤臣，不若且赐不允。若有谢表，则是挟诈要君，乃可罢也。”

---

❶ ［明］陈邦瞻：《宋史纪事本末》卷二十九，北京：中华书局，1977年，第245页。

❷ ［明］陈邦瞻：《宋史纪事本末》卷二十九，北京：中华书局，1977年，第245页。

之后，范仲淹依照常例果上谢表。“上愈信得象言。”[1] 庆历四年（1044年）年十一月，仁宗下诏：“朕闻至治之世，元凯共朝，不为朋党，君明臣哲，垂荣亡极，朕昃食厉志，庶几治古。而人务交游，家为激讦，更相附离，以沽声誉。至阴招贿赂，阳托荐贤，又按察将命者，恣为苛刻，属文之人，类亡体要，自今委中书、门下、御史台采察以闻。”[2] 这道诏书显然是针对一直有“朋党”之嫌的范仲淹所下。庆历五年（1045 年），范仲淹被罢免陕西四路安抚使之职，改知邓州，真正被排挤出仁宗朝政治中心。而同为范仲淹集团的成员也相继被贬出京，枢密副史富弼知郓州，枢密使杜衍知兖州，枢密副史韩琦上书论富弼等不能罢，即罢韩琦知扬州，至此，在反对派的强烈反扑之下，风云一时的庆历新政彻底宣告失败。

二、庆历党争中词作者的命运

仁宗词坛的主导力量以上层官僚为主，在仁宗朝这场规模宏大的政治风波中，多数的词作者都被牵扯其中，或以文字得罪抑郁而终，或被贬谪出京遭受颠沛流离之苦。其中牵扯到词作者且最为著名的案件就是苏舜钦、王益柔等人的“进奏案”。魏泰《东轩笔录》中载此事：

> 京师百司库务，每年春秋赛神，各以本司余物贸易，以具酒馔，至时，吏史列坐，合乐终日。庆历中，苏舜钦提举进奏院，至秋赛，承例货拆封纸以充。舜钦欲因其举乐，而召馆阁同舍，遂自以十金助席，预会之客，亦醵金有差。酒酣，命去优伶，却吏史，而更召两军女伎。先是，洪州人太子中舍李定预醵厕会，而舜钦不纳，定嫌之，遂腾谤于都下。既而御史刘元瑜有所希合，弹奏其事，事下右军穷治。舜钦以监主自盗论，削籍为民，坐客皆斥逐。[3]

这件事情表面上看似十分单纯，是因作乐不当而被贬，但此事背后其实隐藏着深刻的政治斗争。在庆历新政开始之前，范仲淹因举劾吕夷简，

[1] ［明］陈邦瞻：《宋史纪事本末》卷二十九，北京：中华书局，1977 年，第 247 页。
[2] ［元］佚名：《宋史全文》卷八下，清四库全书文渊阁本。
[3] ［宋］魏泰：《东轩笔录》卷四，北京：中华书局，1983 年，第 41 页。

被贬饶州。苏舜钦于景祐三年（1036年）和宝元元年（1038年）两次上疏，皆言吕夷简用人之弊，钦佩范仲淹等人的刚正耿直，加之，苏舜钦在庆历新政时期，与范仲淹同在朝中，并身为宰相杜衍的女婿，他自然被吕夷简集团视为政敌。王益柔其人“伉直尚气，喜论天下事”，又在庆历中，仁宗下诏戒敕朋党，王益柔上书论辩，言语切直。在范仲淹被贬之时，他积极支持范仲淹集团成员尹洙[1]，被反对派视为政敌。所以，反对派打击其二人，其目的在《宋史·王拱辰传》说得很清楚：“苏舜钦会宾客于进奏院，王益柔醉作《傲歌》拱辰风其僚鲁周询、刘元瑜举劾之。两人既窜废，同席者俱逐。时杜衍、范仲淹为政。多所更张，拱辰之党不便。舜钦、益柔皆仲淹所荐，而舜钦，衍婿也。故因是倾之。”[2] 王拱辰故意抓住苏舜钦与王益柔二人的把柄，目的是意欲借此扳倒执政的杜衍与范仲淹。此案使苏舜钦被削职为平民，年仅四十一岁就抑郁而终，而王益柔差点因此案丢掉性命，“参政贾昌朝阴主之，张方平、宋祁、王拱辰，攻排不遗力，至列状言，益柔罪当诛”，后因韩琦为其说情，才免于死罪。“同席被斥者十余人，皆知名之士”[3]“拱辰喜曰：‘吾一网打尽矣’”。范仲淹、杜衍在案发后，心绪不宁，“衍（杜衍）亦见不为人所容，数求去，…仲淹不自安，奏乞罢政事”[4]。此事也直接导致了庆历新政的最终失败。此案牵扯之人，存词虽很少，但苏舜钦在被贬之后写的一首《水调歌头》，足以证明此次党争事件对其创作的影响。苏舜钦在青年时期，胸怀大志，胆识超群，他希望“出手洗乾坤”[5]，志在“奋舌说利害，以救民膏肓”，立志

---

[1] ［元］脱脱：《宋史》卷二百八十六：“（尹洙）与刘沪争城水洛事，自泾原贬庆州，益柔讼之曰：‘水洛一障耳，不足以拒贼。沪裨将，洙为将军，以天子命呼之不至，戮之不为过，顾不敢专执之以听命，是洙不伸将军之职而上尊朝廷。未见其有罪也。’……范仲淹未识面，以馆阁荐之，除集贤校理。”北京：中华书局，1985年，第9634页。

[2] ［元］脱脱：《宋史》卷三百一十八，北京：中华书局，1985年，第10360页。

[3] ［宋］李焘：《续资治通鉴长编》卷一百五十三：包括：“工部员外郎、直龙图阁兼天章阁侍讲、史馆检讨王洙落侍讲、检讨知濠州；太常博士、集贤校理刁约通判海州；殿中丞集贤校理江休复监蔡州税；殿中丞集贤校理王益柔监复州税、并落校理；太常博士周延隽为秘书丞；太常丞集贤校理章岷通判江州；著作郎、直集贤院同修起居注吕溱知楚州；殿中丞周延让监宿州税；校书郎、馆阁校勘宋敏求签书集庆军节度判官事；将作监丞徐绶监汝州叶县税。”上海：上海古籍出版社，影印本，第1419页。

[4] ［明］陈邦瞻：《宋史纪事本末》卷二十九，北京：中华书局，1977年，第247页。

[5] ［宋］苏舜钦：《夏热昼寝感咏》，《苏舜钦集》卷四，上海：上海古籍出版社，1981年，第38页。

成就一番惊天动地的大事业，以“功勋入丹青，名迹万世香”❶，可以名垂千古。在被贬之前，他积极参与时政，建言革新，并敢言人之所不敢言，他为官一方，“所至皆有善政”❷，但他还未来得及施展胸中的才华与抱负，就被反对派举劾，含冤饮恨，削职为民。虽然在此事过后，苏舜钦来到苏州，发现一块草木繁茂的弃地，便将其买下，加以修葺，在水旁筑亭，名为“沧浪”。又作《沧浪亭记》：“予时榜小舟，幅巾以往。至则洒然忘其归。觞而浩歌，踞而仰啸，野老不至，鱼鸟共乐。形骸既适。则神不烦；观听无邪，则道以明。返思向之汩汩荣辱之场，日与锱铢利害相磨戛，隔此真趣，不亦鄙哉。”❸ 在这篇文章中苏舜钦看似洒脱淡泊，有归隐之志，但仅以此做自我安慰，实则胸怀愁闷，他自言自己过着“溧然江海之上，出则鬼揶揄而见笑，居则鹏闲暇以相窥，不及虫鼠之生，仅与草木为伍”❹的生活，时而“莽不知所为，大叫欲发狂”❺，他所写作的《水调歌头》一词，也抒发了愤懑的心绪：

> 潇洒太湖岸，淡伫洞庭山。鱼龙隐处，烟雾深锁渺弥间。方念陶朱张翰，忽有扁舟急桨，撇浪载鲈还。落日暴风雨，归路绕汀湾。　丈夫志，当景盛，耻疏闲。壮年何事憔悴，华发改朱颜。拟借寒潭垂钓，又恐鸥鸟相猜，不肯傍青纶。刺棹穿芦荻，无语看波澜。

此词上阕描绘湖光山色之美，但此词并非是一首抒写潇洒隐逸之情的归隐之作，而是一篇明志的作品，虽言“潇洒”，实则满怀幽怨，虽言湖光山色之美，却不能阻止“落日暴风雨”的侵袭。虽然词中用了“陶朱”“张翰”之典，似写隐逸超脱之情，但换头又明言：“丈夫志，当景盛，耻

---

❶ ［宋］苏舜钦：《舟中感怀寄馆中诸君》，《苏舜钦集》卷一，上海：上海古籍出版社，1981年，第11页。

❷ ［宋］欧阳修：《湖州长史苏君墓志铭》，《欧阳修全集》居士集卷三十一，北京：中华书局，2001年，第221页。

❸ ［宋］苏舜钦：《沧浪亭记》，《苏舜钦集》卷十三，上海：上海古籍出版社，1981年，第157页。

❹ ［宋］苏舜钦：《上执政启》，《苏舜钦集》卷十，上海：上海古籍出版社，1981年，第144页。

❺ ［宋］苏舜钦：《舟中感怀寄馆中诸君》，《苏舜钦集》卷一，上海：上海古籍出版社，1981年，第11页。

疏闲”，苏舜钦虽然被贬为平民，但心中并未放弃自己的政治理想，他相信“剑埋犹有气，蠖屈尚能伸”[1]，并时时提醒自己“休使壮心催”[2]，而此句“丈夫志，耻疏闲”正是表达了类似的理想。词的下片寄托着很深的政治感慨，魏泰《东轩笔录》卷十五载“寒潭”一句本事云：“苏子美谪居吴中，欲游丹阳，潘师旦深不欲其来，宣言于人欲拒之。子美作《水调歌头》有‘拟借寒潭垂钓，又恐鸥鸟相猜。不肯傍青纶’之句。盖谓是也。”然而，结合庆历党争之中苏舜钦的政治遭际，此句表达的情感似乎并非仅仅是“欲去游玩，却遭人拒绝”这么简单，而是包含着欲求自由而不得，欲求信任而不能的悲哀，词人对人生与政治充满怀疑，生活极为坎坷无奈，却不肯放弃自尊而屈从朝中的奸邪势力，这份志气的背后又深藏着无尽的悲哀。“刺棹穿芦荻，无语看波澜”，其中绝没有归隐的洒脱闲适与尽享湖光山色的超然，表达的是一种深刻的凄凉与无奈。他写给欧阳修的信中云：“愤懑之气不能自平，时复嵘泫于胸中，一夕三起，茫然天地间无所赴诉。天子仁圣，必不容奸吏之如此，但举期无一言以辨之，此可悲也！”[3] 正可作为此句最恰当的注释。尹洙还有一首同调和词，安慰苏舜钦抛弃名缰利锁，享尽湖光山色。这两首词的存在也足以证明，庆历党争牵扯了很多文士，并且，此次政治事件对他们的创作产生了较大影响。

除苏舜钦、王益柔之外，很多词作者或为吕夷简集团的成员，或为范仲淹集团的成员，在这次党争之中，皆有贬谪经历。夏竦因在宋与西夏的战争中无功而返，被范仲淹集团举劾，被贬至亳州；范仲淹前后三次被贬；晏殊被蔡襄弹劾，被贬至颍州；尹洙因自言与范仲淹兼师友，范仲淹被贬至饶州时，尹洙亦获罪，被贬为崇信军节度掌书记，监郢州酒税；欧阳修因指斥高若讷身为谏官而不行谏官之责被贬至夷陵。庆历中又因支持范仲淹，被反对派诬陷，贬至滁州；韩琦庆历新政失败后，罢枢密副使一职，贬至扬州，等等。可见，庆历党争对词作者的政治生活影响是很大的，也由此影响了其心态与创作。

---

[1] ［宋］苏舜钦：《寒夜十六韵答子履见寄》，《苏舜钦集》卷八，上海：上海古籍出版社，1981年，第90页。

[2] ［宋］苏舜钦：《淮亭小饮》，《苏舜钦集》卷七，上海：上海古籍出版社，1981年，第76页。

[3] ［宋］苏舜钦：《与欧阳公书》，《苏舜钦集》拾遗，上海：上海古籍出版社，1981年，第220页。

第二节　庆历党争对词人影响的个案分析

庆历党争从景祐年间开始，至庆历年间结束，在开始前已经有征兆，在结束后的多年之中，仍有余波。这是仁宗朝最为重大的政治事件之一，牵扯人员众多，而这些人又多为上层官僚，皆为著名一时的文士。这一剧烈、庞大且持续时间极长的政治运动，必然会对身处政治风波中的词作者产生影响。本节以存词较多，且被卷入这场政治运动之中，处于风口浪尖上的人物晏殊、欧阳修、范仲淹，还有虽未亲身经历这场政治斗争，但其人生经历、仕途经历也受到这场风波影响的柳永为对象，讨论此次政治风波对他们心态及创作的影响。

一、晏殊

庆历党争之中，范仲淹集团的核心人员皆与晏殊有着密切的关系。范仲淹曾受晏殊的举荐，天圣六年（1028 年），晏殊推荐范仲淹为秘阁校理；欧阳修天圣五年礼部考试落第，天圣八年（1030 年），晏殊知礼部贡举，举欧阳修为第一；而富弼更是晏殊的女婿。但是，晏殊本人却不是范仲淹集团内部成员，而且，在这场政治风波中也一直保持着理性的中立态度。这一点从以下几件事情中可以看出：

其一，欧阳修被贬事件。

晏殊庆历三年入相，但他在吕夷简集团与范仲淹集团之间，始终保持着圆滑中立的态度。而欧阳修则是范仲淹集团的中坚力量，吕夷简集团污蔑范仲淹集团结党营私，“内侍蓝元震上疏言，范仲淹、欧阳修、尹洙、余靖，前日蔡襄谓之‘四贤’，…四人得时，遂引蔡襄以为同列，以国家爵禄为私”“（夏竦）目衍、仲淹及修为‘党人’”❶，保守派想方设法要将欧阳修等人排挤出朝廷，欧阳修被调离知谏院，外任河北都转运使。谏官蔡襄上书留修，认为“念事有重轻，度才而处，才有长短，适用为宜，朝

❶ ［宋］李焘：《续资治通鉴长编》卷一百四十八，上海：上海古籍出版社，影印本，第 1366 ~ 1367 页。

廷安危之论，系于天下则为重；河北金谷之司，系于一方则为轻。修之资性，善于议论，乃其所长，至于金谷出入之计，勤干之吏则能为之，任修于河北而去朝廷，于修之才则失其所长，于朝廷之体则轻其重”❶。无论从朝廷的需要出发，还是从欧阳修本人的性格考虑，欧阳修都适合继续留任知谏院，而非外任河北。但晏殊此时为宰相，他的态度却是“不许”❷欧阳修继续留任。而在此之前，晏殊与欧阳修就曾经发生过矛盾，胡仔《苕溪渔隐丛话》卷二十六引《隐居诗话》：

> 晏元献殊作枢密使。一日雪中退朝，客次有二客，乃欧阳学士修、陆学士经。元献喜曰：“雪中诗人见过，不可不饮也。”因置酒共赏，即席赋诗。是时西师未解，欧阳修句有“主人与国共休戚，不惟喜乐将丰登。须怜铁甲冷彻骨，四十馀万屯边兵。”元献怏然不悦。尝语人曰：“裴度也曾燕客，韩愈也会做文章，但言园林穷胜事、钟鼓乐清诗，却不曾恁地作闹。”❸

上述欧阳修的四句诗，出自其《晏太尉西园和雪歌》，宋庆元二年（1196 年）周必大刻《欧阳文忠公集》《四部丛刊》影印元代刻本《欧阳文忠公集》皆注此诗为庆历元年（1041 年）作，那么，此事应发生在庆历元年。康定元年（1040 年），西夏元昊率兵侵略延州。晏殊被任命为枢密使，枢密使是北宋朝最高军事长官，此时，晏殊任此职，首要职责应为国家解除边患之忧。庆历元年，西夏尚未退兵，边患之忧仍然存在。而冬日下雪，晏殊招客饮酒赋诗，娱宾遣兴。性格耿介的欧阳修直言批评晏殊，在诗中明确指出：身为全国最高军事统领的晏殊，不念及冬日里，那四十余万挨饿受冻、驻守边关的战士，而是只顾着自己玩赏雪景，对酒赋诗，追求享乐。晏殊对此当然极为不满，他觉得裴度、韩愈等人在诗酒筵席上，只言园林游乐之事，并没有人写扫兴的讽谏诗。在这件事上，欧阳修做到了重国家、轻私欲，重忠义、轻情意，却使晏殊感到极为尴尬。而之后晏殊虽荐欧阳修为谏官，但在欧阳修被贬出京之事上，他却支持了吕

---

❶［明］黄淮、杨士奇：《历代名臣奏议》卷一百三十二，上海：上海古籍出版社，影印本，第 1743 页。

❷［宋］李焘：《续资治通鉴长编》卷一百五十二，上海：上海古籍出版社，影印本，第 1412 页。

❸［宋］胡仔：《苕溪渔隐丛话前集》卷二十六，北京：人民文学出版社，1962 年，第 176 页。

夷简集团。于是，蔡襄的怨怼不平之气便转而朝向晏殊，上书弹劾晏殊，揭露其“尝被诏志章懿墓，没而不言。又奏论殊役官兵治僦舍以规利”[1]，所言两件事，前一件事情认为晏殊为仁宗生母李宸妃作墓志铭时，未明言仁宗是其所生。其实，此事并非晏殊之过，晏殊为李宸妃做墓志铭之时，正当仁宗养母刘太后当朝执政，为了不触怒刘太后，他为李宸妃撰写墓志铭当然不敢明言仁宗非刘氏亲生。后一件事情揭露晏殊做枢密史时，擅自动用官兵整修房屋，用于租赁，从中获取私利。庆历四年（1044 年），晏殊罢相。

其二，富弼出使契丹事件。

富弼“少笃学，有大度”，被范仲淹赏识，正值晏殊为其女择婿，“晏元献判南京，范希文以大理寺丞丁忧，权掌西监，一日，晏谓范曰：‘吾一女及笄，仗君为我择婿。’范曰：‘监中有二举子，富皋、张为善，皆有文行，他日皆至卿辅，并可婿也。’晏曰：‘然则孰优？’范曰：‘富修谨，张疏俊。’晏曰：‘唯。’即取富皋为婿，皋后改名，即丞相郑国富公弼也”[2]。晏殊亲自选择富弼为婿，他本人对富弼也十分欣赏。《珍席访谈》载：“富文忠、杨隐甫，皆晏元献婿也。公在二府，二人已升贵仕。富每诣谒，则书室中会话竟日，家膳而去。杨或来见，坐堂上置酒，从容出姬侍、奏弦管、按歌舞以相娱乐。人以是知公之待二婿之重轻也。二婿之功名年位，亦自不相伦矣。”[3] 晏殊认为富弼是辅国之臣，可以委以重任，并乐于与其探讨国事。虽然晏殊与富弼关系密切，且富弼能官至枢密副使一职，也与晏殊有着密不可分的关系。但是，在庆历党争之时，晏殊却没有站在富弼一方。庆历二年（1042 年）富弼与吕夷简发生矛盾，《宋史·富弼传》载：“（富弼）为知制诰，纠察在京刑狱，堂吏有伪为僧牒者，开封不敢治。弼白执政，请以吏付狱。吕夷简不悦。”富弼在知制诰任上，纠察堂吏，得罪了吕夷简。而当时正值契丹大兵压境，“会契丹屯兵境上，遣其臣萧英、刘六符来求关南地。朝廷择报聘者，皆以其情叵测，莫敢行。夷简因是荐弼，欧阳修引颜真卿使李希烈事，请留之，不报。弼即入

---

[1] ［宋］李焘：《续资治通鉴长编》卷一百五十二，上海：上海古籍出版社，影印本，第 1412 页。

[2] ［宋］魏泰：《东轩笔录》卷十四，北京：中华书局，1983 年，第 161 页。

[3] ［宋］高晦叟：《珍席放谈》卷下，《全宋笔记·第三编·一》，郑州：大象出版社，2008 年，第 187 页。

对，叩头曰：‘主忧臣辱，臣不敢爱其死。’帝为动色”。从这段记载中可以看出，由于宋人不知契丹的真正意图，所以，当时出使契丹是十分危险的。而吕夷简因前事对富弼心怀怨恨，故意向仁宗推荐富弼出使。而为富弼讲情，并希望他留下的，不是其岳丈晏殊，而是欧阳修，欧阳修以唐代颜真卿之事言于仁宗，欲留住富弼。但是，满朝文武，除富弼之外，无人能担当此任，富弼临危受命，大义凛然、毫无惧色地接受了任务。之后，富弼七月出使契丹，“单车入不测之卤，庭诘其君，折其口而服其心，无一语少屈”[1]，避免了北宋同时与西夏、契丹开战，背腹受敌的不利局面，迎来了边境的和平。然而，即便如此，吕夷简仍不肯善罢甘休，他又设计陷害富弼，欲至其于死地。《邵氏闻见录》卷九载：“庆历二年，大辽以重兵压境，泛使刘六符再至，求关南十县之地。虏意不测，在廷之臣无敢行者。富韩公往聘，面折虏之君臣。虏辞屈，增币二十万而和。方富公再使也，受国书及口传之辞于政府。既行，谓其副曰：‘吾为使者而不见国书，万一书辞与口传者异，则吾事败矣。’发书视之，果不同。公弛还，见仁宗具论之。公曰：‘政府故为此，欲置臣于死地。臣死不足惜，奈国命何?’仁宗召吕夷简面问之，夷简从容袖其书曰：‘恐是误，当令改定。’”[2] 此事发生在同年九月，富弼第二次出使契丹之时。国书关系到使者生命及国家利益，身为宰辅的吕夷简肯定不会弄错，他故意将国书调换，真实目的就是要陷害富弼，借他人之手将其置于死地。吕夷简为报私怨，置国家利益而不顾，其心肠之险恶，由此可窥一斑。但是，当时任枢密使的晏殊，对待这件事情的态度，则更让人不解。“仁宗问枢密使晏殊曰：‘如何?’殊曰：‘夷简决不肯如此，真恐误耳。’”吕夷简这一举动很明显是陷害富弼之举，身为富弼岳丈的晏殊不可能不明真相，他却不言吕夷简之奸邪，反而为其讲情。富弼听此言大怒，当着宋仁宗的面，指责自己的岳丈曰：“晏殊奸邪，党吕夷简以欺陛下。”[3] 富弼之所以在皇帝面前斥责自己的长辈，很显然是怒不可遏。可见，晏殊在庆历党争之时，并不支持与其有诸多亲密关系的范仲淹集团。而是刻意不辨是非、毫无原则、保持中立，在两党之间和稀泥。

---

[1] ［宋］吕中：《类编皇朝大事记讲义》卷十二，清文渊阁四库全书本。
[2] ［宋］邵伯温：《邵氏见闻录》卷九，北京：中华书局，1983 年，第 90 页。
[3] ［宋］邵伯温：《邵氏见闻录》卷九，北京：中华书局，1983 年，第 90 页。

其三，苏舜钦进奏案事件。

苏舜钦进奏院一案在上文中已有详细的介绍，这里不再赘述。在这个案件中，吕夷简集团的目的很明显，要借此事将范仲淹集团成员一网打尽，彻底扳倒其政治势力。而当时身为宰辅的晏殊在这件事情上却保持了中立。《宋史・王益柔传》载："时诸人欲遂倾正党，宰相章得象、晏殊不可否。"❶ 其中"正党"，指的就是范仲淹集团。晏殊在反对派决定打击范仲淹集团的时候，保持了中立的态度。

通过以上三件事可以看出，在庆历党争中，晏殊的政治立场决不偏向范仲淹集团。但同时，他也不是吕夷简集团的成员。从以下这件事中就可以看出：

庆历元年（1041 年），西夏派使者于泾原乞和，"仲淹既见延德，察元昊未肯顺事，且无表章，不敢闻于朝廷，乃自为书谕以逆顺"❷，在这封书信之中，范仲淹晓以利害，劝元昊归顺朝廷。然而元昊遣使者回书态度轻慢，"仲淹对使者焚其书，而潜录副本以闻，书凡二十六纸，其不可以闻者二十纸。仲淹悉焚之，余又略加删改"。此书传至朝廷，"大臣皆谓仲淹不当辄与元昊通书，又不当焚"。吕夷简私下对当时同在中书的宋庠言："希文乃擅与元昊书，得其书又焚去不奏，他人敢尔耶？"❸ 宋庠便在朝堂之上，论范仲淹可斩。时为枢密副使的杜衍曰："仲淹本志，盖忠于朝廷，欲招纳叛羌尔，何可深罪。"晏殊也积极营救范仲淹，《后山谈丛》载："范文正公帅鄜延，答元昊书不请。宋元宪请斩，云'度必擅以土地金帛许之。'晏元献、郑文肃请验其书：'仲淹素直，必不隐。'书既上，乃免。"❹ 在此事上，可以看出晏殊并没有站在吕夷简集团一方。而且，庆历年间，吕夷简罢相，接替他的就是晏殊，在晏殊上任之后，立即擢拔欧阳修等人知谏院，一时范仲淹集团成员聚集朝中，"吕夷简罢相。章得象、晏殊、贾昌朝、韩琦、范仲淹、富弼，同时执政。而欧阳修、蔡襄、王素、余靖，并为谏官，夏竦既拜复夺之，以衍（杜衍）代，（石介）因大

---

❶ ［元］脱脱：《宋史》卷二百八十六，北京：中华书局，1985 年，第 9635 页。

❷ ［宋］李焘：《续资治通鉴长编》卷一百三十，上海：上海古籍出版社，影印本，第 1187 页。

❸ ［宋］司马光：《涑水记闻》，清武英殿聚珍版丛书本。

❹ ［宋］陈师道：《后山谈丛》卷三，清文渊阁四库全书本。

喜曰：‘此盛事也’歌颂吾职其可已乎？作《庆历圣德诗》”[1]。可见，范仲淹集团内部成员也未将晏殊列为反对派。

晏殊在庆历党争中的表现可以看出，他是个典型的政客，世故圆滑、明哲保身，没有自己的立场与原则，在吕、范两大对立集团之中周旋，且一直保持着理性的中立态度，扮演着和事佬的角色。晏殊为何在党争之中有如此表现呢？笔者认为原因应如下：

晏殊宦海沉浮多年，早已参透政治斗争中的机关。他认为只有在政治上不激进、不力争，采取中立的态度，不得罪政治斗争中的任何一方，才可以保全自己。晏殊出身寒微，但敏而好学，入仕很早，“公生七岁，知学问，为文章，乡里号为神童”[2]。“张文节荐之，真宗召见，赐出身。”[3]旋擢秘书省正字，从此步入仕途，仁宗朝卒至大用。庆历党争之时，三十五岁的晏殊官拜枢密副使，之后又担任宰相一职。年少时，晏殊以诚实著称于世，真宗召见其试赋，“公（晏殊）徐曰：‘臣尝私为此赋，不敢隐，乞易题。’真宗益欢异之，乃易以他题。”[4]又仁宗朝，“（晏殊）及为官职，时天下无事，许臣僚择胜燕饮。当时侍从文馆士大夫为燕集，以至市楼酒肆，皆供帐为游息之地。公是时贫甚，不能出，独家居与昆弟讲习。一日选东宫官，忽自中批除晏殊。执政莫谕所因。次日进覆，上谕之曰：‘近闻馆阁臣僚，无不嬉游燕赏，弥日继夕，唯殊杜门与兄弟读书。如此谨厚，正可为东宫官。’公既受命得对，上面谕除授之意。公语言质野，则曰：‘臣非不乐燕游者，直以贫，无可为之。臣若有钱，亦须往，但无钱不能出耳。’上益嘉其诚实，知事君体，眷注日深”[5]。晏殊秉性诚实，并且性格狷急。但在庆历党争之前，晏殊已在宦海中磨砺数年，曾身历政治斗争之苦，已深知政治斗争的可怕。江休复《嘉祐杂志》载：“晏相言‘昨知制诰，误宣入禁中，真宗已不豫。’出一纸文字，视之，乃拜除数大臣。奏：‘臣是外制，不敢越职领之。’须臾，召到学士钱惟演。晏奏：‘臣空泄露，乞宿学士院。’翌日麻出，皆非向所见者，深骇之，不敢

---

[1] ［明］陈邦瞻：《宋史纪事本末》卷二十九，北京：中华书局，1977 年，第 239 页。
[2] ［宋］欧阳修：《欧阳修全集》居士集卷二十二，北京：中华书局，2001 年，第 350 页。
[3] ［宋］王辟之：《渑水燕谈录》卷六，北京：中华书局，1981 年，第 71 页。
[4] ［宋］王辟之：《渑水燕谈录》卷六，北京：中华书局，1981 年，第 71 页。
[5] ［宋］彭乘：《墨客挥犀》卷十，北京：中华书局，2002 年，第 398 页。

言。”[1] 在一夜之间，统治者就可以轻易改变主意，政治决议变化之快，使当时只有二十八岁的晏殊始料未及，且深骇之。又晏殊在庆历党争之前，曾触怒权贵而被贬外任。天圣三年（1025 年）十二月，晏殊上疏言张耆不可为枢密史，由此得罪章献太后。张耆是章献太后的恩人，司马光《涑水记闻》卷五载：“章献刘后，本蜀人，善播鼗。蜀人宫（龚）美携之入京。美以鍜银为业，时真宗为皇太子，尹开封，美因锻得见。太子语之曰：‘蜀妇人多才慧，汝为我求一蜀姬。’美因纳后于太子，见之大悦，宠幸专房，太子乳母恶之，太宗尝问乳母：‘太子近日，容貌瘦瘠，左右有何人?’乳母以后对上，命去之。太子不得已，置于殿侍张耆之家，耆避嫌，遂不敢下直。未几，太宗宴驾，太子即帝位，复召入宫。”[2] 张耆对刘太后有恩，刘太后垂帘听政之时，欲擢拔张耆，而晏殊独言不可，触怒了刘太后，次年，晏殊即罢枢密副使，知宋州，后改应天府。晏殊应当在这一系列的事件中，明白了政治斗争风云变幻莫测。在经历了这些事情之后，刚峻简率的晏殊在处事上更为圆融，在政治上也更为圆滑。天圣七年（1029 年）十一月发生的一件事情，能看出晏殊这时候的转变，《宋九朝编年备要》载：“上率以冬正，上皇太后寿于会庆殿，仲淹为秘阁校理，因冬至上寿，奏疏言天子有事亲之道，无为臣之礼，有南面之位，无北面之仪。若奉亲于内，行家人礼，可也。今顾与百官同列，亏君体，损主威，不可为后世法，疏入不报。晏殊初荐仲淹为馆职，闻之大惧，召仲淹，诘以狂率邀名，且将累荐者。仲淹正色抗言曰：‘仲淹缪辱公举。每惧不称为知己羞，不意今日反以忠直获罪门下?’殊不能答。”仁宗为母后做寿，欲亲率领百官对母后行君臣之礼，范仲淹认为此举有损君体，极为不妥，并直言相劝。晏殊听到此事后，因范仲淹是其举荐而极为惶恐，怕范仲淹得罪了执政的刘太后，连累了自己的政治生涯。这表明，在此时晏殊已经失去了原则，已不是一个明辨忠奸、善恶分明、有原则、有操守的政治家了。明道二年（1033 年）三月，章献刘太后薨，仁宗因身旁重臣皆不言其非刘太后亲生而动怒，将其一概贬黜出京。晏殊被贬至亳州。《避暑录话》中的一则记载，可以看出晏殊此时为政的心态：“一日游涡水，见蛙有跃而

---

[1] ［宋］江休复：《嘉祐杂志》，清文渊阁四库全书本。

[2] ［宋］司马光：《涑水记闻》卷五，清武英殿聚珍版丛书本。

登木捕蝉者，既得之，口不能容，乃相与坠地。遂作《蜩蛙赋》略云：'匿蕞质以潜进，跳轻躯而猛噬，虽多口以连获，终扼腕而弗制。'"[1] 此赋虽言蛙，但实则是晏殊自己对政治斗争的总结。他认为，在政治斗争中，两党互相攻讦，虽然其中一党能获得暂时的利益，但最终逃脱不掉共同罹祸的命运。所以，在庆历党争之中，晏殊始终采取明哲保身的政治策略，持中立的政治原则，在政治上，不倾向于任何一党。

复杂多变的政治斗争对晏殊的处世之道与政治立场都产生了很大的影响。晏殊在政治上保持的圆滑与理性，也渗透到了他的创作之中。叶嘉莹先生论晏殊词时曾说："（晏殊词）最主要之一点特色，则当推其情中有思之意境。盖词之为体，要眇宜修，适于言情，而不适于说理，故一般词作往往多以抒情为主，其能以词之形式叙写理性之思致者极为罕见。而晏殊却独能将理性之思致，融入抒情之叙写之中，在伤春怨别之情绪内，表现出一种理性之反省及操持，在柔情锐感之中，透露出一种圆融旷达之理性的观照。"[2] 宛敏灏先生则说晏殊词"无强烈的色彩，无凄厉的音调"从而"形成了一种闲雅的特殊风格"。笔者认为，晏殊之所以能够从容地将理性的哲思融入长于抒情的词体之中，是源于他在长期的政治斗争中形成的理性平和的心态。在他的词作中，很少有动人心魄的凄厉之音，也没有荡气回肠的强烈之情，却在言情之中渗透着理性的沉思，形成一种别样的风格情调。如晏殊的名句："无可奈何花落去，似曾相识燕归来。"（《浣溪沙》）不但对仗工稳，同时也表现出值得读者玩味的意蕴与哲思。花开花落，时光流逝，是自然界的不可抗力，虽然春归之愁让人惋惜，但又没有任何手段留住那消逝的时光，即使伤感流连也无济于事，所以在"花落去"前加"无可奈何"四字，然而，花落春逝的悲伤马上被翩翩归来的燕子消解了，这飞来的燕子"似曾相识"，似乎是曾在此处安巢的燕儿，新生的美好事物会不断出现，生命不会因为消逝而至于颓丧。虽然词人写的只是眼前之景，但其中的内涵与哲思是极为深远的，带有强烈的象征意味。美好事物的逝去是无法阻止的，带给人无奈的伤感，而就在这种消逝之中，新的美好事物的再现，又带给人无限的欣慰。然而，新的美好事物

[1] ［清］张玉书：《佩文韵府》，御定卷五十五之二，清四库全书文渊阁本。
[2] 叶嘉莹：《唐宋词名家论稿》，石家庄：河北教育出版社，1998 年，第 56 页。

又不能完全替代已逝去的美好，所以，在欣慰之中又带有一丝淡淡的惆怅。在伤感与欣慰交织之中蕴含着生活的哲理。“遂使得这二句词在‘自其变者而观之’的哀感之外，也隐然有着‘自其不变者而观之’的一种哲思的体悟。”[1] 又如“满目河山空念远，落花风雨更伤春，不如怜取眼前人”（《浣溪沙》），晏殊并不刻意伤春念远，而是在念远前加一“空”字，体现了其理性的哲思。他要从痛苦之中想办法解脱，唯一的途径就是珍惜眼前所拥有的。悲叹年光之有限，感叹人生之无常，空叹时空的距离难以超越，都是徒劳的。逝去的美好已经再难找回，只有珍惜眼前之人才是正确的选择，词人在满目风雨落花之中寄寓着对人生哲理的深刻思索，反映出一种理性的情思。这在他人作品中是比较少见的。而晏殊词作中反映出的这种理性的哲思，圆融的观照与他宦海沉浮多年形成的心态是有很大关系的。

二、欧阳修

庆历党争之中，欧阳修是范仲淹集团内部的核心人物之一。在这次规模较大的政治斗争之中，欧阳修作为范仲淹的坚决拥护者，庆历新政的维护者，不断受到来自反对派的攻击，经历了人生中最为惨淡的一段时期。这一时期，对欧阳修的心态产生了很大的影响，这种影响在其词作当中也有所反映。

欧阳修气节刚劲、正直耿介、善恶分明、疾恶如仇，对其不满之事常常直言不讳，苏辙称其“性刚直，平与人尽言无所隐”[2]。《宋史·欧阳修传》称其：“天资刚劲、见义勇为，虽机阱在前，触发之不顾，放逐流离，至于再三。志气自若也。”正是这样刚正不阿、不惧邪恶的性格，使得欧阳修在政治斗争中屡屡受挫。

在庆历党争前后，欧阳修刚正率直的个性特征，把他推到了政治斗争的风口浪尖之上。在政治倾向上，欧阳修是范仲淹的坚决支持者与拥护者，是反对派攻击的主要对象，他曾多次因不避嫌难、维持正义、直言不讳、为文笔锋犀利而身遭贬谪。

---

[1] 叶嘉莹：《唐宋词名家论稿》，石家庄：河北教育出版社，1998 年，第 56 ~ 57 页。

[2] ［宋］苏辙：《神道碑》，《欧阳修全集》附录，北京：中华书局，2001 年，第 2706 页。

欧阳修第一次被贬发生在景祐年间，景祐初年，吕夷简以老病居相位日久，政事多废弛，而其不思振治，景祐三年（1036 年），范仲淹以当时官吏进用多出吕夷简私门，上《百官图》指斥吕夷简用人唯亲，一手遮天，败坏宋朝家法。被吕夷简举劾越职言事、离间君臣、引用朋党，由是范仲淹被贬至饶州。范仲淹被贬之时，朝臣纷纷施救，而当时任左司谏的高若讷却缄默不言，并在余靖家中诋毁范仲淹。欧阳修对此事愤愤不平，他写了一篇措辞极为激烈的《与高司谏书》："足下（高若讷）幸生此时，遇纳谏之圣主如此，犹不敢一言，何也？前日又闻御史台榜朝堂，戒百官不得越职言事，是可言者惟谏臣尔。若足下又遂不言，是天下无得言者也。足下在其位而不言，便当去之，无妨他人之堪其任者也。昨日安道贬官、师鲁待罪，足下犹能以面目见士大夫，出入朝中称谏官，是足下不复知人间有羞耻事尔！所可惜者，圣朝有事，谏官不言，而使他人言之，书在史册，他日为朝廷羞者，足下也。"❶ 欧阳修认为当时谏官高若讷，虽身在谏官之位，却善恶不辨，是非不明，在仁宗面前不敢言一语为范仲淹开释，实是身在其位不谋其政，为不耻之徒。文章言辞激切、议论风发、鞭辟入里，高若讷读后愤怒难堪，将此书上与朝廷，言"范仲淹顷以论事切直，急加进用，今兹狂言，自取谴辱。岂得谓之'非辜'"？又指责欧阳修此书"恐中外闻之，谓天子以连意逐贤人，所损不细。请令有司召修戒谕，免惑众听"❷，由是欧阳修被贬为夷陵令。

欧阳修第二次离京外任，发生在庆历年间，庆历三年（1043 年），晏殊入相，为谏院择贤，推举欧阳修等人。"殊初入相，擢欧阳修等为谏官。"❸ 然而，欧阳修品质无私、性格耿直、疾恶如仇、善恶分明，但不谙世故、又过于固执，在进谏的过程中经常让皇帝下不来台。"既而（晏殊）苦其论事烦数或面折之。"❹ 欧阳修的这一举动，常常使举荐他的晏殊感到十分尴尬。而当时，庆历党争的浪潮席卷而来，吕夷简集团设法将欧阳修排挤出京，庆历四年（1044 年），欧阳修被反对派排挤出京，外任河北都

---

❶［宋］欧阳修：《欧阳修全集》居士外集卷十八，北京：中华书局，2001 年，第 989 页。

❷［元］佚名：《宋史全文》卷七下，清四库全书文渊阁本。

❸［宋］李焘《续资治通鉴长编》卷一百五十二，上海：上海古籍出版社，影印本，第 1412 页。

❹［宋］李焘《续资治通鉴长编》卷一百五十二，上海：上海古籍出版社，影印本，第 1412 页。

转运使。谏官蔡襄、孙甫上书留修，而晏殊为求自保，却不许欧阳修留任，原因是晏殊不欣赏欧阳修的处事原则，认为他的秉性过于耿直刚劲，不像自己一样懂得圆滑通融。当初，晏殊看重欧阳修的人品才举荐其做谏官，而欧阳修的表现又时时困扰着晏殊。在晏殊看来，欧阳修在朝廷，就如同是一枚随时可以引爆的炸弹。这个炸弹一旦引爆，自然会殃及他这个举荐者。于是，在欧阳修外任一事上，世故圆滑、明哲保身的晏殊为了不给自己增添更多的麻烦，不同意欧阳修继续留任朝中。

欧阳修在庆历党争中的第三次被贬发生在庆历五年（1045 年）。庆历四年十一月，苏舜钦进奏院案发，与会十余人同时被罢黜。仁宗再次下诏戒朋党相许，范仲淹自知不可免，请罢参知政事出守陕西，庆历新政至此之时，已经岌岌可危。庆历五年正月，仁宗又听信章得象、陈执中等诬陷范仲淹等朋党专权，甚至阴谋废立的谗言，将范仲淹、富弼、杜衍、韩琦等人皆罢免出京。欧阳修虽然明知反对派此时势力强大，手段卑劣，但为了挽救新政，还是执意冒险上《论杜衍范仲淹等罢政事状》于朝廷。其中以中肯诚挚之词申辩范仲淹等人并非朋党，希望范仲淹等人还能“特加图任”，而表达了对如今“群邪争进谗巧，正士继去朝廷”❶ 状况的不满。此书上至朝廷，朝中“小人素已憾公”“邪党益忌修”，反对派对欧阳修更加忌恨，针对其制造了张甥案。欧阳修的妹夫张龟正的前妻生有一女，张龟正早年病逝之时，此女孩年方四岁，无所归，欧阳修念其孤苦，让她跟随继母，在自己家中生活。未到及笄之年，欧阳修就将她嫁给了自己族兄之子欧阳晟。不料此女不守妇道，在家与下人私通，事发后被押解至开封府。权知府事杨日严前守益州，欧阳修曾经举劾其贪恣，杨日严此时借此事趁机报复，“因使狱吏附致其言以及修，谏官钱明逸遂劾修私于张氏，且欺其财”❷，欧阳修被诬与其外甥女张氏私通，反对派又在张氏的化妆盒中找到了以欧阳修之名购置的田产，欲借此证据置欧阳修于死地。虽然此事由于内侍王昭明的秉公持法而最终作罢，但是反对派仍以“语连张氏之赀，券既不明，辩无取验”❸ 之由将欧阳修贬至滁州。

---

❶ ［宋］欧阳修：《欧阳修全集》奏议卷十一，北京：中华书局，2001 年，第 1632 页。

❷ ［宋］李焘：《续资治通鉴长编》卷一百五十七，上海：上海古籍出版社，影印本，第 1450 页。

❸ ［清］彭元瑞：《宋四六话》卷一，清海山仙阁丛书本。

欧阳修并非不知政治斗争之残酷，在范仲淹等四人被贬出京之时，他心情异常悲愤压抑，曾在《班班林间鸠寄内》诗中说：“近日读除书，朝廷更辅弼。君恩优大臣，进退礼有秩。小人妄希旨，论议争操笔。又闻说朋党，次第推甲乙。而我岂敢逃，不若先自劾。上赖天子圣，必未加斧锧。一身但得贬，群口息啾唧。公朝贤彦众，避路当揣质。苟能因谪去，引分思藏密。”❶ 又欧阳修被贬至滁州后，给仁宗上《滁州谢上表》云：“臣自蒙睿奖，尝列谏垣，论议多及于贵权，指目不胜于怨怒，若臣身不黜，则攻者不休。”❷ 从中可见，欧阳修深知自己身将罹祸，仍不改初衷，足见其品质之耿介无私。

庆历党争后，欧阳修有近十年的时间远离京都外任。这段外任的经历对其心态产生了较大的影响。他曾借词来抒发对人生命运变幻与宦海艰险的深刻体验。如《临江仙》：

> 记得金銮同唱第，春风上国繁华。如今薄宦老天涯。十年歧路，空负曲江花。闻说阆山通阆苑，楼高不见君家。孤城寒日等闲斜。离愁难尽，红树远连霞。

这首词应为饯别之作，叙写离愁的同时，也写尽薄宦天涯之悲凉，诉尽郁结于词人心中的愁情。上阕写当初中第之时的欢娱与如今薄宦天涯的悲哀，运用对比的手法。“十年歧路”概括了欧阳修宦海沉浮的经历。曲江之花虽好，然而因政治斗争而流落外地的他，却只能年年空负那美好的花儿，写花实则是感慨自己流落外任之悲苦。过片借神仙之事而暗指人间别离，神仙之境虽然美妙，无奈视野被高耸的楼台阻隔，望不到昔日好友的住所。也借此隐喻自己与朝廷阻隔重重，不知何日能够再返。后二句，孤城日落，寒意顿生，用“等闲”二字来写太阳落山，很妙。落日不解人苦，该西斜之时便要西斜。然而，人之离愁却难尽，伫立远眺，天边的红树与红霞连成一片。以景结情，更使得离愁难于诉尽，言有尽而意无穷。虽然词至宋仁宗时期，仍主要是作为娱乐工具，但由于欧阳修一生仕途比较坎坷，远没有晏殊顺利，他在庆历党政之后，在年近致仕之时又遭贬谪，他的词中也不时地流落出自我独特的人生体验与心态，这些词多数因

---

❶ ［宋］欧阳修：《欧阳修全集》居士集卷二，北京：中华书局，2001 年，第 32 页。

❷ ［宋］欧阳修：《欧阳修全集》表奏书启四六集卷一，北京：中华书局，2001 年，第 1321 页。

为没有明确的政治事件的表述，无法坐实写于何时，但从中读者能够体会欧阳修在经历宦海沉浮后的人生感叹。如“世路风波险，十年一别须臾”（《圣无忧》）；“浮世歌欢真易失，宦途离合信难期”（《浣溪沙》）；“顾我薄才无所用，君恩近许归田垄”（《渔家傲》）。世路风波、宦途难期、薄才无用，等等，皆表现了欧阳修在长期政治生活中的心态与感慨。

欧阳修是传统儒家文人，在经历仕途坎坷之时，试图在隐逸生活之中寻找自己的精神归属，如其在诗中言：“还尔禽鸟性，樊笼免惊怵。子意其谓何？吾谋今已必。子能甘藜藿，我易解簪绂。嵩峰三十六，苍翠争耸出。安得携子去，耕桑老蓬荜。”❶ 在滁州，他徜徉于山水之间，饮酒作乐，写下了著名的《醉翁亭记》，并自号醉翁。后来移守扬州，建平山堂，经常与宾客欢饮作乐，并经常到竹西、昆冈、大明寺、无双亭等处嘲风咏月、品泉赏花，表现出一派闲适自得的状态。皇祐元年（1049 年）欧阳修四十三岁移知颍州，这时，欧阳修的内心中向往平静自然闲适的生活，乐于寻找远离政治纷争的精神家园。到达颍州之后，欧阳修“爱其民淳讼简而物产美，土厚水甘而风气和，于是慨然已有终焉之意也”❷，在政治斗争中遭受打击的欧阳修，外任之时，在大好河山之中，在宴饮诗酒之中寻求安慰，常常尊前嬉戏，醉倒花间。词中也常写道：“暗想浮生何时好。唯有。清歌一曲倒金尊”（《定风波》）；“白发戴花君莫笑，六么催拍盏频传。人生何处似尊前”（《浣溪沙》）；“十年相逢酒一卮，故人才见便开眉……尊前莫惜醉如泥”（《浣溪沙》）。然而，欧阳修毕竟心怀社稷，并且性格刚劲正直、意气风发。在他的词中既有人生易老、须及时行乐的闲适之态，又表现出一种通篇连贯的豪迈之气。如《朝中措》：“平山阑槛倚晴空，山色有无中。手种堂前垂柳，别来几度春风。文章太守，挥毫万字，一饮千钟。行乐直须年少，尊前看取衰翁。”这首题为送刘仲原甫出守维扬，应写于嘉祐元年（1056 年），欧阳修送刘敞出守维扬，联想起自己在扬州之时所见之景，此词展现出一个气度豪迈的太守形象，也展现出他旷达、潇洒、乐观的个性。结句抒发人生易逝、须及时行乐的悲观心态。在豪迈之中又平添一种消极情绪。体现了历经宦海沉浮，在政治斗争

❶ [宋] 欧阳修：《欧阳修全集》居士集卷二，北京：中华书局，2001 年，第 32 页。
❷ [宋] 欧阳修：《欧阳修全集》居士集卷四十二，北京：中华书局，2001 年，第 600 页。

中多次被贬的欧阳修内心的悲凉。但由于整首词风神豪迈、意气风发。“尊前看取衰翁”一句，“词写到这里，并不令人低沉，无形之中却有一股苍凉郁勃的情绪，在搏动人们的心弦”❶。

仕宦风波、政治斗争影响到了欧阳修的心态与创作。欧阳修借词这种形式来抒发胸中的不平与慨叹。虽然这部分词在他的词作中所占比例较小，但这些词所体现出的欧阳修个体生命体验与心态，却多与其人生经历相关。他的这部分词扩大了词的抒情功能，使词在吟咏风月，尊前佐欢之外又可以用来抒发自我的人生感受，用词来表现自我情怀的创作方式也直接影响到后世词人的创作。

三、范仲淹

范仲淹是北宋最为杰出的政治家之一，他虽出身贫寒，然而独守贫素、努力上进、为学精勤、属文典雅，为儒者之典范，且品格高尚、心怀天下、尽忠尽责、先忧而后乐，有着强烈的历史使命感与社会责任感，被宋人与后世之人褒扬赞颂。《宋史·范仲淹传》称其：“每感激论天下事，奋不顾身，一时士大夫矫厉尚风节，自仲淹倡之。”欧阳修赞美他“少有大节，于富贵贫贱毁誉欢戚，不一动其心，而慨然有志于天下。常自诵曰：‘士当先天下之忧而忧，后天下之乐而乐也’，其事上遇人，一以自信，不择利害为趋舍。其所有为，必尽其力，曰：‘为之自我当如是，其成与否有布在我者，虽圣贤不能必，吾岂苟哉”❷。王安石称其“一世之师，由初迄终，名节无疵”❸，吕中称其为本朝第一人物，朱熹云：“祖宗以来，名相如李文靖、王文正诸公，只恁地善亦不得。至范文正时，便大厉名节，振作士气，故振作士大夫之功为多。”❹皆为赞誉之词，无一诋毁之语，足见其人格之高尚。

范仲淹一生致力于革新时弊、砥砺士节，他是庆历新政的提出者，也是改革派的核心人物。庆历党争基本上围绕着以他为核心的改革派集团与以吕夷简为核心的保守派集团展开。范仲淹品格无私、善恶分明，直言不

---

❶《唐宋词鉴赏辞典》，上海：上海辞书出版社，1988 年，第 466 页。

❷［宋］欧阳修：《欧阳修全集》居士卷二十一，北京：中华书局，2001 年，第 332 页。

❸［宋］王安石：《临川文集》卷八十五，四部丛刊景明嘉靖本。

❹［宋］朱熹：《朱子语类》卷一百二十九，明成化九年刻本。

讳、刚正不阿，他深知指摘时弊会陷入政治斗争的漩涡，仍旧奋不顾身，敢言他人所不敢言，所以，他成了吕夷简集团成员打击的最大目标，也在党争之中成为众矢之的，经历了党争风波与贬谪之苦。

范仲淹在党争中的经历与欧阳修相似，亦多次被贬。第一次因废后事件，由于仁宗废后心切，范仲淹在与吕夷简的首次交锋之中败下阵来，被贬至睦州。第二次，因在景祐三年（1036 年）上《百官图》，又在廷议之中当面指责吕夷简，被吕举劾越职言事，被贬至饶州。第三次，在庆历新政失败后，范仲淹被罢免陕西四路安抚使，贬至邠州，改知邓州。这三次贬谪经历皆与党争有很大的关系。虽然范仲淹至今存词仅五首，但其中有两首词可以证实是写于庆历党争之中的，联系庆历党争中范仲淹的经历来读这些词，就会发现不同的意蕴和内涵。

范仲淹的《渔家傲·秋思》写于庆历年间：

> 塞下秋来风景异，衡阳雁去无留意。四面边声连角起。千嶂里，长烟落日孤城闭。浊酒一杯家万里，燕然未勒归无计。羌管悠悠霜满地，人不寐，将军白发征夫泪。

康定元年（1040 年）正月，西夏对宋朝发动了大规模的军事行动。范仲淹临危受命，官拜陕西经略安抚使，抗击西夏。这首《渔家傲》应该做于这个时期。对这首《渔家傲》的主题，学术界有多种解释，有人认为是表现了作者的英雄气概和战士们生活的艰苦，显然并非如此。宋人魏轩《东轩笔录》中云："范文正公守边日，作《渔家傲》乐歌数阕，皆以'塞下秋来'为首句，颇述边镇之劳苦，欧阳公尝呼为'穷塞主之词'。"❶看来范仲淹在当时是写了一组《渔家傲》词，但很可惜，流传下来的仅此一首。欧阳修之所以呼其词为"穷塞主"之词，是由于这首词情调苍凉凄清，并没有表现出建功立业的决心。所以引起欧阳修的不满，"及王尚书素出守平凉，文忠亦作《渔家傲》一词以送之，其断章曰：'战胜归来飞捷奏，倾贺酒，玉阶遥献南山寿。'顾谓王曰：'此真元帅之事也'"。对比欧词断章可知，范仲淹此词主题不在表现作者的英雄气概，也丝毫未表现出建功立业之心。这首词上片写景，极言边塞之地苦寒，酝酿了浓厚的悲

❶［宋］魏泰：《东轩笔录》卷十一，北京：中华书局，1983 年，第 126 页。

凉气氛，塞上、雁去、边声、长烟、落日、孤城等意象连缀在一起，展现在读者面前的是一幅充满了肃杀之气的边塞战地画面。下片重在抒情，一杯浊酒，却无法掩盖心中那挥之不去的乡愁，战争尚未取得胜利，不知何时才能回到自己的家乡，然而取胜又谈何容易！羌管之音凄切哀婉，铺满秋霜的大地白茫茫一片，带来了秋的寒意，词人无眠，在这凄清的深夜里，徘徊于外，老泪纵横。联系范仲淹在庆历党争之前两次被贬谪，漂泊流落的经历来看这首词，虽然宋仁宗在边境危难之时，对范仲淹委以重任，范仲淹虽然期待胜利，然而，他并没有完胜的把握，加之塞外苦寒，在这种情况下，他心怀悲凉之情写下了这首词，表现出浓重的思乡之情，极为凄凉悲壮。

范仲淹的《剔银灯·与欧阳公席上分题》也写于庆历年间：

> 昨夜因看蜀志，笑曹操孙权刘备。用尽机关，徒劳心力，只得三分天地。屈指细寻思，争如共、刘伶一醉？　人世都无百岁。少痴騃、老成尫悴。只有中间，些子少年，忍把浮名牵系？一品与千金，问白发、如何回避？

庆历三年（1043 年）八月，范仲淹回朝任参知政事，提出了庆历新政的改革举措，欧阳修这时在京任谏官，二人同朝为官，共同推行庆历新政。然而，新政在反对派的阻挠下，没过多久便宣告失败。欧阳修于庆历四年（1044 年）被贬出京，范仲淹于庆历五年（1045 年）贬官出京，所以，这首题为“与欧阳公席上分题”的词作应是作于二人同为京官之时，也就是庆历三年到四年这一时期内。

这首词全用口语写成，表现了范仲淹消极的人生态度与愤懑的心境。词中主人公的形象似乎与那个锐意进取、以天下为己任，先忧而后乐的范仲淹大不相同。他似乎不再是那个指摘时弊、正直刚毅、执着坚定的范仲淹，而是一个颓废消极、满口牢骚的老人，词中他耻笑曹操、刘备、孙权，机关算进，也只是枉费心力，每人只得到了三分之一的天下，这样劳心劳力的用尽权谋机巧，怎如像刘伶一般饮酒食肉，快活一生呢？人世哪有活到一百岁的，幼年之时不晓世事，暮年又衰弱不堪，只有青年时代是人生最为宝贵的一段时间，怎能让这段时间浪费在追求功名利禄之上？纵使得到了功名利禄、万贯家财，也终究逃避不了人终将老去的自然规律。

词中反映出的观念与柳永《鹤冲天》（黄金榜上）一词中“忍把浮名，换了浅斟低唱”的观念极为近似。读过这首词，范仲淹在读者脑海中的形象有所变化。品格高尚的政治家的光环渐渐隐去，颓废消极的老翁形象渐渐浮现。但联系范仲淹在庆历党争中的遭遇来读这首词，便会获得不同的感受，范仲淹在党争之中屡受打击，而且新政的推行也极为不顺利。苏舜钦是范仲淹的坚决支持者，他于新政期间，将所见所闻，写成书信，寄给范仲淹，云：“未及半年，时某自山阳还台，已闻道路传云：‘阁下因循姑息。不肯建明大事。’时尚窃窃私语，未敢公然言也。某既绝不之信，必谓怨恶之人煽成此谤，谈者好奇易传耳。及至都下，言者稍众，不复避人矣。某始疑之，是何知于前而昏于此邪？既而又为辨之曰：‘治久疾者不可速责以效。苟以悍剂暴药攻之，死生未可知也。’谈者或然之，已而某又当阁下之荐，不复可与众辨矣。与之合倡。实不忍为，但恻然媿羞暗不敢言。而念虑终夕不能去怀，乃知古之烈士为知己死者以此也。某又窃观阁下所为，于时亦孜孜数有建白，未甚为旷，是何毁之多也？岂诚之少衰，不锐于当年乎？岂施设之事，未合群望乎？岂以有高世之名，未见为高世界之事乎？”❶ 从这段记述中可见，当时新政的收效是微乎其微的，并且并非全是反对派的恶意诽谤，甚至连范仲淹集团内部的成员也开始怀疑新政的成效。范仲淹并非是神，在这样的状况下，本来对改革充满希望且坚定执着的他自然会心怀忧闷，因改革的徒劳无功、毫无实效而苦闷，加之反对派对其的不断攻击，他陷入了极度失落之中，在宴饮之际，借酒消愁，发泄心中的愤懑压抑，与挚友欧阳修同席，有此番牢骚之语，是一个普通人正常的情感发泄，是完全可以被理解的。这首词正如钟振振先生所说：“不能把它当作范仲淹这位大政治家的历史观和人生观来读，而只能把它看成一面‘哈哈镜’，根据其中扭曲了的作者自我形象，去还原他的庐山真面目。……范仲淹的形象，并没有因为发几句牢骚便有所损害，正相反，这几句牢骚倒使得他有血有肉，有强烈的个性，不惟可敬，而且可爱了。”❷ 所以，还原这首词的背景，将其放在庆历党争的影响之下来看，就会获得不同的感受。庆历党争对词人的心态影响是很大的，史书上的范

---

❶ ［宋］苏舜钦：《苏舜钦集》卷十，上海：上海古籍出版社，1981 年，第 118 页。

❷ 《唐宋词鉴赏辞典》，上海：上海辞书出版社，1988 年，第 315 页。

仲淹一直是以一个卓越的政治家的形象出现的，而从这两首小词中，也可以看到范仲淹个性的另一个侧面，还原范仲淹在党争之中的真实心态。

四、柳永

柳永一生沉沦下僚，终不得志。“蹉跎于仁宗朝，及第已老。”[1]及第之后，官职低微，他又为转官之事四处奔波，却终不能得偿所愿，晚年在孤独与落寞的包围之中度过，甚为凄凉。究其原因，应是填词惹的祸。历代秉承儒家思想的文士皆心怀魏阙，有“致君尧舜上”的理想，然而，一旦遭遇挫折，便退隐山林、独善其身。进则居庙堂之上、忧国忧民、以天下为己任，退则处山林之中、采菊东篱、享受隐逸之乐。这已经成为历代文士奉行的标准。柳永虽然出身奉儒守礼的士大夫家庭，但他与历代文士奉行的标准相悖。历代文士在仕途受挫折之时，会选择隐居山林，以名士自居，表现出清逸高尚的品格。而柳永在仕途受挫之际，选择的却是红尘享乐，混迹于娼楼妓馆之中，在填写淫词艳曲的过程中寻求精神安慰。这在传统文士看来，有悖于儒家传统的伦理规范。所以，柳永在仕途过程中屡次受挫。南宋吴曾《能改斋漫录》卷十六载：“仁宗留意儒雅，务本理道，深斥浮艳虚薄之文。初，进士柳三变好为淫冶讴歌之曲，传播四方，尝有《鹤冲天》词云：‘忍把浮名，换了浅斟低唱。’及临轩发榜，特落之曰：‘且去浅斟低唱，何要浮名？’景祐元年方及第，后改名永，方得磨砺转官。”南宋胡仔的《苕溪渔隐丛话后集》和清代沈雄的《古今词话》上卷也有相似的记载。要么寻求世俗享乐、灯红酒绿、醇酒妇人、做个风流浪子；要么追求仕宦显要、功名利禄、成为一代名宦，这二者是不可得兼的，然而柳永偏偏无法取舍，在二者根本难以中和的对立中进行选择，柳永必须付出代价，这个代价便是仕宦蹉跎，悲苦一生。这不能不说是填词惹的祸。

然而，柳永在景祐元年（1034年）及第后，仍然不得志。即使他长期为转官而奔波，最终也毫无结果。这当然主要是由于柳永流落坊间的时间很长，臭名昭著，被秉承儒家思想的传统士大夫所轻贱。如晏殊就明确表

---

[1] ［清］宋翔凤：《乐府余论》，唐圭璋：《词话丛编》，北京：中华书局，1986年，第2499页。

示自己的词作和柳永所作之词不同，要与他划清界限。[1] 但还有一个原因，很可能是因为柳永毫无政治头脑，在干谒名宦的过程中，他没有明确的政治倾向，更没有考虑到庆历党争，吕、范两党的政治观念完全不同，且在政治斗争之中，互相指斥、互相倾轧的因素，而是多利用自己熟悉的门道，以歌妓作为媒介，干谒名宦，走的是一条四处乱干谒的道路，从而导致了他最终的失败。

按照薛瑞生先生的《乐章集校注》的对多首柳词的考证，柳永在景祐元年（1034 年）及第后，干谒历程如下：仁宗宝元元年（1038 年）年三月至颍州拜谒吕夷简；庆历三年（1043 年）春，到苏州干谒吕溱；同年夏，为吕夷简祝寿，写词赠吕夷简；庆历四年（1044 年）春到益州拜谒蒋堂；又在庆历三年到四年这段时间内，干谒过晏殊；庆历七年（1047 年）又一次到苏州干谒滕宗谅；皇祐五年（1053 年）年到杭州，干谒孙沔，嘉祐三年（1058 年）到扬州干谒刘敞。薛瑞生先生做出以上判断，基本上是根据柳词中的个别词语的解释。但其中也有一些值得商榷之处。

如《乐章集校注》认为庆历七年（1047 年），柳永到苏州干谒滕宗谅，根据的是《永遇乐》（天阁英游）一词，认为"此词亦为投献词，投献对象当为既有天章阁官衔又有战功之苏州太守"[2]。又进一步认为此人应为滕宗谅，薛先生之所以认为此人应该有天章阁官衔的主要依据是，词的首句"天阁英游"，他将天阁解释为"天章阁"，但此处的"天阁"并非是天章阁，而应解释为尚书台，所以依据此来判断词的干谒对象是不准确的。又《乐章集校注》认为嘉祐三年（1058 年），柳永到扬州干谒刘敞，依据是《临江仙》（鸣珂碎撼都门晓）一词，认为其中"荆王魂梦，应认岭头云"一句中的荆王是指"《汉书》卷三五《刘贾传》：'荆王刘贾，高帝从父兄也。……汉王败成皋，北渡河，得张耳、韩信军，军修武，深沟高垒，使贾将二万人，骑数百，击楚，度白马津入楚地，烧其积聚，以破其业，无以给项王军食。'……按，荆王魂梦，谓英雄之梦，建功立业之

---

[1] ［宋］张舜民：《画墁录》，《全宋笔记·第二编·一》："柳三变既以词忤仁庙，吏部不放官，三变不能堪，诣政府。晏公曰：'贤俊作曲子么？'三变曰：'祇如相公，亦作曲子。'公曰：'殊虽作曲子，不曾道'彩线慵拈伴伊坐'柳遂退"。郑州：大象出版社，2006 年，第 218 页。

[2] 薛瑞生：《乐章集校注》，北京：中华书局，1994 年，第 98 页。

梦，非才子佳人之梦”[1]。从而认为“此词为投献词，其投献对象当为一刘姓而又有知扬仕履者”。最终坐实此人应为刘敞。“荆王魂梦”一词的解释值得商榷，考虑整首词的纵情欢游的意蕴，“荆王魂梦”应出自宋玉《高唐赋》指楚王之梦，和刘敞无关。而《乐章集校住》依据此来判定这首词是投献刘敞也是不确切的。另外，《乐章集校住》根据《千秋岁》（泰阶平了）一词判断此词为庆历三年（1043 年）夏为吕夷简贺寿之词，但这首词出自明冯梦龙的《古今小说·众名姬春风吊柳七》，实为小说家语，以此来坐实此词确是柳永为吕夷简寿诞所作，并不足信。

如果以上三条不可信，那么柳永就先后拜谒过吕夷简、吕溱、蒋堂、晏殊和孙沔。这几个人在庆历党争之中分属不同的党派，其政治主张也完全不同。吕夷简是其集团的核心人物。吕溱与蒋堂在庆历党争之中虽非范仲淹政治集团中的核心人物，但其二人的政治倾向应与范仲淹集团相似，吕溱曾在苏舜钦进奏案中被连累，被贬出京。[2] 蒋堂曾在废后事件之中支持过孔道辅与范仲淹的主张。[3] 晏殊一直在吕、范两党中保持中立，但其在欧阳修外任事件上的决策，使得范仲淹集团成员对其十分厌恶、失望。而孙沔则是范仲淹集团成员的核心人物之一。所以，以柳永的干谒经历来看，他基本上是毫无政治原则的拜谒，根本不了解政治斗争的内部规律。以他干谒的晏殊与孙沔二人为例，二人虽谈不上是政敌，但肯定有比较深的积怨。柳永拜谒晏殊应当在晏殊为相之时，这是因为张舜民《画墁录》中有“诣政府”，并称晏殊为“相公”。晏殊曾两次官拜宰相，首次是仁宗明道元年（1032 年）八月任参知政事，第二年四月，因章献太后事，被罢免，贬至亳州，而此时柳永尚未及第。第二次是庆历二年（1042 年）七月晏殊入相，庆历四年（1044 年）被蔡襄举劾罢相，降工部尚书，知颍州。而此时柳永已在景祐元年（1034 年）及第，所以，柳永拜谒晏殊应该在庆历年间晏殊为相之时。然而，由于晏殊不喜欢柳永词偏俗的风格，当面羞辱了他一番，柳永本希望借助同为词作者这一条件，让晏殊对自己产生认

[1] 薛瑞生：《乐章集校注》，北京：中华书局，1994 年，第 204 页。

[2] ［宋］李焘：《续资治通鉴长编》卷一百五十三：“著作郎、直集贤院同修起居注吕溱知楚州”。

[3] ［元］脱脱：《宋史》卷二百九十七，载：“御史蒋堂、郭劝、杨偕、马绛、段少连十人，诣垂拱殿伏奏，皇后天下之母，不当轻议绌废。”

同感，但他自知曾写过不少格调低下的淫词艳曲，羞愧而退，再无脸面向晏殊请求转官之事。皇祐五年（1053 年），柳永到杭州拜谒孙沔。其依据是杨湜《古今词话》中记载："柳耆卿与孙相何为布衣交，孙知杭州，门禁甚严，耆卿欲见之不得，作《望海潮》词，往谒名妓楚楚曰：'欲见孙相，恨无门路。若因府会，愿借朱唇歌于孙相公之前。若问谁为此词，但说柳七。'中秋府会，楚楚宛转歌之，孙即日迎耆卿预坐。"❶ 据前辈学者考证，文中的"孙何"应为"孙沔"之误。孙沔是范仲淹的强烈支持者。庆历元年（1041 年），范仲淹与元昊私自通信，宋庠在朝堂之上论范仲淹可斩，孙沔主动为范仲淹开释。❷ 又在庆历三年（1043 年）五月，孙沔上书举劾过吕夷简。孙沔此次知杭州，是平定内乱有功，以资政殿学士的身份来到杭州的。按说他是可以帮助柳永的，然而，文献中没有任何他推荐柳永的记录，柳永的仕途在此次拜谒孙沔之后也未见明显的改变，可见，柳永的此次干谒并没有得到良好的效果。究其原因，如下：其一，柳永此时以年近古稀，宋朝官员七十岁致仕，若据唐圭璋先生的推断，柳永生于太宗雍熙四年（987 年），而柳永此时六十六岁，已经接近宋朝规定的致仕年龄，所以，即使孙沔曾向朝廷推荐柳永，朝廷也未必再启用一位年高的官员；其二，孙沔与晏殊虽非政敌，但关系绝不融洽。晏殊在庆历党争之中明哲保身的态度，使范仲淹集团内部的成员对其十分反感，尤其是在欧阳修被贬出京这件事情上，晏殊的做法直接激怒了范仲淹集团内部的成员，蔡襄、孙甫皆上书举劾晏殊。而蔡襄与孙沔的关系十分融洽，在蔡襄的《端明集》中能够看到他为孙沔任枢密副使所撰写的制诰，为加封孙沔妻母所撰写的制诰，并有其向朝廷建议，再次启用因赵氏之事而获罪的孙沔的《乞叙用孙沔状》。由此可见，蔡襄与孙沔交情不浅。晏殊被蔡襄举劾，后罢相，孙沔对其的印象一定不佳。柳永在晏殊为相之时，就专程拜谒过他。加之，早年柳永还曾写词赠予范仲淹政治集团的头号政敌吕夷简。他的种种做法，很可能使得布衣之交孙沔对他产生不满，从而影响到他对柳永的印象；其三，柳永拜谒孙沔并非通过正当途径，而是遣歌妓先行，用美人计来使孙沔召见他。这很可能是柳永投孙沔所好，且自己也非

❶ ［宋］杨湜：《古今词话》，唐圭璋：《词话丛编》，北京：中华书局，1986 年，第 26 页。

❷ ［宋］李焘：《续资治通鉴长编》卷一百三十一："知谏院孙沔又上疏为仲淹辨，上悟乃薄其责。"

常擅长的一个办法。孙沔虽然屡建战功、勇敢正直、不失大节，但其私生活是十分靡乱的。《宋史》本传谓其“跌荡自放，不守士节。然材猛过人”，“谏官吴及、御史沈起，奏沔淫纵无检，守杭及并，所为不法。乃徙寿州。诏按其迹而使者奏沔在处州时，于游人中见白牡丹者，遂诱与奸。及在杭州，尝从萧山民郑旻市纱，旻高其直，沔为恨。会旻贸纱有隐而不税者，事觉，沔取其家簿记积计不税者几万端，配隶旻他州”，又“杭州人金氏女，沔白昼使吏卒舆致，乱之。有赵氏女，已许嫁莘旦，沔见西湖上，遂设计取赵女至州宅，与饮食卧起”，《宋史》评价他“沔居官以才力闻，强直少所惮，然喜宴游、女色，故中间坐废”。以上记载说明孙沔是极好女色的，而柳永因擅于填词而与歌妓关系良好，他利用歌妓楚楚得见孙沔，但随后，孙沔就因在杭州因与赵氏女私通，被朝廷罢免，如果他此时向仁宗推荐柳永，加上柳永为歌妓填词在士大夫脑海中留下的印象，会使朝廷认为柳永仅仅是个酒色之徒，不堪重任。

柳永虽然有长达数年的羁旅游宦生涯，并辗转数地，拜谒数人，但因其毫无政治头脑，并且对政治斗争的认识不深刻，所以，他的干谒皆以失败告终。

综上所述，仁宗朝的庆历党争是一次历时较长，影响较大的政治风波，参与到其中的词作者人数众多，且这场政治运动对他们的心态产生了很大的影响，从而也影响到他们的创作风格。

第四章　仁宗词坛词学观

一般而言，文学观念要落后于文学创作，这是对文学创作经验的理论总结。宋仁宗朝，虽然词的创作出现了繁盛的局面，但并没有形成非常统一的词学观念。北宋仁宗词坛在整个宋词史上起着承前启后的关键性作用，但由于仁宗词坛的词作者代表着两种不同的文化，仁宗词坛对词的认同也有两种不同的声音：一种声音来自民间，体现了市民狂欢式文化对词的解读，在广大市民阶层看来，词受到最为广泛的喜爱，并且在他们中间，词就是一种娱乐工具；另一种声音来自官僚阶层，词虽然走进了士大夫阶层的视野，但是，词在这一时期，仍受到普遍的轻视，士大夫阶层对词的认同存在矛盾性，虽然在感情上也非常喜欢词这种新兴的文体，但在理性层面，他们仍然将词排斥在正统文学之外。这一时期的词作者在观念上仍受到花间词创作观念的影响，非常注重词的娱乐功能。同时，士大夫阶层也开始借助词抒发自己的人生感悟与生命体验，将词作为自我抒情的工具，初步实现了词的抒怀言志功能。另外，他们在郊游唱和之时，以词代替诗，使得词在社交功能上发挥了作用。由于仁宗词坛的词作者受到雅俗两种不同文化的影响，词作也呈现出两种不同的风格。所以，词学观念上的雅俗之争也自仁宗朝肇端，并成了后世词作者与词评者争论不休的话题之一。

第一节　两大阶层对词的认同及其对词娱乐功能的不同需求

市民阶层与士大夫阶层对词的认同各异。市民阶层对词十分喜爱，词作为新兴文体在市民阶层得到了最为广泛的认同，而士大夫阶层虽然也进行词的创作，但词普遍受到他们的轻视，他们认为词为“小道”，是不能登上大雅之堂的。

词在产生之初只是一种供大众娱乐的方式。仁宗词坛词体仍然延续着这一功能。无论是上层官僚阶层还是市民大众阶层都将词作为娱乐的工具。但市民阶层对娱乐的要求多以率直浅俗为主，代表着市民文化的词作风格也多以浅近为主。而上层官僚阶层轻视词体，他们的娱乐以文人雅会式的娱乐为主，其词作风格也多以闲雅深婉为主。

一、市民阶层对词的认同

由于仁宗朝政治稳定，经济发展迅速，城市繁荣。市民阶层出现并逐渐形成一个庞大的群体，这个群体需要娱乐。在娱乐资源相对匮乏的宋朝，在酒肆茶坊、娼楼妓馆之中听美貌的妙龄歌妓吟唱小曲，成了市民阶层最喜爱的休闲方式之一。在当时，这些小曲正如我们现今社会中的流行歌曲一样，主要功能就是娱乐大众，使大众的精神得到放松。词作为吟唱小曲的歌词，也被广大市民接受、认同、喜爱。主要表现在以下几个方面：

其一，词作众多。由于民间词的散失，时至今日，已经不能明确的统计出当时民间词的数量了。但《宋史·乐志》载：“真宗时‘民间作新声者甚众，而教坊不用也’。”❶ 虽然记录的是真宗朝的状况，宋真宗根本不喜欢民间音乐，❷ 但民间仍多新声。而宋仁宗非常喜欢民间音乐，可以想见，仁宗朝的民间流行曲调肯定比真宗朝只多不少。另外，可以从柳词中也可证明，柳词中的大部分词作，都是仁宗朝民间传唱最多、最广的曲调，柳词中的新声甚多，《词谱》载“（词调）创自柳永者十八”；又载“无别首可校者三十七”。柳永只有约七分之一的词作是承袭旧调，其余皆为自度新调和因旧创新者。词作者也以创制新声为乐，自度新曲为荣，柳永词中就有“佳娘捧板花钿簇，唱出新声群艳伏”（《木兰花》），“朱门院落，弦管新声沸腾”（《长寿乐》），“风暖繁弦脆管，万户竞奏新声。”

---

❶ ［元］脱脱：《宋史》卷一百四十二，北京：中华书局，1985年，第3356页。

❷ ［元］脱脱：《宋史》卷一百四十二：“真宗不喜郑声，而或为杂剧，词未尝宣布于外。”北京：中华书局，1985年，第3356页。

(《木兰花慢》)等词句。通过上文对仁宗词坛词作者构成的统计也可以发现，当时，无论是帝王将相，文人骚客，还是贩夫走卒，江湖豪杰，抑或是道家僧人，妇女歌妓，他们无一不参与词的创作，词作者遍布社会各个领域，各个阶层，拥有各种社会身份，可谓是创作群体极为庞大，可以想见，当时词作数量应极为可观。

其二，词作的广泛传播。民间词的传播范围比起仅在士大夫文人雅会之中传唱的词来说相对较大，今日民间词皆已散佚。其传播情况不得一见，但从受到广大市民阶层熟知与喜爱的柳词来看，仍可以想见当时民间词流传之广泛。在市民阶层的俗文化圈中，柳词的传播范围很广。柳词不仅仅在娼楼妓馆、酒肆茶坊这样的娱乐圈广为流传。他的词作散播四方，好之者以为无以复加，达到了“凡有井水处皆能歌柳词”的地步，即使是僧侣也熟知柳词，普济所辑《五灯会元》卷一六的一则记载：“邢州开元寺法明上座，……后归里事落魄，多嗜酒呼卢。每大醉，唱柳永词数阕，日以为常。……摄衣就座，大呼曰‘吾去矣，听吾一偈’众闻奔视，师乃曰：‘平生醉里颠蹶，醉里却有分别。今宵酒醒何处，杨柳岸晓风残月，’言讫寂然，撼之，已委蜕矣。”柳词的传播如此广泛，他的铁杆粉丝非常多，支持追捧他的人络绎不绝，北宋末年，仍然有人执着地喜爱柳词。《却扫篇》卷下载：“刘季高侍郎宣和间尝饭于相国寺之智海院，因谈歌词，力诋柳氏，旁若无人者。有老宦者闻之，默然而起，徐取纸笔，跪于季高之前，请曰：‘子以柳词为不佳者，盍自为一篇示我乎？’刘默然无以应。而后知稠人广众中，慎不可有所臧否也，当时人言有井水吃处皆知歌柳七词，即妄诋之能禁其不传否？”[1] 刘岑在公众场合公然诋毁柳词，受到了柳永铁杆粉丝的质疑和嘲讽。柳永身后仍有众多追随者和喜爱者。柳词传播之广泛、影响之甚远，由此可窥一斑。而柳词之所以能够吸引如此多的受众，就在于市民阶层对词的认同与喜爱。

其三，市民阶层对词作者的热力追捧。以柳永为例，由于他的词作极妙，演唱他作品的歌妓，立刻会声名大噪，所得的金钱也会翻倍，因此，歌妓们都主动赠予柳永财物，来换得他的作品。[2] 教坊乐工创作出新的曲

---

[1] ［宋］徐度：《却扫编》卷下，邓子勉：《宋金元词话全编》，南京：凤凰出版社，2008年，第436页。

[2] ［宋］罗烨：《醉翁谈录》：“一经品题，声价十倍。妓者多以金物资给之。”

调，也请柳永填词。柳永受到广大市民阶层的喜爱，拥有许多粉丝。由于柳永受到追捧，柳永的创作也影响到一部分市民词作者的创作。他们会主动效仿柳词，《全宋词》中保存了一首歌妓张师师的词《西江月·和柳永》："一种何其轻薄，三眠情意偏多。飞花舞絮弄春和。全没些儿定个。踪迹岂容收拾，风流无处消磨。依依接取手亲挼。永结同心向我。"这首词标明是和柳永的，此词无论从语言上，还是从风格上，都与柳永部分浅近直白的词作十分相近。歌妓在喜爱柳词的同时，在创作上确实有主动学习柳词的倾向。

词被市民阶层认同、喜爱，他们认为词是满足其娱乐需求的工具。民间的酒肆茶坊之内，勾栏瓦舍之中，甚至是大街小巷上，都有词的演唱。市民阶层虽然没有经济实力蓄养家妓，举酒开宴，但在这些公共场所，仍然可以享受到词作给人带来的身心的愉悦。很多文人士大夫也被带有浓郁的市民气息的大众化娱乐场所吸引，纷纷到这些地方寻欢作乐，如柳永就很喜欢纵游娼楼酒馆。旅居京华时，"日与儇子纵游娼楼酒馆间"，居洛阳，"游东都南北二巷"，从北宋文人的词作里对欢娱场面的描绘，也能够看出酒楼、青楼等地，管弦之声是何等的繁盛，人们在听词时是何等的放纵与享受。如欧阳修《踏莎行》："青楼几处歌声丽。"裴湘的《浪淘沙》："青楼弦管酒如渑。"张先《望江南》："青楼宴，靓女荐瑶环。一曲白云江月满，际天拖练夜潮来。"由以上论述可知，词作为娱乐工具被市民阶层所接受。

二、士大夫阶层对词的认同

宋仁宗时期，由于词在民间的广泛传播，士大夫阶层也很难抵制它的诱惑，不免在闲暇之时，朋友聚会之中也哼唱上几句，同时，他们也积极地投入到词的创作中去。但词在此时仍然属于通俗文学，始终无法进入主流文学的殿堂，与精英文学的界限极为鲜明，崇尚"雅"的士大夫阶层虽然在感性上能够接受它，但在理性观念上则对其多采取鄙薄、排斥的态度。

一方面，宋仁宗朝，很多上层官僚内心中对词极为喜爱。这主要表现在以下两个方面：

首先，存词量大。北宋仁宗朝所流传下来的词，大多是上层官僚阶层的词作。相比北宋初五十年间词坛的沉寂，时至仁宗朝，士大夫填词的热情极为高涨，保存下来的作品数量也极为可观。晏殊、张先二人有百首以上的词作流传，欧阳修一人更是超过了二百首。而且这些上层官僚也热衷于运用新的曲调，如晏殊在《珠玉词》中，共使用了三十七个词调，其中有十二个词调是他首用的（笔者据《词律》统计）。张先在词作《劝金船》的题序中清晰的标明为“自撰腔”。这说明当时的士大夫是很喜爱词这种文体的。

其次，参与者众多。上层官僚对词大多十分喜爱，轮到自己有机会作词的时候，无不挽袖执笔，跃跃欲试。认为词只配在厕所中读的钱惟演，自己就喜欢写词，他被贬谪之时，欧阳修等为他送行，临别时“置酒作长短句”。北宋名臣范仲淹、晏殊、韩琦等人在仁宗朝皆曾官至宰相，但都有词作传世。清代彭孙遹在《金粟词话》中指出：“韩魏公……非不冰心铁骨，勋德才望，照映千古。而所做小词……皆极有情致，尽态极妍。”❶韩琦之词，虽存世不多，但风格婉丽，情致绮靡。宋魏泰《东轩笔录》中载：“王荆公初为参知政事，闲日因阅读晏元献公小词而笑曰：‘为宰相而作小词，可乎？’平甫曰：‘彼亦偶然自喜而为尔，顾其事业岂止如是耶’。”❷ 王安石虽然认为身为宰相的晏殊不应作小词，但他自己也有词作传世。这些正统文人对待词的态度极像钱钟书先生的书中所写的女人，正经女人虽然痛恨荡妇，其实若有机会扮个妖妇的角色的话，没有一个不跃跃欲试的。所以，北宋仁宗朝很多历史上知名的上层官僚都参与词的创作，且都有作品传世。

但感情上喜欢不等同于在理性上认同。词在士大夫阶层的眼中仍然是末技小道，并非经国之大业、不朽之盛事。

另一方面，宋仁宗朝，士大夫对词体仍采取一种不屑的态度，词体的地位在仁宗朝并未得到显著的提升。表现为：

首先，士大夫阶层对待词和其他文体采取不同的态度。他们并不将词放在与诗文同等的地位看待，宋初宰相钱惟演曾说：“平生唯好读书，坐则读经史，卧则读小说，上厕则阅小词。”❸词在他的眼中成了茅坑文学，

---

❶ ［清］彭孙遹：《金粟词话》，唐圭璋：《词话丛编》，北京：中华书局，1986 年，第 723 页。
❷ ［宋］魏泰：《东轩笔录》卷五，北京：中华书局，1983 年，第 52 页。
❸ ［宋］欧阳修：《归田录》卷二，北京：中华书局，1981 年，第 24 页。

只配在上厕所时阅读。可见，词在当时文人心目中地位极为低下。仁宗时期，士大夫最重视立身，其次是诗文，如欧阳修在《送徐无党南归序》这篇赠行的序文中引用了“三不朽”的提法，这一提法出自《左传》襄公二十四年：“太上有立德，其次有立功，其次有立言，虽久不废，此之谓不朽。”欧阳修将文章提到了“立言”的高度，同时也指出：“修于身矣，而不施于事，不见于言，亦可也。”就是说，为人必须以修身为本，以德润身，即使没有立言，也可名扬后世。魏泰《东轩笔录》载：“欧阳文忠素与晏公无它，但自即席赋雪诗后，稍稍相失。晏一日指韩愈画像语坐客曰：‘此貌大类欧阳修，安知修非愈之后也。吾重修文章，不重他为人。’欧阳亦每谓人曰：‘晏公小词最佳，诗次之，文又次于诗，其为人又次于文也。’岂文人相轻而然耶。”[1] 从这段记载中可以清晰地看出，士大夫阶层最重视的是为人，文章仅次于为人、而诗次于文章、词次于诗，位于最末。晏、欧二人以此互相贬损，可见此种认同在士大夫阶层极为普遍。崇尚雅趣的士大夫阶层，大多把词当作茶余饭后、尊前花间娱乐消遣的方式，不把它纳入主流文学的范围之内。这一观点早在花间集的编纂中就曾体现出来。欧阳炯的《花间集序》中就明确指出填词的目的是用“西园英哲”“用资羽盖之欢”“绣幌佳人”“用助妖娆之态”来满足纨绔子弟、绝代佳丽的娱乐需要。至北宋仁宗朝，这样的观念仍然没有变化，欧阳修在其《西湖念语》中也非常明确地说明自己写词的目的是“敢陈薄伎，聊佐清欢”，冯延巳的外孙陈世修在《阳春录序》中说：“公（冯延巳）以金陵盛时，内外无事，朋僚亲旧，或当燕集，多韵藻思，为乐府新词，俾歌者倚丝竹而歌之，所以娱宾遣兴也。”[2] 在他的眼中，作词也只不过是一种娱乐的方式。之后的李之仪也很明确地在《跋吴思道小词》中指出晏殊、欧阳修等人写词皆为“以其馀力游戏”。在仁宗朝，虽然很多上层官僚都参与词的创作，但在观念上，他们认为词仅仅是一种娱乐工具，对词体是极为轻视的。

其次，士大夫阶层对专业词人十分鄙视。以柳永为例，柳永因填写一些风格接近市井俗词的作品而被晏殊轻视，他也因填词而举官受阻，宋仁

---

[1] 彭国忠：《元祐词坛研究》，上海：华东师范大学出版社，2002 年，第 52 页。
[2] 陈世修：《阳春集序》，邓子勉：《宋金元词话全编》，南京：凤凰出版社，第 64 页。

宗虽然在私下里也喜欢柳词，但务本重道的他不能容忍让一个喜欢写淫词艳曲的人来做官。柳永科场蹉跎三十年，皆因填词之误，他虽然在景祐元年中第，但在改官之时又遭阻抑。叶梦得《石林燕语》卷六载："祖宗时，选人初任荐举，本不限成考。景祐中，柳三变为睦州推官，以歌辞为人所称。到官才月余，吕蔚知州事，即荐之。郭劝为侍御史，因言三变释褐到官始逾月，善状安在而遽荐论？因诏州县官初任未成考不得举，后遂为法。"[1]《续资治通鉴长编》中对此记载为："丁巳，诏幕职、州县官初任未成考者，毋得奏举。先是，侍御史知杂事郭劝言，睦州团练推官柳三变释褐到官才逾月，未有善状，而知州吕蔚遽荐之，盖私之也。故降是诏。"且不论柳永是否够改官的条件，单从其改官之举就要朝廷下诏，改革"荐举本不限成考"这一制度来看，足见其恶名之盛。由此可见，士大夫阶层对市井俗词的排斥，使得他们对柳永的人格产生了质疑，而这种质疑又直接导致了柳永仕途坎坷、终身沉沦下僚。这说明填词，尤其是填写艳词在北宋仁宗朝是士大夫所不齿的行径。

通过以上的论述可以看出，词体在北宋仁宗时期，仍被认为是流行的音乐文学，士大夫阶层对待它的态度正如王兆鹏先生所指出的那样，是持一种"在感情上难以割爱，观念上又鄙视轻蔑"的矛盾态度。可见，一种观念的改变是何等的艰难，一种新兴的俗文学要得到普遍的认同，需要非常漫长而曲折的历程。

三、两大阶层对词的娱乐需求不同

无论是士大夫阶层还是市民阶层，虽然他们对词体的认同有所区别，但可以达成一致的是，他们都认为词的主要功能是娱乐。但是两大阶层对词的娱乐需求并不一致。

市民阶层要求词作符合他们纵情狂欢的娱乐需求。大众化是市民文化活动中最为本质的特征，市民文化所承载的文学样式也多由流落在市民阶层中的下层知识分子，或市民阶层本身进行创作、在大众之中流传，并且服务于广大市民阶层。这一过程与士大夫的文学创作有着比较明显的区别，士大夫的书面文学创作，主要体现的是作者的个人感受，诉诸文字，

---

[1] ［宋］叶梦得：《石林燕语》卷六，西安：三秦出版社，2004 年，第 125 页。

带有明显的个性色彩和思想倾向，而市民文化则更多地表现的是群体需求，其创作经常在公共场合完成，并在传播过程中不断地由市民阶层修改、补充、完善。以词为例，能在民间广泛传播的词，要满足两个条件：一是语言通俗；二是以生动的动态传播形式进行传播。柳词之所以能在民间广为流传是由于柳词多用富有表现力的俚语俗语入词，通俗易懂、明白如家常。严有翼《艺苑雌黄》中云："（柳词）言多近俗，俗子易悦故也。"翻看《乐章集》满眼皆是"恁""怎""争""争奈""伊""自家""阿谁""伊家""无那""端的""则个""消得""伸剖""孜煎""巴巴""的的""厌厌"，等等，这些词汇明显来源于民间，生动活泼，带有浓郁的生活气息，俚俗质朴、贴近生活，如家常话，亲切自然，能拉近读者与作者的距离。《乐府馀论》中称柳永词"一时动听，散播四方"，《后山诗话》称柳永的词"骫骳从俗，天下咏之"，那些"不知书者尤好之"。词作为特殊的音乐文学形式，创作目的就是娱宾遣兴。词可以通过文本和演唱两种方式传播，很明显，人们在现场听歌妓唱词比阅读词作文本更容易受到感动。词在传播的过程中，正是由于歌者声情并茂的演唱，才使词作中的情感更为动人。如柳永的一首《凤栖梧》就写了这样的情况："帘下清歌帘外宴。虽爱新声，不见如花面。牙板数敲珠一串，梁尘暗落琉璃盏。桐树花深孤凤怨。渐遏遥天，不放行云散。坐上少年听不惯，玉山未倒肠先断。"不知这位在场的歌妓唱了什么内容的词，触动了在场的少年心底的最深处，使他心碎肠断。她们的演唱使得词作的表现力增强，满足了市民阶层的感官需求。俚俗的语言、艳丽绮靡的格调、歌妓的演唱，可以很好地满足市民纵情的娱乐需求。

而士大夫阶层对词的娱乐需求与市民阶层有着很大的区别。虽然他们的作品中多有艳情词，也有一些风格艳丽绮靡的作品，但是他们对词作的要求与市民阶层有着非常大的区别。北宋仁宗朝尚未形成完整的词学理论体系，只能在士大夫的词作和词序中体会他们所秉承的词学观念。如欧阳修在晚年退居颍州之时，曾经创作过一组《采桑子》咏颍州西湖的组词，在这组词之前，欧阳修有一段《西湖念语》的自序：

昔者王子猷之爱竹，造门不问于主人；陶渊明之卧舆，遇酒便留于道上。况西湖之胜概，擅东颍之佳名。虽美景良辰，固多于高会；而清风明月，幸属于闲人。并游或结于良朋，乘兴有时而独往。鸣蛙暂听，安问属官而属私；曲水临流，自可一觞而一咏。至欢然而会意，亦傍若于无人。乃知偶来常胜于特来，前言可信；所有虽非于已有，其得已多。因翻旧阕之辞，写以新声之调，敢陈薄伎，聊佐清欢。[1]

从这段序言中能够看出，“敢陈薄伎，聊佐清欢”非常明确地表明词作者创作之时是以游戏和娱乐的态度来对待词体的。词仅仅是在自己闲暇之时，在文人雅会过程中，于尊前花间聊以佐欢的娱乐工具。但欧阳修这段自序中的前两句话也应该引起注意：“昔者王子猷之爱竹，造门不问于主人；陶渊明之卧舆，遇酒便留于道上。”他将自己歌咏颍州西湖之举与王子猷爱竹、陶渊明饮酒并称，王子猷生性爱竹，因竹之清雅，刘义庆《世说新语》“任诞”篇载：“王子猷尝暂寄人空宅住，便令种竹。或问：‘暂住何烦尔?’王啸咏良久，直指竹曰：‘何可一日无此君!’”[2]；又“简傲”篇载：“王子猷尝行过吴中，见一士大夫家极有好竹，主已知子猷当往，乃洒扫施设，在听事坐相待。王肩舆径造竹下，讽啸良久，主已失望，犹冀还当通，遂直欲出门。主人大不堪，便令左右闭门，不听出。王更以此赏主人，乃留坐，尽欢而去。”[3]故事看似十分可笑，却是大有深意，在王子猷眼里，对于自然物如修竹的纯粹的审美，其重要性远在世俗的人际关系之上。竹之美会使人忘却世俗烦恼，而得到内心中所渴望的一份雅趣，王子猷爱竹成痴，后世文人也多以赏竹种竹为雅。陶渊明不为五斗米折腰，弃官归隐田园，追求心灵的最大自由和心态的闲适优雅，他饮酒自适、固守寒庐、寄意田园、奉守超凡脱俗的人生哲学和邈远淡薄，恬静自然的隐士心态影响到了后世许多文人。晚年欧阳修退居颍州，早已没有了年少时的轻狂和放荡不羁，也没有了中年之时的意气风发、敢于论事、指摘时弊的热情，晚年的欧阳修期待一种心灵的平静与自然。他在此提及此二人的用意，也是表明自己向往一种摆脱世俗忧愁、纵情于自然的状态，同时也表明自己对世俗纷乱的摒弃与对高雅的追求。赏清风明月，听蛙鸣声声，临曲水欢饮，皆为士大夫雅致的娱乐追求。在这样的环境中所作之

[1] 唐圭璋：《全宋词》，北京：中华书局，1965 年，第 120 页。
[2] 徐震堮：《世说新语校笺》，北京：中华书局，1984 年，第 408 页。
[3] 徐震堮：《世说新语校笺》，北京：中华书局，1984 年，第 416 页。

词，虽然目的是“因翻旧阕之辞，写以新声之调，敢陈薄伎，聊佐清欢”，但其中已经很明显的带有对“雅”的追求了。

需要说明的是判断某个词人的词学观，一方面要看他散见在词序或专著中的只言片语，同时也要看他的实际创作。不能只根据他的一时言语而判断他的词学观。只有这样才能更为准确的诠释一个词人的词学观。欧词中的部分词作体现出了崇雅的意识，这种意识在晏殊、张先等人的词作中也有体现，但如果参考欧阳修、张先二人的整体创作，他们二人都有部分的拟俗词，这类词所反映的词学观仍是市民对词体娱乐的需求。尤其是欧阳修少年时代，官位低微，很容易受到市民文化的影响，其部分词作反映的也是市民娱乐化的寻求。欧阳修之所以在这段词序之中在标举娱乐观的同时又提倡清雅，是由于《采桑子》组词作于欧阳修年老退居颍州之时，其为高官多年，在审美上已经与市民阶层的审美划清了界限，体现出了士大夫的审美标准，所以，此时，欧阳修不仅重视词体的娱乐功能，同时也开始在词作风格上追求雅致。

再如，陈世修在为冯延巳词作序时写道：

> 公（冯延巳）以金陵盛时内外无事，朋僚亲旧或当燕集，多运藻思，为乐府新词，俾歌者丝竹而歌之，所以娱宾而遣兴也。日月寖久，录而成编。观其思深辞丽，韵律调新，真清奇飘逸之才也。噫！公以远图长策翊李氏，卒令有江介地。而居鼎辅之任，磊磊乎才业，何其壮也！及乎国已宁，家已成，又能不矜不伐，以清商自娱。为之歌诗，以吟咏情性，飘飘乎才思，何其清也！核是之美，萃于身，何其贤也！❶

从这则序言中可以看出当时词的功用依然是娱宾遣兴。但值得注意的是陈世修在称赞冯延巳的词作时所用的几个词语：其一，“思深辞丽”，“思深”是针对词作的思想性提出的，“辞丽”是对词作语言的赞美；其二，“韵律调新”，强调词作一定要合律，并且鼓励新声；其三，“清奇飘逸”“何其清也”，都提到了一个“清”字，结合冯延巳的作品，这个“清”字当指剔除俗艳之后的雅致韵味；其四，“吟咏性情”，说明词具备

❶［宋］陈世修：《〈阳春集〉序》，邓子勉：《宋金元词话全编》，南京：凤凰出版社，2008年，第64页。

抒情功能。这篇序文写于仁宗嘉祐年间，且不论其对冯延巳词的评价是否公允，其对冯词的评价，代表的肯定是当时词学观念对优秀词作的一些要求，从以上几点可以看出，词在当时仍作为娱乐工具存在，但士大夫阶层已经开始要求词的雅化，要求吟咏性情的词作思虑深致、语言典丽且蕴含清雅之气。

虽然士大夫阶层与市民阶层都将词视为娱乐工具，但二者对词的娱乐要求是不同的。士大夫的崇雅的标准也在日后逐渐形成了一种得到大多数人认可的词体标准，从而使词走上了雅化的道路。

第二节　士大夫阶层对词体功能的扩展

仁宗词坛，严格意义上而言并未形成完整的词学理论体系，很多词作者尚停留在创作阶段，晏殊、欧阳修、张先及柳永虽为仁宗时期的代表词人，但在词学理论上并未表现出相应的热情，张先虽为晏殊的《珠玉词》作序，但早已散佚。研究仁宗词坛的词学观，还要从词序与词作者的创作入手。上文所述，词在仁宗朝仍作为娱乐工具被士大夫阶层所接受，士大夫阶层对词仍然采取轻视与鄙夷的态度。但在他们的内心当中又无法阻止对词这种新兴文体的热爱，纷纷投入到词的创作中去。由于当时并没有完整的词学理论体系指导士大夫的创作，相对于词学理论，当时的诗文理论已经比较成熟，词的创作必然会或多或少的受到诗文理论的影响。所以，虽然仁宗词坛，士大夫阶层并没有扩展词体功能的主观故意，但由于他们对诗文创作理念的熟知与认同，使得他们在客观上拓展了词体的功能。

一、仁宗朝诗文理念与词言志功能的初显

仁宗朝的诗文理念前后有两大派别存在：在仁宗前期，在诗文领域影响比较大的是西昆体。西昆体因《西昆酬唱集》而得名，此集所收录的诗歌基本上是宋初馆阁文臣唱和之作。以杨亿、刘筠等人为代表，当时影响极大并盛行一时，“《西昆集》行，后进学者争效之”❶。西昆体成为在诗

❶ ［宋］欧阳修：《欧阳修全集》全集卷一百二十八，北京：中华书局，2001 年，第 1952 页。

坛、文坛独领风骚的一大流派，其艺术主张也十分引人注目。西昆体诗人在艺术上推崇唐代诗人李商隐，大多师法其密丽雕润、文字华美、对仗工稳、用事缜密的风格，形成了整饬、典丽的艺术追求。但西昆体的诸位诗人较少有词作传世，所以，其艺术主张在词体中反映并不明显。在仁宗朝后期，影响较大的是由欧阳修倡导的诗文革新运动。由于欧阳修等人在政治上与学术上都有非常强烈的使命感，表达政治见解需要更切于实用的文学观念，摒弃雕章琢句，内容空泛的诗文，于是，欧阳修等人十分重视诗文的政治教化功用，并以中唐韩愈、柳宗元为学习的典范，纠正西昆体浮靡侈丽、华美密丽的文风。同时，欧阳修在仁宗嘉祐二年 1057 年知贡举，利用选拔青年学子的机会，对险怪生涩的太学体文风也加以排抑。欧阳修很重视诗文的实用性，言志功能，认为诗文必须实用，反映现实生活，他在《答李诩第二书》中云："六经之所载，皆人事之切于世者。"❶ 他认为读死书而不关心现实之道的文士是不能做出好文章来的，他在《答吴充秀才书》中云："盖文之为言，难工而可喜，易悦而自足。世之学者往往溺之，一有工焉，则曰：'吾学足矣。'甚者至弃百事不关心，曰：'吾文士也，职于文而已。'此其所以至之鲜也。"❷ 他在《赠杜默》一诗中也指责了杜默所作之诗"淫哇俗所乐，百鸟徒嘤嘤"❸，而不关心"京东聚群盗，河北点新兵，饥荒与愁苦，道路日以盈"的内忧外患，社会动乱，灾民流离。并对杜默提出规诫，希望他可以写出反映民瘼的诗歌来，以达上听。这首诗从一个侧面也反映出欧阳修主张诗文要反映现实民生疾苦的正确观点。言之有物，不浮华，不险怪，实用功能与艺术价值有机结合，也成了当时文坛的共识。晏殊早年历经真宗朝，其文风受到了西昆体的影响，但在仁宗朝经历了庆历党争的政治风波后，他转而对韩文、柳文非常佩服，在《与富监丞书》中云："自历二府，罢辞职，乃得探究经诰，称量百家，然后知韩柳之获高名为不诬失，迩来研诵未尝释手。"可见其为韩、柳折服。且文风也比早年之歌功颂德、粉饰太平有所变化。仁宗朝的存词较多的词作者大多秉承着诗文言志的文学观念，注重诗文的实用性。

由于仁宗朝词体在士大夫眼中，仍为"末技小道"，所以上述诗文观

❶ ［宋］欧阳修：《欧阳修全集》居士集卷四十八，北京：中华书局，2001 年，第 668 页。
❷ ［宋］欧阳修：《欧阳修全集》居士集卷四十八，北京：中华书局，2001 年，第 663 页。
❸ ［宋］欧阳修：《欧阳修全集》居士集卷一，北京：中华书局，2001 年，第 14 页。

念并未完整、彻底地贯彻到词的创作当中。但是，由于词作者大多受到文道相通、言之有物的诗文观念的影响，这种文学观念会潜移默化的影响到词人的创作，由于词体的特殊属性，在他们的创作中，还难以看到词的内容是反映民生疾苦，关注现实斗争，但从他们的词作中，可以看出他们对生命的思考与人生的慨叹，与前期词中只写题材相近，语言雷同的闺中艳情、男女欢爱有了较大的区别，这些词作者的部分词作走的是一条自我抒情的道路，从而也使得词言志的功能得到初显。

以晏殊词为例。晏殊一生虽经历过政治风波，但总的来说，相对平顺，少年得志，一直过着闲适优裕的生活，然而晏殊天性敏感，他的词中经常流露出对生命的忧思。这种忧思是前代词人中极少表现的，是晏殊词中比较独特的情志。晏殊经常体悟和反思人生，在本来幸福圆满的生活中体会到时光流逝的无奈，悲叹年光之有限，感叹世事之无常，他反复在词中慨叹："细算浮生千万绪，长于春梦几多时"（《木兰花》）；"春光一去如流电。当歌对酒莫沉吟，人生有限情无限"（《踏莎行》）；"时光只解催人老"（《采桑子》）；"可奈光阴似水声，迢迢去未停"（《破阵子》），等等。晏殊很喜欢在词中使用"夕阳"这一意象。夕阳（又名斜阳）意象是前代词人词作中较少使用的一个意象，在晏殊的138首词中，夕阳（斜阳）意象共出现了13次。在自然中，夕阳之景是很美丽的景致，这一意象也是极有美感的意象，但夕阳的出现同时预示着黑夜的来临，所谓"夕阳无限好，只是近黄昏"（李商隐《乐游原》），它也是一个容易让人产生感伤情绪的意象。前代词人写夕阳意象，多是借助夕阳这一比较赋予画面感和美感，又带有一丝伤感的意象来表达对情人的相思与怀念。如冯延巳词中的夕阳意象："林间戏蝶帘间燕，各自双双。忍更思量，绿树青苔半夕阳。"（《采桑子》）"风微烟澹雨萧然，隔岸马嘶何处。九回肠，双脸泪，夕阳天。"（《酒泉子》）晏殊词中的夕阳意象内涵要比前代更为丰富。晏殊对夕阳意象的描写反映了他独特的感伤情绪。晏殊虽官居高位，日日过着"酒筵歌席莫辞频"的生活，但"优裕的物质生活并不能满足他渴求着探索人生奥秘的心灵，他心灵的触角常常是其来无端地伸向人心的深处，而又没有找到自己所寻觅的东西，于是一缕青烟薄雾似的哀愁，就上升到了他的笔头”❶。晏殊的名篇《浣溪沙》（一曲新词酒一杯）中的“夕阳西下几时回”所写的夕阳意象就饱含了这样的心态：夕阳虽然美丽，但不能久留，夕阳西下之时，整个世界就要坠入无边的黑暗之中。流淌的光阴不会因美丽的存在而停下脚步，逝去的美丽又何时才能重回人间？明天升起的太阳已经不是今天西下的斜阳，失去的光阴，流逝的美好是永远不可能再找回来的。晏殊写夕阳意象，带出了他对宇宙人生的深沉的思考，将笔触伸向了人心灵的深处，却发现：时光飞逝，人生有限，美好的时光不能常在，美丽的颜容难于常保。一切都如夕阳一般，总归要随着岁月流逝而逝去。于是，晏殊产生了一种莫名的感伤情绪，体现出他对时光急促、人生有限的思考与感悟。晏殊正是借助词来表现自己的内心感受，抒发自己对人生的沉思与对生命的体悟。

与晏殊同时代的欧阳修、柳永、张先等人，他们的部分词作更为明确地表达了个人对生命的思考与独特的人生体会，扩大了词的功能，使词朝着自我抒情的方向发展。

二、词体社交功能的体现

词在产生之初并不用于社交场合，用于士大夫之间酬唱的文体主要是诗歌。而在仁宗时期，随着越来越多的士大夫参与到词的创作中来，又由于词的创作环境多为文人雅会，宴饮歌席之上，所以士大夫饮酒酬唱多以词为媒介，词的社交功能开始凸显，表现在以下几个方面：

其一，以词干谒，或因作词得到赏识和机会。

在中唐到北宋的文人眼中，词的地位是很低下的，但是私下里，文人对词这种形式都很熟悉，并且词作是最容易广泛流传的。柳永干谒所投献的作品以词为主。柳永写过不少投献词，据薛瑞生先生考证，柳词中的《如鱼水・轻靄浮空》为拜谒吕夷简所作；《一寸金・井络天开》为赠益州太守蒋堂之作；《永遇乐・天阁英游》是赠滕宗谅之作；而《早梅芳・海霞红》《望海潮・东南形胜》《瑞鹧鸪・吴会风流》三首，均为投献杭州太守孙沔所作，等等。一些词人也因为作词而得到了一些机会。柳永就是其中之一，《古今词话》中记载：“柳耆卿与孙相何为布衣交，孙知杭州，

❶ 程千帆、吴新雷：《两宋文学史》，石家庄：河北教育出版社，2000年，第102页。

门禁甚严，耆卿欲见之不得，作《望海潮》词，往谒名妓楚楚曰：‘欲见孙相，恨无门路。若因府会，愿借朱唇歌于孙相公之前。若问谁为此词，但说柳七。’中秋府会，楚楚婉转歌之，孙即日迎耆卿预坐。”柳永终于通过一首词作，见到了久违的老朋友。这就是以词为媒介完成的社交活动。而柳永为了求得赏识，谒见当时的台阁重臣晏殊时就没那么幸运了。晏殊问柳永是否也写词？柳永心想可以借写词这一他和晏殊都喜好的活动和晏殊套近乎，于是回答：“我也像您一样是写词的。”不料晏殊脸色一变说：“我虽然写词，但是我不写‘彩线闲捻伴伊坐’这样的艳词。”柳永一听这话，只能灰溜溜地走了。柳永想借助词为媒介从而得到晏殊的赏识，谁知晏殊不喜欢他词作的风格，所以没有成功。这次社交活动虽然以失败告终，但是说明士大夫之间是可以借助词来交往的。黄升的《花庵词评》中还有这样一则记载：“子京（宋祁）过繁台街，逢内家子中，有褰帘者曰小宋也。子京归，遂作此词（《鹧鸪天》）。都下传唱，达于禁中。仁宗知之，问内人第几车子何人呼小宋？有内人自陈：顷侍御宴，见宣翰林学士，左右内臣曰小宋也。时在车子中偶见之，呼一声尔。上召子京，从容语及，子京皇惧无地，上笑曰：蓬山不远，因以内人赐之。”宋祁做了一首词不仅仅抱得美人归，还得到了一次和皇帝见面的机会，可谓是红运当头。

其二，借助词来传情达意。

士大夫之间也喜欢以词为媒介进行交往，欧阳修、张先等人部分词作的词序中，皆表明此词是赠予谁，或因谁而作。如欧阳修《朝中措》一词标明是“送刘仲原甫出守维扬”为送别词，《渔家傲》一词标明“与赵康靖公”，以词中“今日一觞难得共。聊对捧。官奴为我高歌送”来看，此词是写在送别的酒宴之上。张先的《塞垣春》词题表明“寄子山”，此词写于宋仁宗宝元二年（1039 年）四月，沈邈以都官员外郎知真州，子野寄词与他，《山亭宴慢》词序中写道“有美堂赠彦猷主人”，此词写于宋仁宗嘉祐五年（1060 年），是在杭州赠送唐询之作。张先词中的酬唱赠别之作很多，在词序中清晰标明的就有三十七首之多。他与郑獬同调唱和之作流传至今：

把酒对江梅，花小未禁风力。何计不教零落，为青春留得。
故人莫问在天涯，尊前苦相忆。好把素香收取，寄江南消息。

（郑獬《好事近》）

月色透横枝，短叶小花无力。北客一声长笛，怨江南先得。

谁教强半腊前开，多情为春忆。留取大家沉醉，正雨休风息。

（张先《好事近·和毅夫内翰梅花》）

张先这首词是步韵和词，再如上文所举苏舜钦与尹洙同题唱和的《水调歌头》，说明在当时士大夫已经将诗的唱和引进了词的领域，交往酬酢、传情达意，遂形成了唱和风气。

此外，《湘山野录》卷中还记载了这样一件事，吕夷简曾向宋仁宗举荐陈尧佐，陈上任后，非常感激吕的举荐，"极怀荐引之德，无以形其意，因撰燕辞一阕，携觞相馆，使人歌之"❶。陈尧佐借助词这种不太严肃的形式传达自己的感恩之情，含蓄而不失风度。以上这些例子都说明词可以成为传情达意的媒介，在社交场合被运用。

仁宗朝，士大夫不仅沿袭了词的娱乐功能，同时也扩大了词体的功用，使得词体的言志功能得到初显，并使得词在社交中充当媒介，起到与诗歌在社交中相同的功用，为日后词体地位的提升奠定了基础。

第三节　晏、柳论词与词体雅俗之辨的肇端

雅俗的概念出自先秦儒家乐论，周武王建立周朝不久，就命周公姬旦制礼作乐，建立各种贵族生活中的礼仪和典礼音乐，使音乐为王权统治服务。这一部分乐舞就是所谓的"雅乐"。在周朝的礼仪活动中，严格规定不同的场面使用不同的音乐。它的主要目的是使参加典礼的贵族受到伦理教育的感化，造成一种庄严、肃穆、安静、和谐的气氛。与"雅乐"相对的是"郑声"，郑声原指春秋、战国时代郑国的音乐。因与儒家提倡的雅乐不同，故受排斥。《论语·卫灵公》："放郑声，远佞人。郑声淫，佞人殆。"之后，将与儒家倡导的礼乐教化所不符的民间音乐统称为"郑声"，也叫俗乐，战国齐宣王就曾向孟子说：寡人非能好先王之乐，直好世俗之

❶ ［宋］释文莹：《湘山野录》卷中，邓子勉：《宋金元词话全编》，南京：凤凰出版社，2008年，第141页。

乐耳。雅乐与俗乐的划分标准是它是否体现了儒家的文艺教化思想。在宋代之前，雅俗观念已经进入了文学理论领域，刘勰《文心雕龙》云：“斯斟酌乎质文之间，而隐括乎雅俗之际，可与言变通矣。”唐代殷璠《河岳英灵集叙》谓文有雅体、俗体之分。由此可见，宋前，雅俗观念由音乐领域进入了文学视野。词在产生之初是音乐文学，如刘熙载所言：“乐歌，古以诗，近代以词，如《关雎》《鹿鸣》皆声出于言也，词则言出于声矣，故词，声学也。”[1] 又云：“乐中正为雅，多哇为郑，词乐章也，雅郑不辨，更何论焉。”[2] 由于词的特殊属性，雅俗之辨成了两宋词坛最热门的争论之一。

学术界一般认为，词体的雅俗之辨在北宋中期开始，由于北宋中期苏轼及苏门弟子论词之风盛行，他们开始反思词体的创作实践、文化功能与价值取向，促使词体逐步走向了自觉。而事实上，在仁宗朝，士大夫就已经有了雅俗的概念，并且此时的雅俗之辨，表现为士大夫阶层对俗词的排斥与批判。

仁宗时期，两大文化圈并存：一种是代表士大夫雅文化的文化圈；另一种是代表市民俗文化的文化圈。两大文化圈所崇尚的词作风格也有所不同，二者针对词体风格的首次交锋，出现在仁宗朝，即晏殊、柳永论词事件的发生。此事在上文的论述中已经引用：

> 柳三变既以词忤仁庙，吏部不放官，三变不能堪，诣政府。晏公曰：“贤俊作曲子么?”三变曰：“祇如相公，亦作曲子。”公曰：“殊虽作曲子，不曾道‘彩线慵拈伴伊坐’”，柳遂退。

从这件事情可见：其一，柳永当时的创作代表着市民俗文化，而晏殊的创作显然代表的是士大夫雅文化，此次二人见面，谈论到了他们共同喜爱的文学形式——词，他们之所以没有达成共识，是因为晏殊鄙视柳永所做的市俗风格的词作，晏殊本人也参与词的创作，他的词以婉丽雅致为主，晏殊、柳永二人之间的矛盾，并非对词体看法有所不同，而是对词作

---

[1] ［清］刘熙载：《艺概·词概》卷四，唐圭璋：《词话丛编》，北京：中华书局，1986 年，第 3687 页。

[2] ［清］刘熙载：《艺概·词概》卷四，唐圭璋《词话丛编》，北京：中华书局，1986 年，第 3688 页。

风格认同的差异。二人的这次会面，可以看作是雅、俗两种风格的首次交锋；其二，在仁宗朝，处于权威地位的仍是士大夫崇尚的雅文化，柳永之词虽然传播四方，在市民文化圈内得到了最为广泛的认同，但是，当士大夫阶层指出其词之淫靡俚俗之后，他只能惭愧告退。这说明，柳永也认同士大夫雅文化为权威文化；其三，柳词在市民文化圈内地位很高，唱词者、谱曲者争相求购，而在士大夫文化圈内，柳词被鄙视和排斥，并因写词而影响了其仕途，这一点表明柳词在两大文化圈内所处的地位是完全不同的。

这一不同又反映出北宋仁宗时期词这一新兴文体所具有的特殊文化品格，即雅文化与俗文化在词这一文体中并存。在北宋时期，当词走进士大夫阶层的日常生活，成为其创作必不可少的一种形式时，士大夫阶层面临着在文学创作的实践层面，如何提升词体文化品格这一重要命题，而这一命题的核心便是词的雅俗之辨。而此时，柳词中雅俗并存的现象表现得又最为明显。大夫阶层对柳词的批评声，正是士大夫阶层开始意识到提升词体的文化品格必须排斥市俗文化对词的影响，这一表现可以视为雅俗之辨的开端。

一、从现象来看，仁宗朝大部分文人词都带有雅、俗两种品格，而士大夫阶层的创作带有自觉的雅化倾向。词起源于民间，是民间娱乐的一种形式，它本身就带有市俗文化品格，晚唐五代时期，士大夫阶层对词的青睐，都带有明显的游戏心境，既然是游戏之作，那么没有必要去刻意求工稳、求雅致。为何士大夫的创作会出现崇雅的现象呢？这是由于其一，士大夫阶层本身受过良好的教育，有着深厚的学养与较高的文化品位，所以，在创作时，其词自然而然地走上了雅化的道路。其二，在词开始被士大夫所青睐的晚唐五代时期，词作为一种娱乐项目，在士大夫宴饮之中起到“聊以佐欢”的作用。很多文人词并非是当时的流行歌词，词的创作地点，传播地点均在士大夫聚会的筵席之上。在这种小范围的文人圈子内进行的创作与传播，创作者和听众都有较高的文化品位，那么，即使是娱乐游戏，也会贴上“雅”的标签。可以说唐五代词之所以有了崇雅的趋势，并非士大夫刻意为之。而在北宋仁宗时期，情况则有所变化，士大夫在词的创作上开始有了崇雅的自觉。上文欧阳修所作《西湖念语》就反映出崇雅的意识，晏殊虽然没有留下论词著作，但从以下的两则记载中可见晏殊的审美取向，吴处厚《青箱杂记》卷五载：“（晏殊）尝览李庆孙《富贵曲》云：‘轴装曲谱金书字，树记花名玉篆牌。’公曰：‘此乃乞儿相，未尝谙富贵者。故余每吟咏富贵，不言金玉锦绣，而惟说其气象。’若‘楼台侧畔杨花过，帘幕中间燕子飞’；‘梨花院落溶溶月，柳絮池塘淡淡风’之类是也。’故公自以此句语人曰：‘穷儿家有这景致也无’?”❶又据欧阳修《归田录》卷二记载：“晏元献公喜评诗，尝曰：‘老觉腰金重，慵便枕玉凉’，未是富贵语，不如‘笙歌归院落，灯火下楼台’，此善言富贵者也。”❷ 晏殊重文学作品中的气象、韵味，而反对金玉满篇、市俗之气过重的文学作品。从晏殊的创作实践看，他的词作几乎没有拟俗词，没有市井气，表现出闲雅的风格。所以，可以说仁宗时期，士大夫的词作开始有了比较明显的崇雅倾向。但同时，由于仁宗朝市民文化的大繁荣，士大夫不可能不受到街头巷尾所传唱的流行词调的影响，尤其是柳永，他长期厮混于娼楼妓馆之中，被歌妓频频索词，他的词一旦付诸歌喉，听众皆为普通的民众，在这种情况下，其词就自然带有市俗化的品质。士大夫眼中，词的地位很低下，代表着市俗风格的词更不能入士大夫阶层的法眼。于是，摒弃市俗，崇尚雅致是仁宗朝士大夫潜在的词学观。

二、士大夫对柳词的批判是雅俗之辨的开端，也是士大夫阶层对其文化品质的维护。从柳永拜谒晏殊这一事件始末来看，表面上，士大夫排斥的是市井俗词。但在根源上，士大夫阶层排斥的是市民文化。在士大夫阶层看来，市民文化对其文化地位与文化品质的一种玷污。士大夫阶层作为统治阶层，不允许异质文化动摇他们对文化的统治地位。词体的雅俗之辨，表面上是崇尚雅致，提升词体的文化品位，实质上，是对文化特权的一种占有与维护。柳永是创作市井俗词最多、流传最广的词人，他在这条道路上走得最远，自然而然地成了众矢之的，被士大夫阶层当成了批判的活靶子。

（一）对柳词内容及其风格的批判带有明显的斥俗的倾向

首先，从柳永拜谒晏殊事件可见，士大夫对柳永艳情词内容的不满，反映出在词体的雅俗之争中，士大夫雅文化有斥俗的一面。柳词的内容与其他文人词类似，均写男女情爱、相思怨别、念远怀人。为何其他文人词

---

❶ ［宋］吴处厚：《青箱杂记》卷五，北京：中华书局，1985 年，第 47 页。

❷ ［宋］欧阳修：《归田录》卷二，北京：中华书局，1981 年，第 21 页。

没有受到士大夫的批判？而单单柳词受到了强烈的批判呢？这是因为柳词与其他文人词相比，有俗的一面，主要表现在以下几个方面：

其一，词作内容的主人公差异较大。文人词写男女情爱之作，虽多为“男子作闺音”，但词作的主人公一般是贵族妇女，在表现她们的情感之时，多借意象抒情，含蓄蕴藉，内容比较雅致。而柳永词作的主人公一般是下层妓女或失恋的平民女子，将笔端伸入她们的内心世界，多以白描手法直接抒情，写得大胆直白，带有市俗趣味。比较以下两首词：

> 柳丝长，春雨细，花外漏声迢递。惊塞雁，起城乌，画屏金鹧鸪。　香雾薄，透帘幕，惆怅谢家池阁。红烛背，绣帘垂，梦长君不知。（温庭筠《更漏子》）
>
> 洞房记得初相遇。便只合、长相聚。何期小会幽欢，变作离情别绪。况值阑珊春色暮。对满目、乱花狂絮。直恐好风光，尽随伊归去。　一场寂寞凭谁诉。算前言，总轻负。早知恁地难拚，悔不当时留住。其奈风流端正外，更别有、系人心处。一日不思量，也攒眉千度。（柳永《昼夜乐》）

这两首词的内容都是女主人公念远怀人之作。然而温词含蓄蕴藉，柳词坦率直白。温词的主人公为贵族妇女，而柳词的主人公为平民妇女。温词写女主人公的所见所闻：春雨迷蒙，柳丝初长，花外迢递的漏声，塞雁惊起、城乌飞翔，这一切景致都衬托出了夜的宁静清幽，接着，女主人公的视角由室外转到室内，看到画屏孤独的金鹧鸪，下片进一步渲染女主人公室内的冷寂，真切地表露出独守空闺女子的孤栖心绪，结句“梦长君不知”点明女主人公孤独冷寂的原因，但又至此戛然而止，含蓄蕴藉，以夜之意象来衬托思妇之幽怨，为词作增添了朦胧的美感和幽怨的气韵。而柳词不用传统比兴寄托的手法，不借意象抒情，女主人公自道心事、绝无含蓄，个性鲜明、有血有肉。而这种非类型化的真实形象，在士大夫阶层看来是少含蓄，无寄托的。

其二，内容表现方式的差异。其他文人词虽写词人自身与女性之间的情感纠结，但这些作品大多淡化情欲，结合人生喜怒悲欢，虽写男女之情，但不失风流蕴藉。而柳词的内容却是以平等的心态，关注这些下层妇女的生活与思想，以相知的态度对待她们，真切地表现她们的命运，率真直白，有些作品对情欲与女性身体的描写十分大胆，带有明显的市民大众生活之市俗趣味。与风流蕴藉的文人之作大相径庭。比较以下两首词：

红笺小字，说尽平生意。鸿雁在云鱼在水，惆怅此情难寄。斜阳独倚西楼，遥山恰对帘钩。人面不知何处，绿波依旧东流。（晏殊《清平乐》）

世间尤物意中人。轻细好腰身。香帏睡起，发妆酒酽，红脸杏花春。 娇多爱把齐纨扇，和笑掩朱唇。心性温柔，品流详雅，不称在风尘。（柳永《少年游》）

同写与歌妓之情，晏词以回忆为主，此为怀人之作。词中寓情于景，以淡景抒浓愁，言绿水长流，青山常在，而自己爱恋之人却不知去向；虽有天上的鸿雁和水中的游鱼，它们却不能为自己传递书信，因而惆怅万端。此词以红笺、鸿雁、斜阳、西楼、遥山、帘钩、人面、绿水等意象，营造出一个充满离愁别恨的意境，将词人心中蕴藏的情感波澜表现得婉转细腻、感人至深。全词淡化情欲、从容闲雅，语简而情深，很好地体现了词人独特的艺术风格。柳词则呈现出完全不同的风格。柳词上阕写歌妓身量匀称、酒后面色红润如杏花一般。下阕写其心性温柔、品流详雅，不称在风尘，赞美之余充满惋惜之意。柳词的表达坦率直白，且不避对歌妓身体的直接描写。真切地表达歌妓之品性与市井风尘之地不相称，哀叹其命运之悲苦。在士大夫看来，“不溺于情欲，不荡而无法”，即使写与女性的情感经历也要符合“发乎情，止乎礼义”的伦理规范，写情而淡化色欲，寄寓更多的人生况味，这样的词才称得上品性高雅。而柳词中的大部分女性词，显然不符合这一规范。所以，士大夫阶层对柳词之“俗”加以指责。

其三，从创作艳情词的数量上来看，其他的词作者写得少，而柳永写得多，柳永天赋词才，精于音律，他在娼楼妓馆中与歌妓的百般情态都在其笔端流露，其香艳、真实不亚于今日之现场直播。如：

飞琼伴侣，偶别珠宫，未返神仙行缀。取次梳妆，寻常言语，有得几多姝丽。拟把名花比。恐旁人笑我，谈何容易。细思算、奇葩艳卉，惟是深红浅白而已。争如这多情，占得人间，千娇百媚。须信画堂绣阁，皓月清风，忍把光阴轻弃。自古及今，佳人才子，少得当年双美，且恁相偎倚。未消得、怜我多才多艺。愿奶奶、兰心蕙性，枕前言下，表余深意。为盟誓。今生断不孤鸳被。（柳永《玉女摇仙佩》）

这首词叙写一位美貌的歌妓，主要写词人与这位歌妓的恩爱情深。像青楼妓馆里的士人与歌妓调笑的现实版录像，带有明显的市俗趣味，清代王同之《西圃词说》："柳屯田之‘兰心蕙性’、‘枕前言下’等言语，不几风雅扫地乎？"

柳词中这些艳情词的内容，表现的大多是市俗趣味，代表着市民阶层俗文化圈的欣赏品味。而这部分词作遭到士大夫阶层最为强烈的批判。可见，士大夫阶层对柳词的批判带有斥俗的倾向。

（二）对柳永人格的批判张显士大夫文化特权

文化特权可以解释为在文化层面上统治阶层对话语权的掌控。统治阶层内部一旦形成了某种共同的审美趋向，文学、艺术创作如趋从这种审美倾向，就会得到统治阶层青睐与推崇，反之，便会遭到禁锢或排斥。中国古代社会，统治阶层共同的审美倾向就是士大夫阶层所推崇的雅文化。只有尚雅的文学、艺术作品，才是美好的、经典的、可以流芳百世的。反之，则为低俗的、卑劣的、不能登上大雅之堂的。士大夫阶层掌握着对文学、艺术作品评论的话语权。这种权利代表着统治阶层的审美，形成了在文化审美方面的一种潜在的特权。士大夫阶层对雅文化的崇尚，不仅仅是一种审美追求，同时也反映了整个统治阶层对话语权的掌控，不仅仅是一种文化认同，同时也是一种统治特权的彰显，代表了一个阶层所特有的文化属性。而柳永虽身为士大夫阶层的一员，偏偏写浅近卑俗之词，柳词中大部分流传广泛的词作代表的是市民阶层的俗文化，充满着各种市俗况味，并且，他的词又在社会各个阶层广泛流传，影响较大。在潜在层面上是对士大夫阶层文化特权的一种挑战。而士大夫阶层为了维护其文化特权，便对其人格进行贬斥，这种贬斥造成的结果：一是柳永被描述成一个"小有才而无德以将之，亦士君子之所宜戒也"的反面典型形象；二是柳永仕途之路屡遭坎坷。其人格在士大夫阶层遭到了广泛的质疑。综上，在北宋仁宗时期，雅俗之辨的主要表现为崇雅的士大夫对带有俚俗风格的词作及词人的批判。

三、词的雅俗之辨虽然在北宋仁宗朝发端，但在这一时期，尚未完成对词这一新兴文体独特文化品质与艺术品格的建构。这是由于：

首先，词在仁宗时期尚属于新兴文体，虽然词在民间起源较早，但被文人阶层所接受，并广泛创作是在晚唐五代时期，北宋初期，在士大夫阶层中，词仍属于新兴文体，依附于音乐存在，属于音乐文学的一部分，它的文体独立性尚未完全建立。北宋时人非常看重词体的音乐性，欧阳修曾说："清浊二声，为乐之本，而今自以为知乐者尤未达此，安得言其细微之旨？"[1] 即非常注重音乐本身。又如沈括，在其《梦溪笔谈》卷五中论及今乐，批评道："唐人填曲多咏其曲名，所以哀乐与声尚相谐会，今人则不复知有声矣。哀乐而歌乐词，乐声而歌怨词，故语虽切而不能感动人情，由声与意不相谐故也"[2]，他对音乐的感情色彩十分重视，即使词作的内容很好，倘若与音乐不谐，那么也不能称之为感人的好作品。可见，北宋人对音乐非常重视。虽然，北宋仁宗时期，词作已经出现了雅、俗两种风格，并且，士大夫开始排斥市井俗词，有了提升词体品格的主观意识。但由于词体还是一种音乐文学，并未完全脱离音乐，词体并未获得完全的独立性，所以对词体内容及风格的雅俗之辨并不深入。

其次，从词体功能来看，在这一阶段，词的主要功用是供士大夫阶层享乐之用，欧阳炯的《花间集序》中就说明了写词的目的是用"西园英哲""用资羽盖之欢""绣幌佳人""用助妖娆之态"来满足纨绔子弟、绝代佳丽的娱乐需要。冯延巳的外孙陈世修在《阳春录序》中说："公（冯延巳）以金陵盛时，内外无事，朋僚亲旧，或当燕集，多韵藻思，为乐府新词，俾歌者倚丝竹而歌之，所以娱宾遣兴也。"作词不过是一种"娱宾遣兴"的娱乐方式而已。欧阳修在其《西湖念语》词序中写道其作词的目的是："因翻旧阕之辞，写以新声之调，敢陈薄伎，聊佐清欢。"即以娱乐为目的。虽然士大夫阶层已经对雅俗有了大体的认识，词体功用以娱乐功用为主，其价值主要是满足人们的精神需求，士大夫阶层对其重视不够，对雅俗风格并没有深入地探讨，所以，在北宋仁宗时期词体独特的文化品

[1] ［宋］欧阳修：《试笔》，邓子勉：《宋金元词话全编》，南京：凤凰出版社，2008 年，第 53 页。

[2] ［宋］沈括：《梦溪笔谈》卷五，邓子勉：《宋金元词话全编》，南京：凤凰出版社，2008 年，第 89 页。

质尚未建立。雅俗之争虽已肇端，但并没有进行深度的探讨。雅俗之争在北宋中期得以延续，并在南宋时期达到高潮，直至南宋末期，词体的雅化品质才得以确立。

综上所述，北宋仁宗时期，虽论词之作极少，完整的词学理论体系尚未形成，但这一时期，在词学理论方面，对词体特质的认同、词体的功能观、词体价值取向，词体的内容与风格等多个方面已经有了初步的探讨，为之后词学理论体系的形成与构建打下了坚实的基础。

第五章　仁宗词坛特色论

仁宗时期，宋词的创作迎来了第一个高潮，在艺术上也取得了很大的成就，为之后宋词的大繁荣开辟了道路。仁宗词坛在题材选取、体式与结构、意象选取与组合方面均呈现出与前代词坛不同的特点，可以称之为仁宗词坛的特色。本章将这些特色集中在一起，分别进行探讨。

第一节　主题的取向

仁宗词坛的主题取向对比前代，并未出现较大的变化。传统题材的词作仍占有极大的比重。描写、追忆两性之间情爱行为的艳情词，展现闺中女子伤春悲秋、怀人念远等心绪与情感的闺情词，晚唐五代直到北宋时期，这两类词作在词坛上均占据着绝对的优势。仁宗词坛，这两类词从表现内容到表现手法上都有一定的变化，首先是士大夫雅词与市井俗词对女性形象书写的区别。其次是词作抒情主人公性别角色的变化。这一时期，词作的题材也出现了一些新变，一些前代词坛尚处于萌芽状态的题材，在仁宗词坛进一步发展，前代词坛仅仅有少数词人偶尔创作的题材，在仁宗词坛得到了比较广泛的关注，如祝颂词、咏物词、闲愁词、羁旅行役词，等等。另外，前代词坛尚未出现的内容，或仅存一二首该内容的词作，在仁宗词坛也得到了初步发展，有一部分词作者开始进行创作，如咏史词、边塞词、宗教词，等等。仁宗词坛的主题取向虽没有明显的变化，但其主要贡献在于词的内容开始和词作者个人生活相结合，不只是单纯的表现模式化的情爱内容，而是更偏重于词作者人生体验的抒发，呈现出个性化的特征。同时，词作涌现出大量的实用性内容，投献、贺寿、交际等祝颂词的出现，体现了词作功能的扩大化，为元祐词坛词境的开拓、词作内容的新变奠定了基础。

一、传统题材的新变

仁宗词坛的大部分词作仍以传统题材为主，《花间集》500首词作中，艳情词与闺情词共330首，占到66%。[1] 这个数字非常大。在仁宗词坛，这两类词共四百四十五首，占45.1%的比例。这个比例虽未及花间词，但也十分巨大。仁宗时期，这两类词发生了一些变化。主要表现在以下三个方面：

（一）艳情、闺情词中男性视角下女性形象的新变

男性视角中的女性形象在这一阶段有了一些变化。虽然多数词作仍运用"男子作闺音"的方式，但由于市民文化的发展与影响力的扩大，代表着市民享乐观念的女性形象开始出现。又由于词体功能的扩展，词作为文士自我抒情的工具，很多词作抛弃了旧有的男性为女性代言的模式，而是以男性的视角描写值得他们同情的女性形象，并借他人之酒杯，浇心中之块垒，具体而言，男性视角下女性形象的新变，表现在以下方面：

反传统的、代表着市民享乐观念的女性形象的出现。爱情是文学的永恒主题，在中国古代，文学作品中描绘的男女之情与西方文学歌咏的爱情有着很显著的区别，西方文学中的爱情题材是严肃且崇高的，蕴含着一种超越题材本身的伟大与庄严，是对人性的拷问和对人生意义的追寻，是值得讴歌与赞美的题材。而中国爱情题材并不具有庄严性与崇高性，中国文学中的爱情题材多是个人情感的抒发而较少寄托更为深广的意蕴。在中国的诗文中歌咏爱情的篇章远没有在词中多，这也是由词为末技小道的地位决定的。对于秉承着"修身、齐家、治国、平天下"儒家思想的士大夫而言，爱情只是调节生活的一抹不太显眼的色彩而已。正因如此，在词体的品格尚未得到提升、地位较为低下的时候，词中歌咏爱情的篇章就很多，又由于词的主要功能是娱乐功能，人们在娱乐的过程中，不可能选取严肃的主题作为娱乐的对象，而爱情就成了士大夫阶层首选的题材。词在产生之初是一种音乐文学，并且主要功用是在宴席之上，由歌妓付诸歌喉，以

[1] 许伯卿：《宋词题材研究》，北京：中华书局，2007年，第37页。

达到娱人与自娱的目的，唱词的人都是女性。这就要求词作者以女性的口吻进行创作，词中以女性的角度，以女性作为主人公书写爱情的题材就很多。《花间集》中这类题材的作品所占比例就非常大，并且其中以念远怀人之作、表达感伤情绪的词作为最多。北宋仁宗词坛主要受文人雅会式娱乐文化影响的士大夫创作群体，他们词作中的女性形象基本沿袭了《花间词》的套路，描绘的基本上是深闺之中的贵族妇女，表达的情感多以感伤、忧愁、空虚、思念为主，没有太大的变化。而受到市民狂欢式娱乐文化影响的词作者，主要是柳永，他词作中的女主人公形象则有所不同，主要表现的是下层妇女的形象，将笔触伸向市民女性的内心世界，表达她们的喜怒哀乐，迎合大众的审美需求。这是从表象层面来看，两派所书写的女性形象的不同，如果以女性主义的角度来看，则会发现更深刻的不同。

崇雅一派士大夫笔下的大部分女性，并非是提供给男性作为娱乐工具的女性。词作所描写的闺中贵族妇女被冷落在狭小的空间内，通过室内与室外景物的描写、春夏秋冬四季的变化来寄托和抒发自己对情感的渴望，对离人的思念，也经常以远眺、远望等方式来缓解自己的哀怨与愁思。词作中很少涉及女性身体的描写，几乎略去了所有男性对女性的感官需求。如以下的几首词：

雨过残红湿未飞。珠帘一行透斜晖。游蜂酿蜜窃香归。　金屋无人风竹乱，夜篝尽日水沉微。一春须有忆人时。（欧阳修《浣溪沙》）

帘幕风轻双语燕，午醉醒来，柳絮飞撩乱。心事一春犹未见，余花落尽青苔院。　百尺朱楼闲倚遍，薄雨浓云，抵死遮人面，消息未知归早晚。斜阳只送平波远。（晏殊《蝶恋花》）

数声鶗鴂，又报芳菲歇。惜春更把残红折。雨轻风色暴，梅子青时节。永丰柳，无人尽日花飞雪。　莫把幺弦拨，怨极弦能说。天不老，情难绝。心似双丝网，终有千千结。夜过也，东方未白凝残月。（张先《千秋岁》）

庭院深深深几许？杨柳堆烟，帘幕无重数。玉勒雕鞍游冶处，楼高不见章台路。雨横风狂三月暮，门掩黄昏，无计留春住。泪眼问花花不语，乱红飞过秋千去。（欧阳修《蝶恋花》）

在这类词中，男性对女性的要求不在于身体，不在于寻求感官的刺激与满足，而在于情感的诉求，男性希望女性对其的情感绵长而深远，希望女性服从男性的权威，同时，遵守传统礼教，保持“发乎情、止乎礼义”的崇高品格。虽有怨怼但不极端，虽有痛苦忧愁但不歇斯底里。这一点并不像男性对女性的渴望，因为男性对女性的需求能完全略过性爱、而保持着一种雅致的、崇高的品格是很难的。这类词中，男性对女性形象的要求，反而类似儒家礼教对士大夫的要求，所以这类词更像是男性借用女性形象，抒发自己未达成人生理想而心怀苦闷的模式。这种模式也不起源于词，早在屈原的《离骚》中，屈原以美人自喻，“初既与余成言兮，后悔遁而有他”“众女嫉余之蛾眉兮，谣诼谓余以善淫”，自拟弃妇抒情，以夫妇关系比喻君臣关系，不仅在情感表达上缠绵哀婉、如泣如诉，同时也契合中国的传统阴阳五行观念，传统的思维习惯中，就是把君与夫、臣与妇放在同等的位置上。屈原的创作对中国文学女性观产生了很大的影响，中国古代很多诗歌中，被冷落的女性形象其实都是失意文士的象征。唐诗之中就有不少这样的例子，王昌龄的《长信秋词五首》、李白的《长门怨二首》、杜牧的《秋夕》，等等，都是写被冷落的宫女爱情的悲哀，但实际上要表达的却是仕途坎坷的文士在政治上不被赏识的忧愁，宫女和文士都需要帝王的赏识才能实现自我价值，文士写宫女内心中的愁怨，实则寄托自己内心的痛苦。这类诗歌中的女性，实则就是诗人的化身。士大夫词中的部分以女性为主角的词，并未表现出男性对女性的基本需求，而更类似于借女性思念情人的愁闷，寄托自己政治理想并未达成，自己的价值并未实现的伤感与幽怨。所以，一些词评者认为这类词是有寄托的，如清代常州词派。上举欧阳修《蝶恋花》（庭院深深深几许）一词，常州词派的代表人物张惠言评论道：“‘庭院深深’闺中既以邃远也。‘楼高不见’，哲王又不寤也。‘章台’、‘游冶’，小人之经。‘雨横风狂’，政令急也。‘乱红飞去’斥逐者非一人而已，殆为韩、范做乎。”[1] 认为这首词的写作与韩琦、范仲淹在庆历党争失败后被贬有关，并非单纯描写女性思念远方的爱人，而是有寄托之作。黄氏《蓼园词评》也认为这首词“通首诋斥，看来

---

[1] ［清］张惠言：《词选》，唐圭璋：《词话丛编》，北京：中华书局，1986 年，第 1613 页。

必有所指”❶，他又评论上举欧阳修的《浣溪沙》（雨过残红湿未飞）一词“思妇怀人，孤臣恋主，同此情怀”，认为是有寄托之作。同时，他评论晏殊《蝶恋花》（帘幕风轻双语燕）“看此词似有寄托，不独因时即事已也”。以上有些词评将词中的每一句皆坐实，都与政治联系在一起，多少有些牵强，但这些词之所以能让人产生这样的感觉，是因为其中的女性形象并非是被男性所需求的女性，而更类似于理想受挫文士的自喻。加之中国文学有类似的传统，所以，一些词评者才认为爱情并非是这些词中的基本主题，寄托政治理想才是这些词的意旨所在。

仁宗词坛柳永的出现使得词中出现了一类鲜活的女性形象，这些女性不再是深闺中逆来顺受的贵族妇女，而是一些市俗妇女，她们大胆的、主动的追求爱情，不隐瞒自己内心的欲望，毫无顾忌地坦陈心底对自由平等爱情的渴求。柳词中所描绘的这类女性不再受到士大夫雅文化的影响，将女性形象作为失意文士的自喻，而是受到市民俗文化的影响，从男性的享乐欲望出发，描绘的是男性欲望的眼中所发现的女性，女性是提供给男性满足其精神与感官需要的对象，是使男性感到身心愉悦的人。王富仁先生认为：“柳词中的女性大多是被男性的享乐欲望观念化了的女性，是可以使男性感到愉悦和舒适的女性。通过这样一类女性的描写，词人试图表现的是对市俗享乐的追求。”❷ 如《锦堂春》一词：

坠髻慵梳，愁蛾懒画，心绪是事阑珊。觉新来憔悴，金缕衣宽。认得这疏狂意下，向人诮譬如闲。把芳容整顿，恁地轻孤，争忍心安。　依前过了旧约，甚当初赚我，偷剪云鬟。几时得归来，香阁深关。待伊要、尤云殢雨，缠绣衾、不与同欢。尽更深、款款问伊，今后敢更无端。

再如《定风波》一词：

自春来、惨绿愁红，芳心是事可可。日上花梢，莺穿柳带，犹压香衾卧。暖酥销、腻云亸，终日厌厌倦梳裹。无那。恨薄情一去，音书无个。　早知恁么，悔当初、不把雕鞍锁。向鸡窗，

---

❶ ［清］黄氏：《蓼园词评》，唐圭璋：《词话丛编》，北京：中华书局，1986 年，第 3052 页。

❷ 王富仁：《由雅返俗 以俗代雅 由男观女 以女定男——柳永词定风波赏析》，《名作欣赏》1996 年第 1 期。

只与蛮笺象管，拘束教吟课。镇相随、莫抛躲，针线闲拈伴伊坐。和我，免使年少，光阴虚过。

由于描写对象和创作者之间的性别差异，虽然两首词中描写的都是被抛弃的女主人公对男性的思念与埋怨，但实则词中的女性形象却是被欣赏的对象，是提供给男性满足其享乐欲望的对象。第一首《锦堂春》中的这位女性，俏皮可爱、美丽活泼。清晨发髻松散，愁眉不展，身体消瘦，都是因为那薄情的浪子，将她抛下，她心怀怨恨，一一数落浪子的疏狂与浮浪。她怪他不信守承诺，却骗她剪下秀发相赠。她盘算着等着这个浪子回来要设法教训他，读者再往下读，眼前就呈现出这样的画面，一个男子追逐着这个活泼可爱的女孩，想与她有肌肤之亲，女孩关闭房门不让他进去，等他在门外说尽情话，女孩才打开房门，却不让他亲近，在他百般恳求之下，女孩才慢慢数落他的疏狂之态、不是之处，要等他赌誓悔过，再不会轻易失信之后，才肯与他共眠。可以想见，当市井歌妓模仿词中女主人公的语气和情态来表演这首词时，会使多少男人心中对这样一个充满情趣又调皮可爱的女子充满欲望。虽然词中抒发的是被抛弃的女性的怨怼，但并不是从女性的内心世界出发，渲染其忧愁，而是从男性的视角来反观女性，将女性的忧愁变成一种男女之间调情式的打闹，充满喜剧色彩。其中的各种俏皮的小情趣使得男性的享乐欲望得到了更大的满足，这个可爱的女主人公就是男性享乐观念的一种延展，是作为享乐的对象提供给男性的，但假若只是单纯的感官刺激，男性还不能得到完整的满足感，他还需要与女性建立情感上的联系，并且体验爱情中的情趣，只有这样才能满足市井俗文化下男性的需求。所以，词中也有女性因思念情郎而衣带渐宽、面容憔悴的描写。第二首《定风波》词，虽然描写的也是一位被情人抛弃的女子，但展现在读者眼前的却是这样一幅画面：一位女性有着光滑温润的肌肤，让人感到时时暖意，一头油亮乌黑的发髻，蓬蓬松松，慵懒地坠下，在春日的阳光中，她睡眼惺忪，体态厌厌，懒懒地躺在软衾之上，阵阵幽香从她身上散发出来。这是一幅让男性心醉的画面。词中几乎没有表现女子思念男子时的落寞与感伤。虽写怨妇，但无幽怨之笔，更无凄冷之态，反而让读者心中充满暖意，柳永写作这一女性形象的目的不在于抒发男性对女性的关爱，而是将单纯的享乐观念传递给市民阶层，这个女性在他的眼中，是可以直接给男性带来身心双重满足感的对象。以上这两首词，从词人形容女性住所与仪态所用的词语也可以看出，柳永是从男性的角度出发，以男性的视野描绘女性。因为只有在男性的感受中才能体会到“香”闺、“香”衾，“香”是男性嗅觉的感觉，女性一般不会称自己的卧室是香闺，自己的被褥是香衾。“暖酥销，腻云亸”一句，“暖”字、“酥”字、“腻”字也都是男性对女性的感受，女性不会称自己的肌肤是“暖酥”，也不会称自己的头发是“腻云”。甚至词中女性对男性的怨恨都写得很有喜感。由此可见，柳永部分词中的女性，其形象与传统士大夫词作中的形象已经完全不同，带有强烈的市民意识和市民审美倾向，这类女性形象的书写是很有新意的。以前，对柳永词中女主人公的研究多停留在表层上，仅看到了其词作中的主人公的身份有所变化，认为柳永将笔触深入到下层妇女的生活中去，描写她们的喜怒哀乐。但在更深层面上，柳永这类词作表现的并非只是下层妇女的生活与心理。他仍以男性的视角来抒写词中的女性形象，表现的是男性对女性的感官需求，是市民阶层的审美意识、享乐意识在文学作品中的展现。这一点，对于丰富词中主人公的形象、研究市民意识在词作中的表现是有积极意义的。

（二）艳情、闺情词中抒情主人公性别的变化

花间词中的艳情、闺情词，其抒情主人公皆以女性为主，是男性代女性作词。而在仁宗时期，词作的题材虽未改变，但其中的部分词作其抒情主人公由女性变为了男性。男性不再作闺音，而是以自己的视角观察女性的生活与遭际，这使得一些赢得文士同情的女性形象得以展现。北宋仁宗词坛的大部分词作，其创作环境皆是娱乐环境，或在士大夫宴饮之上，或在娼楼妓馆、酒肆茶坊之中。其中常有歌妓作陪，演唱一些美妙动人的小曲。所以，仁宗词坛也出现了大量的赠妓词。歌妓，尤其是上层歌妓虽然生活富足，她们色艺冠绝，明眸善睐，艳丽异常，受到了男性的广泛喜爱，她们可以凭借字字珠玑的演唱，轻盈曼妙的舞蹈而衣食无忧，收入颇丰，唐代诗人王建就曾有“当窗却羡青楼倡，十指不动衣盈箱”的感叹，但是另一方面，她们的地位又是十分卑贱，没有任何尊严可言。她们常会遭遇纨绔子弟、浪荡恶少的调戏，《夷坚志》便记载歌妓洪慧英到会稽府的一个月之内“遭恶子困扰者四五”。一些中、下等妓女的生活十分艰难困苦，甚至难以维持生计。《闲窗括异志》记载“有营妓丧夫，家极贫”，《夷坚志补》卷十三记载“安丰县娼女曹三香……贫甚，为客邸以自给”。

这些歌妓们大多出身于贫苦家庭，或因遭遇灾荒，或被诱拐卖入娼家，她们身不由己，从艺的道路极其艰辛。《北里志》载：“常有不调之徒，潜为渔猎；亦有良家子，为其家聘之，以转求厚赂，误陷其中。则无以自脱。初教之歌，令而责之，其赋甚急，微涉退怠，则鞭扑备至皆。”唐代的歌妓徐月英在《叙怀》诗中写道：“为失三从泣泪频，此身何处用人伦。虽然日逐笙歌乐，常羡荆钗与布裙。”即使是日日笙歌也不如做个平凡的主妇。很多文士非常同情这些歌妓的悲惨遭遇，在词作中有对她们形象的描述，如晏殊《山亭柳·赠歌者》一词中就可以看出歌妓们的辛酸经历：

家住西秦，赌博艺随身。花柳上，斗尖新。偶学念奴声调，有时高遏行云。蜀锦缠头无数，不负辛勤。　数年来往咸京道，残杯冷炙漫销魂。衷肠事，托何人。若有知音见采，不辞遍唱《阳春》。一曲当筵落泪，重掩罗巾。

这首词中的女主人公是一位歌妓，这首词道出了其从艺生涯的艰难和苦楚。叶嘉莹先生认为：“这首词是晏殊词中一种变调。与他平时不为激言烈响的温润风格颇有不同。”认为这首词是晏殊借他人之酒杯，浇胸中之块垒，表达自己因政治事件被贬激愤不平的心情。并举出郑骞《词选》中评论此词，以为：“此词云‘西秦’、‘咸京’，当是知永兴军时作，时同叔年逾六十，去国已久，难免抑郁。”这首词激越风格的形成是由于歌者的悲惨身世与经历引起了晏殊的共鸣与感动，其写作缘由与白居易《琵琶行》中描写琵琶女异曲同工。其中的女性形象不再是男性以女性的口吻抒写。男性词人并未以女性自喻，“男子作闺音”的现象在词中没有体现。这首词展现的是男性以自己的视角描写下层歌妓的痛苦与悲哀。并且借这一女性形象来抒发词人自己客居外乡、身遭贬谪的悲凉。类似的词还有柳永的一些作品，如《迷仙引》：

才过笄年，初绾云鬟，便学歌舞。席上尊前，王孙随分相许。算等闲、酬一笑，便千金慵觑。常只恐、容易蕣华偷换，光阴虚度。　已受君恩顾，好与花为主。万里丹霄，何妨携手同归去。永弃却、烟花伴侣。免教人见妾，朝云暮雨。

柳永长期沉沦下僚，更容易接触到歌妓，他以真实的笔触描写她们的痛苦，并真正同情她们，理解她们的处境，代替她们诉说命运的悲凉与生活的辛酸。表达下层妇女从良的愿望，真切而感人。词中的女性形象完全是男性眼中值得同情与怜悯的女性。同时，这类词也可以看作是词人个人心态与感慨在女性身上的投射。联系柳永的命运与遭际来分析上面这首词，其中歌妓强烈的呼声，和迫切的从良愿望，也可以看作柳永的自述。柳永希望摆脱他留在士大夫阶层心目中的一种放荡、轻狂、淫靡、不拘礼数、不务正业的浪子形象，“永弃却、烟花伴侣”成为国家的栋梁之材。所以，此词也可以看作柳永借歌妓之口，来表达自己内心中“从良”的渴望。以上这些词作，其抒情主人公不再是闺中怨妇、市井女子，而是词人自身，词不再是代言体，词人借助词来抒发自身的感受，这一点在词史上是有进步意义的。

（三）仁宗词坛，一些女性也开始作词

这些女性的词作内容多为闺情词，或伤春悲秋，或念远怀人，体现的是女性词作者独特的内心感受，同时，也使得女性视角下的女性形象在词中得以展现。由于文化的普及与词的广泛流传，造成了“有宋一代，除文人墨客当然能词外，上自帝王将相、公卿臣僚，下至贩夫走卒，以及小家碧玉、坊曲妓女、名门闺秀、女尼女冠，几无一不能作词，最低限度几无一不能唱词”❶。北宋仁宗朝虽然尚未出现李清照、朱淑真这样的著名女词人，但在此时，一些女性已经开始了词的创作。在这些作品中，女性以其特有的感触表达自己内心所思所想，其形象与男性笔下的女性形象产生了一些差别。如“延安夫人苏氏，丞相子容妹，曾子宣内也，有词行于世”❷。苏氏有四首寄给其闺中姊妹的词作，列举两首如下：

> 孤馆深沉，晓寒天气。解鞍独自阑干倚。暗香浮动月黄昏，落梅风送沾衣袂。待写红笺，凭谁与寄。先教觅取嬉游地。到家正是早春时。小桃花下拚沉醉。（《踏莎行·寄姊妹》）
>
> 小阑干，深院宇。依旧当时别处。朱户锁，玉楼空。一帘霜日红。弄珠江，何处是，望断碧云无际。凝泪眼，出重城。隔溪羌笛声。（《更漏子·寄季玉妹》）

---

❶ 王书奴：《中国娼妓史》，上海：上海三联书店，1988年，第132页。

❷ ［宋］张邦基：《墨庄漫录》卷第一，按：苏氏是否曾布之妻，待考。

这两首词是贵族女性以自身的视角表达与闺中密友的分离之苦，融情入景，真切动人。在传统词作中，男性以女性的口吻抒写女性的生活与心态，看似是一位女性在诉说，实则其中的视角仍是男性视角，是男性眼中的女性。而女性在文学作品之中的自诉，情况就有所不同，其视角完全是女性视角。在这类词中，女性不会关注自身的身体，也不会注重感官刺激。所以，极少有涉及感官的词语出现，更少有对女性头饰、衣着、身体各个部分的描绘。在这两首词中展现的是一位思念远方姐妹的贵族妇女形象。第一首词应写于旅途之中，冬季正是寒冷的季节，她与姐妹分离，独自在馆驿之内，内心充满孤独。傍晚时分，她解下鞍辔，独自凭栏，见到院中梅花在水中的倒影与月影相映衬，晚风习习，阵阵暗香扑鼻而来，吹散的落梅一瓣瓣落在她的衣袂之上。此景虽美却因孤寂一人赏玩而了无心绪。她想展开红笺，提笔抒写想念之情，却又不知谁能为她传信。这时，站在院中的她，看到院中的景色，想到家中的院子，先让众姐妹寻觅到嬉戏游玩之地，等她早春回到家中之时，正是桃花盛开的时节，她就可以与众姐妹在花下赏玩饮酒，不醉不归。想到此，心情顿时又开朗了几分。这首词塑造了一个孤馆念远的女性形象，并还原了她思乡念远的整个心理过程。第二首，应写于家中，赠予远方的姐妹。院落中，小阑干处，正是姐妹们曾经朝夕相对的地方，如今景虽未变而人已远去。眺望天际，望断碧云，却不能见到曾经的姐妹。想到她与自己已经远隔重重，不禁泪眼蒙眬。女主人公的心理状态完全以女性的视角呈现。这一独特的视角在词史上也是有进步意义的，两宋的女性词作者很多，她们的视角多为女性的视角，与男性的视角有着极大的不同。从两性视角的区别来研究词体的风格、语言，就会发现视角不同，其词作女主人公的形象也会有所差别。

二、前代较少出现题材的新变及其意义

仁宗时期，一些前代创作数量较少的题材，在这一时期得以发展。如表达良好愿望或庆贺的祝颂词在《花间集》中是很少有的。仁宗词坛，由于词开始用于交际应酬，唱和交游，以投献、祝寿词为主的祝颂词大量涌现，约有 72 首，占 7.30%。又由于仁宗时期，词不再是单纯的娱乐工具，文士开始在词中抒发自身的人生体验与生活遭际，和文士生活息息相关的内容开始在词作中得以展现，如内容涉及对仕途功名的厌倦、对往昔生活

的追忆、对他乡凄凉环境的哀怨、对故土恋人的思念，表达客居异乡的孤独与惆怅的羁旅行役词。内容描写无端而至，不期而来的一种说不清、道不明却郁结在心底，难以排遣的忧愁的闲愁词，都在这一时期大量涌现。除此之外，如咏物词、节序词、写景词等不同类型的题材，在仁宗词坛都有一些小规模的变化。

（一）祝颂词的出现及其意义

祝颂词是表达词作者良好愿望和称颂他人功德的词。如庆贺他人寿辰、升迁、娶妻、生子等所做的词作；为神灵、帝王、长官等歌功颂德的词作；为庆祝重要的节日与仪式所做的词作，都可以称为祝颂词。仁宗时期，祝颂词的主要内容可分为两大类：一类是投献词，主要描写某地政治清明、美景如画，以此来歌颂地方长官的政绩与德行；一类是祝寿词，或恭祝圣寿，或为尊长、亲人、朋友贺寿。

前一类投献词，如柳永的《早梅芳》（海霞红）其词上片赞美杭州繁华富饶、风景如画。下片赞美杭州太守政绩突出，百姓和乐美满，并预言过不了一年，杭州太守就能升任朝官。柳永名词《望海潮》也是这类词中的代表作。张先也有类似的词作，如《沁园春》（心膂良臣）为赠赵抃之作，上片写其年少出众，言其为官履历，下片赞颂他政绩显赫，盼其归乡。又如《感皇恩》（万乘靴袍御紫宸）应是贺某人登第之作。上片赞颂其才华出众，领袖群伦。下片祝愿其步步高升，十年之后飞黄腾达、大有作为。所贺之人已不可考，但从中能看出夸耀与赞美之意。

后一类祝寿词，相比前代，仁宗时期的寿词数量有所增加。《花间集》无一首祝寿之作，而仁宗词坛共有寿词二十六首，其中有以华丽之文笔，铺叙展衍，写雍容华贵之态，以上祝圣寿的。如柳永的《永遇乐》（熏风解愠）一词，贺仁宗寿诞，以华美的文字，借助各种祥瑞的出现，描写朝野百官、异域万国对皇帝的朝贺及祥和、盛大、豪华、隆重的贺寿场面。柳永的《御街行·圣寿》（燔柴烟断星河曙）："九仪三事仰天颜，八彩旋生眉宇。椿龄无尽，萝图有庆，常作乾坤主。"祝愿仁宗皇帝万寿无疆、福泽无穷、国运长久。晏殊的《喜迁莺》（风转蕙）："四海一家同乐。千官心在玉炉香。圣寿祝天长。"以富贵大气的笔调恭祝仁宗寿诞，另一首《喜迁莺》（歌敛黛）："金炉暖。龙香远。共祝尧龄万万。"描写仁宗寿诞，士大夫筵席之上的情景，同样以富贵典雅见长。这类圣寿词在表现内容上基本围绕着恭祝寿诞，无非是祝愿皇帝福如东海、寿比南山、将皇帝比作尧舜这类的圣君，歌颂其圣明与贤德的同时，祝愿国运昌盛，帝业永固。在艺术风格上，以华艳富贵典丽为主，体现出华贵典雅之气。除了恭祝圣寿的作品之外，文士也多在宴席之中作词，赠送亲朋好友，恭贺寿诞。晏殊的这类词作最多，约有十九首。这些寿词艺术价值不高，曾遭到批评，有的学者认为这些寿词“无内容、少风致，读之味如嚼蜡”[1]“祝寿之词，尤其令人厌烦”[2]，但这一评价有失公允，寿词的功用性要求它以庆贺恭祝为主，限制了其艺术价值与思想深度，晏殊的寿词虽不是佳作，但他是词史上首位大量写作寿词的人，其内容也多为描写欢乐温馨的歌舞表演场面，很少言及富贵功名，恭祝的对象也以亲朋好友为主。如《少年游》（芙蓉花发去年枝），从词中“家人拜上千春寿”“绿鬓朱颜”“道家装束”等语可知，这首寿词是献给家中女主人的。晏殊先后娶过三位夫人，李氏、孟氏和王氏，前两位早亡，从词中“长似少年时”一句判断，此词应是庆贺王氏生辰所作。又如《少年游》（谢家庭槛晓无尘）其中“芳宴祝良辰”“为寿百千春。岁岁年年，共欢同乐，嘉庆于时新”等语来看，同样是为夫人贺寿的。

总体而言，祝颂词在艺术风格上都比较相似，出色的作品并不太多见。仁宗词坛祝颂词出现的重要意义并不在于其有多么高超的艺术价值，而在于此类词作的出现在提升词体地位方面具有较大意义。首先，在内容上此类词是对前代词作内容的一个拓展，增强了词的实用性，扩大了祝颂词的受众群体，有利于词体的进一步发展；其次，前代词坛，词由于地位低下，极少被用于投献干谒、祝寿庆贺，而在仁宗词坛，大量祝颂词的出现，说明词体的地位在这一时期有所提升；再次，祝颂词的大量出现，说明词体更多的用于交际场合，进入了文士的日常生活，词体逐渐摆脱了仅具有娱宾遣兴这一功能的禁锢，初步具备了社交功能。

（二）羁旅行役词的大量出现与其作用

刘若愚先生在《中国诗学》中曾指出：“中国诗人似乎永远悲叹流浪和希望还乡。对于西洋读者，这可能也显得太感伤，但是请不要忘记中国

---

[1] 陆侃如、冯沅君：《中国诗史》，北京：作家出版社，1956 年，第 620 ~ 621 页。

[2] 詹安泰：《宋词散论》，广州：广东人民出版社，1982 年，第 190 页。

的广大，从前交通的困难，在主要城市中高度文明的生活和穷乡僻壤的恶劣环境之间的尖锐对照，以及在传统中国社会家庭的重要性与其结果对祖先的家根深蒂固地爱着。”[1] 在中国传统诗歌中，羁旅乡愁是一个非常传统、极为常见的主题，但在晚唐五代词中，羁旅行役词的数量较少。直到北宋仁宗朝，由于词作功能的扩展，词体在某种程度上成了文士自我抒情的工具，很多文士利用词体来抒发自己内心的独特感受和个人生命体验，游宦之悲、乡愁之思、羁旅之苦等传统诗歌中的题材，也进入了词体表现的范围之中。其中以柳永的羁旅词最多，约占其作品总数的三分之一，也最为出名，南宋陈振孙曾称赞柳永“尤工于羁旅行役”。北宋仁宗词坛，羁旅词至少在两个方面对词体的发展有所贡献：一是开拓了词作的表现时空；二是影响了词作的抒情模式。

羁旅行役词拓展了词作时空观。人是生活在时空之中的人，人作为一种客观的存在，不可能脱离时空，个人对时空的感受又有所不同，每个人的独特感受就构成了其时空意识的基本内容，从而影响到其对外界的感知与个人的生活。词在产生之初，作为一种独特的音乐文学，主要承担着娱乐功能，演唱词的人又多为女性歌妓，词作中的内容多写她们喜乐悲欢的内心感受。男性以女性的角度来写词，他们将女性囿于一个狭小的空间当中，表现在特定的时间段内，生活在深闺庭院中的女性的心态与体验，这一内容也成了词作最热衷选取的内容。以《花间集》为代表，花间词中表现的女性，词作者很少将其置身于广阔的时空背景之下，而是多将其放置于庭院之中、深闺之内，在一个非常有限的活动范围内，表现她们的生活状态和心理体验。花间词中，惯用很多表示阻隔性的字词，如“掩”“背”“垂”“隔”“闭”等，它们多与起到遮掩效果的室内设施如“屏”“帘”“帐”“门”等连用，如“锦帐绣帏斜掩”“掩银屏，垂翠箔”“闲掩翠屏金凤”“斜掩金浦一扇”“独掩画屏愁不语”“寂寞掩朱门”“红烛背，绣帘垂”“孤灯照壁背窗纱”“绣屏愁背一灯斜”“背帐犹残红蜡烛”“兰釭背帐月当楼”“垂帘幕”“画帘垂，金凤舞”“香灭帘垂春漏永”“宿窗笑隐纱窗隔”“烟霭隔，背兰釭”“杏花红，隔帘栊”“隔帘莺百啭”“隔帷残烛”“深闭朱门伴舞腰”“深院闭，小庭空”“闭小楼深阁”“不堪终日

[1] 刘若愚：《中国诗学》，台北：台湾幼狮事业文化公司，1979 年，第 89 页。

闭深闺”“暮雨凄凄深院闭”等。这些字词将本来狭小的室内空间又加以分割，使得读者所能感受到的空间更为有限。这类阻隔性的字词在《花间集》中的运用，一方面体现了中国文学中一种独特的审美倾向，即“隔之美”，隔之美主要表现为层次感、朦胧感和距离感。《花间集》中的很多作品都表现深闺思妇的惆怅感伤之情，深闭的朱门、闲掩的屏障、低垂的帘幕、遮蔽的绣帐实则起到了分隔空间的作用，朱门、屏障、帘幕、绣帐之内，孤寂无依的闺中女子，凄凄恻恻，惆怅满怀。而在孤寂的空间之外，则别有一番美丽的景致。这样的阻隔制造出空间上的层次感，使被阻隔的对象处于绝世独立的空间内，使孤独之人倍显凄凉。阻隔性的词句还可以使事物呈现出一种朦胧的美感，如隔窗赏月、隔雾看花、隔帘听莺语，使原本清晰的事物变得扑朔迷离、更加耐人寻味，从而引起人们的好奇心和想象力，获得特殊的审美享受。阻隔性的词句还可以拉开读者和审美对象的距离，制造出一种距离感，读者愈是渴望看清审美对象，付出的心理努力也就愈大，最终获得的审美感受也就愈加强烈。花间词人用阻隔性词语为读者创造了这样一种距离感，从而使读者获得更大的审美愉悦感。另一方面，将女性置身于一个狭小的环境之中，也反映出中国传统观念中男性对女性的禁锢与要求。女性要在一个特定的狭小空间之内活动，不与其他男性接触，以保证她们的贞洁，女性的自由只能在特定的空间内获得。男性不允许女性轻易走出这个规定的空间内，也不允许女性享有与他们平等的权利，更不允许女性在一个广大的空间内被其他男性观赏占有。这与中国传统的男性对女性的观念有着很大的关系。北宋仁宗时期，在大部分羁旅行役词中，文士的词作开始走自我抒情的道路。词作的主人公也由深闺怨妇变为了词人自身，词人不会将自己囿于一个狭窄的空间内，而是为自己开拓了一个更为广阔的时空，表达更为深刻的人生体验。以柳永的羁旅词《八声甘州》为例：

对潇潇暮雨洒江天，一番洗清秋。渐霜风凄紧，关河冷落，残照当楼。是处红衰翠减，苒苒物华休。唯有长江水，无语东流。　不忍登高临远，望故乡渺邈，归思难收。叹年来踪迹，何事苦淹留。想佳人，妆楼颙望，误几回、天际识归舟。争知我，倚栏杆处，正恁凝愁！

这首词的时空已经不再局限于绣帘遮掩下的深闺之中，落花飘零的庭院之内，而是词作主人公视野所及之处。起句境界阔大，词人的视野极为开阔，江天暮雨、洗净清秋、霜风凄紧、关河冷落，视野从天空到地面，从近处及远方。“是处”二字使得空间无限延展，由眼前推及四方。“唯有”一句，将空间定格在目前而感叹时间的流逝，在改变与不变之间，在短暂与永恒当中凝结着词人对宇宙人生的哲理思索。过片，视野投向更远处，想登高瞭望故乡，却又“不忍”，怕登高望远触动自己内心深处的乡愁。多了一层曲折，词人深深感叹在外飘零，庸庸碌碌，不得归乡之苦。“想佳人”一句，在同一时间表现了不同空间之中的人。词人极目天际，悲秋念远，思乡心切，就在同时，故园之佳人也应登楼望远，伫立楼头，期盼游子归来。这首词抒发的是词人的羁旅乡愁，词作的主人公脱离了闺阁的狭小空间，而将自己置身于广阔的天地之中。通过时间与空间的不断变换，展现出词人内心中故园难归的无奈与悲凉和对故乡深深的思念之情。

羁旅行役词不但在词的时空观念上有所拓展，也常常通过多重时空来展现词作主人公的心态与境遇。柳词中这类作品较多。他可以巧妙地利用时空的转换来叙事、言情、布景。传统词作的时空概念一般是过去和现在或加上将来的二重或三重时空构成的单线结构，而柳词则进一步扩展，将时空进一步复杂化，从现在回想过去，再从过去念及现在，之后又设想将来，然后再回到现在，体现出多重时间结构。在空间构建上，柳词也将传统词作人我双方互写的双重结构，改变为从我思念对方想象对方也在思念着我的两重空间。这一点在很多学界前辈的文章中均有提及。兹不赘述。

羁旅行役词对词作抒情模式产生了一定的影响。传统词作在体式上多以小令为主，比较适合运用传统的比兴手法，通过象征性的意象群来抒发词作主人公的情思心绪。采用借景言情、情景结合的抒情模式。而羁旅行役词因其表现的内容复杂，其体式多以长调为主，采用的抒情模式则以赋法的铺叙展衍为主，铺陈事情的发生、发展的经过，展现不同时空之内，处于不同场景之中的人物情感心态的变化。比较以下两首词作：

槛菊愁烟兰泣露，罗幕轻寒，燕子双飞去。明月不谙离恨苦，斜光到晓穿朱户。　昨夜西风凋碧树，独上高楼，望尽天涯路。欲寄彩笺兼尺素，山长水阔知何处！（晏殊《蝶恋花》）

梦觉、透窗风一线，寒灯吹熄。那堪酒醒，又闻空阶，夜雨频滴。嗟因循、久作天涯客。负佳人、几许盟言，更忍把、从前欢会，陡顿翻成忧戚。　愁极。再三追思，洞房深处，几度饮散歌阕。香暖鸳鸯被，岂暂时疏散，费伊心力。殢雨尤云，有万般千种，相怜相惜。　恰到如今、天长漏永，无端自家疏隔。知何时、却拥秦云态，愿低帏昵枕，轻轻细说与，江乡夜夜，数寒更思忆。（柳永《浪淘沙慢》）

这两首词写的都是念远怀人之作。晏殊词为小令，借意象抒情，靠意象烘托传递情感，而柳永词为长调，采用铺叙的手法专递情感。晏殊词上阕写景，笼罩着一层薄雾轻烟的菊花，似乎默默含愁，沾有晶亮露珠的兰花，如同人噙着泪花的眼睛。罗幕之间还存留有一丝清寒，双燕飞舞，穿过帘幕相偕而去，而主人公却只能孑然一身，孤独终日，其景甚为凄清。天上的明月依然清朗，它不会念及人间的离恨之苦，只顾将一缕斜光照射到朱户之中。词人将客观景物人格化，将词作主人公的主观情感投射到客观物象中去，运用烘托的手法，借助外物抒写心情、渲染离愁。下阕转而写情，词人登高望远，见树叶飘零，碧绿的树木因一夜西风而凋残，极目远眺，却因不能见到所爱之人而空虚怅惘。不见所思，从而想到书信寄远。然而“山长水阔”，音书又要寄向何方呢？晏殊词是比较典型的小令词的抒情模式，采用的是上景下情的写作手法，融情于景。以人格化的意象传递情感，烘托氛围。结尾境界开阔，含摇曳不尽之情致，整首词的风格在柔婉中见悲壮，在深婉中见含蓄，与诗的抒情手法一脉相承。而柳词为羁旅行役词，写深夜怀人，其抒情模式和晏词有所不同，他不借意象抒情，而是采用铺叙的手法，上举这首词共有三阕，为长调词。第一阕写深夜，主人公酒醒梦觉，见寒灯吹熄，闻雨滴空阶，回想从前的种种欢乐，在孤独的夜晚心怀忧戚。第二阕回忆过去，追忆以往与佳人相怜相惜的种种往事。第三阕又回到现实之中，感叹分离之苦，并想象未来，有朝一日二人相会之时的种种缠绵之态。不再借助景物言情，而是以铺叙衍情。将深夜之中，现实生活中自己的境遇，对佳人的思念、对旧日的追忆、对未来的设想，一一展现在读者的面前，对词作主人公的情态、心绪都有极为细致的描绘与刻画。晏词是借景抒情，情由景生。而柳词则是借事抒情，情由事生。二者的抒情模式有着很大的差别。晏词抒情中含有不尽的情感与耐人寻味的思致，柳词抒情中含有故事性与潜在的情节性。柳词中的大部分羁旅行役词都采用的是这一抒情模式。

羁旅行役词，开创了词体崭新的抒情模式，铺叙展衍的抒情模式与长调词相结合，改变了传统小令上阕写景下阕言情、情景结合的传统抒情模式，对后世词人长调的创作产生了较大的影响。

羁旅行役词在仁宗朝大量创作，在题材的取向上扩展了词作的题材，并使得这一题材成了后世词人创作的主要题材之一。羁旅词又在时空的扩展方面，词作抒情模式方面有了一些新的探索，使得词体的时空观念有所扩大，抒情模式呈现多样化。这些探索对词体本身的发展起到了积极的作用。

（三）士大夫个人生活与闲愁词

无端而来，不期而至的闲愁是仁宗朝文士在日常生活之中常常会出现的一种情绪。这是由于：其一，北宋仁宗朝政治稳定、经济繁荣，文士的地位空前其高，受到最为广泛的优待，且在统治者的提倡下，文士大多崇尚娱乐，注重生活享受，及时行乐的思想逐步在文士之中蔓延。但是，在酒醒人散之后，一切繁华成为过眼云烟，只会留下一个人孤独的身影。在此时，很多文士心中顿时升起对人生并不完满，繁华之景难以再现的闲愁。其二，北宋仁宗朝虽然优待文士，但庆历党争这样的政治争斗事件仍然不可避免，在仕途坎坷、命运堪忧的时刻，文士自然从心底会产生种种不满与郁闷，以抒写闲愁的方式表达对人生无常的感叹。其三，在北宋仁宗时期，文士的心态与盛唐也有非常显著的区别，不再是张扬开放、狂傲率性，而变得内敛沉稳、循规蹈矩。他们更关注自身的生存状态，思维方式由外向型逐步过渡到内向型。所以，内敛的心态更容易使他们回归心灵，敏感地发现自然界春去秋来的变化，并将这种变化引起的内心小小的伤感借助词体表现出来，即为闲愁词。其四，就词体本身长短相间的结构，与文小、质轻、境狭的特质来讲，它非常适合表达这种细腻敏感、朦胧复杂、幽约曲折的情感。所以，仁宗时期，词作中这类题材的作品较为常见。如：

一向年光有限身，等闲离别易消魂。酒筵歌席莫辞频。　满目河山空念远，落花风雨更伤春，不如怜取眼前人。（晏殊《浣溪沙》）

把酒花前欲问君。世间何计可留春。纵使青春留得住。虚语。无情花对有情人。　任是好花须落去。自古。红颜能得几时新。暗想浮生何时好。唯有。清歌一曲倒金尊。（欧阳修《定风波》）

蝉抱高高柳，莲开浅浅波。倚风疏叶下庭柯。况是不寒不暖、正清和。　浮世欢会少，劳生怨别多。相逢休惜醉颜酡。赖有西园明月、照笙歌。（张先《南歌子》）

以上三首词，皆为词人抒发闲愁之作。晏词明净修洁，闲雅蕴藉，抒写词人念远伤春的情怀。词中所写并非一时一事，而是蕴含着深刻的人生哲理，反映出晏殊的人生观，悲年光有限，叹人生无常。而对已经消失的美好事物尽力追求也只是徒劳，在满目河山、风雨落花之中词人幡然顿悟。只有把握住现实，珍惜自己现在所拥有的，牢牢地抓住眼前的一切，才是最重要的。闲愁词中常常潜藏着词人对人生哲理与生命意义的探索与追问，指向具有普遍意义的宇宙与人生。虽然晏殊整日过着“酒筵歌席莫辞频”的生活，然而因时光的流逝，美好的消失，使词人心底郁结的淡淡的、朦胧的、复杂的哀愁却无论如何也挥之不去。欧词对这种感情表现得更为直白，明媚的春光和已逝的红颜一样，是无法长留世间的。只有在短暂的生命中尽享生命之美，才是人生的出路与真谛。张先词同样表达了“浮世欢会少，劳生怨别多”的感悟，即离别总要多于欢会，痛苦是人生的常态，而欢乐只是人生的驿站。所以，在有限的年光之中，要尽情享乐，“相逢休惜醉颜酡”，透出一种人生苦短、行乐须及时的悲观情绪和一丝淡淡的忧伤，这也是弥漫在仁宗词坛文士中的一种难以释怀的闲愁。以上三首词作都有共同的主旨，表达方式也有类似之处，没有强烈直率的情感，没有直抒胸臆的畅快淋漓，而是将细腻幽约、敏感曲折的心态通过自然物象来表达，融情入景，以景言情。这使得词作之中蕴含的愁情有一种含蓄的、朦胧的，同时也是凄凉的美感。

闲愁词在仁宗时期的创作表明词体已经融入文士个人生活中，逐步成为其自我抒情的工具，这为词体在元祐时期词境的进一步拓宽、内容的进一步扩大，并最终成为文士抒发其个人理想与人生感受的文学体式奠定了坚实的基础。

除了以上三类题材之外，如咏物词、写景词、节序词等题材在仁宗时期都有一定的发展与变化。咏物词与写景词不再是单纯的咏物与写景，部分词人将自己对生活的感受融入景、物之中，借景、物的描绘来抒发个人情感，节序词也不单单是描写节序的变化，而是寄托了词人自身对外界的观察与感受，这些题材的变化，都说明词体正在逐步走入文士的心灵世界，开启了词作自我抒情的模式，也体现了词体地位在仁宗时期的提升，词体功能在仁宗时期的拓展，这些变化为词体的进一步发展铺平了道路。

三、新兴题材的创作

仁宗词坛出现了一些前代词坛创作数量较少的词作题材，如咏史怀古词、边塞词、宗教词等。这些词在前代词坛是非常少见的，在仁宗词坛也尚属新兴题材，存词较少。但这类新题材的出现，标志着词坛正朝着题材多样化的方向迈进，并且这类题材的开拓也影响到后世词作者对题材的选取。

（一）咏史怀古词

仁宗词坛，共出现了十首咏史怀古词。这些词分布较为零散。这一时期，并未出现专业致力于创作咏史怀古这一题材的词作者。这些词的分布详见下表：

题目	作者	所咏内容	体式
《剔银灯》（昨日因看蜀志）	范仲淹	三国之事	令词
《双声子》（晚天萧索）	柳永	吴王夫差	长调
《西施》（苎萝妖艳世难偕）	柳永	西施	令词
《瑞鹧鸪》（全吴嘉会古风流）	柳永	姑苏之事	令词
《离亭燕》（一带江山如画）	张昇	六朝之事	令词
《水调歌头》（落日塞垣路）	刘潜	汉朝之事	长调
《六州歌头》（凄凉绣岭）	李冠	骊山	长调
《六州歌头》（秦亡草昧）	李冠	项羽	长调
《水调歌头》（万顷太湖上）	尹洙	吴地怀古	长调
《浪淘沙》（五岭麦秋残）	欧阳修	杨贵妃之事	令词

以上十首词，反映的是词作者个人对历史的记述与评价，其中部分词在叙事的同时，以议论手法入词，表现了词人自己的人生感悟。这十首词

中以李冠《六州歌头·项羽庙》最为著名：

秦亡草昧，刘项起吞并。鞭寰宇，驱龙虎，扫欃枪，斩长鲸。血染中原战。视余耳，皆鹰犬，平祸乱，归炎汉，势奔倾。兵散月明。风急旌旗乱，刁斗三更。命虞姬相对，泣听楚歌声，玉帐魂惊。泪盈盈。　念花无主，凝愁苦，挥雪刃，掩泉扃。时不利，骓不逝，困阴陵，叱追兵。喑呜摧天地，望归路，忍偷生！功盖世，成闲纪，建遗灵。江静水寒烟冷，波纹细、古木凋零。遣行人到此，追念益伤情，胜负难凭！

这是一首长调怀古词，这首词的作者是谁尚有争议。陈师道认为是李冠所作，黄升认为是刘潜所作，因刘潜喜欢吟诵。[1] 陈师道生于仁宗皇祐五年（1053 年），时代距离李冠、刘潜二人较近，他的话应该比较可信。

这首词上片起句，便点出秦亡之后，刘项相争，起句突兀，但统领全词，接着笔锋一转，追忆项羽起兵反秦时的强大声势，概括了项羽灭秦的盖世英气与赫赫战功。之后，笔锋又一转，描写楚汉之争，项羽不敌刘邦，转强为弱，陷入困境，垓下之围，四面楚歌，他不得不与虞姬洒泪诀别，“共虞姬相对，泣听楚歌，玉帐魂惊。泪盈盈”。词句渲染了极为凄凉的悲剧氛围，写出了英雄末路的悲凉。换头以虞姬的视角叙述，项羽若死，已无所归，在愁苦与悲哀之中挥刃自尽。简单的几句，却抒写了一个鲜明的悲剧人物。“时不利”之后，写项羽突围及其自刎乌江的悲壮结局。“功盖世，成闲纪，建遗灵”是词人对项羽的评论，他肯定项羽是盖世英豪，并赞成后人为项羽建庙，以他为神灵的举动。同时，词人见到项羽庙空对水寒烟冷之江水，庙旁古木残败凋零，回想起项羽反秦之时的威武盖世，不禁哀伤。尾句道出了词人的哀伤心绪与其“胜负难凭”的历史观，一时的胜负早已淹没在历史的洪流之中，只有威武豪壮的气概与盖世的功勋可以久留人间，为后人凭吊。此词风格豪放、音调悲壮、气概慷慨、别开生面，是仁宗词坛开豪放词之先河的作品。

咏史本是诗歌之中常见的题材，文士将其移至词中，拓宽了词作的表现内容，提升了词体的地位。

---

[1] 陈师道：《后山诗话》：“冠，齐人，为《六州歌头》，道刘、项事，慷慨雄伟。刘潜，大侠也，喜诵之。”

（二）边塞词

边塞词指的是描写边塞风光、叙述边疆军旅生活、抒发戍边将士内心之情的词作，是军旅词的一种特殊形式。敦煌曲子词中有相关的创作，在中唐文人词中，戴叔伦等人的创作也涉及边塞题材，但总体而言，存词不多。仁宗时期，这类词作仍然较少，共三首，分别是范仲淹《渔家傲·秋思》（塞下秋来风景异）、蔡挺《喜迁莺》（霜天秋晓）、裴湘《浪涛沙》（雁塞说并门），数量不多，但艺术成就较高，其中尤其以范仲淹之作最为著名，这首词在上文已经重点分析过，兹不赘述。蔡挺于仁宗朝知庆州（今甘肃庆阳），在那里经常与西夏作战，《喜迁莺》一词风格高亢豪迈，为词人亲历边镇所作，慷慨激昂，都下盛传。写边塞军旅生活一般是诗歌表现的内容。文士将戍边的感受诉诸词，丰富了词作的题材，也使得词的表现内容得以拓展。

（三）宗教词

仁宗词坛有为数较多的宗教词，这些词几乎都出自仁宗朝的两位道士——张伯端与陈朴之手。他们共有宗教词三十五首。这三十五首词皆是宣扬道家的道义或炼丹的秘诀。将神秘的道家炼丹之事用浅近直白的语言，以传颂最为广泛的词表现出来，并且选择单一的词调。这些词通俗易懂、富有趣味性，使得道家玄妙的炼丹术平民化，更加容易记诵，并且更加易于被大众接受。但这类宗教词除了在题材方面对词的表现内容有所扩展外，对词体艺术风格、词体品质的建构等方面的贡献很小。金元时期，道士词大量出现，道士以作词的方式传播教义。仁宗时期的这类道教词可以视为其先导。

综上，仁宗词坛题材并未出现较大的新变，但是词作抒情主人公的变化、部分题材词作的大量创作和小部分新兴题材的出现，说明词的内容正在朝着更广阔的空间拓展，并且，词和文士生活联系越来越紧密，词体表现内容的扩展，使词体逐渐脱离了代言体的地位，走向了自我抒情的道路，为词体地位在元祐词坛的进一步提升奠定了基础。

第二节　体式与结构

词作者所用的体式是词作的表层形式。体式是词作借以存在的最基本的符号形态之一，它不仅使词作者通过艺术思维创造的情感以一定的形式得以定型与呈现，同时，词人对体式的主观运用也影响到词作风格的形成。所以，探讨仁宗词坛的词作艺术风格，就不能不考虑到体式这一重要因素。另外，词作的结构是体现词作者叙事抒情模式的外在形态，词作者对词作的结构把握也影响到词作风格的形成。仁宗词坛，在体式上，最引人注目的是长调词的大量创作。在结构上表现为上景下情的令词结构的改变与长调慢词铺叙结构的形成。

一、仁宗词坛词作体式的特点

仁宗词坛，慢词继令词之后登上了历史的舞台。在此之前，令词在词坛上有着绝对的优势地位，是一马当先的领跑者，而在仁宗时期，由于部分文士受到了市井词作的影响，开始大量创作长调慢词，使得长调慢词进入士大夫阶层的视野，并渐渐开始勃兴，最终取得了与令词平分秋色的地位。

（一）“长调”与“慢词”

词史上经常将长调慢词并称，指的是字数较多、篇幅较长、与令词相对的词作。但是，长调慢词这个称谓实则并非单纯指篇幅较长的作品。慢，与音乐相关，早在前秦时代就有所记载。《乐记》云：“宫、商、角、征、羽，五音皆乱，迭相陵，谓之慢。”又云：“郑卫之音，乱世之音也，比于慢矣。”这两个慢字，意思都是歌声淫靡。“慢”与词相关，源于“慢”与“令引近”的并称。对于“慢”的解释，学术界有几种不同的观点：一、认为“慢”起源大曲中的一个组成部分。这个解释来源于王灼《碧鸡漫志》卷三载：“凡大曲就本宫调制引、序、慢、近、令，盖度曲者常态。”[1] 据此，很多学者认为“慢”是大曲的一个组成部分，代表着一个乐段。王易《词曲史》认为：“引、近、慢等之所以得名，大率由大曲而起。”[2] 这一观点也得到了当代学者的认同，如吴熊和《唐宋词通论》认

---

[1] ［宋］王灼：《碧鸡漫志》卷三，唐圭璋：《词话丛编》，北京：中华书局，1986年，第101页。

[2] 王易：《词曲史》，上海：东方出版中心，1996年，第96~97页。

为："令、引、近、慢诸体，都源于大曲，是大曲中某些乐段的名称。"[1] 二、一些学者根据节奏的不同解释"慢"，王易《词曲史》云："节奏以均拍区分，短者为令，稍长者为引、近，愈长则为慢词矣。"[2] 认为节奏快者为"令"，而节奏长而缓者为"慢"。施蛰存先生也持这样的观点，他认为："《宋史·乐志》常以遍曲与慢曲对称。法曲、大曲都是以许多遍构成为一曲，如果取一遍来歌唱，就称为遍曲。慢曲只有单遍，可是它的歌唱节拍，反而比遍曲迟缓。张炎《词源》云：'慢曲不过百余字，中间抑扬高下，丁抗掣拽，有大顿、小顿、大柱、小柱、打、掯等字，真所谓上如抗，下如坠，曲如折，止如槁木，偶中矩，句中钩，累累乎端如贯珠之语，斯为难矣。'这一段话，其中有许多唱歌术语，我们已不很能了解，但还可以从此了解慢曲之所以慢，就因为有种种延长引申的唱法。唐代诗人卢纶有一首《赋姚美人拍筝歌》，有句云：'有时轻弄和郎歌，慢处声迟情更多。'由此可见唐人唱曲已有慢处。到了宋代，有了慢词，于是曲有急慢之别。大约令、引、近，节奏较为急促，慢词字句长，韵少，节奏较为舒缓。"[3] 三、认为字数多、篇幅长的词作为"慢"。这种说法起源于明清时期。明嘉靖年间，顾从敬编刻《草堂诗余》，按照词的长短来分类，将五十九字以下的词作归为"小令"，将五十九字至八十字的词归为中调，将九十二字以上的词归为长调。《四库全书总目提要》认为："词家小令、中调、长调之分，自此书始。"[4] 之后明清部分词选都采用了"小令、中调、长调"的分法。清初毛先舒概括云："凡填词五十八字以内为小令，自五十九字始，至九十字止为中调，九十一字以外者，俱长调也。"[5] 将小令、中调、长调的字数篇幅具体化。最早将"慢"与"长调"联系起来的是明代沈际飞，他在《草堂诗余·发凡》中指出："唐人长短句皆小令耳，后演为中调、长调。一名而有小令，复有中调、长调，或系之以犯、近、慢别之，如南北剧名犯赚破之类。"这一说法将篇幅较短的词定为小令，并且认为"犯、近、慢"对应着"中调"与"长调"。不过，他的这一提

---

[1] 吴熊和：《唐宋词通论》，杭州：浙江古籍出版社，1989年，第90页。
[2] 王易：《词曲史》，上海：东方出版中心，1996年，第210页。
[3] 《唐宋词鉴赏辞典》附录，上海：上海辞书出版社，第2507页。
[4] ［清］永瑢：《四库全书总目提要》，北京：中华书局，1995年，第1824页。
[5] ［清］毛先舒：《填词名解》，张璋：《历代词话》，郑州：大象出版社，2002年，第828页。

法仅仅是将“令、近、慢”与“小令”“中调”“长调”部分对应。首次将“慢”与“长调”相对应的是清代宋翔凤。他在《乐府余论》中指出“有别制名目者，则令者，乐家所谓小令也。曰引、曰近者，乐家所谓中调也。曰慢者，乐家所谓长调也。不曰令、曰引、曰近、曰慢，而曰小令、中调、长调者，取流俗易解，又能包括众题也”[1]。现今学术界认为“慢”的特征涵盖了上述后两点，即节奏慢、曲调长的曲子，夏承焘、吴熊和两位先生在《读词常识》中认为“慢曲子大部分是长调，这是因为它声调延长，字句也就跟着加长”，又“大概令曲是以四均为正，引、近以六均为正，慢曲以八均为正。一均有一均之拍，宋代慢曲一般是十六拍，一均就是两拍”[2]。施蛰存先生认为“拍”就是音乐的节度，词以乐曲的一拍为一句，那么，十六拍的曲子自然比八拍的曲子要长，字数要多。现今学术界习惯将“长调慢词”作为一个概念指宋代篇幅较长的词作，这一提法实则代表着双重的概念，长调代表的是篇幅较长、字数较多的词体体式，而慢词的内涵则更丰富一些，指的是篇幅较长、节奏舒缓，在句式、句型、用韵、声律等多个方面都有别于令词及长篇排律、古体乐府等诗歌体式的词作。唐五代称词是指一切可以和乐而歌的齐言、杂言曲词，其中有声诗，也有长短句，这些曲词比较多的受到五言、七言律诗的支配，曲词的创作目的是可以和乐而歌，音乐的意义非常重要。而宋代的词多是指流行于文士之间的一种新兴长短句诗体，脱离了五言、七言律诗的影响，主要可分为小令和慢词，其中文学意味较重。由于唐宋词的性质有所不同，所以，慢词特指宋代的慢词，唐代的词由于其并没有完全脱离诗歌的束缚，虽有篇幅较长之作，但并非与宋代的慢词是同一个概念。

（二）长调词发展的历程回顾

这里所称长调词，主要是指唐五代时期的曲词，这些作品中的大多数，虽用了词牌，也可以和乐而歌，但其中保留了大量诗歌的句型、句式和用韵，其中有一部分作品与宋代慢词相似，但是也有一部分作品更类似于声诗，所以，只好暂时称这些词为长调词，而不称慢词。长调词并非起源于仁宗时期。中、长调词在中唐时期就已经出现。王灼《碧鸡漫志》卷

[1] ［清］宋翔凤：《乐府余论》，唐圭璋：《词话丛编》，北京：中华书局，1986 年，第 2500 页。

[2] 夏承焘、吴熊和：《读词常识》，北京：中华书局，2000 年，第 38 页。

五载："今大石调《念奴娇》，世以为天宝间所制曲，予固疑之；然唐中叶渐有今体慢曲子。"民间词中，长调词的起源可能很早，"大抵唐是慢词，皆乐工肄习，文士少为之者"[1]，在敦煌曲子词中就有长调词的存在。《云谣集杂曲子》中八十字以上的曲子共有八首，共四个词调，分别是：《凤归云》二首、《倾杯乐》二首、《内家娇》二首、《拜新月》二首（其中《倾杯乐》、《内家娇》二首超过九十字）。散见各卷曲子词中有失调名的词三首，这样敦煌曲子词中共有长调是十一首。从词作的内容来看，这些词以写闺情、艳情为主，表达征夫思妇之怨，也有祝颂词和描写女子日常生活的词作。这些词即使是同调词，在字数上也不固定，在体式上与宋代的慢词有着比较大的区别，黄坤尧先生在《唐词长调考》一文中，将唐词的长调分为声诗体、律体、律慢过渡体、唐慢体、宋慢体五类。其中律体词，"字句较多，……但它们的句拍组织大部分仍不脱五、七言诗律句法的支配，甚而更喜用三言句。用韵颇密，略以平声为多，且见错综变化的现象。韵拍短促，节奏较快，但与慢词体貌不类，故特列作律体"。他将《拜新月》二词归为"律体"，认为："拜新月两阕，其一写闺怨，双调，八十四字，八平韵。其二祝国运，双调，八十六字，仄韵。除衬字外，两词上片句拍多同，下片则歧异略大，且韵叶不同，声情亦异。今列作律体。"将《凤归云》归为"律慢过渡体"，所谓律慢过渡体，黄坤尧认为是"基本上已摆脱了律体句度的束缚，无论下字用韵，都能适应乐曲的实际需要，尤以偶字句的普遍应用，使节奏减缓，这是由轻巧转向典重的必经阶段。惟用韵较密，句拍也未能完全符合慢体的标准，所以只能勉强地称作律慢过渡体"，并认为《凤归云》一词"四言句为多，已脱律体句度，然而又未能算作标准慢体"。他将慢词的特征归纳为句型、句式、领字与入声韵四个方面，认为在句型上，慢词应以偶字句为主，在句式上慢词的句式应突破五言、七言律诗的句式，慢词在音乐转折之处大多运用领字，在用韵方面，慢词一韵到底，不会换韵，其中平、入分部甚严，上、去可以通叶。又因唐代出现的慢词词调，在宋代已经消失，或是虽然词牌相同，但句式、用韵、字数等方面发生了较大的变化，所以，他将唐代出现的慢词词调称为"唐慢词"，以上所举敦煌曲子词中的《倾杯乐》《内家

---

[1] 任二北：《敦煌曲校录》，北京：中华书局，1962 年。

娇》都可以归为“唐慢体”[1]。这些长调，虽然在篇幅上已经达到了慢词的要求，但是在其他方面，与宋代的慢词尚有较大的区别，这说明，当时的词主要是为音乐服务的，长调本身的文学性并不被看重。合乐是这些长调最主要的要求。

文人词中，长调的运用也非常早。中晚唐时期就有文人创作长调词，现存共八首超过八十字的词作。它们是：尹鹗《秋夜月》（84 字）、《金浮图》（94 字）、李珣《中兴乐》（84 字）、薛绍蕴《离别难》（87 字）、钟辐《卜算子慢》（89 字）、杜牧《八六子》（90 字）、李存勖《歌头》136 字，无名氏《鱼游春水》（88 字）。黄坤尧先生也将它们按照自己的方法进行了归类，其中“律体”有被称为长调之祖的李存勖《歌头》、薛绍蕴的《离别难》；“律慢过渡体”有尹鹗的《秋夜月》《金浮图》、李珣的《中兴乐》；而杜牧的《八六子》、钟辐的《卜算子慢》和无名氏的《鱼游春水》为“宋慢体”。又分析认为以上三首宋慢体的词作与宋慢词体式几乎一致，而钟辐的《卜算子慢》是首次在词牌中加入“慢”字，而柳永的慢词大多尚不加慢字，黄坤尧先生虽未言明，但字里行间怀疑以上三首词皆为宋人伪作。这些词作除了后唐庄宗李存勖的《歌头》词意分咏四时景物外，其他作品均为歌咏闺情、艳情之作。试举杜牧《八六子》一词：

> 洞房深。画屏灯照，山色凝翠沉沉。听夜雨，冷滴芭蕉，惊断红窗好梦，龙烟细飘绣衾。辞恩久归长信，凤帐萧疏，椒殿闲扃。　辇路苔侵。绣帘垂、迟迟漏传丹禁。蕣华偷悴，翠鬟羞整，愁坐望处，金舆渐远，何时彩仗重临？正销魂，梧桐又移翠阴。

词中的题材为中晚唐诗人所钟爱的宫怨题材，以宫女的视角，写独守空闺的寂寞孤独与青春逝去，韶华难留，虚度年华的悲凉，以及希望受到帝王青睐的美好愿望。艺术风格已经非常纯熟，与宋代慢词无异。洪迈《容斋随笔》中认为秦观同调词（倚危亭）的尾句“正销凝，黄鹂又啼数声”，便是效仿此词尾句“正销魂，梧桐又移翠阴”所作。可见，此词对后世产生了一定的影响。以上所举之词，部分词在体式的运用上已经相当

---

[1] 黄坤尧：《唐词长调考》，《词学》第二辑，上海：华东师范大学出版社，1983 年，第 61 ~ 75 页。

成熟，体式与内容基本和谐，为宋代慢词的发展开辟了一条道路。

综上所述，唐五代词中的长调词数量并不多，可见在唐五代时期，长调词并未受到文士的关注。这是为何呢？杨海明先生在《唐宋词史》中对这一问题做过论述，他认为主要原因有两个：一方面，词在当时，尚属于新兴文体，文人在接触一种新兴问题的过程中，总是从易至难、从简到繁的，所以在令词和慢词这两种体式中，他们更乐意选择其中与近体诗比较接近的令词来写；另一方面，当时整个诗坛的一个总倾向是趋“小”、趋“细”，所以在词体的选择中，也同样体现了这一倾向。[1]

（三）长调慢词在仁宗朝的勃兴

文士大量创作长调慢词始于仁宗朝。仁宗朝共有慢词一百九十首。参与者达二十三人之多。其中创作长调慢词数量最多，且对长调慢词的发展有突出贡献的词人当属柳永。柳永存词二百一十九首，其中长调慢词一百二十五首，占一半以上的比例。柳永大力创作慢词，真正开启了宋词的新天地，在柳永的影响下，张先、欧阳修、杜安世等人也有不少慢词作品。由于诸多词作者的参与，长调慢词在仁宗词坛得以繁荣。

1. 仁宗词坛慢词的创作

柳永长调慢词的创作。

柳永的《乐章集》存词二百一十九首，“用 17 宫调，词调 130，包括调名相同而宫调不同者，计 153 曲，其中长调慢词 87 调 125 首”[2]。宋凤翔《乐府余论》言“慢词盖起于宋仁宗朝。中原息兵，汴京繁庶，歌台舞席，竞赌新声。耆卿失意无俚，流留坊曲，遂尽收俚俗语言，编入词中，以便伎人传习，一时动听，散播四方。其后东坡、少游、山谷辈相继有作，慢词遂盛”。这一观点中，慢词起于仁宗朝的说法并不准确。但是柳词确实吸取了坊间曲调，大量创作长调慢词，并在有宋一代产生了较大的影响。柳永涉及的内容一般有以下三个方面：一是传统的闺情、艳情题材。表现的多是市井妇女对爱情的大胆追求，符合市民阶层的审美观；二是羁旅行役题材，主要描写词人为求仕途、漂泊辗转的悲凉与远离故土的辛酸。在登临远眺的情景下，在伤春悲秋的情绪之中，通过对往昔的追

---

[1] 杨海明：《唐宋词史》，天津：天津古籍出版社，1998 年，第 272 页。

[2] 袁行霈：《中国文学史 · 第三卷》，北京：高等教育出版社，2002 年，第 33 页。

忆，对现实的哀叹，对未来的期盼，抒发游宦之悲，羁旅之苦，将词人内心中复杂的心绪通过铺叙展衍的手法展现出来；三是歌颂承平气象的词作题材，主要描绘太平盛世的圣明与祥和，大城市的富庶与繁华，人民生活的安定与美满。柳永长调慢词的艺术特色，主要是将赋法移植入词，层层铺叙，或展现抒情主人公复杂多变的内心世界，或描绘事情开端、发展的整个场面和过程，或用蒙太奇的手法将所见之景由近及远或由远到近进行描绘。多用白描手法，不加烘托，直抒胸臆。对于柳永长调慢词艺术性的认识，前人论述极多，这里不再赘述。

张先、欧阳修长调慢词的创作。

仁宗词坛，“张子野与柳耆卿齐名”❶ 张先与柳永齐名，在柳永的影响下，张先也写作了不少慢词作品。张先现存一百六十五首词，其中慢词有十九首，仅次于柳永。张先的长调慢词多以雅会宴饮、酬酢赠别为主，也有赞颂都市繁华、歌咏城市风貌，抒写闺怨恋情之作，还有咏物之词与生活气息极浓郁的作品，主要表现的是士大夫的闲情雅致，赠答往来、唱和交游。张先一生虽未仕途荣耀，跻身于显贵的行列，但他长期为官，辗转各地，交友广泛，与文士往来甚为密切。且得到过高官晏殊等人的赏识，一生相对平顺，且心态良好，晚岁悠游乡里，常泛扁舟，垂钓为乐，怡然自得，由于他与柳永的心态有很大的差别，所以他的词作风格与创作方法都与柳永有着一定的不同。由于当时士大夫阶层中的大多数人并未大量创作长调慢词，而多是偶尔为之，所以，长调慢词在士大夫手中，其技巧并不纯熟，张先就是一例，他的部分长调慢词是以令词的创作方法来写作的。如《谢池春慢·玉仙观道中逢谢媚卿》：

> 缭墙重院，时闻有、啼莺到。绣被掩余寒，画阁明新晓。朱槛连空阔，飞絮知多少？径莎平，池水渺。日长风静，花影闲相照。　尘香拂马，逢谢女、城南道。秀艳过施粉，多媚生轻笑。斗色鲜衣薄，碾玉双蝉小。欢难偶，春过了。琵琶流怨，都入相思调。

这首词的本事载于《绿窗新话》之中：“张子野往玉仙观，中路逢谢

❶ ［宋］胡仔：《苕溪渔隐丛话后集》卷三十三，北京：人民文学出版社，1962 年，第 253 页。

媚卿，初未相识，但两相闻名。子野才韵既高，谢亦秀色出世，一见慕悦，目色相接。张领其意，缓辔久之而去。因作《谢池春慢》以叙一时之遇。”这首词是北宋流传较早的一首慢词。采用的是典型的令词的谋篇布局，上片言景，下片抒情，上景下情的创作手法。上片写重院池馆春晓之景，下片言郊游遇艳倾慕之情。几乎无一句直语，如沈祥龙在《论词随笔》中所言小令作法：“须突然而来，悠然而去，数语曲折含蓄，有言外不尽之致。着一直语、粗语、铺排语、说尽语，便索然矣。”❶ 结语并未道明艳遇的结局，却使得读者有了无尽的猜想，留有余韵，这也是令词结尾的方式，近人夏敬观谓：“子野词凝重古拙，有唐五代之遗音，慢词亦多用小令作法。”❷ 虽然以小令的创作手法写作慢词，在一定程度上保留了令词意味隽永、韵味深长的优点，但由于小令的体式与长调慢词有所区别，以小令之手法创作慢词，使得慢词少铺叙，内容过于单一，境界比较狭窄，缺少慢词应有的转折与变化。其词如《剪牡丹·舟中闻双琵琶》（野绿连空），上片主要描写环境，下片重在写听琵琶的感受，仍然延续着令词上景下情的写法，尾句以景结情，更是小令的惯用手法。铺叙手法的运用不是很明显，上下两阕略显孤立，虽然其词为长调慢词，但在创作手法上却体现着令词向慢词的过渡。又如《满江红》（飘尽寒梅）也有类似的特征。不过，张先也有部分长调慢词并未采用令词的手法进行创作，如《卜算子慢》（溪山别意）写别离之愁，通过时空的变换，言情层层深入，表现主人公内心的愁苦与思念，与柳词的手法相近。

继柳永、张先之后，长调慢词的创作力量逐步庞大起来，欧阳修也参与到这支队伍中来，在写作文雅令词的同时，也创作了不少带有市井气息的长调慢词。欧阳修共创作了十二首长调慢词，这些词中的大部分都是写传统恋情，并带有明显的市民阶层的审美趣味。如：

见羞容敛翠，嫩脸匀红，素腰袅娜。红药栏边，恼不教伊过。半掩娇羞，语声低颤，问道有人知么。强整罗裙，偷回波眼，佯行佯坐。　更问假如，事还成后，乱了云鬟，被娘猜破。我且归家，你而今休呵。更为娘行，有些针线，诮未曾收啰。却

❶ ［清］沈祥龙：《论词随笔》，唐圭璋：《词话丛编》，北京：中华书局，1986 年，第 4043 页。
❷ 夏敬观：《吷庵词评》，《词学》第五辑，上海：华东师范大学出版社，1986 年，第 199 页。

待更阑，庭花影下，重来则个。(《醉蓬莱》)

这首词写男女花园私会偷情，女方叮嘱男方不要心急，待自己骗过母亲之后，再重会于庭花影下。全词生动活泼，男女主人公的音容笑貌，动作体态如在眼前，并选取了大量俚语、俗语入词，使得词极富市井趣味性，符合市民阶层的审美需求。

再如：

晓色初透东窗，醉魂方觉。恋恋绣衾半拥，动万感脉脉，春思无托。追想少年，何处青楼贪欢乐。当媚景，恨月愁花，算伊全妄凤帏约。　空泪滴、真珠暗落。又被谁、连宵留着。不晓高天甚意，既付与风流，却恁情薄。细把身心自解，只与猛拚却。又及至、见来了，怎生教人恶。(《看花回》)

这首词描写女主人公对抛弃她的情郎的怨怼。不知他又在哪里流连花酒，也不归宿，正在怒气涌上心头，想着如何收拾他的时候，这位薄情郎君竟然走进家门，此时，女主人公顿时怒气全消，破涕为笑，迎接她的情郎。

以上两首词作，带有明显的故事性，而女主人公也并非困在深闺之中的怨妇，而是市民阶层的妇女。欧阳修十二首长调慢词中有八首类似的词作，与柳词在叙述方式，人物塑造，语言风格上都十分类似，体现的是市民生活趣味，带有明显的市俗文化特征。而晏殊词中，类似内容的词作却一首都没有。这说明，当时，长调慢词结合的是市井流行的曲调反映的也大多是市民阶层的审美倾向，与市民阶层亲密接触的柳永，他的作品中长调慢词的数量最多。随着士大夫阶层逐渐开始长调慢词的创作，其创作手法才日臻成熟。

2. 长调慢词与令词在叙述抒情方面的区别

长调慢词篇幅较长，字数较多，与令词相比，其天然的优势就在于使词体的容量增加，可以表现更为广阔的生活画面与更为复杂、更为曲折的情感变化。以传统题材为例，在表现闺情、艳情方面，长调慢词在叙事抒情上，具备令词无法取代的优势。

其一，令词多表现词作者一时一瞬之情感，而长调慢词能将词作者缠绵曲折，变化无端的整个心理过程加以还原。试比较以下两首词：

别来音信千里，恨此情难寄。碧纱秋月，梧桐夜雨，几回无寐！　楼高目断，天遥云黯，只堪憔悴。念兰堂红烛，心长焰短，向人垂泪。（晏殊《撼庭秋》）

洞房记得初相遇。便只合、长相聚。何期小会幽欢，变作离情别绪。况值阑珊春色暮。对满目、乱花狂絮。直恐好风光，尽随伊归去。　一场寂寞凭谁诉。算前言，总轻负。早知恁地难拚，悔不当时留住。其奈风流端正外，更别有、系人心处。一日不思量，也攒眉千度。（柳永《昼夜乐》）

这两首词的内容都写相思怨别，晏词是小令，柳词为长调。晏词描写的是一个雨夜，女主人公思念远方情郎，彻夜无寐。主要表现的是在这个特定的环境中、特定的时间下女主人公的心理状态。柳词同样抒写别情，从回忆写起，从他们相识着笔，娓娓道来，絮絮诉说主人公无尽的悲伤与懊悔。晏词重在表现瞬间的感受，写情极为深挚，能透过一个瞬间的描写，引起读者深刻的联想。柳词重在还原主人公的整个心理过程，缠绵曲折，造语虽浅，但主人公形象清晰立体，使读者难以忘怀。

其二，令词多用于抒情，由于篇幅的限制，令词很难具备叙事性。而长调慢词能增强词的叙事性，将事情的前因后果，主人公的情感历程一一加以展现。试比较以下两首词：

候馆梅残，溪桥柳细，草熏风暖摇征辔。离愁渐远渐无穷，迢迢不断如春水。　寸寸柔肠，盈盈粉泪，楼高莫近危阑倚。平芜尽处是春山，行人更在春山外。（欧阳修《踏莎行》）

寒蝉凄切。对长亭晚，骤雨初歇。都门帐饮无绪，留恋处、兰舟催发。执手相看泪眼，竟无语凝噎。念去去、千里烟波，暮霭沉沉楚天阔。　多情自古伤离别，更那堪冷落清秋节！今宵酒醒何处？杨柳岸、晓风残月。此去经年，应是良辰好景虚设。便纵有千种风情，更与何人说？（柳永《雨霖铃》）

这两首词都是写离愁别绪的词。欧词是小令，柳词是慢词。欧词借景抒情，情景交融，重在以景物意象的组合烘托传递情感。而柳词则用赋法叙事兼抒情，对整个送别的场景、过程，在送别之前、送别之时、送别之后的人物情态、动作、心绪以及环境氛围都有非常细致的勾勒与极为具体的刻画。在抒情中暗含叙事，长调慢词使词体具备叙事性，这一点是令词很难做到的。

其三，令词篇幅较短，很难以男女二人不同的角度，来展现出多重时空中，他们对对方的思念，而长调慢词不受篇幅的限制，可以多次变换时空，多角度的描写，使得情感层层深入，如柳词《八声甘州》（对潇潇暮雨洒江天）一词中“想佳人、妆楼颙望，误几回、天际识归舟”就是展现自我思念佳人又设想佳人站在楼头思念自我的双重空间结构。

在新兴题材方面，令词由于受到篇幅的限制，一些诸如都市词、咏史词、咏物词等都很难全面的加以表现。而长调慢词则没有这个限制，它在反映复杂生活，描绘丰富景致上都比令词更胜一筹。如柳永描绘杭州风光的都市词《望海潮》（东南形胜）。词的上片写杭州之全貌，从历史、地形、风貌、名胜、都市人口、市场繁荣等多个方面抒写杭州城历史悠久、美丽富饶、富庶繁华，下片从湖山胜概、四时风物、笙歌缭绕、百姓安乐四个方面继续描绘杭州城的美好，以大开大阖的笔法，为读者展开了一幅杭州壮美繁华的历史画卷，此词又以铺叙见长，可谓“铺叙展衍，备足无余，形容盛明，千载如同当日”[1]。很难想象这样庞大的内容，如何在小令这一简短的篇幅中展现？所以，长调慢词在展现丰富的生活、复杂的风貌方面，有着令词不可比拟的优势。

3. 长调慢词在仁宗词坛繁荣的原因

长调慢词之所以能在仁宗词坛勃兴主要有以下两个原因：

其一，仁宗时期，市民文化的繁荣、新声的兴盛是长调慢词得以繁荣的原因。真宗时期民间就“新声甚众”。为了适应广大市民的娱乐需求，新的曲调不断创制，仁宗朝情况也是如此，词中就经常提到“新声”，“是处楼台，朱门院落，弦管新声腾沸”（柳永《长寿乐》），“风暖繁弦脆管，万家竞奏新声”（柳永《木兰花慢》），“佳娘捧板花钿簇，唱出新声群艳伏”（柳永《木兰花》），“画堂花入新声别，红蕊调高弹未彻”（张先《木兰花》），“羌管不须吹别怨，无肠更为新声断”（欧阳修《蝶恋花》），“新声难逐管弦愁”（欧阳修《浣溪沙》）。这些新声的繁盛，是否与长调慢词

---

[1] ［宋］李之仪：《跋吴师道小词》，邓子勉：《宋金元词话全编》，南京：凤凰出版社，2008 年，第 133 页。

的兴盛有关？这就要看新声要配合什么类型的新词了。仁宗词坛使用新声最多的无疑是柳永，他的长调慢词绝大部分是与新声相配合的新体词，据统计，柳永的长调慢词共享87个词调，这些词调或完全采用新声，或将前代令曲进行衍展改造，柳词的长调慢词基本是以新声为基础的。“变旧声作新声”也是柳永长调慢词的一大特色。又据杨海明先生《唐宋词史》言：“北宋的‘新声’（至少是填词家所乐于采用来做词调的‘新声’），就大多是节奏缓慢、乐曲较长的慢曲子。”慢曲子自然要求与之相配合的长调慢词，在柳词中就有歌妓主动向其索要新词来配合这类新声的记录，“要索新词，殢人含笑立尊前。按新声、珠喉渐稳，想旧意、波脸增妍”（《玉蝴蝶》）。故而，由于新声的兴起与广泛传播，仁宗时期长调慢词就有了大规模的发展。

其二，仁宗时期，政治局势稳定，经济发展迅速，城市经济的繁荣，为长调慢词的发展提供了良好的背景。杨海明先生认为“新的大一统的时代已废前代衰世可比，它渴求着一种既‘大’且‘新’的艺术格局和审美气度。于是便催生了‘新声’和慢词的勃兴，这就是‘慢词遂盛’的根本原因”❶。仁宗时期的政治、经济状况在本书的第一章已经有较为详细的论述，兹不赘述。

综上，仁宗词坛词作体式的变化主要表现在长调慢词的兴起，改变了小令一统天下的格局，从此慢词与小令平分秋色，齐头并进。柳永成为第一个大量创作长调慢词的词人，并掌握了比较成熟的创作技巧，改变了词作传统的抒情模式，在柳永的影响下，很多词人开始长调慢词的创作。这一时期，长调慢词涉及的题材也由爱情题材扩展到都市、咏物、咏史怀古、羁旅行役等不同类型的题材。仁宗词坛，令词、慢词、单调、双调、三叠等体式日益丰富，可以说，词在体式上已经十分完备，为元祐词人在内容上的开拓提供了必要的前提条件。

二、词体抒情结构的新变

仁宗词坛词作之所以能够焕发出巨大的艺术魅力，除了题材的新变与体式的完备之外，词体结构模式在仁宗时期也有所变化。花间词抒情的结

---

❶ 杨海明：《唐宋词史》，天津：天津古籍出版社，1998年，第275页。

构模式多为上景下情的结构，即上片写景，以起兴的手法来烘托词作主人公的的内心情感，下片言情，点明词作主人公为何心怀幽怨。看以下三首词：

夜来皓月才当午，重帘悄悄无人语。深处麝烟长，卧时留薄妆。　当年还自惜，往事那堪忆。花露月明残，锦衾知晓寒。（温庭筠《菩萨蛮》）

柳丝长，春雨细，花外漏声迢递。惊塞雁，起城乌，画屏金鹧鸪。　香雾薄，透帘幕，惆怅谢家池阁。红烛背，绣帘垂，梦长君不知。（温庭筠《更漏子》）

钟鼓寒，楼阁暝，月照古桐金井。深院闭，小庭空，落花香露红。　烟柳重，春雾薄，灯背水窗高阁。闲倚户，暗沾衣，待郎郎不归。（韦庄《更漏子》）

上述几首词的结构模式均为“上景下情”的模式，花间词中的作品大部分都是采用这一结构模式进行抒情，较少新变，而北宋仁宗时期，这一情况有所变化。表现为抒情结构模式的多样化，主要有两种类型的抒情结构模式在仁宗词坛兴起：其一，令词中“上景下情”模式的不规则化，表现为情语与景语的交叉互融；其二，由于长调慢词的兴起与大量创作，为符合长调慢词的要求，词作的抒情结构模式复杂化，表现为三种不同的结构模式：

（一）令词上景下情结构模式的突破与新变

仁宗词坛，令词的创作仍然是主要趋势。令词的抒情模式也大多沿袭着花间词的抒情模式，即“前段布景，后半说情”[1]。廖泓泉博士认为，“翻检晏殊、欧阳修的歌词作品，‘上片布景，下片说情’仍然是他们经常采用的结构模式，如欧阳修采用这种结构方法的歌词大约有 70 首，约占其词作总数的 30%，题材包括了闺情、送别、歌舞艳情……晏殊词中至少有 80 多首属于‘上片布景，下片说情’的构词模式，占其作品总数的 58%”[2]。在仁宗词坛，打破这种上景下情令词结构模式的是张先。先看张

[1] ［清］李渔：《窥词管见》，唐圭璋：《词话丛编》，北京：中华书局，1986 年，第 557 页。
[2] 廖泓泉：《北宋前期词研究》，华东师范大学 2003 年，博士论文。

先的两首词：

《水调》数声持酒听，午醉醒来愁未醒。送春春去几时回？临晚镜，伤流景，往事后期空记省。　沙上并禽池上暝，云破月来花弄影。重重帘幕密遮灯，风不定，人初静，明日落红应满径。(《天仙子》)

伤高怀远几时穷？无物似情浓。离愁正引千丝乱，更东陌、飞絮蒙蒙。嘶骑渐遥，征尘不断，何处认郎踪？　双鸳池沼水溶溶，南北小桡通。梯横画阁黄昏后，又还是、斜月帘栊。沉恨细思，不如桃杏，犹解嫁东风。(《一丛花》)

第一首词是北宋名篇之一，也是张先的代表作。根据此词词调下的小序：“时为嘉禾小倅，以病眠，不赴府会。”可知此词约写于仁宗庆历元年(1041年)，张先在嘉禾为判官之时，其年张先已五十二岁。人至中年，疾病缠身，困乏不堪，百无聊赖，更无精神去参与酣歌妙舞的府会。词作一开头便破空而来，直言酒醉未醒，愁情满怀。春色已逝，词人中年伤春，情怀惨淡，追忆年少之时风流缱绻的往事，然而“此情可待成追忆，只是当时已惘然”。随着时光的流逝，一些错过机缘的往事早已追悔莫及，只能向“记省”之中寻求，然而寻求到了，也未必能得到安慰，反而徒增烦恼，所以词人在此处加了一个“空”字。词的上片描写的是词人的思想活动，下片转入写景，词人为排遣心中的愁闷，漫步在小园之中，水禽在池边沙岸之上并眠，满天的云朵遮挡了月色，傍晚微风袭来，吹开云层，月亮在云层中透出了皎洁明亮的光芒，园中的花儿在风中摇曳，仿佛在月光下欣赏自己婀娜的身影。此处虽未写风，却让读者能感受到风。此番美景也使得词人愁闷的心境有所开释，然而，当词人再次回到屋中之时，外面的风更加肆虐了，词人拉上重重帘幕，保护灯焰，刚刚坐定，风却愈加紧了，词人心忧，待到明日，刚才在月色下弄影的花儿，被风瓣瓣吹落，红色的花瓣将会铺满园中的小径。淡淡的哀愁与一丝怜惜之情又涌上心头。这首词表达的情绪与传统令词并无太大的区别，但是此词的结构并非是传统的“上景下情”的结构，而是根据词人的心情将景语与情语打乱，散化在上下片中。

第二首词也是张先词中被人传诵很广的一首名作。上片开头劈头一句，突兀有力，“伤高怀远几时穷?”没有以景语渲染气氛，也没有以意象群烘托女主人公的内心情感，而是重笔直下，直抒胸臆，这是一种在经历无数次登高怀人之苦后，情感郁结的宣泄，也是暗写女主人公凄凉的遭际与对远方之人深切的思念。接着词人自己作答“无物似情浓”，这是一句议论，是在经历了爱情的甜蜜与欢愉、相思的痛苦与折磨后，对爱情的一种带有哲思的概括，即使受尽相思之苦的折磨，仍对爱情至死不渝，这深刻而又真挚的情感，十分动人。接着写景，缭乱的飞絮与柳丝，搅乱了女主人公的心绪，回想从前，情郎离去之时，她也是站在楼头久久凝视，不忍离去。看着嘶鸣的马儿渐渐远去，消失在飞扬的尘土之中，而如今天地之大，要到哪里去辨认曾经情郎的身影呢？下片写女主人公登高所见之景，鸳鸯成双，而自己却孤寂一人，伫立楼头，时间渐渐流逝，以至傍晚时分，黄昏月出，女主人公的目光由远及近，自己的住所，梯子横斜，一弯斜月低照着帘幕与窗棂，“又”字在这里表明，女主人公早已不是第一次站在楼头思念远人了，而是无数次领略过黄昏时，孤月空照楼阁的凄清与悲凉了。结句写的是女主人公的心理活动：桃杏还能适时将自身嫁于东风，而我只能独守空闺，大好的青春年华在凄凉与寂寞之中流逝。这首词在结构上同样打破了“上景下情”的结构模式，而将景语散化在各处，随着词人抒情的需要而出现。

张先词中也并非没有“上景下情”结构的词作，比如，他的一些长调慢词就采用的是传统小令的结构模式，不过，这种模式在他的词作中并不处于主导地位。陈廷焯《白雨斋词话》中言：“张子野词古今一大转移也。前此则为晏欧、为温韦，体段虽具，声色未开。后此则为秦柳、为苏辛、为美成白石，发扬蹈厉，气局一新，而古意渐失。子野适得其中，有含蓄处，亦有发越处，但含蓄不似温韦，发越亦不似豪苏、腻柳，规模虽隘，气格却近古。自子野后，以前年来，温、韦之风不作矣。”❶ 此处所说的“转移”，上述张先词结构的变化，打破“上片写景，下片抒情”这一传统结构模式，应该是“转移”的内容之一。

---

❶［清］陈廷焯：《白雨斋词话》卷一，唐圭璋：《词话丛编》，北京：中华书局，1986 年，第 3782 页。

（二）长调慢词抒情结构模式的复杂化

由于长调慢词的篇幅较长，抒情结构模式不能延续单一的“上景下情”的结构模式，长调慢词的抒情结构模式，彻底打破了传统小令的抒情模式。仁宗时期，第一个大量创作创调慢词的词人柳永，他的慢词的抒情结构模式就呈现出复杂化的特征，创造了崭新的慢词结构模式：

1. 多方变化的时空结构

柳永词的章法模式，被前人冠以“屯田蹊径”之说，此说法出自《古今词话》中的一则记载：

> 宋无名氏《眉峰碧》词云：“蹙损眉峰碧，纤手还重执。镇日相看未足时，便忍使鸳鸯只。　薄暮投村驿。风雨愁通夕。窗外芭蕉窗里声，分明叶上心头滴。”宋徽宗手书此词以问曹组，组亦未详。徽宗曰，朕粘于屏以悟作法。真州柳永少读书时，遂以此词题壁，后悟作词章法。一妓向人道之，永曰：某亦愿变化多方也。然遂成屯田蹊径。[1]

这一记载虽然有传说的成分，但从中总结的“屯田蹊径”，却让后人了解了柳永词特殊的结构、章法。上举这首《眉峰碧》看似是一首非常简单的叙写男女从分手之时，道别后思念的作品，但细细品读会发现，这首词的时间脉络与感情线索都非常清晰，空间也出现了几次转换，在不同的时空中均做到了情与景的相融。词作开头写现实之中的分别，并未直接言情，而是通过主人公“蹙眉”“执手”等动作的描写，让读者体会分离之苦，“镇日”一句由现实回想过往，虽日日相伴，却仍相看未足，换头时间变为分离之后，黄昏之时，空间转为村驿之内，风雨交加，男主人公整夜不眠。结局，空间由室内转为室外，室内之人听室外之声，点滴淋漓的雨声，一叶叶、一声声都滴在男主人公的心头。实写雨声，而暗写男主人公内心的伤感。整首词层次分明，线索清晰，时空转换自然，情与景结合巧妙。柳永从整首词中悟出了作词的章法。即变化多方，在不同时空展现情与景的交融。施议对先生在《论“屯田家法”》一文中总结柳永词的结

---

[1] ［清］沈雄：《古今词话·词辨卷上》，唐圭璋：《词话丛编》，北京：中华书局，1986年，第911页。

构模式，认为柳永词的结构可以用三个公式来概括：一是“从现在设想将来谈到现在”；二是“由我方设想对方思念我方”；三是二者的交叉。[1] 柳永词能在多重时空中，自由而细腻的安排组织情与景的组合。如：

> 寒蝉凄切。对长亭晚，骤雨初歇。都门帐饮无绪，留恋处、兰舟催发。执手相看泪眼，竟无语凝噎。念去去、千里烟波，暮霭沉沉楚天阔。　多情自古伤离别，更那堪冷落清秋节！今宵酒醒何处？杨柳岸、晓风残月。此去经年，应是良辰好景虚设。便纵有千种风情，更与何人说？（《雨霖铃》）

这是柳永被传诵最广的一首词。上片前三句，通过景色的铺写，渲染送别的凄凉况味。词人所见所闻，无处不凄清。“执手”一句转而言情，执手相看，泪眼蒙眬，有无尽的言语，在那一刻都凝噎在喉，“念去去”一句，激越振起，又转为写景，但此景非目前之景，而是放眼于广阔辽远的空间里，见千里烟波、暮霭浓密，仿佛那层浓雾正笼罩在词人的心头，可见其离愁之深。换头言情，离愁本已伤情，又加之是衰飒冷落的深秋之际，使得离愁更深。“今宵”以下又转为写景，词人想象今宵别离之后，旅途之中的画面：孤舟之上，词人酒醒，残月高悬，晓风吹拂萧疏的杨柳，画面充满萧瑟凄清的氛围。结句转而言情，昔日有知己在身旁，而日后纵有千言万语，空对着良辰美景，又去向谁诉说呢？以问句作结，含蕴无穷。整首词情景结构上，情语与景语的安排都恰到好处，层次分明。时空结构上，则从现在设想将来，再回到现在，再设想将来，几次转换，复杂多变，却又脉络清晰。步步深入，层深而浑成，结束了令词单一的“上景下情”的结构，成为柳词结构运用的高明之处，并影响了后世词人长调慢词的创作。

2. 罗列式的铺叙结构

柳词在描写男女爱情的长调慢词中，主要运用的是变化多方的时空结构与情景交融的抒情模式，但在一些都市词、节序词中，采用的模式为罗列式的铺叙结构。所谓罗列式的铺叙结构，是词人从不同视角选取诸多不同的意象及意象群，将其加以组合和罗列，来展现繁华喧闹的景象。如：

---

[1] 施议对：《论“屯田家法”》，《施议对词学论集》，澳门：澳门大学出版中心，1998 年，第 145～165 页。

露花倒影，烟芜蘸碧，灵沼波暖。金柳摇风树树，系彩舫龙舟遥岸。千步虹桥，参差雁齿，直趋水殿。绕金堤，曼衍鱼龙戏，簇娇春罗绮，喧天丝管。霁色荣光，望中似睹，蓬莱清浅。

时见。凤辇宸游，鸾觞禊饮，临翠水，开镐宴。两两轻舠飞画楫，竞夺锦标霞烂。罄欢娱，歌《鱼藻》，徘徊宛转。别有盈盈游女，各委明珠，争收翠羽，相将归远。渐觉云海沉沉，洞天日晚。(《破阵乐》)

这首词描绘的是北宋仁宗时期，每年三月帝王、臣子、普通市民游览金明池的繁华盛景。在结构上采取的就是罗列式的铺叙结构。上片头两句选取露花、烟芜、灵沼、金柳等自然意象，描绘的是金明池的自然景致风光，“千步虹桥”一句，以虹桥为中心意象，突出金明池的人工胜境。“绕金堤”四句，以曼衍鱼龙、簇娇罗绮、喧天丝管等意象组合，着重描写的是金明池上的游乐场面。下片“凤辇宸游”四句描写皇帝游赏金明池，大摆筵席，君臣观看龙舟竞渡之景。“别有盈盈游女”则转而描写市民游赏之乐。结句以傍晚白云弥漫，仿佛仙境作结，为金明池的繁华景色抹上了一笔神奇的色彩。整首词通过层层铺叙罗列，多层次、多角度地展现了金明池的繁华之景。虽是罗列式的铺叙，但结构严密、层次分明，能做到条理井然、眉目清晰、一丝不乱。柳永的都市词、节序词如《望海潮》（东南形胜）、《倾杯乐》（禁漏花深）几乎采用的都是此种结构类型。对此，后世词评家多有赞誉，宋人李之仪赞曰：“柳耆卿始铺叙展衍，备足无余。形容盛明，千载如同当日。”[1] 清人周济赞曰：“（柳词）铺叙委婉，言近意远。”[2] 柳永这类运用罗列式铺叙的词也将仁宗朝的繁盛尽情地描绘了出来，宋人黄裳在看到这些词时，激动地说：“予观柳氏乐章，喜其能道嘉祐中太平气象，如观杜甫诗，典雅文华，无所不有。是时予方为儿，犹想见其风俗，欢声和气洋溢道路之间，动植咸若，令人歌柳词，闻其声，听其词，如丁斯时，使人慨然有感。呜呼，太平气象，柳能一写于乐章，所

---

[1] ［宋］李之仪：《跋吴师道小词》，邓子勉：《宋金元词话全编》，南京：凤凰出版社，2008 年，第 133 页。

[2] ［清］周济：《介存斋论词杂著》，唐圭璋：《词话丛编》，北京：中华书局，1986 年，第 1631 页。

谓词人盛世之黼藻，岂可废耶？”[1] 可见，柳永此类词既有艺术价值，同时也具备历史价值。这与柳词运用的特殊结构是分不开的。

3. 娓娓道来的叙事结构

市俗的娱乐文化，要求词作简单易懂，最好还能让听众从中获得新奇的感受。此时的长调慢词多与市井曲调相结合，所以部分词实则在讲一个个世俗化的小故事，加上歌妓在筵席中声情并茂的演唱，与对女主人公情态的模拟，一定会受到广大市民阶层的钟爱。如上举欧阳修《醉蓬莱》（见羞容敛翠）一词，就有故事性，活泼生动，在词作结构上既不是传统的“上景下情”的抒情模式，也非长调慢词中的时空转换、罗列铺叙式的结构，而是通过对女主人心理、动作的刻画，慢慢讲述故事的发生、发展，具体而生动。柳永很多贴近市俗情调的作品都是采用这样的结构。如《斗百花》（满搦宫腰纤细）描写一个女子与情人共眠前的娇羞；《昼夜乐》（秀香家住桃花径）描写词人与秀香的一夜之欢；《征部乐》（雅欢幽会）写词人与虫娘的情感纠葛，等等，这些词开创了词作的新型结构模式，虽然在宋词中少有继承之作，但却影响了后世元曲的创作。这部分结构的词中，也有一些为了迎合市民俚俗的口味而笔调极为轻佻的作品，总体艺术价值不及前两类高。

综上，仁宗词坛词作结构特色主要表现在令词“上片写景，下片言情”这一固定模式的被打破，表现为情与景的无规则化，在长调慢词的结构上，表现为抒情模式的复杂化，仁宗词坛对词体结构的变化与尝试对后世词坛产生了较大的影响。尤其是柳永长调慢词的结构章法，对苏轼、周邦彦、吴文英等人都有深远的影响。

第三节　意象的选取与组合

“意象”这一概念在中国古代文论中出现较早，当代文学理论界对“意象”这一概念的界定更是众说纷纭。笔者认为，所谓意象就是客观物

---

[1] ［宋］黄裳：《演山集》卷三十五，邓子勉：《宋金元词话全编》，南京：凤凰出版社，2008 年，第 115 页。

像经过创作主体独特的情感活动而创造出来的一种艺术形象。简要来说，意象是寓“意”之“象”，即用来寄托主观情思的客观物象。

蒋寅先生说：“诗歌创作，从它的目的及意义实现的过程来说是个信息活动，而从它借助的手段和创造的过程来说则是个符号活动。因此，可以说，诗的本质就是一个表情的符号系统，一个呼唤性的意象结构。……要想对诗歌的风格、对诗人的创作特点做出准确的说明，就需要分析意象和结构。”❶ 蒋寅先生的这段话虽然针对的是诗歌创作，也可以用在词的分析上，分析词作的意象构成，从微观角度入手进一步解释词的风格和每个词人的创作特点。

一、仁宗词坛意象特点总论

仁宗词坛的词作在意象选取方面基本上沿袭着花间词意象系统，在意象结构模式与意象描述方面都与花间词非常相似，但仁宗词坛的词人由于个人经历的相异、社会地位的不同及受到不同文化的影响，意象组合方式呈现出个性化的特征。具体而言，仁宗词坛的意象特点表现在以下几个方面：

1. 意象选取继承了花间意象系统

仁宗词坛的词作在意象选取上，并没有什么新意，与花间词呈现出相同的意象系统。花间词主要由两大意象群构成：以花鸟、草木为代表的自然意象群，和以女性为中心的身体、服饰、闺阁意象群。意象选取的范围比较狭窄，取材相对集中，由于其意象的选取特别偏爱女性的身体、服饰及女性居处的室内景观和自然风景，从而使这两大意象群有着高度的“女性化”的特征。仁宗词坛意象的选取，总体而言，也多集中在这两大方面，词作使用的所有的意象，基本上不曾跳出这两大意象群。只是某个词人可能在某个方面选取的意象较多，而另一方面选取的意象较少而已。

总的来说，欧阳修词意象的构成和《花间集》意象的构成基本相似，可以分为两大意象群：即以花鸟、草木为代表的自然意象群和以女性为中心的身体、闺阁、服饰意象群。具体分析如下：

---

❶ 蒋寅：《大历诗风》，南京：凤凰出版社，2009 年，第 179 页。

欧词与花间词自然意象的构成，请见下表❶：

	花	月	草	风	云	雨	柳	水	燕	蝶	莺	雁
花间词	272	136	59	163	113	108	105	99	51	15	70	27
欧词	219	70	23	132	52	50	36	50	21	31	13	6

由上表可见，欧词自然意象的构成和花间词大体相似，花间词共500首，欧词共267首，依比例来统计，以上自然意象在各自词集中所占百分比请见下表：

	花	月	草	风	云	雨	柳	水	燕	蝶	莺	雁
花间	54.4%	27.2%	11.8%	32.6%	22.6%	21.6%	21.0%	19.8%	10.2%	3.0%	14.0%	5.4%
欧词	82.0%	26.2%	8.6%	49.4%	19.4%	18.7%	13.4%	18.7%	7.9%	11.6%	4.9%	2.2%

由上表可见，他们的词中出现较多的自然意象大体是一致的，花间词自然意象出现的平均频率为20.3%，而欧词为21.9%，二者相比，只是个别自然意象的比例有所变化，而整体自然意象所占的比例却很接近。

欧阳修词中女性服饰意象和室内装饰意象比《花间集》要少，具体情况请见下面的表格：

表一　女性服饰意象

	钗	钿	簪	翠翘	衣	袖	裙
花间集	32	30	8	5	47	32	26
欧词	6	3	0	0	20	13	12

女性服饰意象出现的频率，请见下表：

	钗	钿	簪	翠翘	衣	袖	裙
花间集	6.4%	6.0%	1.6%	1.0%	9.4%	6.4%	5.2%
欧词	2.2%	1.1%	0%	0%	7.5%	4.9%	4.5%

❶ 《花间集》统计数据，依据［后蜀］赵崇祚，高峰选编、注评《〈花间集〉注评》，南京：凤凰出版社，2008年。欧阳修词统计数据，依据唐圭璋：《全宋词》，北京：中华书局，1965年（下同）。

表二　室内装饰意象

	帘	炉	屏	闺	烛	锦	镜	枕	画堂
花间集	99	25	94	24	20	53	21	61	20
欧词	47	12	17	3	6	9	6	25	4

室内装饰意象出现的频率，请见下表：

	帘	炉	屏	闺	烛	锦	镜	枕	画堂
花间集	19.8%	5.0%	18.8%	4.8%	4.0%	10.6%	4.2%	12.2%	4.0%
欧词	17.6%	4.5%	6.4%	1.1%	2.2%	3.4%	2.2%	9.4%	1.5%

由以上四个表格可见，花间词女性服饰意象出现的平均频率为5.1%，欧词为2.9%，花间词室内装饰意象出现的平均频率为9.3%，欧词为7.6%，这两项欧词均低于花间词。花间词中女性服饰意象和室内装饰意象或与色泽明丽的形容词连用，如“红烛”“红袖”“红袂”“红纱”“绿罗裙”“绿萍”“翠鬟”“翠钿”“翠帘”等，或与表现华丽质地的形容词连用，“金钿”“金炉”“金雀钗”“玉钗”“玉炉”“宝帐”“宝钗”“宝镜”“绣帘”“绣屏”等，使普通的名词意象艳丽化，造成华美浓艳的效果。由于欧词中女性服饰和室内装饰意象比花间词少，所以直接导致欧词中艳丽化的意象比花间词要少。

欧阳修词中直指女性身体的意象出现的频率略高于《花间集》，这里的“直指”指的是能直接引起人性爱感受的女性身体意象。请见下表：

	腰	胸	腮	唇	香汗	肌肤（玉肌、香肌）
花间集	18	4	4	2	1	7
欧词	20	2	8	3	2	12

女性身体意象出现的频率请见下表：

	腰	胸	腮	唇	香汗	肌肤（玉肌、香肌）
花间集	3.6%	0.8%	0.8%	0.4%	0.2%	1.4%
欧词	7.5%	0.7%	3.0%	1.1%	0.7%	4.5%

从以上二表可见，花间集女性身体意象出现的平均频率为1.2%，欧词为2.9%，明显高于《花间集》。需要说明的是，虽然欧词中的女性身体

意象出现频率比花间词高，但相对于267首欧词来说，此频率并不算高。

由以上几个表格中的数据可见，欧词在意象的选取上与花间词类似，自然意象仍然是其词作的主体意象，只是欧词中的室内装饰意象所占的比例略低于花间词，而女性身体意象的比例略高于花间词而已。

2. 意象的类别以描述性意象为主

关于意象的类别，陈植锷先生在《诗歌意象论》一书中将意象区分为描述性、比喻性和象征性三类。他举出王昌龄的《长信秋词》为例："奉帚平明金殿开，且将团扇共徘徊。玉颜不及寒鸦色，犹带昭阳日影来。"认为其中玉颜、日影、寒鸦色均为比喻性意象，分别比喻失宠之人、君恩、赵飞燕。团扇和昭阳为象征性意象，团扇隐括班婕妤《怨歌行》诗大意，象征失宠之悲，昭阳是汉殿赵飞燕的居所，这里象征着得宠之态。平明、金殿为描述性意象，指称场景。蒋寅先生认为"如果从意义与字面的结构关系来看，描述性意象是实指的，字面与所指合一，……其余所言在词，所指在彼，在字面与所指之间有不同的意义层次。"❶ 仁宗词坛的词人在表现上基本上是以写实的白描手法居多，如以下几首伤春之作：

> 小径红稀，芳郊绿遍，高台树色阴阴见。春风不解禁杨花，蒙蒙乱扑行人面。　翠叶藏莺，朱帘隔燕，炉香静逐游丝转。一场愁梦酒醒时，斜阳却照深深院。（晏殊《踏莎行》）
>
> 遥夜亭皋闲信步。乍过清明，早觉伤春暮。数点雨声风约住，朦胧淡月云来去。　桃李依依春暗度，谁在秋千，笑里低低语？一寸相思千万绪，人间没个安排处。（李冠《蝶恋花·春暮》）
>
> 芳草年年惹恨幽。想前事悠悠。伤春伤别几时休。算从古、为风流。　春山总把，深匀翠黛，千叠在眉头。不知供得几多愁。更斜日、凭危楼。（石延年《燕归梁·春愁》）

以上三首词以白描的手法描绘春景，抒发了词人伤春之情，除了石词"春山"为比喻意象，比喻眉之色外，其余词中使用的意象均为描述性意象。类似这样的词作非常多。不过需要说明的是，一首词中的意象应归于何种类别，也与后人对词作的解读有关。如欧词《蝶恋花》（庭院深深深

❶ 蒋寅：《大历诗风》，南京：凤凰出版社，2009年，第180页。

几许）一词，清人李佳《左庵词话》做过这样的解读：“‘庭院深深’宫阙遂深也。‘楼高不见’，哲王不寤也。‘章台’‘游冶’，小人之径。‘雨横风狂’政令暴急。‘乱红’飞去，斥逐者多也。”❶ 如果按此解读，那么，其中的象征性意象就非常多了。与之类似的还有清人黄氏《蓼园词评》中对范仲淹《苏幕遮》（碧云天）的解读：“开首四句，不过借秋色苍茫，以隐抒其忧国之意。‘山映斜阳’三句，隐隐见世道不甚清明，而小人更为得意之象。‘芳草’喻小人，唐人已多用之也。”❷ 其中的大部分描述性意象都可以看作是比喻性或象征性的意象了。但这两首词是否有词寄托，并没有切实可靠的证据证明，所以，将其中的描述性意象硬生生地作为象征性、比喻性意象是不可取的。

仁宗词坛的词作用典很少，一般而言，典故在诗词中起到由此及彼、以少见多的作用，典故和意象是两个概念，典故指的是诗文中引用的古代故事和有来历出处的词语。一些典故经过历代诗人的反复使用，就成了能引起人们特定的联想，具有特定意义的意象，如上举王昌龄《长信秋词》里“团扇”之典，就能让读者立马联想到班婕妤《怨歌行》一诗中写到的团扇，暗含着捐弃冷落的象征意义。再如，诗词中的类似“年少傅粉”“韩寿偷香”“章台柳”“昭阳燕”“云雨”等典故，都能引起后人固定的联想，在诗词中不光起着典故的作用，同时也可以算作典故意象。而这类典故意象一般都是象征性意象。用典少必然使象征性意象减少，使词作的意义相对单纯，所以，词表现伤春悲秋者多，而寄托着深广的社会意义、政治意义的篇目比较少。

仁宗词坛的比喻性意象、象征性意象与描述性意象相比明显处于弱势，而比喻性意象又最少。“比喻基于两个事物类似点的联想。善于发现世界万事万物之间的绝妙类似点并构成比喻的表现。”❸ 仁宗词坛词人的创作题材相对比较单一，以闺怨艳情、伤春悲秋为主，对景物的描绘比较直接，所以，在词中运用比喻性意象较少，仅在部分咏物词中可以看到，如：

江南蝶，斜日一双双。身似何郎全傅粉，心如韩寿爱偷香。

❶ ［清］李佳：《左庵词话》，唐圭璋：《词话丛编》，北京：中华书局，1986 年，第 3122 页。
❷ ［清］黄氏：《蓼园词评》，唐圭璋：《词话丛编》，北京：中华书局，1986 年，第 3054 页。
❸ 蒋寅：《大历诗风》，南京：凤凰出版社，2009 年，第 182 页。

天赋与轻狂。　微雨后，薄翅腻烟光。才伴游蜂来小院，又随飞絮过东墙。长是为花忙。（欧阳修《望江南》）

黄金万缕风牵细。寒食初头春有味。殢烟尤雨索春饶，一日三眠夸得意。　章街隋岸欢游地。高拂楼台低映水。楚王空待学风流，饿损宫腰终不似。（柳永《木兰花·柳枝》）

叶下鸡鶒眠未稳。风翻露飐香成阵。仙女出游知远近。羞借问。饶将绿扇遮红粉。　一掬蕊黄沾雨润。天人乞与金英嫩。试折乱条醒酒困。应有恨。芳心拗尽丝无尽。（晏殊《渔家傲》）

以上三首词皆为咏物词，这三首词中皆有比喻性意象。第一首欧词中的“蝶”意象比喻轻狂浪荡的纨绔子弟，柳词中的“楚王”“宫腰”比喻柳枝，晏词中将荷花之香气远播，比喻成“仙女出游”，又以“绿扇”比喻荷叶，“红粉”比喻荷花。这类比喻性的意象能引起人们对相似的事物联想，从而使词作的表达更为生动形象。

对于词作中的象征性意象，学术界有比较大的争议，如上举的欧词《蝶恋花》、范词《苏幕遮》，有的学者认为其中的某些意象有象征意义，有的学者则认为那是一种牵强附会的解读。所以，部分词作中的意象是否是象征意象，整首词是否为托物言志之作并没有一个统一的解释。不过，词中象征意象相对于比喻性意象，还是比较常见的，如以落花来象征美好事物消失，如“落花风雨更伤春”“门外落花随水逝”“落花流水忽西东”等，以柳来象征离愁别绪，如“衰杨古柳，几经攀折，憔悴楚宫腰”“杨柳岸，晓风残月”“衰柳断桥西、共携手、攀条无语”，还有浮云、鸿雁、春草、飘蓬断梗等，都是词人常用的象征性意象。另外，一些典故意象也是象征意象，如柳词中经常出现的“宋玉”这一意象，宋玉《九辩》中悲秋之情是千古文人悲秋之始。宋玉把秋景秋物、秋声秋色与自己的悲惨命运紧密地结合在一起，以表现诗人的抑郁哀怨和感伤忧愤。而柳永借用“宋玉”这一典故意象来象征自己报国无门、怀才不遇、贫士失职而志不平的哀怨。

纵观仁宗词坛，描述性意象还是占到较大的比重，其次是象征性意象，这两类意象的特点为，前者基本上是用写实的手法再现事物的神形特征。这类意象的增多，使得词中的景语增多，词人以更为准确、更为细腻的眼光去观察事物的变化，对其做工细精准的描摹刻画。并且，由于仁宗时期的大部分词作基本上是在闺阁这一狭小的范围内打转，词人比诗人更容易感受到幽微琐细的变化，体味出诗人经常忽略的细微感受。所以，仁宗时期的词作多景语，并且词中对事物、时间的变化非常敏感。如“中庭月色正清明，无数杨花过无影”“拆桐花烂漫，乍疏雨、洗清明。正艳杏烧林，缃桃绣野，芳景如屏”“杏花红处青山缺”“云破月来花弄影”“露花倒影，烟芜蘸碧，灵沼波暖”，等等，这些词句中的意象几乎都属于描述性意象，景语工致，意象新奇可喜，但描述性意象没有使人产生丰富联想的功能，过多使用描述性意象，也必然会使得词境显得狭小。象征性意象能够使词境扩大，并使得读者产生较为丰富的联想。虽然在仁宗词坛的词作中不占有很大比重，但它的出现可以增加词的深度，不过，由于仁宗词坛出现的象征意象并没有特别的创新之处，基本上是前代诗歌中频频出现的意象，显得略有些单调乏味，再有词中的很多象征性意象都是后世学者牵强附会加上的，所以仁宗时期的大部分词作词境较为狭窄。

二、意象描述的共性化与意象组合的个性化

仁宗词坛的意象以描述性意象为主，而描述性意象中又以残破性描述与轻柔性描述为主。残破性描述指的是对意象进行残损、不完整的描述。如在意象前后加上“残”“落”“谢”“稀”“销”等字眼，仁宗词坛，这类描述出现得很多，其中以“残”“落”二字出现的次数最多，分别出现了 163 次和 128 次，如“残月”“残灯”“残日”“残蝉”“残烟”“残红”“春残”“残泪”“残烛”“香残”“残雨”“残梦”“落花”“落红”“落月”“落英”“叶落”“花谢”“炎光谢”“蝶稀”“妆稀”“人稀”“星斗稀”“香销”“烛销”“烟销”等。这些表示残破的字眼常常用于描述自然意象，落花残月、烟销星稀、美好事物的破损和消亡，常使人感到惋惜和哀怜，这样的意象能唤起凄凉悲哀的感受。如欧阳修词《玉楼春》的上片“残春一夜狂风雨。断送红飞花落树。人心花意待留春，春色无情容易去”。以残破的意象写春残之景，美好春光的流逝，花落花飞，能唤起人们心中的悲凉感受。

轻柔性描述指的是在意象的前后加上表示轻微、柔化的词语。如“小”“轻”“细”“微”“柔”“软”等，仁宗词坛这类意象的数量也较多，如“小斋”“小窗”“小宴”“小帘”“小园”“小楼”“小槛”“轻

寒”“轻棹”“轻霭”“轻丝”“轻裙”“轻船”“轻风”“轻帆”“细雨”“波细”“细腰”“细香”“烟细”“微雨”“微云”“微波”“烟微”“风微”“枝柔”“腰柔”“柔柳”“柔肠”“叶软”“风软”“罗袖软”，等等。这一特质体现了仁宗时期词的主要功能，词人填词的目的是“敢陈薄技，聊佐清欢”，是供筵席之上歌妓演唱的。而柔性的意象符合歌妓自身娇柔的形象气质，词作中出现轻柔性意象对歌妓的气质能起到很好的烘托作用。另外，轻柔性意象在词中的大量出现，使词体体现出“文小”“质轻”这一不同于诗体的独特气质，确立了词体独特的审美倾向。如晏殊词“金风细细，叶叶梧桐坠。绿酒初尝人易醉，一枕小窗浓睡。紫薇朱槿花残，斜阳却照阑干，双燕欲归时节，银屏昨夜微寒”，其中表示轻柔的词语就很多，“细细”“小”“微”，说明词人通过对周围事物最为细微的感受来表达他内心中的情怀，使得整首词词境狭小，但轻柔细腻，别具美感。

以上是仁宗词坛意象描述的共性特征，仁宗词坛的词作在意象描述上虽有共性，但在意象组合上却呈现出个性化的特征。这与花间词有着本质上的不同。花间词的意象组合都十分相似，词人之间互相借鉴模仿，使得《花间集》中的很多作品都呈现出同一种内容和风格。试举几例：如“帘外晓莺残月”（温庭筠《更漏子》），“惆怅晓莺残月”（韦庄《荷叶杯》），“窗外晓莺残月”（魏承班《渔歌子》），此三句词虽出自不同词人之手，但都以晓莺、残月的意象组合渲染出天欲破晓时清冷寂寥的衰残景象。又如“罗衣湿，红袂有啼痕”（韦庄《小重山》），“画罗红袂有啼痕”（顾敻《虞美人》），这两句词都以红袂和啼痕的意象组合，表现出女子泪染衣袖的可怜之状。再如，“落花飞絮清明节”（魏承班《渔歌子》），“飞絮落花，时节近清明”（张泌《江城子》），这两句都以落花、飞絮的意象写出清明节前后的自然景色。还如“红藕花香到槛频”（李珣《浣溪沙》），“红藕香侵槛”，这两句所用的意象完全相同，写出槛外藕花飘香。这样的例子在《花间集》中还有很多，有的词人把相同的意象组合，甚至是相同的句子用在不同作品中，由于缺乏文献资料的证明，我们不能武断地说是某位词人抄袭另一位词人的作品，但至少可以说明花间词人拥有相同的审美情趣，也完全可以证明他们彼此间借鉴或效仿，而仁宗词坛的词作者使用的意象组合呈现出个性化的特征。意象组合的相异，也使得仁宗词坛的词作呈现出不同的风格。下面专门论之。

三、晏、欧词意象运用个案分析

1. 从晏殊词的“不言金玉”，看其意象的组合

吴处厚《青箱杂记》卷五中有一条关于晏殊的记载：“（晏殊）尝览李庆孙《富贵曲》云：‘轴装曲谱金书字，树记花名玉篆牌。’公曰：‘此乃乞儿相，未尝谙富贵者。故余每吟咏富贵，不言金玉锦绣，而惟说其气象。若‘楼台侧畔杨花过，帘幕中间燕子飞’；‘梨花院落溶溶月，柳絮池塘淡淡风’之类是也。’故公自以此句语人曰：‘穷儿家有这景致也无’？”❶ 又据欧阳修《归田录》卷二记载：“晏元献公喜评诗，尝曰：‘老觉腰金重，慵便枕玉凉’，未是富贵语，不如‘笙歌归院落，灯火下楼台’，此善言富贵者也。”❷ 这二则故事被很多研究晏殊词的后世学者所引用，进而形成了一种似已成定论的“共识”，即晏殊作词不靠金玉锦绣之类的字面装饰，而“唯说气象”。那么，事实果真如此吗？

笔者对晏殊词做了统计，发现其词作并非不用金、玉、锦、绣等华丽的字眼，反而是大量使用。这些字词出现的次数，在晏殊 139 首词中所占的比例，详见下表❸：

	出现次数	所占比例（%）
金	48	34.50
玉	42	30.20
锦	5	3.60
绣	12	8.63

可见，晏殊词并非“不言金玉”，而是“多言金玉”“大言金玉”。

晏殊使用金、玉二字的频率是否较高？单看晏殊词中金、玉二字的所占比例，还不能完全说明问题。我们将晏殊词中金、玉等字出现的比例与同在仁宗时期的其他词人词作作一比较，详见下表❹：

❶ ［宋］吴处厚：《青箱杂记》卷五，北京：中华书局，1985 年，第 47 页。
❷ ［宋］欧阳修：《归田录》卷二，北京：中华书局，1981 年，第 21 页。
❸ 唐圭璋：《全宋词》统计，北京：中华书局，1965 年。
❹ 唐圭璋：《全宋词》统计，北京：中华书局，1965 年。

	欧阳修		张先		柳永	
	共267首词		共175首词		共219首词	
金	次数	比例	次数	比例	次数	比例
	73	27.3%	25	14.3%	82	37.4%
玉	46	17.2%	34	19.4%	37	16.9%

从上表中可以看出，晏殊词中的“金”字所占比例除了比柳永略低外，比欧阳修和张先都要高出很多。而“玉”字所占比例则比同时期的其他词人都高出很多。由此可见，晏殊作词非但不回避金、玉等字眼，反而大量使用。

这样，就出现了两个问题：

第一个问题，从上引文献来看，晏殊是不喜欢句中出现金玉锦绣等字的，他甚至讥讽写“金玉”的句子为“乞儿相”，那么他本人为何要在自己的词中大量使用“金”“玉”等字眼呢？我们认为应该有如下的几个原因：

首先，与词在北宋初期的文体地位有关。前文所述，在仁宗时期，词并没有被士大夫阶层完全认同。钱惟演曾说：“平生唯好读书，坐则读经史，卧则读小说，上厕则阅小词。”❶ 在钱惟演等人的眼里，词只是茅坑文学，只配在厕所阅读，是登不得大雅之堂的，完全不能与经史等同。而这一点又被当时很多文人所认同，他们并不把作词看成与写诗作文一样是经国之大业、不朽之盛事，而仅仅当作一种茶余饭后、尊前花间娱乐消遣的方式。所以，文人们更多的是以游戏娱乐的态度进行创作，不会像写诗作文一样严谨认真。李之仪在《跋吴思道小词》中就指出晏殊等人写词皆为“以其馀力游戏”❷。而前引的两则材料都是晏殊关于诗句的评论，并不是他对词的直接看法。因此，晏殊在作词时不会仔细考虑是否出现了他并不喜欢的“金”“玉”等字眼。这可能是造成晏殊词中金、玉二字频繁出现的原因之一。

其次，应与北宋初期的词风有关。北宋初期的词风尚未摆脱花间的影

❶ ［宋］欧阳修：《归田录》卷二，北京：中华书局，1981年，第24页。

❷ ［宋］李之仪：《跋吴师道小词》，邓子勉：《宋金元词话全编》，南京：凤凰出版社，2008年，第133页。

响。所使用的意象系统也是花间意象系统，清人严沆在《古今词选序》中指出："同叔、永叔、方回、子野咸本花间，而渐近流畅。"花间词总给人以绮丽的美感，这与花间词中常出现描述华丽质地的字词是分不开的，如"金""玉""锦""宝""绣"等，这些字词多与室内装饰意象和女性服饰意象连用。如"金钿""金盘""金雀钗""金钏""金笼""玉钗""玉钩""玉炉""锦衾""锦帐""锦屏""宝帐""宝钗""宝匣""宝镜""绣帘""绣屏""绣衾""绣帷"，等等。华美异常的装饰品、镶金绣玉的服饰，给人以强烈的视觉刺激，使人产生艳丽之感。这样的词语组合也对北宋初期的词作产生了一定的影响，欧阳修等人词中金、玉等字词出现的比例虽然没有晏殊词高，但却都不约而同地频繁使用。晏殊词虽没有浓艳绮靡之弊，但在字面上也或多或少的沿袭了花间词风。

再次，与晏殊本人的生活有关。晏殊是生活在太平盛世的升平宰相，他虽然经历过政治上的挫折，但总体而言，其人生境遇还算圆满。另外，晏殊交游甚广、极喜饮宴，过着"酒筵歌席莫辞频"的生活，他非常喜欢举办酒会。叶梦得《避暑录话》中记其"未尝一日不燕饮"，他又经常备齐笔札，在酒宴中与在座宾朋"相与赋诗"[1]，所以，他的词中有很多描绘酒宴的场面，如"为别莫辞金盏酒，入朝须近玉炉烟"（《浣溪沙》），"新酒熟，绮筵开，不辞红玉杯"（《更漏子》），"斟美酒，祝芳筵，奉觥船"（《诉衷情》），等等，他的词中金、玉等字也多与酒器连用，如："金尊""金盏""金杯""金卮""金觥""玉盏""玉碗""玉杯"等。晏殊身居高位，在筵席中质地华美、身价贵重的酒樽、酒杯等物肯定不少，晏殊在席间作词，看到这些对象便随手拈来，写入词中，不会仔细考虑他不喜欢的金、玉等字是否出现，这也合乎常理。

由此可见，金、玉二字在晏殊词中大量出现，当非刻意为之，而是与当时的时代背景以及其个人生活有着密切的关系。

第二个问题，一般而言，词作中金玉锦绣这类字眼出现频率较高，那么词作的风格也会相应地偏于绮丽华艳，但历代学者评价晏殊词，几乎一致认为晏殊词无绮靡华艳之弊，而有婉约闲雅之美。如："晏元献不蹈袭

[1] ［宋］叶梦得：《避暑录话》，邓子勉：《宋金元词话全编》，南京：凤凰出版社，2008年，第266~267页。

人语，而风调闲雅。”[1]“（晏殊词）风流闲雅，超出意表。”[2]“晏元献公、欧阳文忠公风流蕴藉，一时莫及。而温润秀洁，亦无其比。”[3]那么金玉锦绣这类华丽的字眼与婉丽闲雅的词风是如何统一的呢？

我们发现，这与晏殊对意象的着意安排关系极大。晏殊虽然在其词作中屡屡使用金、玉等字，但在单个句子中，晏词几乎从不将华艳的意象罗列在一起。这与以温庭筠为代表的花间词人有很大的不同。温词中的“金”“玉”等字在句中经常这样出现：“翠翘金缕双鸂鶒”（《菩萨蛮》），“翠钗金作股”（《菩萨蛮》），“凤凰相对盘金缕”（《菩萨蛮》），“宝函钿雀金鸂鶒”（《菩萨蛮》），“双鬓翠霞金缕”（《定西番》），等等。金、玉等字形容女人衣裙、配饰的华贵，不是与给人粉腻明艳之感的“双鬓”“翠霞”等意象连用，就是与给人华美精致之感的“宝函钿雀”“凤凰”等意象相配，这样的组合，将人立刻送入了一个热烈、华贵、艳丽的世界。晏词中的金、玉等字在单句中则很少与艳丽的意象连用。以“金”字为例，如“试把金尊傍菊丛”（《破阵子》），“荷花欲绽金莲子”（《采桑子》），“金鸭飘香细”（《连理枝》），“金风细细”（《清平乐》），等等。这些词句中虽然出现了“金”字，但由于除了“金”字外，没有其他华丽的意象，所以“金”字虽然存在，却不能让人产生绮靡浓艳之感。

同样是使用金、玉等字，单首晏词中，浓艳意象的密度较小；而单首温词中，浓艳意象排列的密度较大，试比较以下两首词：

> 蕊黄无限当山额。宿妆隐笑纱窗隔。相见牡丹时。暂来还别离。　翠钗金作股。钗上蝶双舞。心事竟谁知。月明花满枝。（温庭筠《菩萨蛮》）
>
> 秋花最是黄葵好。天然嫩态迎秋早。染得道家衣。淡妆梳洗时。　晓来清露滴。一一金杯侧。插向绿云鬓。便随王母仙。（晏殊《菩萨蛮》）

---

[1] ［宋］吴曾：《能改斋词话》卷一，唐圭璋：《词话丛编》，北京：中华书局，1986 年，第 125 页。

[2] ［宋］李之仪：《跋吴师道小词》，邓子勉：《宋金元词话全编》，南京：凤凰出版社，2008 年，第 133 页。

[3] ［宋］王灼：《碧鸡漫志》卷二，唐圭璋：《词话丛编》，北京：中华书局，1986 年，第 83 页。

同为《菩萨蛮》这一曲调，加点的字都是使人容易产生浓艳之感的意象，温词浓艳字眼在八句词中，出现了七次（翠钗、金为两个意象并列），排列较为浓密。无论是有关女性服饰“蕊黄”“翠钗”，还是“牡丹”“蝶双舞”“花满枝”等自然风景，都使人产生香艳的联想。而晏词中浓艳意象在八句当中只出现两次，排列较为稀疏。

再如：

金风细细，叶叶梧桐坠。绿酒初尝人易醉。一枕小窗浓睡。紫薇朱槿花残。斜阳却照阑干。双燕欲归时节，银屏昨夜微寒。（晏殊《清平乐》）

芙蓉金菊斗馨香。天气欲重阳。远村秋色如画，红树间疏黄。流水淡，碧天长。路茫茫。凭高目断，鸿雁来时，无限思量。（晏殊《诉衷情》）

玉楼朱阁横金锁。寒食清明春欲破。窗间斜月两眉愁，帘外落花双泪堕。朝云聚散真无那。百岁想看能几个。别来将为不牵情，万转千回思想过。（晏殊《木兰花》）

梨叶疏红蝉韵歇。银汉风高，玉管声凄切。枕簟乍凉铜漏咽。谁教社燕轻离别。草际蛩吟珠露结。宿酒醒来，不记归时节。多少衷肠犹未说。珠帘一夜朦胧月。（晏殊《蝶恋花》）

以上四首晏词中虽然都出现了“金”“玉”等字，其中加点的字，是容易使人产生绮靡华艳之感的意象，可以看出在单首晏词中，这类词出现的频率较低，排列也十分稀疏，所以晏词很难使人产生绮靡华艳之感。

另外，晏殊善于通过意象的安排，引发读者的其他感受，以消解“金”“玉”等字使人产生的华艳之感。

其一，以残破意象消解华艳之感。如上举晏殊《木兰花》（玉楼朱阁横紧锁）一词，词中虽然出现了“玉楼”“金锁”这类华艳的词，但紧接的一句“寒食清明春欲破”，一“破”字写出了春光将尽的悲凉之感，后又用一“斜”字、一“落”字来表现自然风物的残缺、不完满，以“窗间斜月”“帘外落花”两个残破意象衬托出双眉紧皱、双泪垂下的闺中之人的哀怨与惆怅，至此，“玉楼”“金锁”二词带有的华艳之感完全被消解掉了。又如：“留花不住怨花飞。向南园、情绪依依。可惜倒红斜白、一枝枝。经宿雨、又离披。凭朱槛，把金卮。对芳丛、惆怅多时。何况旧欢新恨、阻心期。空满眼、是相思。”（《凤衔杯》）这首词的下阕虽然出现了“金卮”二字，但上片所写花飞花谢、倒红斜白、冷雨催花的残破意象，把“金卮”所带有的华艳之感完全消解了。再如“数枝金菊对芙蓉，摇落意重重。”（晏殊《诉衷情》）金菊、芙蓉，虽有艳丽之感（尤其是芙蓉），但摇落之语，却使其残破，遂起“草木摇落而变衰”的悲凉秋意。这样的例子在晏词中很多。

其二，以哀伤之思消解华艳之感。晏词中的金、玉等字常出现在他的酒宴词中，在这些酒宴词中晏殊不仅描绘欢饮的场面，还常常惜时哀逝，感叹人生之欢娱不能久留。在平和欢愉中潜藏种种哀伤：如“劝君绿酒金杯，莫嫌丝管声催。兔走乌飞不住，人生几度三台”（《清平乐》），“萧娘劝我金卮……暮去朝来即老”（《清平乐》），“为别莫辞金盏酒，入朝须近玉炉烟。不知重会是何年?”（《浣溪沙》），以上的句中虽有金、玉字眼，但词句中透露出的时光飞逝、人生无常的悲凉之感则消解了金、玉等字的富贵华艳之感。

其三，以清雅之景消解华艳之感。晏殊词中的金、玉等字也常与给人以清新、雅致之感的自然意象连用，如《破阵子》：“湖上西风斜日，荷花落尽红英。金菊满丛珠颗细，海燕辞巢翅羽轻，年年岁岁情。”这首词中虽然出现了“金”字，“金”字作为形容词，形容的是满丛的“金菊”，而金菊又与斜照的夕阳、静谧的湖面、凋零的荷花、散落的红英、轻舞的海燕等景象连用，描绘了一幅秋日园林风景图，这样组合使人顿感清雅，“金”字的所带有的艳丽之感完全被消解了。再如上举《诉衷情》（芙蓉金菊斗馨香）一词，虽然“芙蓉”“金菊”等字眼会让人产生华艳的联想，但飘逸着馨香的芙蓉与金菊，它们背景是词人登高远眺所见的远村秋色——淡水碧天下相映衬的是红黄相间的树叶，鸿雁高飞，前路茫茫，遂有无限思量涌上词人心中。这一系列的景所组成的是一幅远村秋景图。色泽淡雅、格调高远，使“芙蓉”等所带有的华艳之感完全消解了。清雅的景象之外，晏殊常用“菊”“月”等清雅意象，也起到了同样的作用和效果。

由此可见，晏殊词虽然“多言金玉”，但金、玉等字的使用，并没有影响他的词作所显示的婉约闲雅之美，这与他对意象的着意安排等密切相关。

2. 欧阳修拟俗词中的意象

欧词部分词作意象及意象组合呈现出俗化的倾向。欧词中的一些艳词常被后世学者诟病，一些学者为了树立欧阳修高尚正直的形象，指出欧词中的一些艳词非欧阳修本人所作，而是他人所写，借此来玷污欧阳修的形象，如陈振孙云："欧阳公词，多有与《花间》、《阳春》相混，亦有鄙亵之语厕其中，当时仇人无名子所为也。"❶ 曾慥云："欧公一代儒宗，风流自命，词章幼眇，世所矜式。当时小人或作艳曲，谬为公词。"❷ 这从一个侧面反映出部分欧词之俗，如果从意象的角度来看，有三类意象及其组合可能造成这种浅俗的风格：一是意象的选取及组合向民间词作学习；二是意象本身的俚俗化；三是直指女性身体意象的使用。欧词部分词作意象的俗化，也主要表现在这三点上：

第一点，在上文中已有论述，如出现"莲""丝"两个作为谐音双关语的意象，同一意象在词中反复出现等，都是像民间词学习的表现，这里不再赘述。

第二点，意象的俚俗化。俚语俗词和意象的组合，如："不放双鸳长恁恁"（《玉楼春》），"恋眼哝心终未改"（《宴瑶池》），"强来就枕"（《踏莎行慢》），"大家恶发大家休"（《玉楼春》），"长恁眉黛蹙"（《忆秦娥》），"别来翠剪香销端的"（《感庭秋》），等等，以上加点的字均为俚语。另一种是通过"儿"字或叠字的运用，使意象本身俚俗化。欧词中常在身体意象后缀一"儿"字，如"眼儿斜盼，眉儿敛黛"（《鼓笛慢》），"心儿与眼儿"（《阮郎归》），"相思只在心儿里"（《千秋岁》），"人前爱把眼儿剳"（《迎春乐》），"深点唇儿淡抹腮"（《南乡子》）等，在"心""眼""眉""唇"这些意象本身不带有感情色彩，但在其后加一"儿"字，使得意象富有活泼轻快、亲切鲜活的特点。欧词还善于运用叠字，比如，"人"这一意象，在欧词中常以叠字的方式出现，"忆得前春，有个人人共"（《蝶恋花》），"懊恼人人薄幸。负云期雨信"（《品令》），"好个人

❶ [宋] 陈振孙：《直斋书录解题》，孙克强：《唐宋人词话》，郑州：河南文艺出版社，1999 年，第 191 页。

❷ [宋] 曾慥：《乐府雅词序》，孙克强：《唐宋人词话》，郑州：河南文艺出版社，1999 年，第 190 页。

人，深点唇儿淡抹腮”（《南乡子》），“有个人人牵系”（《解仙佩》），这一叠加使意象口语化、俚俗化，带有娇嗔之态。另外一些叠字不是作为意象，而是作为修饰意象的形容词出现，如“慧多多，娇的的”（《盐角儿》），“遗下弓弓小绣鞋”（《南乡子》），“香闺知人否，长是厌厌”，（《洞仙歌令》），“姿姿媚媚端正好”（《好女儿令》），“空赢得瘦棱棱”（《燕归梁》），等等，这些起修饰作用的叠字使意象富有鲜活的生命力和艺术表现力。

第三点，直指女性身体意象的叠加。由上文的统计可知，欧词中直指女性身体意象的数量虽比花间词要多，但相对于欧词240首词来讲，出现的频率并不算高。只是欧词女性身体意象出现的方式比较特殊，常以并置的方式集中出现。如“起来意懒含羞态，汗香融。素裙腰，映酥胸”（《系裙腰》），香汗、裙腰、酥胸这些极具香艳感，极易引起人性爱感受的意象并置叠加。类似的还有“宝檀槽在雪胸前，倚香脐、横枕琼臂”（《蕙香囊》），“浓香搓粉细腰肢”（《阮郎归》），“玉肌花脸柳腰肢”（《阮郎归》），等等，虽然欧词直指女性身体意象的数量并不多，但这些意象并置、集中在一块儿，就容易使人产生鄙俗华艳之感。

欧词部分词作意象及意象组合呈现出俗化的倾向，这种倾向有利也有弊，有利的方面表现为欧词意象的组合受到民间词的影响，意象的俚俗化使得欧词表现出轻快活泼的风格和鲜活的生命力。弊端在于欧词一些鄙俗意象的并置，使其词表现出恶俗浅陋之态，对读者产生不良的影响。

综上，仁宗词坛从题材到体式、从结构到意象均呈现出与前代不同的特色。

第六章　仁宗词坛的定位与评价

词的发展到北宋仁宗时期呈现出繁荣纷纭的局面。从文化角度来看，仁宗时期雅俗两种文化并存，使得词坛上出现了代表两种不同文化的词作，体现着正统士大夫雅文化趣味的词作层出不穷，代表市民俗文化需求的词篇也接连涌现。从题材内容来看，艳情词、闺情词的势力依然庞大，在词坛占有主导地位，其他题材的作品也进入了词人的视野。从词作的功能来看，娱乐功能依旧是词的主要功能，词也渐渐开始承担言志、社交等功能。从词的体式方面来看，唐五代词的余波仍然继续蔓延与流行，在此过程中又呈现出一些新变，令词仍然是词坛的主流体式，长调慢词也登上了历史的舞台，并在短时期内迅猛发展，使得词的体式得以完备。总之，仁宗词坛在整个词的发展史上处于非常重要的地位，很久以来，仁宗词坛的光芒都被以苏轼为代表的元祐词坛所掩盖。但是如果没有仁宗词坛柳永、欧阳修等人对词体的发展所做的探索，对词的内容、风格、功能、体式等方面做出的改变，恐怕苏轼也不可能在元祐时期，横空出世，自成一家。所以，必须认清仁宗词坛在词史上的作用以及其与后世词坛的亲缘关系，才能还原北宋词坛的真实面目。本章讨论的重点在于，仁宗词坛在宋词的发展史上应该出于何种地位？后世应如何评价仁宗词坛的词作者才公允？

第一节　仁宗词坛的定位

北宋词的繁荣与发展可以分作三个时期：第一个时期是仁宗词坛，以柳永、晏殊、张先、欧阳修为代表；第二个时期是元祐词坛，以苏轼及苏门学士秦观、黄庭坚等人为代表；第三个时期是徽宗词坛，以周邦彦、大晟等词人为代表。这三大词坛在词的发展历程中起到不同的作用，仁宗词坛继承了五代时期词作的内容与风格，在继承的过程中又有诸多的“新变”，这些“新变”为北宋词的发展提供了给养。元祐词坛苏轼的出现，比较充分地完成了词的“士大夫化”，并拓宽了词境，使词的地位迅速提升。元祐词坛是北宋词的发展历史上最为重要的，且光芒四射的一个时期。第三个时期周邦彦登上词坛，提升了长调慢词的艺术技巧，使词进一步走上雅化的道路，并且深刻地影响了南宋词的发展。这三个时期都是北宋词发展的重要时期，仁宗词坛的定位应是北宋词发展的第一个重要时期，起着承前启后的重要作用。

一、仁宗词坛的“承前”作用

仁宗词坛“承前”作用，主要是对五代时期的词在内容与风格上的继承，可以说仁宗词坛的大量词作是五代词题材与风格的延伸，与五代词保持着连贯性与一致性。尤其是仁宗词坛的令词，基本上未出五代词的藩篱，只是由于仁宗时期的词人多以上层官僚为主，受到士大夫雅文化的影响较深，使得令词进一步文雅化。

首先，词作的题材内容继承了五代词的内容，基本以闺情、艳情为主。这一点，在上文的论述中已有涉及，兹不赘述。

其次，仁宗词坛的大部分词作继承了五代词朦胧幽约的词体特质，与含蓄蕴藉、优美雅致的审美取向。基本确定了词体区别于其他文体的特质，进一步使得词体在艺术审美上定型。五代词在风格上呈现出多样性，如有以温庄、韦飞卿为代表的花间词风，有以李煜、冯延巳为代表的南唐词风，虽然在风格上差异较大，但基本能形成统一的是他们的词作并不承载深刻的社会内容，而是抒情程度很高的心绪文学，体现着深微细腻、幽约狭深的感情，描摹的多是词人郁结于心难以明言、怅惘迷离的情感体验。在审美取向上，力求含蓄蕴藉，留有余韵，耐人寻味。如王国维《人间词话》中认为，“冯正中词虽不失五代风格，而堂庑特大，开北宋一代风气”[1]。这是由于冯延巳在题材内容上虽不脱五代风气，但在词中抒发的幽约细腻的情感更为明显，表达了更为深广的忧患意识，如冯延巳的一组

[1] 王国维：《人间词话》，唐圭璋：《词话丛编》，北京：中华书局，1986年，第4243页。

《鹊踏枝》就是这方面的代表作，这里举两首：

谁道闲情抛弃久，每到春来，惆怅还依旧。日日花前常病酒。不辞镜里朱颜瘦。　河畔青芜堤上柳。为问新愁，何事年年有。独立小桥风满袖。平林新月人归后。

梅落繁枝千万片，犹自多情，学雪随风转。昨夜笙歌容易散，酒醒添得愁无限。　楼上春山寒四面，过尽征鸿，暮景烟深浅。一晌凭栏人不见，鲛绡掩泪思量遍。

这两首词抒发的都是某种盘旋郁结在心头的、难以明言的淡淡的哀愁，那种内心恍然有失落又恍然有追寻的迷惘之情，是一种深刻的、寂寞的、无奈的情绪，是一种时时萦绕在词人心头的难以解脱、安排的情绪，是一种心中长存永在的挥之不去的惆怅情绪。五代词中抒发这类情感的作品很多，词境幽约深婉，意蕴深美，使读者似品味陈酿醇酒，引起丰富的联想，言有尽而含蕴不尽，韵味无穷。蔡嵩云《柯亭词论》云："正中鹊踏枝十四章，郁伊惝怳，究莫测其意旨。"[1]

北宋仁宗时期，诸多令词作品依然保持着五代时期的风貌，保留了词体幽约深婉的特质。如晏殊、欧阳修二人的部分作品，试举二首：

细草愁烟，幽花怯露，凭栏总是销魂处。日高深院静无人，时时海燕双飞去。　带缓罗衣，香残蕙炷，天长不禁迢迢路。垂杨只解惹春风，何曾系得行人住！（晏殊《踏莎行》）

庭院深深深几许？杨柳堆烟，帘幕无重数。玉勒雕鞍游冶处，楼高不见章台路。　雨横风狂三月暮，门掩黄昏，无计留春住。泪眼问花花不语，乱红飞过秋千去。（欧阳修《蝶恋花》）

晏词、欧词受到冯延巳词的影响，这一点在词史上早有定论，以上这两首词与冯延巳词抒发的情感有相似性，描写的都是在孤寂之中一种深沉却无法明言的怅惘与无奈，词境也与冯词相似，皆含蓄蕴藉、婉曲幽深。在极幽微的情思叙写中，流露出深刻而又真挚的追寻，虽然篇幅短小，言语有限，却情思绵渺，意境深远，富于高远深厚之含蕴，能引发读者无尽的联想。

---

[1] 蔡嵩云：《柯亭词论》，唐圭璋：《词话丛编》，北京：中华书局，1986 年，第 4910 页。

仁宗词坛在“承前”这方面，主要体现在令词对前代的继承，恪守传统，保持了词体幽约深婉的特质，使词的题材内容相对稳定，在风格上保持着浑厚蕴藉之风。令词传统也在仁宗时代彻底定型，后世词坛对其突破很少，如南宋末年，张炎仍认为令曲的做法是“词之难于令曲，如诗之难于绝句，不活十数句，一句一字闲不得。末句最当留意，有‘有余不尽’之意始佳。当以唐《花间集》中韦庄、温飞卿为则”[1]。这一点又被词论者广泛认同，清代沈祥龙《论词随笔》云：“含蓄无穷，词之要诀。含蓄者意不浅露，语不穷尽，句中有馀味，篇中有馀意，其妙不外寄言而已。”[2]近人蒋兆兰《词说》云：“词中小令，收处贵含蓄，贵神远，与诗之七绝最近。”[3] 可见，在北宋仁宗时期，小令继承前代风格，已经定型，并成为后世创作的主要标准。

二、仁宗词坛的“启后”作用

相对仁宗词坛对前代词坛的继承与延伸的“承前”作用，其“启后”作用更为明显。可以说，北宋词坛词境的扩展、词体地位的提升、词体功能的扩大化、词作技巧的纯熟、词体雅俗之辨，这些对词体发展与完善有着重要意义的问题，其发端都在仁宗朝。具体而言，仁宗时期的四大词人都对后世词坛产生过重要影响。晏殊词主要的影响是促使宋代及后世的小令词沿着文雅方向发展，以含蓄蕴藉为美，追求言短意长、含蕴不尽的风格。晏殊词被称为“北宋倚声家始祖”，也主要是因为晏殊的令词几乎摒弃了前代词中艳丽绮靡，繁芜鄙陋风气，使得宋代令词朝着精美雅致的方向前进，体现出士大夫雅的审美情趣，他的儿子晏几道以及后世词坛许多令词的作者，都是沿着此方向继续行进的。张先被陈廷焯称为“古今一大转移”，他的词在两个方面对词体的发展做出了不可磨灭的贡献：其一是扩大了词体的实用功能；其二是大量使用题序，将文人的日常生活引入词中，这两大贡献都对后世词的发展产生了很大的影响。前者在观念上，提升了词体的文学地位，元祐词坛苏轼与苏门弟子之间唱和词作日渐增多，

---

[1] ［宋］张炎：《词源》卷下，唐圭璋：《词话丛编》，北京：中华书局，1986 年，第 265 页。

[2] ［清］沈祥龙：《论词随笔》，唐圭璋：《词话丛编》，北京：中华书局，1986 年，第 4055 页。

[3] 蒋兆兰：《词说》，唐圭璋：《词话丛编》，北京：中华书局，1986 年，第 4629 页。

就是受到张先的影响。题序的使用则改变了历来词作有调无题的传统格局，加强了词的纪实性，由于苏轼与张先交往较多，苏轼及后代词人大量使用题序来交代词作创作的背景、缘起，也是受到了张先的影响。另外，张先词被后世词论者称为“瘦硬体”❶，木斋先生认为瘦硬体的主要特征：“内容上不再以艳科为主，而是将词体作为士大夫之间交流的载体，相对花间以来的香软，这种士大夫词体具有一定的骨力；在写作手法上精练，相对于温柳的铺叙细腻，它具有‘瘦’的风范。”❷ 张先的“瘦硬体”对后世词坛也产生了一些影响，如刘熙载言“王半山词瘦削雅素，一洗五代旧习”，就是受到张先的影响，苏词能够最终“一洗绮罗香泽之态，摆脱绸缪宛转之度”❸，也受到了张先创作风格的间接影响。除晏殊、张先外，仁宗词坛两位大词人柳永与欧阳修在词史上的影响更为深远，这里仅以北宋为例，谈谈柳永与欧阳修二人对北宋词坛的影响。

1. 柳永对北宋词坛的影响

仁宗词坛对北宋词坛的影响最大的是柳永。柳词传播范围最广，“余仕丹徒，尝见一西夏归明官云：‘凡有井水处，即能歌柳词。’言其传之广也”❹。流传时间最长，到北宋末年，仍有歌妓在唱其词，“唐州倡马望儿者，以能歌柳耆卿词著名籍中”❺。柳词有着最为庞大的受众群体，无论是帝王将相、公卿大夫，还是平民百姓、失意文士、娼楼歌妓都熟知柳词，直至徽宗时期，柳词仍广为流传，人人熟知。“宣和间，七夕召宰执，近臣禁中赐宴。上曰：‘七夕何故？’百司无假，宰相王公黼对曰：‘古今无假’，上为一笑，盖用柳耆卿七夕词以对。”❻ 柳永的《二郎神》（炎光谢）

---

❶ ［清］刘熙载：《艺概·词概》：“张子野词始创瘦硬之体”，唐圭璋：《词话丛编》，北京：中华书局，1986 年，第 3689 页。

❷ 木斋《论张先词古今一大转变及“始创瘦硬之体”》，《山西大学学报》（哲学社会科学版）2005 年第 1 期，第 41 页。

❸ ［宋］胡寅：《斐然集》卷十九，邓子勉：《宋金元词话全编》，南京：凤凰出版社，2008 年，第 546 页。

❹ ［宋］叶梦得：《避暑录话》卷下，《全宋笔记·第二编·十》，郑州：大象出版社，2006 年，第 286 页。

❺ ［宋］洪迈：《夷坚乙志》乙卷十九，邓子勉：《宋金元词话全编》，南京：凤凰出版社，2008 年，第 777 页。

❻ ［宋］曾慥：《高斋漫录》，邓子勉：《宋金元词话全编》，南京：凤凰出版社，2008 年，第 482 页。

是一首描写七夕节日的词，其中有“闲雅，须知此景，古今无价”一句，“价”与“假”谐音，徽宗一听，立刻明白了，可见，直到北宋末年，帝王与上层官僚，仍对柳词相当精熟。柳词以其巨大的魅力吸引着无数人流连驻足，在吟唱柳词的同时，他们对柳词或褒扬或贬损，柳永与苏轼是北宋词坛最有影响力，同时也最受争议的词人。但无论是欣赏柳词的人还是批评柳词的人，在创作上都会潜移默化地受到柳词的影响。

在北宋词坛受到柳词影响的词人可以分为两大类：一类是潜在模仿性。北宋中后期，一些词人的词作风格与柳词的风格并不一致，他们主要是受到柳词某一方面的影响，从柳词之中汲取养分，与自己的创作相融合，从而形成自己独特的风格。主要包括苏轼、秦观、黄庭坚、周邦彦等人；另一类是直接模仿型。一些词作的风格与柳词极为类似，有明显模仿柳词的痕迹，主要包括曹组、李甲、沈唐、晁端礼等人。

第一类潜在模仿型，这些词人大多只是模仿、借鉴柳词的一个方面，找到柳词与自己风格的契合点，将柳词与其词作相融合，从而自成一家，形成自己独特的风格。

前辈学者多认为苏轼是排斥柳词的。苏轼对词体的改造是自觉的、主观的，“苏轼作词时，正当柳永词风靡一世之际。他改变词风，就以柳永为对手，从力辟柳词开始”[1]。这一点文献里有清晰的记载：

> 东坡在玉堂日，有莫士善歌，因问：“我词何如柳耆卿？”对曰：“柳郎中词只好十七八女孩儿执红牙按，歌‘杨柳岸、晓风残月’，学士词须关西大汉执铁绰板，唱‘大江东去’。”公为之绝倒。（《吹剑续录》）
>
> 近却颇作小词，虽无柳七郎风味，亦自是一家，呵呵，数日前猎于郊外，所获颇多，作得一阕，令东州壮士抵掌顿足而歌之，吹笛击鼓以为节，颇壮观也。（苏轼《与鲜于子骏书》）

苏轼对词体的改造是针对柳词提出的，但苏轼的目的并非全盘否定柳词，他盛赞过柳永《八声甘州》（对潇潇暮雨洒江天）中的句子“不减唐人高处”，他说自己的词“虽无柳七郎风味，但自成一家”，又希望身边的

[1] 吴熊和：《唐宋词通论》，杭州：浙江古籍出版社，1989年，第207页。

朋友品评他与柳七词之高下，“我词比柳词如何”，实则将当时广泛流传并影响很大的柳词奉为词坛的一个最高标准，苏轼希望通过自己对词境的改造，使自己的词作超越柳词。苏轼需要提高词体的地位，使词不单单作为花间樽前的娱乐工具，希望词可以走自我抒情的道路，并借鉴诗歌的创作手法与内容来改造词体。而他所做的这一系列改造，不可能完全不受柳词的影响，反而，柳词虽然作为他的改造对象，但实则对他的创作产生了潜移默化的影响。这种影响表现在以下几个方面：其一，苏轼沿着柳词自我抒情化的方向进一步开拓。柳永几度科考失败，为谋求一官半职，不得不游宦干谒，柳永的羁旅行役词多是写他如漂蓬断梗一般浪迹江湖的切身感受，较为全面地展现了柳永内心世界的失意辛酸、苦闷矛盾等复杂心态。注重表现的是自我的人生体验与感受，这一点对苏轼的影响较大，苏词基本上是朝着自我抒情的道路前进的；其二，在艺术技巧上，柳词对苏词的影响也比较大。苏词中有化用柳词的句子，如苏轼《满庭芳》中“腻玉圆搓素颈”一句，显然是模仿柳词《昼夜乐》中的“层波细翦明眸，腻玉圆搓素颈”，苏轼《蝶恋花》中的“衣带渐宽无别意，新书报我添憔悴”，与柳永“衣带渐宽终不悔，为伊消得人憔悴”之句十分相似。苏轼《祝英台近》：“断肠簇簇云山，重重烟树。回首望，孤城何处。”应该是化用柳词《采莲令》“更回首，重城不见，寒江天外，隐隐两两烟树”一句的词境。苏词对柳词的章法结构也多有模仿。试比较以下两首词：

孤馆灯青，野店鸡号，旅枕梦残。渐月华收练。晨霜耿耿，云山摛锦，朝露团团。世路无穷，劳生有限，似此区区长鲜欢。微吟罢，凭征鞍无语，往事千端。　当时共客长安，似二陆初来俱少年。有笔头千字，胸中万卷，致君尧舜，此事何难。用舍由时，行藏在我，袖手何妨闲处看。身长健，但优游卒岁，且斗樽前。（苏轼《沁园春·赴密州早行，马上寄子由》）

一枕清宵好梦，可惜被、邻鸡唤觉。匆匆策马登途，满目淡烟衰草。前驱风触鸣珂，遇霜林、渐觉惊栖鸟。冒征尘远况，自古凄凉长安道。行行又历孤村，楚天阔、望中未晓。　念劳生，惜芳年壮岁，离多欢少。叹断梗难停，暮云渐杳。但黯黯魂消，寸肠凭谁表。恁驰驱、何时是了。又争似、却返瑶京，重买千金笑。（柳永《轮台子》）

这两首词都是写早行的长调慢词，在章法结构上非常相似，皆为上片开头大段写景，描绘一幅羁旅早行的图画，渲染词作者凄凉的心境，接着抒情，苏轼哀叹“世路无穷，劳生有限”，往事千端一时涌上心头，柳永无奈早行，哀叹长安道自古凄凉，胸中充满羁旅游宦之悲伤。换头之处，二词皆回忆过去的峥嵘岁月，苏轼年轻时与兄弟有“致君尧舜”的伟大理想，柳永则想起年轻之时的欢会。接着二词又转回到现实，苏词以议论入词，全做自我宽慰，柳词则以言情为主，进一步悲叹驰驱羁旅之苦。结句皆为词人在无奈的现实面前的感慨。虽然柳词中没有苏词的大段议论。柳词的描写也被张先称作“语意颠倒”，但不可否认，二者在章法安排上是有很多相似之处的。这也从一个侧面证明，苏词受到柳词的影响。其三，柳词“不见唐人高处”的一些词句影响了苏轼豪放词风的形成。赵令畤《侯鲭录》卷七载：“东坡云：‘世言柳耆卿曲俗，非也。如《八声甘州》之‘霜风凄紧，关河冷落，残照当楼’，此语于诗句不减唐人高处。”柳永的这类词笔力苍劲、气象阔大、境界高远，对苏词部分词作中豪放风格的形成有一定的影响。

除苏轼外，元祐词坛其他词人的创作也受到柳词的影响。秦观对柳词的模仿早在北宋时期就被苏轼指出：“少游自会稽入都见东坡，东坡曰：‘不意别后，公却学柳七作词。’少游曰：‘某虽无学，亦不如是。’东坡曰：‘销魂，当此际’非柳七语乎？”秦词与柳词的相似性，主要表现在以下两大方面：其一，在内容方面，秦、柳二人的作品以艳情为主，言情皆缠满悱恻，深挚动人。二人善于言情，词作皆以情胜。江顺诒《词学集成》中引蔡小石《拜石词序》云：“秦、柳以情胜。”❶ 其二，秦、柳二人词作的总体风格十分相似。清人沈祥龙将秦、柳二人同归于婉约一派。❷二人词作在语言运用方面也有相似之处，如苏东坡认为秦观的“销魂，当此际”一句是学习柳七语，又如清代彭孙遹《金粟词话》中云：“少游‘怎得香香深处，作个蜂儿抱’，亦近似柳七语矣。”❸ 吴梅《词学通论》

---

❶ ［清］江顺诒：《词学集成》卷五，唐圭璋：《词话丛编》，北京：中华书局，1986 年，第 3272 页。

❷ ［清］沈祥龙：《论词随笔》：“词有婉约，有豪放，二者不可偏废，…苏、辛与秦、柳，贵集其长也。”唐圭璋：《词话丛编》，北京：中华书局，1986 年，第 4049 页。

❸ ［清］彭孙遹：《金粟词话》，唐圭璋：《词话丛编》，北京：中华书局，1986 年，第 722 页。

云："惟通观（少游）集中，亦有俚俗处。如《望海潮》云：'妾如飞絮，郎如流水，相沾便肯相随。'《满园花》云：'近日来非常啰唣，丑佛也须眉皱，怎掩得旁人口?'……《品令》云：'幸自得一分索，强教人难吃。好好地恶了十来日，恰而今较些不。'又云：'帘儿下时把鞋儿踢，语低低，笑咭咭'又云：'人前强不欲相沾识，把不定，脸儿赤。'竟如时间内共荒？之言。"[1] 与柳词中的俚语、俗语有相似之处。对于秦词对柳词的学习，学术界也早有认识。近人夏敬观曾说："少游学柳，岂用讳言。稍加东坡，便成为少游之词。"可见，秦观词的创作确实受到了柳词的影响。秦柳在创作上仅有一点不同，就是柳永的长调慢词语言俚俗，表达比较直露，缺乏隽永深长、含蓄蕴藉的韵味，秦观将小令的做法引入长调慢词之中，以小令做法的长处弥补了柳永慢词创作的不足，使得长调慢词达到情韵兼胜的审美效果。这也促使了秦词在借鉴学习柳词的基础上，形成了自己独有的抒情模式。元祐词坛，除苏、秦二人之外，黄庭坚词作中的俗词与柳词一脉相承，学界已早有定论。

北宋中后期，周邦彦词之章法结构受益于柳词颇多，近人夏敬观早已指出："耆卿多平铺直叙，清真特变其法，回环往复，一唱三叹，故慢词始盛于耆卿，大成于清真。"此观点得到了学界的广泛认同，柳永对周邦彦的影响毋庸赘述。

第二类直接模仿型，北宋中后期词坛出现的一批词人，他们的词作从内容到风格都与柳词非常相似，如曹组、晁端礼、万俟咏等人。

上述这些词人所作长调慢词从词作内容到铺叙手法都与柳永如出一辙。有些作品几乎呈现出雷同之态。柳永的长调慢词经常使用时空变换的方式言情、布景。这种做法被上述词人完整地继承下来，试比较以下两首词：

花隔铜壶，露晞金掌，都门十二清晓。帝里风光烂漫，偏爱春杪。烟轻昼永，引莺啭上林，鱼游灵沼。巷陌乍晴，香尘染惹，垂杨芳草。　因念秦楼彩凤，楚观朝云，往昔曾迷歌笑。别来岁久，偶忆盟重到。人面桃花，未知何处，但掩朱扉悄悄。尽日伫立无言，赢得凄凉怀抱。（柳永《满朝欢》）

---

[1] 吴梅：《词学通论》，上海：复旦大学出版社，2006年，第58页。

帝里重阳好。又对短发来吹帽。满目风光还似旧，奈樽前人老。暗忆当年，伴侣同倾倒。夸俊游、争买千金笑。到如今憔悴，恰似华胥一觉。　此恨何时了。旧游屈指愁重到。小曲深坊闲信马，掩朱扉悄悄。怎得个多情，为我传音耗。但向伊、耳边轻轻道。道近来应是，忘了卢郎年少。（晁端礼《安公子》）

这两首词无论从内容还是从风格上都极为相似，章法结构也同出一辙。倘若将晁端礼的这首词混杂在柳词之中，如果没有明确标明作者，恐怕大多数读者都会认为是柳永所作。

另外，上述这些词人的作品，有很大一部分是投献词和祝颂词。柳永的投献词一般采用的创作手法是先从不同的视角出发，以不同的意象及意象组合罗列都市或节庆之日的繁华之景，在结尾之处赞颂地方官员的政绩或歌颂盛世之繁华，如《望海潮》（东南形胜）。晁端礼也有一首同调的作品，从词作内容来看也是一首投献之作，其手法与柳词完全一致：

高阳方面，河间都会，三关地最称雄。粉堞万层，金城百雉，楼横一带长虹。烟素敛晴空。正望迷平野，目断飞鸿。易水风烟，范阳山色有无中。　安边暂倚元戎。看纶巾对酒，羽扇摇风。金勒少年，吴钩壮士，宁论卫霍前功。乃眷在清衷。恐凤池虚久，归去匆匆。幸有佳人锦瑟，玉笋且轻拢。（晁端礼《望海潮》）

这首词描写的是今河北地区的风光，无论是语言风格、词作内容还是章法结构，皆完全是对柳词《望海潮》（东南形胜）的模仿。

柳词中的祝颂词主要是描写各种祥瑞的出现，以一些带有豪华富贵之感的语言，歌颂盛世繁荣之景，并祝愿帝业永固、国运长久。如《永遇乐》（熏风解愠）、《送征衣》（过韶阳）是为仁宗贺寿的作品，《倾杯乐》（禁漏花深）描写的是上元节繁华之景，禁中盛传。[1] 万俟咏也是写祝颂词的行家里手，其现存的应制词，在内容与创作手法上都是对柳词的模仿，试举一例：

---

[1] ［宋］叶梦得：《避暑录话》卷下："永初为上元辞，有'乐府两籍神仙，梨园四部弦管'之句，传禁中，多称之。"《全宋笔记·第二编·十》，郑州：大象出版社，2006年，第285～286页。

望五云多处春深，开阆苑、别就蓬岛。正梅雪韵清，桂月光皎。凤帐龙帘萦嫩风，御座深、翠金间绕。半天中、香泛千花，灯挂百宝。　圣时观风重腊，有箫鼓沸空，锦绣匝道。竞呼卢、气贯调欢笑。暗里金钱掷下，来侍燕、歌太平睿藻。愿年年此际，迎春不老。（万俟咏《雪明鳷鹊夜慢》）

这首词的风格与写作手法显然模仿了柳永的祝颂词。上述词人还有大部分拟俗词作与柳词中贴近民间词的作品，在内容、风格上都非常的近似。王灼在《碧鸡漫志》中谈道：“今少年妄谓东坡移诗律作长短句，十有八九，不学柳耆卿，则学曹元宠，虽可笑亦毋庸笑也。”❶ 说明曹组和柳永在拟俗词的创作上是有雷同之处的。除曹组之外，晁端礼等人的创作也受到了柳词的影响。试看以下两首词：

雨细云轻，花娇玉软，于中好个情性。争奈无缘相见，有分孤零。香笺细写频相问。我一句句儿都听。到如今，不得同欢，伏唯与他耐静。　此事凭谁执证。有楼前明月，窗外花影。拚了一生烦恼，为伊成病。只恐更把风流逞。便因循、误人无定。恁时节、若要眼儿斯觑，除非会圣。（曹组《忆瑶姬》）

庞儿周正心儿得。眼儿单、鼻儿直。口儿香、发儿黑。脚儿一折。　从来薄命多阻隔。未曾有恁相识。除非烧香做功德。且图消得。（晁端礼《滴滴金》）

这两首词皆为拟俗词，与柳永词中部分受到市民俗文化影响的词作风格十分相像。写市井题材，并以市井流行的俚语、俗语入词，运用白描手法，直白浅近，贴近市民生活。两首词相比，曹词尚可读，与柳词中一些带有市井情趣但艺术性不高的词较为接近。而晁词则俗秽浅陋、淫靡不堪、浅俗无聊，类似于柳词中的一些淫靡的下乘之作。

综上，柳永对北宋词坛的影响力是不可低估的。由于柳词对词体内容与形式的巨大开拓，北宋词坛所有词作者都或多或少受其影响，都在创作中学习、借鉴了柳词。在南宋时期，柳词在长调与慢词结构等方面的开拓，仍然影响着众多词人的创作，在金元时期，柳词对金元道士词的创作

❶ ［宋］王灼：《碧鸡漫志》，唐圭璋：《词话丛编》，北京：中华书局，1986 年，第 85 页。

也产生了很大的影响，全真教的始祖王喆在《解佩令》一词中承认自己“爱看柳词”。在明清时期，柳词仍被不断提及，并影响着很多词人的创作。虽然后世词坛对柳词中拟俗词的批判一直没有停止，且这些批判在一定程度上也影响到柳词巨大价值的体现，但柳词对后世的影响是不能因批判而被磨灭的。

2. 欧阳修对北宋词坛的影响

欧阳修对北宋词坛的影响，主要是对苏轼的影响。苏轼词题材的开拓、豪放风格的体现、苏轼“以诗为词”的创作手法都在仁宗词坛欧阳修的创作中初现端倪。宋词史上，经常将晏、欧二人并称，原因应有以下两点：一是二人的身份相近，都是仁宗时期上层官僚，都曾是文坛的领军人物；二是由于二人都善于创作令词，并且令词的词风有相似之处，共同受到冯延巳的影响。“冯延巳词，晏同叔得其俊，欧阳永叔得其深。”❶ 均以平缓徐纡、温和雅正、含蓄蕴藉为美。二人虽然并称，但在词作风格上，晏、欧二人又表现出一些相异之处，如晏词皆为精美雅致的士大夫之词，而欧词有相当一部分是具有浓郁的民歌情调的词作。晏词在词风上以婉丽圆融为主，既无凄厉之音，也无雄豪之气，而欧词中的一小部分作品抒发豪放之情与宦海沉浮之感。晏词以抒情为主，表现出一种富贵闲雅的气象，而欧词中的小部分作品抒情的同时融入议论，表现出宋诗中呈现的一种理趣。

欧词与晏词相异的这些特点也影响到苏轼的创作。苏门父子皆出自欧阳修门下，欧阳修非常欣赏苏轼卓越的才华，“嘉祐二年（1057 年）欧阳文忠公考试礼部进士，疾时文之诡异，思有以救之，梅圣俞时与其事，得公（苏轼）论刑赏以示文忠，文忠惊喜以为异人，欲以冠多士，疑曾子固所为，子固文忠门下士也，乃置公第二，复以春秋对义，居第一，殿试中乙科，以书谢诸公，文忠见之，以书语圣俞曰：‘老夫当避此人，放出一头地’”，朱弁《曲洧旧闻》卷八载：“东坡诗文，落笔辄为人传诵。每一篇到，欧阳公为终日喜。”❷ 苏轼对欧阳修的为人十分敬佩，对其诗文也极为推崇，他多次在自己的诗文中表达对欧阳修的敬意与赞美。在欧阳修及

❶［清］刘熙载：《艺概》，唐圭璋：《词话丛编》，北京：中华书局，1986 年，第 3689 页。
❷［宋］朱弁：《曲洧旧闻》卷八，北京：中华书局，1985 年，第 65 页。

其夫人去世之时，苏轼皆撰写祭文，寄托哀思。由于二人关系密切、感情深厚且相互欣赏，所以欧阳修对苏轼的影响也是多方面的，从性情为人到处世为官，从治学研究到文学创作等，其中，欧阳修的创作对苏轼就产生了一定的影响。这一点前人早已认识到。清冯煦在《蒿安论词》中言："（欧阳修）即以词言，亦疏隽开子瞻，深婉开少游。"[1] 但冯煦的认识并不全面，苏轼除继承欧词疏隽之风外，也受到欧词题材选取、创作手法等多方面的影响。

从词作的题材这个方面来说，欧词虽然仍以闺情词、艳情词为主，但也不乏其他题材的创作，比如，咏史词、咏物词、描写都市风光的词在欧词中都有所体现。苏轼扩大词境的第一步，就是将以前只在诗文中表现的内容，移植到词中，但他并非是"移植"的第一人，在他之前，仁宗词坛的欧阳修、柳永等人已经做了这方面的探索。苏轼仅仅在这方面比前人开拓的力度更大而已。

在题材方面值得关注的是，欧阳修由于性情倔强、疾恶如仇、又敢于直言时弊，所以其一生并不平顺，历经宦海沉浮，人生之路坎坷，所以欧阳修在词中也有感慨仕途之悲、人世苍凉的作品。如《圣无忧》（世路风波险）、《临江仙》（记得金銮同唱第）等词，就是他作为一个政治家俯仰身世、兴怀沉浮的慨叹。尽管这类词作在欧词中数量极少，却对后世词人产生了较大的影响，苏轼在仕途之路上并不比欧阳修平顺多少，所以，他将这种仕宦沉浮的悲凉也寄托在词中，如"世路无穷，劳生有限，似此区区长鲜欢"（《沁园春》），"长恨此身非我有，何时忘却营营"（《临江仙》），"世事一场大梦，人生几度新凉"（《西江月》），等等。只是因为苏轼心胸广阔，虽经历无数痛苦，但很少在痛苦中纠结挣扎，而是以一种豁达自适的态度面对人生，他的这类词明言仕途之悲的同时，也表达出冲破世俗羁绊，超然自适的心态与境界。再如，《定风波》（莫听穿林打叶声）一词中表现出来的就是那种面对苦难的潇洒与超脱。

从词作风格而言，欧词中的小部分词作表现出豪放之风，如《朝中措·送刘仲原甫出守维扬》一词，塑造了一个洒脱、豪放的太守形象。苏轼在到扬州之时，还特意去平山堂游览，并质疑"山色有无中"一句是否

[1] ［清］冯煦：《蒿安论词》，唐圭璋：《词话丛编》，北京：中华书局，1986 年，第 3585 页。

恰当，[1] 可见苏轼对欧词中的这类词作是非常熟悉的。在欧词中，欧阳修多次将自己塑造成老翁的形象，这类形象又常与欢饮场面联系在一起，如“便须豪饮敌青春，莫对新花羞白发”（《玉楼春》），“莫惜斗量珠玉，随他雪白髭须”（《圣无忧》），“白首相逢。莫话衰翁。但斗尊前语笑同”（《采桑子》）等，白发老翁的形象给人衰颓之感，但在欢饮场面中出现，却表现了身老而心不老的青春豪情，展现出乐观向上的精神风貌，体现出了一种豪迈之气。这类作品中的风格与苏轼《江城子·密州出猎》所体现出的风貌已经有了较多近似之处，可见，苏轼的创作很可能受到欧阳修的影响。

从创作手法来看，苏轼的“以诗为词”也受到了欧阳修词的影响。“以诗为词”是将诗的创作手法移植到词中，“以诗为词”的内涵是非常丰富的，其中以议论入词，使词在抒情的同时，增加了一丝哲理性，将理气与词结合，是“以诗为词”在表达方式上的一个重要特点。欧阳修对理学是极有兴趣的。他与孙复、胡瑗、石介等宋初理学先驱素有来往，并且重视儒家经典的解读。他自己就对很多儒家经典做了深刻细致的研究，欧阳修本着探究义理、还原六经本旨的治经态度，从人情常理出发，在学术史上提出了很多真知灼见。欧阳修对理的探究兴趣也渗透到了他的文学创作中，尤其是诗歌的创作，欧诗明显的带有对儒家传统义理的思考和解释。因为词在仁宗时期与诗的分工不同，在士大夫眼中，词仅仅是“聊以佐欢”的工具，所以，欧阳修没有将理性认识写进词中的主观故意，但欧词中也有小部分作品，反映了欧阳修对理的浓厚兴趣。如《浪淘沙》：“把酒祝东风，且共从容，垂杨紫陌洛城东。总是当时携手处，游遍芳丛。聚散苦匆匆，此恨无穷。今年花胜去年红。可惜明年花更好，知与谁同?”清代黄苏《蓼园词选》中评论此词曰：“按末二句，忧盛危明之意，持盈保泰之心，在天道则亏盈益谦之理，俱可悟得。大有理趣，却不庸腐。猝然儒者之言，令人玩味不尽。”这首词的后两句“可惜明年花更好，知与谁同”，欧阳修从日常生活中非常琐屑且幽细之景中，仔细观察描摹物象的同时，推究物理，在花开花落之中悟出了人生的道理。表达了人间世事难

---

[1] ［宋］胡仔：《苕溪渔隐丛话后集》卷二十三：“东坡笑之，因赋《快哉亭》，道其事云：‘长记平山堂上，攲枕江南烟雨，杳杳没孤鸿，认取醉翁语，山色有无中，盖山色有无中，非烟雨不能然也。”北京：人民文学出版社，1962 年，第 168 页。

料，聚散无常，难以把握的无奈与悲哀。“今年花胜去年红”，与友人共同驻足观赏本来是高兴的事情，而“去年”二字，说明去年友人曾来观赏过此花，这次是久别重逢，怎能不叫人欢喜，然而，欢聚只是短暂的，人生聚散无常，友人就要离去，又怎能不使人痛惜？明年此花再开之时，友人可能早已远隔天边，不知道是谁会来欣赏此花了？这样用探究物理来解读人生的立意在诗中比较常见，如杜甫《九日蓝田崔氏庄》：“明年此会知谁健，醉把茱萸仔细看。”本句与欧词的立意十分相似。这种将诗歌中的立意引入词中，并在词中探究理趣的作品在北宋仁宗词坛并不是太多见。而这一创作手法也影响到了苏轼，苏词中引入了大量的议论入词，以物的变化来推究人生的道理，如沈雄《古今词话》载：“柳塘词话曰：欧阳公云：‘把酒祝东风，且共从容。’与东坡虞美人云：‘持杯邀劝天边月，愿月圆无缺’同一意致。”[1] 再如苏词中的“人有悲欢离合，月有阴晴圆缺，此事古难全，但愿人长久，千里共婵娟”（《水调歌头》）。“有情风万里卷潮来，无情送潮归。问钱塘江上，西兴浦口，几度斜晖？不用思量今古，俯仰昔人非。”（《八声甘州》），“枝上柳绵吹又少，天涯何处无芳草”（《蝶恋花》），等等，立意均同。

欧词虽然在以上三个方面的开拓都是非常不明显的，但是欧词的先驱作用是不能忽视的，欧词开拓的意义在于影响了苏词的创作，苏词沿着欧词开拓的方向，披荆斩棘，大刀阔斧地前行，终于使得词体的面貌焕然一新。

综上所述，仁宗词坛的定位已经非常清晰，在词史的发展中，仁宗词坛起到了承上启下的作用，上承花间、南唐、五代词风，下启元祐词坛、徽宗词坛，既使得词体在发展过程中保持了幽约婉丽、要眇宜修的特征，又为词体地位的提升、功能的扩大及词境的拓宽铺平了道路。

第二节　后世词坛对仁宗词坛的评价

讨论仁宗词坛的评价之前，要看到仁宗词坛存在的一个较为特殊的现

---

[1] ［清］沈雄：《古今词话·词话上卷》，唐圭璋：《词话丛编》，北京：中华书局，1986 年，第 765 页。

象。后世词坛，无论是元祐词坛、徽宗词坛、孝宗词坛，等等，隶属于每个时期的词作者在创作上都呈现出大体相似的风貌。如元祐词坛以苏轼及苏门弟子为创作核心，虽然他们每个人的词作风格都呈现出个性化的特征，但是总体风貌基本相似，并且会互相产生影响。徽宗词坛也是如此，周邦彦及大晟词派在创作上也呈现出较相似的风貌。孝宗词坛的辛派更是如此。但仁宗词坛则有所不同，仁宗词坛两大派别的创作基本上呈现出相异的风貌，尤其是晏殊词与柳永词，在风格上几乎毫无相似之处。这一现象是由于二者受到不同文化的影响，在前文中已有详细的论述，这两种完全不同风貌的呈现也影响到了后代对仁宗词坛的评价。

后代对仁宗词坛的评价主要集中于对四大词人的评价，而对四大词人的评价又有所不同，对晏、欧二人的评价较多，以好评为主，相对而言，对张先的评价较少，但也以好评为主。对柳永的评价虽然较多，但好评恶评各参半。对柳词的整体认识在相当长的一段时间内是不公允的。

一、后世词坛对晏欧词的评价

从北宋到清代，晏、欧词一直作为令词的偶像被膜拜，对二人作品的评价主要集中在两个方面：一是对词作整体风格的品评；二是对其所用字句的评论。这两个方面都以好评为主。

从词作整体风格的评论来看，后世词作者非常欣赏晏欧令词含蓄蕴藉、温润雅洁的词风。如：

> 晏元献、欧阳文忠、宋景文则以其余力游戏，而风流闲雅，超出意表，又非其类也。嚼味研究，字字皆有据，而其妙见于卒章。语尽而意不尽，意尽而情不尽，岂平生可得仿佛哉！（宋李之仪《跋吴思道小词》）

> 晏元献公、欧阳文忠公风流蕴藉，一时莫及。而温润秀洁，亦无其比。（宋王灼《碧鸡漫志》）

> 余常与文友论词，谓小调不学花间，则当学欧、晏、秦、黄。花间绮琢处，于诗为靡，而于词则如古锦纹理，自有黯然异色。欧、晏蕴藉，秦、黄生动，一唱三叹，总以不尽为佳。（清邹祗谟《远志斋词衷》）

文忠思路甚隽，而元献较婉雅。后人为艳词，好做纤巧语者，是又晏、欧之罪人也。（陈廷焯《白雨斋词话》）

后世对晏、欧词的总体评价，除北宋末期，李清照不满二人之词，称它们是“句读不葺之诗尔，又往往不协音律”外，基本上并未出现其他差评，可见晏、欧词在后世地位之高。

从后世对晏、欧词中字句的品评来看，仍以好评为主，后世词论者称赏二人名作中的词句，对其评价甚高。如上举欧阳修《浣溪沙》（堤上游人逐画船）一首中“绿杨楼外出秋千”一句，晁补之对“出”字的用法极为赞赏。又如晏殊词《浣溪沙》（一曲新词酒一杯）中“无可奈何花落去，似曾相识燕归来”一句得到了后人无数称赏，清刘熙载《艺概》卷四云：“词中句与字，有似触着者，所谓极炼如不炼也。晏元献‘无可奈何花落去’二句，触着之句也。”❶ 清陈廷焯《词则》云：“有一刻千金之感。”可见，后世词评者对晏、欧的词作是极为赞赏的。

二、后世词坛对柳永的评价

后世词评者对柳永的评价与其对晏、欧的评价大相径庭。对晏、欧词的评价，称颂者多，贬损者少，而对柳永词的评价则是毁誉参半。

先看对柳永赞誉的一面。后世词评者对柳词的肯定集中在三个方面：一是对柳词精于音律、善于创调的肯定。词首先是音乐文学，可以和乐而歌。词是否适合演唱，就成了判断一首词作优劣的重要标准。从宋代开始词论者就赞誉柳词音律精严，如李清照在《词论》中说：“柳屯田永者变旧声，作新声，出《乐章集》，大得声称于世，虽协音律，而词语尘下。”❷ 王灼《碧鸡漫志》中赞柳词善于选曲，“能择声律谐美者用之”❸。沈义父《乐府指迷》中也称赞柳永“音律甚协”。清人对此亦多赞誉，如冯金伯《词苑粹编》云：“长调推秦、柳、周、康为协律。”❶ 李佳《左庵词话》

---

❶ ［清］刘熙载：《艺概》，唐圭璋：《词话丛编》，北京：中华书局，1986 年，第 3708 ~ 3709 页。

❷ ［宋］李清照：《词论》，邓子勉：《宋金元词话全编》，南京：凤凰出版社，2008 年，第 176 页。

❸ ［宋］王灼：《碧鸡漫志》，唐圭璋：《词话丛编》，北京：中华书局，1986 年，第 84 页。

❹ ［清］冯金伯：《词苑粹编》，唐圭璋：《词话丛编》，北京：中华书局，1986 年，第 1796 页。

云："词家昉于宋代，然只柳屯田、周美成为解音律。"❶ 除了对柳词协律的肯定之外，柳词创调之工也是历代词评者有目共睹的。清邹祇谟《远志斋词衷》云："僻调之多，以柳屯田为最。"❷ 柳永大胆地借鉴了民间流行的曲调，改旧调为新调，并且善于自度新曲，据徐安琪先生考证："《乐章集》有一百三十一个词调，其中'变旧声作新声'者（包括翻演旧曲与自制新曲），有八十八调，论创调之多，两宋词人无出其右。"❸ 柳词在当时皆能演唱，《乐章集》的体例是按照宫调依次排列的，客观来看就是一个供歌者演唱的歌词本，柳词注重音律，平上去入四声的配合精妙，尤其是去上、上去的运用极为精严，是宋词协律的代表人物。柳词创制新声在词史上卓有贡献，也被后世的词评者大为称赏。

二是对柳词长调慢词铺叙手法的肯定。李之仪在《跋吴师道小词》中写道："唐末，遂因其声之长短句，而以意填之，始一变以成音律，大抵以《花间集》中所载为宗，然多小阕。至柳耆卿始铺叙展衍，备足无余"，这段评论首先肯定了柳永大量创作长调慢词，改变了《花间集》以来小令一统词坛之貌，将长调慢词引入文人词创作中。其次，肯定了柳永在慢词中所运用的艺术手法。词的体式的变化，要求表现手法也要做相应的变革，柳永运用铺叙展衍之法，达到了"备足无余"的良好效果。柳永将民间流行之长调引入文人词，促使了慢词在士大夫雅文化圈中的流行，这一点是有开拓之功的。龙榆生先生在《词曲概论》中说："如果不是柳永大开风气于前，说不定苏轼、辛弃疾这一派豪放作家，还是在小令里面打圈子，找不出一片可以纵横驰骋的场地来呢！"另外，柳词善于铺叙，层次分明，后代词评者对其章法结构多有分析，并十分钦佩。如冯煦《蒿庵论词》云："耆卿词，曲处能直，密处能疏，奡处能平，状难状之景，达难达之情，而出之以自然。自是北宋巨手。"❹ 蔡嵩云《柯亭词论》中分析柳永《戚氏》一词云："《戚氏》为屯田创调，'晚秋天'一首，写客馆秋怀，本无甚出奇，然用笔极有层次。初学慢词，细玩此章，可悟谋篇布局

❶ ［清］李佳：《左庵词话》，唐圭璋：《词话丛编》，北京：中华书局，1986 年，第 3103 页。
❷ ［清］邹祇谟：《远志斋词衷》，唐圭璋：《词话丛编》，北京：中华书局，1986 年，第 645 页。
❸ 徐安琪：《唐五代北宋词学思想史论》，北京：人民文学出版社，2007 年，第 172 页。
❹ ［清］冯煦：《蒿庵论词》，唐圭璋：《词话丛编》，北京：中华书局，1986 年，第 3585 页。

之法。"[1] 可见，后世词评者对柳词长调的运用及其章法结构多有肯定。

三是对柳永一部分都市词、祝颂词、羁旅行役词中所表现的内容与词境的肯定。前代很多词评者对柳永词内容的肯定主要集中在柳永的都市词，即描写都市风光及繁华之景的词作，还有其祝颂词，即以富贵繁缛的笔调描写盛世景象，恭祝帝王基业千秋万代的词作。这两类词作在宋人看来是盛世之貌在文学作品中的体现。宋祝穆《方舆胜览》中载："范蜀公尝曰：'仁宗四十二年太平，镇在翰苑十余载，不能出一语咏歌，乃于耆卿词见之。'"[2] 范镇与柳永几乎是同一时期的人，在仁宗朝曾任翰林学士，这段评论中，范镇亲历仁宗朝之安定繁荣，他显然对柳词歌咏太平盛世的内容极为肯定。类似的评论还有：宋黄裳在《书乐章集后》中评论道："予观柳氏乐章，喜其能道嘉祐中太平气象，如观杜甫诗，典雅文华，无所不有。是时予方为儿，犹想见其风俗，欢声和气洋溢道路之间，动植咸若，令人歌柳词，闻其声，听其词，如丁斯时，使人慨然有感。呜呼，太平气象，柳能一写于乐章，所谓词人盛世之黼藻，岂可废耶？"宋黄裳对柳词的评价极高，他把柳词比作杜诗，所谓"典雅文华，无所不有"，但值得注意的是，他所指的柳词的内容，应该特指柳词中描绘都市繁华做投献之用的城市词与歌咏太平盛世以讨帝王欢心的祝颂词。否则，如柳词中的《菊花新》一词，被清代李调元评价为柳永淫词之首，其中的"脱罗裳、恣情无限。留取帐前灯，时时待、看伊娇面"，与太平气象并无直接关联，与杜诗无论从风格还是从内容上都相距甚远，从中也完全看不出典雅文华之感。柳词中的大部分艳词，也属此类。但从柳词中的都市词与祝颂词中确实可以体会到太平盛世中大都市的繁华与美丽、人民生活的安乐与祥和。另外，柳词部分词作中的词境也被后世词坛称誉，这部分词作多是柳永写作的羁旅行役词。如苏轼对"渐霜风凄紧，关河冷落，残照当楼"一句的评价为"不减唐人高处"。又如王灼《碧鸡漫志》中云："前辈云'《离骚》寂寞千载后，《戚氏》凄凉一曲终'。"[3]《戚氏》为柳永创调之词，他的一首《戚氏》为登高怀远之作，层次分明，词境深远，被人

---

[1] 蔡嵩云：《柯亭词论》，唐圭璋：《词话丛编》，北京：中华书局，1986 年，第 4916 页。

[2] ［宋］祝穆：《方舆胜览》卷十一，清文渊阁四库全书本。

[3] ［宋］王灼：《碧鸡漫志》卷二，唐圭璋：《词话丛编》，北京：中华书局，1986 年，第 84 页。

称赏，并与《离骚》并论。柳词中写秋景的词，其词境相对艳情词要开阔得多。如蔡嵩云《柯亭词论》中称其："柳词胜处，在骨气，不在字面。……章法大开大阖……如《玉蝴蝶》'望处雨收云断'、《夜半乐》'冻云黯淡天气'、《安公子》'远岸收残雨'、《倾杯乐》'木落霜洲'、《卜算子慢》'江枫渐老'、《甘州》'对潇潇暮雨洒江天'诸阕，写羁旅行役词中秋景，均穷极工巧。"[1] 可见，柳永部分羁旅行役词所表现出的词境，还是受到了后世词评家广泛认同的。

再看后世词评者对柳词不满的一面。后世词评者对柳词的不满也主要集中在三个方面：

一是对柳词内容、风格的不满。词评者对柳词内容风格的不满主要集中在柳永所写的一些反映市民阶层生活、带有浓郁的市井之气的词作。士大夫对这类词作十分鄙夷，如前文所举的事例，柳永为求得一官半职而拜谒晏殊，晏殊暗指柳永《定风波》（自春来）一词是内容粗鄙卑下之作。元祐词坛苏轼及苏门弟子也认为柳词的内容浅俗，不当学，黄昇《唐宋诸贤绝妙词选》卷二记载：

> 秦少游自会稽入京见东坡，坡云："久别当作文甚胜，都下盛唱公'山抹微云'之词。"秦逊谢。坡遽云："不意别后，公却学柳七？"秦答曰："某虽无识，亦不至是。先生之言，无乃过乎？"坡云："'销魂，当此际'非柳词句法乎？"秦惭服。[2]

当秦观被苏轼指出"学柳七"之时，秦观的态度显然不是欢悦，而是十分不满，他狡辩说自己"虽无识，亦不至是"，认为苏轼对自己的批评言过其实，秦观的这一态度表明，在当时学习柳永的词作风格受到众人的鄙夷，即使是"无识"之人亦不学柳词。而当苏轼进一步指出秦观词中学习了柳词句法之时，秦观不得不承认自己是借鉴了柳词的句法，但其态度是"惭服"，一"惭"字道出学柳词之人的惭愧、悔恨之状，由此可见，柳词为士大夫所不齿的状态。

类似的记载还有晁说之的《晁氏客语》中载：

---

[1] 蔡嵩云：《柯亭词论》，唐圭璋：《词话丛编》，北京：中华书局，1986 年，第 4911 页。

[2] 黄昇：《唐宋诸贤绝妙词选》卷二，四部丛刊景明本。

纯夫撰宣仁太后发引曲，命少游制其一，至史院，出示同官，文潜曰“内翰所作‘烈文昊天成命’之诗也，少游直似柳三变。”少游色变，纯夫谓诸子曰：“文潜奉官长戏同列，不可以为法也。”❶

张耒指出秦观像柳永，秦观立刻为之色变，这说明“似柳三变”一语，绝非赞美之辞，而含贬斥之意。也从一个侧面反映出，柳永在当时是作为负面典型存在的。

北宋徽宗时期，词评家所公认的是柳永的俗词创作影响了徽宗时期曹组等人的创作，王灼在《碧鸡漫志》中谈道：“今少年妄谓东坡移诗律作长短句，十有八九不学柳耆，则学曹元宠，虽可笑亦毋庸笑也。”在王灼看来，这曹组等人，都是小丑一般的人物：“长短句中，作滑稽无赖语，起于至和。……元祐间，王齐叟彦龄，政和间，曹组元宠，皆能文，每出长短句，脍炙人口。彦龄以滑稽语噪河朔。组潦倒无成，作《红窗迥》及杂曲数百解，闻者绝倒，滑稽无赖之魁也。……同时张衮臣者，组之流，亦供奉禁中，号曲子张观察。其后祖述者益众，嫚戏污贱，古所未有。组之流，知阁门事勋字公显，亦能文，尝以家集刻板，欲盖父之恶。”从王灼对这些人的评价所用的词语，如滑稽无赖、潦倒无成、谩戏污贱等可以看出王灼对这些人的态度是鄙夷多、赞誉少，认为他们如小丑一般，是专靠滑稽无赖取悦于人的弄臣，其词作内容更是浅近卑俗，登不上大雅之堂。王灼将柳永与曹组并称，实际上，认为柳永比这些滑稽小丑高明不到哪儿去，与他们属于同一源流。

类似的评论还有，陈师道《后山诗话》中评价柳词：“骫骳从俗，天下咏之。”❷ 大约生活在北宋末年的严有翼在《艺苑雌黄》中批判柳词：“柳之《乐章》，人多称之。然大概非羁旅穷愁之词，则闺门淫媟之语。”❸ 张端义《贵耳集》言其“以俗为病”，沈义父《乐府指迷》言其“有鄙俗

---

❶［宋］晁说之：《晁氏客语》，邓子勉：《宋金元词话全编》，南京：凤凰出版社，2008 年，第 234 页。

❷［宋］陈师道：《后山诗话》，邓子勉：《宋金元词话全编》，南京：凤凰出版社，2008 年，第 213 页。

❸［宋］严有翼：《艺苑雌黄》，［宋］胡仔：《苕溪渔隐丛话后集》卷三十九，北京：人民文学出版社，1962 年。

气”，等等，表达的都是对柳词内容风格的鄙夷与不满。直到清代这种评价才稍有不同，如周济认为“（柳词）森秀幽淡之趣在骨。耆卿乐府多，故恶滥可笑者多，使能珍重下笔，则北宋高手也”。但也未完全改变士大夫阶层对柳词的评判，清代就有词评家仍认为，柳永给秦观做奴隶都不配。[1]

二是对柳词乏韵的不满。宋李之仪虽然肯定柳永在艺术技巧方面的开拓之功，但却批评柳词为乏韵之作，他在《跋吴师道小词》中言柳词：“较《花间》所集，韵终不胜。”[2]沈雄在《古今词话》中引晁无咎语：“子野、耆卿齐名，而时以子野不及耆卿者。子野韵高，是耆卿所乏处。”[3]这里所指的“韵”，应该是士大夫阶层所推崇的含蓄蕴藉的词境。仁宗时期，“乐而不淫，哀而不伤”的审美情趣在文人词中依然被推崇，文人词追求“用意欲深、放情须远”的品格。以《花间集》与柳词来说，二者在内容上并没有太大的区别，皆多为伤春悲秋、离人怀远、闺中相思、男欢女爱之词，但在风格上则有明显的差别。花间词多用传统的比兴手法，借意象抒情。写爱情词，词人选取的意象多是主人公所处自然环境中的景致，是她所观所感之景，这些自然意象常常隐射主人公的心绪。如“燕双飞，莺百啭”（张泌《思越人》），“春欲晚，戏蝶游蜂花烂漫”（韦庄《归国谣》），“萱草绿，杏花红”（温庭筠《定西番》），春深蝶戏、芳草烂漫、柳绿花红、莺歌燕语的意象组合表现了主人公思春的情绪和对爱情的美好憧憬。而“月孤明，风又起，杏花稀”（温庭筠《酒泉子》），“落絮残莺半日天”（欧阳炯《浣溪沙》），“满院落花寂寂”（韦庄《谒金门》），落花满地、柳絮飘飞、残莺声声、孤月寂寂此等自然意象的组合则暗示主人公愁绪满怀，无从排遣，将内心的哀怨投射到自然意象中去。词人通过这些意象及意象的组合来表达主人公的内在心绪。而很少直白地道出主人公内心的所思所想。从而留下较多的空白，使读者反复咀嚼、思考，就像一杯清茶，初品似乎无味，但越品滋味越浓。柳词则恰好相反，柳词多用白

[1] ［清］陈廷焯：《白雨斋词话》，唐圭璋：《词话丛编》“后人动称秦、柳，柳之视秦，为奴隶而不足者，何可相提并论哉”。北京：中华书局，1986 年，第 3785 页。

[2] ［宋］李之仪：《跋吴师道小词》，邓子勉：《宋金元词话全编》，南京：凤凰出版社，2008 年，第 133 页。

[3] ［清］沈雄：《古今词话·词话卷上》，唐圭璋：《词话丛编》，北京：中华书局，1986 年，第 766 页。

描手法，不假雕饰，直白地抒情，将主人公内心所思所想表达得极为透彻。如“添伤感，将何计。空只恁，厌厌地。无人处思量，几度垂泪。不会得都来些子事，甚恁底抵死难拚弃。待到头、终久问伊看，如何是”。(《满江红》) 诉说失恋的痛苦和难以割舍的思念。“细追思，恨从前容易，致得恩爱成烦恼。心下事千种，尽凭音耗。以此萦牵，等伊来、自家向道。洎相见，喜欢存问，又还忘了。”(《法曲第二》) 写一位对情人爱极又恨极的市井女子，在又见情郎之时，喜笑颜开，忘却了他曾经狠心将自己抛下，带给自己无穷的愁怨。在这类词作中，词人完全没有借助意象来表达情绪，而是直抒胸臆，坦率直白，将主人公的内心世界表露无遗。使人如在酷暑之中痛饮了一杯白开水，畅快淋漓。而这种表达方式缺乏言外之意、味外之旨，显然不被士大夫文人所推崇。柳词表达直露，而韵味不足；刻画细致，却过于直白浅俗，无含蓄蕴藉之貌，亦无雅致清远之思，没有让人咀嚼品味的余地。柳词中的不少作品在他们看来都属于这种乏韵之作。而这些乏韵之作恰恰是市民阶层的最爱。这也体现出两大文化圈所崇尚的文化有所不同，它们之间有一道难以逾越的鸿沟。

三是对柳永人格的不满。士大夫对柳永的批判并没有单单停留在对柳词的批判上，而是对其人格也进行了批判。柳永因填词被冠以“薄于操行”之名，为士大夫阶层所不齿。文献中记载，宋仁宗因其填词且心性狂傲、放浪不羁，将其临轩黜落。虽然此记载被薛瑞生先生证明非仁宗所为，有捏造之成分，但也从一个侧面说明，柳永当时在文人阶层心目的形象是典型的市井浪子。宋严有翼《艺苑雌黄》载：“(柳永) 喜作小词，然薄于操行。当时有荐其才者，上曰：‘得非填词柳三变乎？’曰：‘然。’上曰：‘且去填词。’由是不得志，日与狷子纵游娼馆酒楼间，无复检约，自称：奉旨填词柳三变。呜呼，小有才而无德以将之，亦士君子之所宜戒也。”❶ 柳永的行为是需要广大的君子引以为戒的，可见其在士大夫心目中的地位，完全是作为一个反面典型而存在的。

由以上的论述可知，士大夫对柳词的评价是分而论之，秉承着两种完全不同的态度。士大夫阶层对柳词的肯定，并非对全部柳词的肯定，而仅

---

❶ [宋] 严有翼：《艺苑雌黄》，[宋] 胡仔：《苕溪渔隐丛话后集》卷三十九，北京：人民文学出版社，1962 年，第 319 页。

仅肯定柳词中的部分词作。士大夫阶层对柳词艺术手法的肯定，只肯定其音律精严及铺叙手法的运用。对柳词内容的肯定，主要集中在一部分展现了北宋繁华富足的都市生活与丰富多彩的市井风情的作品上。对柳词词境的肯定则主要集中在表现出高远阔大之境的部分羁旅词上。而柳词中的这些词作无论从内容、语言上还是从风格、思想上都明显受士大夫雅文化的影响，与市井俗文化相距较远。而士大夫阶层所批判的词作，主要是柳词中涉及艳情的词作，而这部分词作在内容上写生活在市井之中的芸芸众生，道出了他们的心声，表现了他们的爱情与追求、苦闷与无奈。在语言上多俚语俗语，浅近直露、毫无雕饰、亲切质朴、明白如家常。在风格上，摒弃了传统的通过象征性的意象进行烘托、来传达主人公内心情绪的比兴手法，而是以白描之手法，直抒胸臆。无含蓄蕴藉之旨，却有生动真实之态。在审美趣味上，朝着通俗化的方向发展。这很明显是受到了市井俗文化的影响。正是由于柳词自身带有的二重属性，使得秉承雅文化的士大夫对其的评论毁誉参半。由于长久以来，词评者都本着士大夫本位思想对词作进行评论，将符合他们审美标准的词作定位为佳作，反之则是粗鄙不入流的作品。柳词中的部分词作的价值长久以来并未得到应有的认同。可以说，直到 20 世纪 80 年代，由于社会总体价值观念、等级观念的改变，柳永词中一部分贴近市民生活的词作的价值才被学术界所认可。

综上所述，后世词论者对宋仁宗词坛的评价在很长一段时间内并未达成非常统一的认识，对符合士大夫审美倾向的晏、欧词评价较高，而对不符合士大夫审美倾向的部分柳词评价极低。然而随着社会的发展和人们观念的改变，对柳词的认识与评价越来越高，如今，柳永、苏轼二人可以说是北宋词史上的两座高峰。那么现今对仁宗词坛的评价应该达成统一的认识，仁宗词坛对词史的贡献很大，应该给予正面的评价。

参考文献

一、古籍文献

[1]［唐］佚名．玉泉子［M］．明稗海本．
[2]［五代］刘昫．旧唐书（卷十六）［M］．中华书局，1975.
[3]［后蜀］赵崇祚，高峰，注评．《花间集》注评［M］．凤凰出版社，2008.
[4]［宋］李焘．续资治通鉴长编［M］．上海古籍出版社，影印本．
[5]［宋］李埴．宋十朝纲要［M］．清钞本．
[6]［宋］陶谷．清异录（卷上）［M］．民国景明宝颜堂秘笈本．
[7]［宋］柳开．河东集（卷八）［M］．四部丛刊景旧钞本．
[8]［宋］柳永，薛瑞生，校注．《乐章集》校注［M］．中华书局，1994.
[9]［宋］晏殊，晏几道，张草纫，笺注．二晏词笺注［M］．上海古籍出版社，2008.
[10]［宋］欧阳修．欧阳文忠公集［M］．四部丛刊景元本．
[11]［宋］欧阳修．归田录［M］．中华书局，1981.
[12]［宋］蔡襄．蔡襄全集［M］．福建人民出版社，1999.
[13]［宋］梅尧臣．宛陵集［M］．清文渊阁四库全书本．
[14]［宋］苏舜钦．苏舜钦集［M］．上海古籍出版社，1981.
[15]［宋］范镇．东斋记事［M］．中华书局，1997.
[16]［宋］司马光．涑水记闻［M］．清武英殿聚珍版丛书本．
[17]［宋］苏轼．苏文忠公全集［M］．明成化本．
[18]［宋］王灼．碧鸡漫志［M］．词话丛编本．
[19]［宋］孟元老．东京梦华录［M］．中华书局，1982.
[20]［宋］吴自牧．梦粱录［M］．三秦出版社，2004.
[21]［宋］晁公武．郡斋读书志［M］．四部丛刊三编宋淳佑本．
[22]［宋］朱熹．三朝名臣言行录［M］．四部丛刊景宋本．
[23]［宋］阮阅．诗话总龟［M］．人民文学出版社，1987.
[24]［宋］江少虞．宋朝事实类苑［M］．上海古籍出版社，1981.
[25]［宋］罗烨．醉翁谈录［M］．辽宁教育出版社，1998.

［26］［宋］耐得翁．都城纪胜［M］．四库全书文渊阁本．
［27］［宋］彭乘．墨客挥犀［M］．中华书局，2002．
［28］［宋］朱弁．曲洧旧闻［M］．中华书局，2002．
［29］［宋］吴曾．能改斋漫录［M］．词话丛编本．
［30］［宋］胡仔．苕溪渔隐丛话前集［M］．人民文学出版社，1962．
［31］［宋］刘攽．中山诗话［M］．明津逮秘书本．
［32］［宋］叶梦得．石林燕语［M］．三秦出版社，2004．
［33］［宋］叶梦得．石林诗话［M］．宋百川学海本．
［34］［宋］魏泰．东轩笔录［M］．中华书局，1983．
［35］［宋］吴处厚．青箱杂记［M］．中华书局，1985．
［36］［宋］杨湜．古今词话［M］．词话丛编本．
［37］［宋］王辟之．渑水燕谈录［M］．中华书局，1981．
［38］［宋］赵令畤．侯鲭录［M］．中华书局，2002．
［39］［宋］严羽．严羽集［M］．中州古籍出版社，1997．
［40］［宋］张耒．张右史文集［M］．清文渊阁四库全书本．
［41］［宋］王称．东都事略［M］．清文渊阁四库全书本．
［42］［宋］吕中．类编皇朝大事记讲义［M］．清文渊阁四库全书本．
［43］［宋］邵伯温．邵氏见闻录［M］．中华书局，1983．
［44］［宋］王安石．临川文集［M］．清文渊阁四库全书本．
［45］［宋］张炎．词源［M］．词话丛编本．
［46］［宋］黄昇．唐宋诸贤绝妙词选［M］．四部丛刊景明本．
［47］［金］元好问．遗山集［M］．四部丛刊景明弘治本．
［48］［元］脱脱．宋史［M］．中华书局，1985．
［49］［明］陈邦瞻．宋史纪事本末［M］．中华书局，1977．
［50］［明］黄准，杨士奇．历代名臣奏议［M］．上海古籍出版社，影印本．
［51］［明］陶宗仪．说郛三种［M］．上海古籍出版社，1988．
［52］［明］王世贞．弇州四部稿［M］．明万历刻本．
［53］［明］陈霆．渚山堂词话［M］．词话丛编本．
［54］［清］徐松辑．宋会要辑稿［M］．中华书局，1997．
［55］［清］彭孙遹．金粟词话［M］．词话丛编本．
［56］［清］张惠言．词选［M］．词话丛编本．
［57］［清］黄氏．蓼园词评［M］．词话丛编本．
［58］［清］永瑢．四库全书总目提要［M］．中华书局，1995．
［59］［清］沈祥龙．论词随笔［M］．词话丛编本．

[60]［清］陈廷焯．白雨斋词话［M］．词话丛编本．
[61]［清］沈雄．古今词话［M］．词话丛编本．
[62]［清］李佳．左庵词话［M］．词话丛编本．
[63]［清］宋翔凤．乐府余论［M］．词话丛编本．
[64]［清］王奕清．历代词话［M］．词话丛编本．
[65]［清］李调元．雨村词话［M］．词话丛编本．
[66]［清］刘熙载．艺概・词概［M］．词话丛编本．
[67]［清］徐釚．词苑丛谈［M］．词话丛编续编本．
[68]［清］吴衡照．莲子居词话［M］．词话丛编本．
[69]［清］陈廷焯．词坛丛话［M］．词话丛编本．
[70]［清］江顺诒．词学集成［M］．词话丛编本．
[71]［清］冯煦．嵩安论词［M］．词话丛编本．
[72]［清］冯金伯．词苑粹编［M］．词话丛编本
[73]［清］邹祗谟．远志斋词衷［M］．词话丛编本．
[74]［清］潘永因．宋稗类钞［M］．书目文献出版社．
[75]［清］何文焕，丁福保．历代诗话统编［M］．北京图书馆出版社，2003．
[76]［清］王夫之．宋论［M］．中华书局，2008．
[77]［清］王士俊修（雍正）．河南通志［M］．文澜阁四库全书本．
[78]［清］万树．词律［M］．上海古籍出版社，1984．
[79]蒋兆兰．词说［M］．词话丛编本．
[80]王国维．人间词话［M］．词话丛编本．
[81]蔡嵩云．柯亭词论［M］．词话丛编本．

二、今人成果

[1]夏承焘．唐宋词人年谱［M］．上海古典文学出版社，1955．
[2]陆侃如，冯沅君．中国诗史［M］．作家出版社，1956．
[3]任二北．敦煌曲校录［M］．中华书局，1962．
[4]唐圭璋．全宋词［M］．中华书局，1965．
[5]唐圭璋．词话丛编［M］．中华书局，1965．
[6]刘若愚．中国诗学［M］．台湾幼狮事业文化公司，1979．
[7]陈寅恪．金明馆丛稿二编［M］．上海古籍出版社，1980．
[8]孔凡礼．全宋词补辑［M］．中华书局，1981．
[9]詹安泰．宋词散论［M］．广东人民出版社，1982．
[10]王书奴．中国娼妓史［M］．上海三联，1988．

［11］周汝昌，等．唐宋词鉴赏辞典［M］．上海辞书出版社，1988.
［12］吴熊和．唐宋词通论［M］．浙江古籍出版社，1989.
［13］李春棠．坊墙倒塌以后——宋代城市生活长卷［M］．湖南出版社，1996.
［14］王易．词曲史［M］．东方出版中心，1996.
［15］叶嘉莹．唐宋词名家论稿［M］．河北教育出版社，1998.
［16］施议对．施议对词学论集［M］．澳门大学出版中心，1998.
［17］杨海明．唐宋词史［M］．天津古籍出版社，1998.
［18］孙克强．唐宋人词话［M］．河南文艺出版社，1999.
［19］程千帆，吴新雷．两宋文学史［M］．河北教育出版社，2000.
［20］夏承焘，吴熊和．读词常识［M］．中华书局，2000.
［21］王兆鹏．唐宋词史论［M］．人民文学出版社，2000.
［22］诸葛忆兵．徽宗词坛研究［M］．北京出版社，2001.
［23］彭国忠．元祐词坛研究［M］．华东师范大学出版社，2002.
［24］朱易安．全宋笔记［M］．大象出版社，2006.
［25］吴梅．词学通论［M］．复旦大学出版社，2006.
［26］刘靖渊，崔海正．北宋词研究史稿［M］．齐鲁书社，2006.
［27］杨万里．宋词与宋代的城市生活［M］．华东师范大学出版社，2006.
［28］刘扬忠．唐宋词流派史［M］．中国社会科学出版社，2007.
［29］徐安琪．唐五代北宋词学思想史论［M］．人民文学出版社，2007.
［30］许伯卿．宋词题材研究［M］．中华书局，2007.
［31］邓子勉．宋金元词话全编［M］．凤凰出版社，2008.
［32］蒋寅．大历诗风［M］．凤凰出版传媒集团，凤凰出版社，2009.
［33］朱崇才．词话丛编续编［M］．人民文学出版社，2010.

后 记

“停车坐爱枫林晚，霜叶红于二月花。”多美的秋天啊，引得古今多少人把酒言欢。吟诗大赞秋景。而我也深爱着秋天，喜欢那暑后的凉爽，喜欢枫林里的火红，喜欢丰收的喜悦。本书是河北省教育厅人文社科项目“庆历党争视域下北宋仁宗词坛研究”的最终成果，从2014年立项以来，我就开始收集资料，通过一年多的认真写作，书稿终于成形，我心中既喜悦又惶恐，总是觉得自己的学术水平有限，对很多问题的研究还不够深入。

在撰写书稿之时，我感觉自己好像穿越历史，回到了北宋仁宗时期，真真切切地在那个时代生活、感受着那个时代人的喜乐悲欢。北宋仁宗词坛，有许多在词史上熠熠生辉的词人，研究他们的生平、作品，仿佛隔空与他们对话，心灵上的沟通与交流，让我更深刻地理解了他们，对他们的每一分痛苦辛酸、每一分喜悦欢愉都感同身受。

本书是作者承担的河北省教育厅项目的最终成果，并接受了廊坊师范学院出版基金的资助。在书稿即将付梓之际，我要衷心感谢我的恩师——陕西师范大学的刘锋焘老师，对我的谆谆教诲，恩师对我的指导和影响之大，怎样言说都表达不尽，自己取得的点滴成绩无不凝聚着恩师的心血。恩师国际化的视野、前沿而精髓的学术造诣、严谨勤奋的治学风格都让我永志不忘。我还要感谢廊坊师范学院的各位领导及我所在的文学院诸位领导对本书给予的大力资助，还要感谢知识产权出版社的兰涛编辑在本书出版中给予我的支持与帮助。

最后，要特别感谢我挚爱的双亲，他们的默默支持是我前进的动力。在我撰写书稿的过程中，他们承担了大部分的家务，使我心中甚感愧疚。在此，祝愿他们身体健康，心情愉快！

魏　玮

2015年10月5日